KB271157

영웅에서 위인으로

번역 위인전기 전집의 기원

저자 김성연(金成姸, Kim, Sung Yeun)은 연세대학교 국문과 대학원에서 「식민지 시기 번역 위인전기연구」로 박사학위를 받았다. 현재 성균관대학교 동아시아 학술원 박사후연구원과 연세대학교 국학연구원 비교사회문화연구소 전문연구원으로 활동하며 연세대학교에서 강의하고 있다. 대표 논문으로는 「새로운 신' 과학에 올라탄 제국과 식민의 동상이몽 : 퀴리부인 전기의 소설화를 중심으로」, 「그들'의 자서전 : 식민지 시기 자서전의 개념과 감각을 형성한 독서의 모자이크」, 「근대의 기적 서사 헬렌 켈러 자서전의 식민지 조선 수용 : '불구자', '성녀'가 되다」 등이 있다. 우리들의 의식과 무의식을 형성하고 사회 변화에 영향을 미친 독서물에 관심이 많다. 번역물과 전기물을 비롯한 대중 독서물의 출판과 독서의 역사를 추적하고 사회문화적 함의를 밝히는 작업을 지속하고 있다.

영웅에서 위인으로 번역 위인전기 전집의 기원

1판1쇄발행 2013년 1월 30일 **1판2쇄발행** 2013년 7월 10일
지은이 김성연 **펴낸이** 박성모 **펴낸곳** 소명출판 **출판등록** 제13-522호
주소 서울시 서초구 서초동 1621-18 란빌딩 1층
전화 02-585-7840 **팩스** 02-585-7848 **전자우편** somyong@korea.com **홈페이지** www.somyong.co.kr

값 23,000원
ISBN 978-89-5626-812-5 93810
ⓒ 김성연, 2013

영웅에서 위인으로
번역 위인전기 전집의 기원

From Heroes to Great Men: A History of Biographies in Modern Korea

김성연

소명출판

  어린 시절 나는 어디에서나 볼 수 있었던 위인전기 전집의 존재가 의문스러웠다. 학교와 집 책장의 한 자리를 차지하며 근엄하게 버티고 있던 위인들은 한결같이 초인간적인 노력과 도덕성, 그리고 천재적 능력으로 무장한 채 준엄하게 나를 내려다보고 있었다. 이것이 학교의 필독도서이자 독후감상문의 단골손님이던 위인전기와의 첫 만남이었다. 위인전기에 등장하는 강렬한 일화들은 '사람이 이름을 남기려면 저 정도는 되어야 하는구나'라는 생각을 불러 일으켜 나 자신을 더욱 작게 만들었다. 그들은 소설 속 인물보다도 비현실적이고 멀게 느껴지기까지 했다. 일종의 열등감에 뒤이어 의문도 생겼다. 저런 사람이 진짜 있을까, 저 이야기는 누가 썼을까, 위인전기는 왜 항상 전집으로 있지, 우리는 왜 모두 저 사람들 이야기를 읽어야 하지? 궁금한 것이 한두 가지가 아니었고 바로 이런 어린 시절의 질문이 결국 연구로 이어졌다.

  그리고 그것은 나만의 경험과 의문은 아니었다는 점에서 연구해 볼 만한 일이었다. 내가 아버지의 서재에서 처음 보았고 나도 읽었던 나폴레옹과 이순신의 전기를 나의 아들도 읽고 있었다. 최소한 3세대가 읽어온 것이다. 나는 세대를 보다 넓혀보고자 선학들의 기록을 뒤져서 그들이 읽고 쓴 전기·자서전을 찾아보았다. 역시나 20세기 초 지식인의 도서 목록에서도 우리가 익숙한 인물 전기들이 앞자리를 차지하고 있었다. 한 세기, 4세대 이상이 공유한 서사물이라면 들여다볼 가치가 있지 않을까? 게다가 이는 한국뿐 아니라 중국과 일본을 비롯한 아시아 국가들에서 역시 찾아볼 수 있는 현상이었다. 아시아인들이 성장기에 공통적으로 서양 인물 전기와 자국 인물 전기를 읽어야 했다면 여기에는 이들 국가들이 추진했던 서구지향 근대화의 메커니즘과 민족의식 함양이라는 이데올로기가 오롯이 담겨있을 터였다. 이러한 전기물의 통시적·공시적 좌표는 연구의 추동력이 되었다.

인류가 생존하는 한 지속적으로 생산될 전기물은 현재진행형의 장르이다. 오늘날 전기의 내용과 형식은 근대화의 산물로 한국에서의 그 기원을 거슬러 올라가면 백 년 남짓한 역사를 가지고 있지만, 실상 전(傳)이란 동서고금을 막론하고 존재했던 장르였다. 허나 근대 이후 문학의 개념과 실체가 바뀐 것처럼 전기 역시 그러했으며, 그렇게 재탄생한 위인에 관한 서사는 비단 장르 문학에 국한되지 않고 문화 전반을 누비고 다녔다. 영화, 연극, 드라마, 노래, 조각, 역사담의 소재가 되었으며 일상 속에서 우리가 사람을 평가하는 잣대나 가치 있는 삶에 관한 사유에서도 일종의 모범적 사례로 작용했다. 전기는 '인간은 모름지기 이러해야 한다'라는 규범을 제시하여 그를 모방·숭배의 대상으로 만들거나, 그를 통해 시대를 보여주거나, 혹은 진실을 파헤치거나 등 다양한 목적으로 제작·소비되었다. 자기가 자신의 정체성을 그려 보이는 자서전 역시 당시 전기와 함께 제시되고 있었다. 그런데 이들 전기·자서전은 반인반수처럼 반은 문학이고 반은 기록물이며, 정치적·상업적 성격도 지니기에 학제 간 연구 사이에서 방치되어 있었다. 또한 서구의 전기물 연구를 그대로 대입할 수 없을 정도로 한국의 전기는 지역적 특수성을 띠고 있었다. 그 교집합과 여집합을 판별하는 작업이 연구의 재미를 배가시켰다.

이 책은 한국에서 오늘날까지 읽히고 있는 위인전기 전집의 뿌리를 찾아가보고자 했다. 호기 있게 첫 걸음을 내디뎠으나 어느 계단 하나 튼튼한 것이 없었다. 연구의 대상이 '위인'의 '전기'의 '전집'이었기에 대체 위인이란 무엇이었는지, 전기는 어떤 것이 있었는지, 어떻게 전집으로 묶이게 되었는지 진단해야 했다. 따라서 개념사 연구와 서지학적 실증 연구, 그리고 판본비교 연구를 병행해야 했다. 연구의 목적이 전기물의 사회적 역할을 밝히는 데 있었으므로 시대의 사유 체계인 담론 연구와 독자 반응 비평까지 염두에 두어야 했다. 연구를 진행하면서 전기의 주인공과 작가, 번역가, 독자들을 생생하게 만날 수 있었고, 이는 지성사의 맥을 찾아 그 흐름을 읽어내는 흥미로운 작업이었기 때문에 대학 연구실이라는 공간 속에서 좌충우돌하며 자문자답했던 시간이 지루하지 않을 수 있었다.

전기물이 '전집'으로 발간되기 시작할 무렵, 위인전기를 둘러싼 많은 변화가 일어났다. 전기는 신소설·소설·전이라는 이전의 양식명과 결별하게 되었고 전기 집필자·번역가·출판기획자 역시 세대교체가 이루어지고 있었다. 무엇보다도 '위인'이 '영웅'의 자리를 대신해가고 있었다. 민족적·혁명적 영웅의 이야기가 검열되는 식민지 상황에서 개인의 수양과 도덕성을 통해 성공을 이룩한 자수성가형 인물들이 새로운 개념의 '영웅' 즉 '위인'으로 주목되기 시작한 것이다. '영웅'이 국가적·혁명적·무사적 인물을 뜻했다면 '위인'은 세계적·문명적·정신적·직업적 인물을 뜻했다. 영웅이라는 기표는 그 정신적 편향성과 정치적 위험성이 경계되거나 희화화되기도 했다면 위인은 보다 객관적 지시 대상이자 지식으로 제시되었다. 이로 인해 동일 인물에 대한 강조점이 변화했을 뿐 아니라 선택되는 인물 자체도 바뀌었다. 전집은 '세계'인물을 전제로 구성되었으나 실제 선택된 인물들은 서양인, 특히 미국인 중심이었으며 이는 사농공상의 봉건적 위계가 폐기된 자본주의 시대의 세계관과 인생관뿐 아니라 언론·출판·교육·종교 주체의 성격을 보여주

었다. 그 속에서는 링컨조차 정치적 공인으로서의 업적보다는 입신출
세자로 조명되었으며 따라서 대부분의 인물 전기는 성장기의 노력과 남
다름을 부각시키는 에피소드에 초점이 맞추어지게 되었다. 위인전기는
식민지 조선에서 누구나 개인적 노력을 통해서 성공할 수 있음을 독려
해주는 모범 사례로 교육적 차원에서 제시되었으며, 이는 유소년 청년
들의 입신출세 욕망과 결합되어 견고하게 자리잡게 되었다. 따라서 이
는 타자에 대한 이해나 세계사적 지식이라기보다 자기계발·수양을 위
해 독서되었다고 볼 수 있다. 그리고 도덕성과 노력을 통한 부와 명예와
공익실현을 달성하는 성공서사는 사적 욕망과 공적 역할 사이에서 갈등
하던 지식인 청년 주체들에게 이상적 실화로 받아들여졌다. 당시 어떻
게 살아야 할 것인가에 대한 모색은 이상적 인물상에 대한 탐구 및 제시
로 이어졌으며 이는 여전히 시대의 인물을 갈구하는 오늘날의 현실에서
도 유효한 질문이며 서사들이다.

　　그런데 '시대의 인물상', '인물과 삶에 대한 서술 방법', '그 서사물의
사회문화적 역할과 독서사'라는 화두에 도달하기까지 나는 길을 우회해
왔다. 2002년 석사논문에서는 근대문학에서의 '동정'이라는 감정·사
상·실천의 문화적·사회적·정치적 기능을 살펴보았다. '동정'은 근대
문학장에서 지식인 작가, 서사의 주인공, 그리고 독자를 연결하는 고리
로 기능했다는 점에서 문학의 존재 의미를 해명하는 핵심어였을 뿐 아
니라, 윤리적·미학적 기준이자 물질적·육체적·정신적 동원의 추
동력으로 활용되었다는 점에서 공동체의 문화적·정치적 구심점이었
다. 석사논문은 문학 텍스트의 의미를 개인과 사회와의 역동적 관계 속
에서 실증적이면서도 철학적으로 살펴보고자 했던 시도로 볼 수 있다.
　　이후 10여 년간의 박사과정 동안 나는 지성사와 독서문화사라는 큰
울타리 안에서 지적 유희의 시간을 보냈다. 산발적으로 흩어져 있는 듯

보였던 대학원 시절의 문제의식과 발표문들은 박사논문이라는 손전등을 통해 그 궤적의 윤곽이 드러났다. 박사논문 집필 기간은 내가 무엇을 해왔는지 앞으로 무엇을 해야 할 것인지를 밝혀주는 계기가 되었다는 점에서 충만한 시간이었다. 일례를 들면, 한국인에게 퀴리부인 전기란, 파브르 곤충기란, 자기 서술이란 어떤 존재였는지를 탐색하고자 했던 대학원시절의 미완의 원고들은 박사논문 집필 이후 보다 또렷한 논점과 방법론을 갖추어 논문으로 완성될 수 있었다. 각 논문들은 인간이 언어를 통해 어떻게 자기 / 타자를 재현하고 자연 / 과학 / 세계를 인식해왔는지에 관한, 그리고 한국인이라면 읽었을 법한 독서물의 사회문화적 존재 좌표에 관한 일련의 질문이었다. 또한 나의 연구 주제는 학계의 어젠다와 연구자들의 화두를 흡수하며 연구사 속 좌표를 찾아갈 수 있었다. 박사논문은 공공성 담론이 제기되던 때 제출되었기에 근대 초 프랭클린 자서전의 적극적 수용 양상을 근대적 '공인'이라는 키워드를 중심으로 수렴시킬 수 있었다. 이제 긴 호흡으로 주체의 언어·사유·실천의 역동적 관계를 서사물을 매개로 삼아 탐구해보고자 한다.

미약하지만 첫걸음을 내디딜 수 있도록 이끌어주신 선생님들께 감사드린다. 김철, 신형기, 이경훈, 김현주, 이혜령 교수님들의 지도로 이 연구물은 완성될 수 있었고, 김영민, 신형기 교수님의 배려로 박사논문이 연세근대한국학총서로 묶여 세상의 빛을 보게 되었다. 어지러운 논문을 가다듬을 기회를 주신 선생님들께 감사드린다. 이분들은 깨어있는 학자로 살아간다는 것이 무엇인가를 몸소 보여주셨으며 내가 글과 삶 속에서 길을 잃을 때 기꺼이 등대가 되어주셨다. 포용력 있는 학풍 속에서 나는 어떤 명제도 당연시하지 않고 의문을 제기할 수 있었으며 엄정한 가르침 속에서 끊임없는 자기반성을 할 수 있었다. 진리가 우리를 자유롭게 하는 곳이 대학이라면 나는 그 공간 속에서 자유를 통해 진리에

다가갈 수 있었던 행운아였다. 선후배와 동학들 역시 발걸음을 함께 하며 나를 늘 깨어있게 해주었다. 이들에게서 흡수한 양분 덕분에 애초의 문제의식과 의지를 이 한 권의 책으로 살찌울 수 있었으며 학문의 장 속에서 숨 쉴 수 있었다. 그 감사는 지속적인 연구를 통해 보답하는 수밖에 없을 것이다. 책을 만든다는 열정으로 함께해주신 소명출판 관계자 분들께도 감사의 말씀을 전한다. 가족들에게도 깊이 감사드린다. 부모님, 시부모님, 남편 김현석, 아들 김정우의 응원과 사랑으로 연구를 지속할 수 있었으며, 그에 대한 고마운 마음은 한두 줄의 헌사로 다 표현될 수 없을 것이다.

차례

III 1910~1920년대 번역 위인전기

IV 이상적 근대 주체 형상과 위인전기

V 결론

표 차례

제Ⅰ장
서론

1. 연구 목적과 연구사 검토

1) 연구의 목적

이 글은 한국 식민지 시기 발간된 번역 위인전기 총서를 대상으로 근대적 서양 위인전기와 자서전이 한국 사회의 형성 및 변동에 관여하며 생산·소비된 방식을 규명하고자 한다. 전기는 본질적으로 개인과 역사, 사회의 관계를 보여주므로 이를 통해 시대의 필요와 요구를 읽어낼 수 있다. 또한 전기는 출판 제도라는 현실적 경로를 거쳐 출판·유통되며 독자의 일상 속에 소비됨으로써 그들의 도덕성과 실천에 영향을 미친다. 즉, 전기는 궁극적으로 독서 개인과 군중의 정체성 형성에 도달한다.

식민지 시기 번역 위인전기에 관한 연구는 한국 근대화의 핵심 키워드인 서구화와 식민화의 문제에 보다 구체적으로 접근하고자 하는 시도

이기도 하다. 인격주의라는 문화사상적 조류 속에서 근대적 국민의 양성과 서구식 문명화를 목표로 발간되던 일본 명치 시기의 세계 위인전기물은 식민지 조선에 유입되었다. 번역 위인전기는 '서양→일본→조선'으로 전파되면서, 내용과 형식이 전수됨과 동시에 인물에 의의를 부여하는 강조점이 변모되었다. 그 번역 정황에 관한 규명은 궁극적으로 식민지 조선의 식민·서구·근대화에 관한 담론을 실증적으로 뒷받침해준다. 또한 이는 제국의 출판물이 식민지 출판물에 미친 영향을 비가시적인 곳까지 조명해준다. 1930년대 후반에 이르면 대부분의 지식인과 독서 대중들이 일본어책을 일상적으로 읽을 수 있게 되는데 이는 가시적으로 드러나는 부분이다. 문제는 일본어본의 번역본 혹은 참조본임을 밝히지 않고 조선어로 출간된 출판물들, 심지어 '조선의 것'으로 간주되는 '조선어 창작 텍스트'들 역시 일본과 서양의 영향을 직간접적으로 받고 있었다는 사실이다.

이 글은 위인전기의 보편적 특질에서 한국적 특성을 추출하고 여기서 나아가 개별 텍스트의 서사적 특징을 사회적 담론 속에서 해석하고자 했다. 위인전기는 '도덕과 실천'이라는 관념적 논설이 일상적 실천의 차원에서 구체적으로 형상화되는 서사물이다. 따라서 서양 위인의 성장 서사인 번역 위인전기는 담론적 차원에서 논의되던 이상적 주체상이 식민지 지식인 청년들의 일상 속에서 내면화될 수 있도록 제시해주는 서사였다. 사회적으로 권고되던 인물상에 대한 연구는 시대의 기대와 희망을 파악하는 일이며[1] 이는 위인전기 서사가 표방하는 지배기표를 통해 접근할 수 있다.

이는 또한 문명화와 근대화라는 기치를 내걸고 민족·국가적 차원에

1　Peter Brown, "The Rise and Function of the Holy Man in Late Antiquity(1972)", in *Society and the Holy in Late Antiquity*, Berkeley : University of California Press, 1982, p.106.

서 진행되었던 진보와 성장 담론이 식민지인의 개인·일상적 차원에서 어떻게 자발적으로 내면화되었는지를 고찰하려는 한 시도이기도 하다. 애국계몽기에 구국의 영웅을 다루었던 번역 역사전기물은 식민지 시기에 이르러 "세계 문명사적 지식, 도덕적 위안, 사회적 지도"[2] 양식을 제공하며 지식인 청년 독자의 욕구를 만족시켜주는 형태로 거듭났다. 1910~1920년대는 지식인 청년을 중심으로 근대 주체 형성이 모색된 시기였다. 근대적 교육을 받고 제1차 세계대전과 3·1운동의 시대를 경험한 청년 세대는 문화통치기를 맞이하여 세계적 보편 가치를 표방하는 대표적 근대 주체에 대한 추구와 모색을 적극 펼치는데 이것이 정점에 달하는 시기가 바로 1920년대이다. 이들을 주된 독자층 혹은 필자로 한 번역 위인전기는 근대 국민국가 건설에 기여하는 '공인'으로서 '위인'을 서술하게 되었다. 이에 본고는 당시 관(官)과 민(民) 양측에서 적극적으로 전개된 '공공성 담론'이 개인적·일상적 차원에서 실행될 수 있는 방향을 제시해주는 서사물로서 위인전기에 주목했다.

　식민지 조선에서 위인에 관한 서사는 전기물 단행본이라는 물질적·장르적 한계에 갇히지 않고 각종 담론과 문화를 통해 적극 수용되었다. 지식인들은 각종 언설을 통해 위인을 개념적으로 규정했으며 대중문화는 위인의 서사와 표상을 소비했다. 그리고 이들 공중이 공유하는 위인

2　테리 이글턴에 따르면 영국 17세기 대중잡지들은 과학지식, 도덕적 위안, 사회적 지도를 바라는 독자들의 욕구를 충족시켜줌으로써 독자들의 요구에 부흥하고 처세술을 권장하며 칭찬하는 전략을 택했다. 18세기 초 정기간행물을 통한 부르주아 공공영역의 형성을 설명하며 언급한 이 논의를 그대로 식민지 조선에 대입하기에는 다소 무리가 있으나 1920년대 조선 역시 문식력 있는 독자층과 지식인 문필가, 그리고 근대적 인쇄 출판 제도를 기반으로 식민지적 조건에서나마 자본주의를 체화하게 되었고, 근대적 인쇄·출판·독서·교육의 장이 형성되고 있었다는 점에서 차용할 수 있는 여지가 있다. 이 글은 교양으로 지식과 도덕적 위안, 그리고 사회적 지도자상 제시를 결합한 대중 독물의 대표적 사례로 수양서적 성격을 띤 근대적 위인전기에 주목한다. 테리 이글턴, 『비평의 기능』, 제3문학사, 1991, 25면.

의 표상은 위인전기라는 서사적 완결체에 근거하였다. 이러한 정황을 총체적으로 봄으로써 위인전기의 문화사적 의미를 규명하고자 했다.

1910년대 이후의 전기는 이전과 정치적·제도적 기반이 달라졌고 번역 및 출판의 주체·대상·사상 또한 달라진 토대 위에서 탄생했다. 이러한 1910년대의 변화는 1920년대의 출판물을 통해 본격적으로 나타났다. 식민지 시기 번역 위인전기사의 흐름을 살펴보면 1910년과 1920년을 변모 지점으로 볼 수 있다. 정치·경제·문화 등 사회 제반의 인식과 제도가 변화됨에 따라 번역 위인전기물의 양적·질적 변화도 수반된 것이다. 이는 번역자와 출판사의 정체성과 번역의 목적 변화와 같은 현실적 토대의 변화가 있었음을 뜻한다. 1910년, '국가'는 부재하게 되었으며 따라서 식민지 조선인은 국가의 존립이 가장 우선한 과제였던 1900년대와는 다른 상황에 놓이게 되었다. 제1차 세계대전과 3·1운동이라는 세계적·민족적 사건을 직간접적으로 겪은 조선인은 이제 세계사적 지형도 속에서 민족을 바라보게 되었다. '개인-사회-국가-세계'로 이어지는 전체적 상 속에서 개인관·민족관·세계관이 재정립된 것이다.

국제어인 에스페란토 운동이 조선에서 본격적으로 일기 시작한 것도, 세계 문학·사상의 본격 유입과 함께 세계 문학전집·세계 위인전기와 같은 각종 번역서가 출간된 것도 1920년대 초에 벌어진 일이다. 이는 세계 보편이라는 틀 속에 민족과 개인을 위치시키게 된 인식적 전환이 문화 통치기를 맞아 문화 운동으로서 발현된 것이다. 그런데 이러한 민족주의 문화운동의 목소리는 사회적 실천의 방법이 차단된 현실 속에서 개인에게 인격론·수양론으로 귀결될 수밖에 없었다. 이 점에서만큼은 총독부 기관지 『매일신보』가 1910년 이래 독자 개인에게 지속적으로 펼친 도덕성 함양의 촉구 목소리와 크게 다르지 않았다. 그 궁극적 목적과 방법론에서는 차이가 있었지만 인격론과 문명론의 추구는 제국과 식민이 타협할 수 있는 지점이었다. 이 시기 청년 독자를 주된 대상으로 하는 위인전기는 도덕적 수양과 일상적 노력을 통해 근대적 가치를 획득하며 성공에 도달할 수 있다는 신념의 서사로서 확고히 자리 잡게 되었다. 따라서 본 연구는 번역전기사적으로뿐 아니라 식민지 시기 문화 사상사의 흐름 속에서 볼 때 유의미한 변화를 보이는 1920년대 전후의 번역 위인전기물의 유입과 정착, 그리고 그 담론적 토대인 위인의 개념 변화에 주목했다.

2) 연구사 검토

식민지 시기 번역전기물 및 창작전기물에 관한 본격적인 연구는 미진한 상태이다. 따라서 본 연구는 그간 1900~1910년대를 중심으로 이루어져 온 '애국계몽기 역사전기물 연구'나 '최남선 잡지의 영웅·위인론 연구', 그리고 '번역 문학 연구' 등의 선행 연구들의 성과를 이어받아 1910~1920년대로 그 연구 영역을 확장하고자 한다. 식민지 시기 번역 위인전기를 대상으로 하는 본고는 '번역·위인·전기'라는 대상과 '출판사'를 둘러싼 제도연구, '식민지 시기'라는 시대적 배경과 관련된 선행 연구들을 기반으로 나아갈 수 있었다. 실존인물에 관한 이야기의 사회적 존재 의의를 밝히기 위해서는 문학사 연구, 장르 연구, 담론 연구, 개념사 연구, 서지학 연구를 비롯한 인문학적 성과를 종합해야 했다. 따라서 학제 간 연구를 넘나들며 '식민지 시기 번역 위인전기'의 존재를 파악하고 다각도에서 조명하고자 했다.

대체로 한국 문학사 서술은 근대 이후의 전기를 주요하게 다루지 않았다. 식민지 시기 창작 전기를 다루는 경우가 있더라도 번역전기는 배제해왔다.[3] 즉 소설과 시라는 근대적 문학 양식이 득세한 근대 한국 문학사 내에서 번역전기는 근대적 소설 양식과의 관계 속에서 간단히 언급될 뿐 그 존재가 독자적으로 조명되지는 않았다. 다만 '역사 전기 소설'이라는 장르명 안에 다양한 양식의 글쓰기가 있음은 지적된 바 있으며[4] 이는 번역·번안·창작물 및 인물기사 등이 분리되어 인식될 수 있는 기반을 마련했다. 전기 문학사 서술은 개화기 '역사전기소설'류를 이전의 전통적 한문 단편으로서의 전(傳)이 아닌 새로운 시대의 산물로 보고 이후 식민지 시기까지 그것이 이어짐을 밝혔다는 점에서 의의가 있으나 역시 번역전기물은 거론하고 있지 않다.[5] 또한 최근 산문과 서사에 관한 연구는 근대의 산문 문학의 하나로 일기·편지 등과 함께 자서전·전기를 언급하기도 했다.[6]

본격적인 번역·창작전기물에 관한 연구는 애국계몽기 시기에 집중되어 있으며[7] 그 논의는 『애국부인전』, 『라란부인전』, 『이태리건국삼걸전』, 『화성돈전』을 중심으로 이루어져왔다.[8] 이들은 대체로 번역전기물

3　조동일의 『한국문학 통사』는 '문학 안팎의 산문 갈래'에서 '전기와 실기' 편을 따로 마련하여 식민지 시대 창작 전기를 개괄적으로 소개하며 장도빈의 국내 창작 인물 전기까지 언급했다는 점에서 의미가 있으나 역시 번역전기는 다루지 않았다. 조동일, 『한국문학통사』 5, 지식산업사, 2010, 542~545면.

4　김영민의 『한국 근대소설사』는 '역사·전기 소설'이라는 단일한 양식 분류가 다양한 양식의 글쓰기들을 포괄해왔음을 지적했으며, '근대적 소설 양식의 새로운 유형'으로 '역사 전기물의 번역'과 전기, 소설이라는 장르로 정착되기 이전의 서양의 인물이 중심이 된 '개화기 '인물기사'도 주목했다는 점에서 식민지 시기 번역전기 및 인물 기사를 독립적으로 연구할 수 있는 후속 연구의 장을 열었다고 할 수 있다. 김영민, 『한국 근대소설사』, 솔, 2003, 95~119면.

5　전기문학론을 본격 다룬 김용덕의 『한국전기문학론』은 개화기 '역사전기소설'류를 소설이나 전통적 한문 단편으로서의 전이 아닌 새로운 시대의 산물로 규정한다. 이것이 1930년대 장도빈의 『조선십대위인전』으로 이어진다는 것이다. 그 역시 국내 창작 인물 전기를 주로 거론하고 있지만 이는 식민지 시기 전기가 이전 전기문학 전통과 결별하여 근대적 산물로서의 새로운 성격을 띠게 됨을 지적했다는 점에서 의의가 있다. 김용덕, 『한국전기문학론』, 민족문학사, 1987, 86~96면.

6　김현주, 『한국 근대산문의 계보학』, 소명출판, 2004.

7　김찬기, 『한국 근대소설의 형성과 전』, 소명출판, 2004.

8　대표적 연구를 최근 순으로 열거하면 다음과 같다. 손성준, 「영웅서사의 동아시아 수용과 중역의 원본성 : 서구 텍스트의 한국적 재맥락화를 중심으로」, 성균관대 박사논문, 2012; 송명진, 「구성된 민족 개념과 역사·전기 소설의 전개」, 『현대문학의 연구』 46, 한국문학

을 역사전기물이자 영웅 서사로 보고, 국민 국가 담론과 연결시켜 그 담론적 의미를 해석했다. 『이태리건국삼걸전』과 『화성돈전』에 대한 연구는 '서양→일본/중국→조선'을 통해 도달한 번역의 경로 및 그 제반 수용사를 밝히는 성과를 내었다. 최남선의 『소년』과 『청춘』에 관한 연구에서도 '위인' 및 '전기'를 키워드로 하는 연구가 산출되었다. 이들 연구는 문명 담론과 함께 유입된 영웅 전기를 통해 영웅적 삶, 즉 공적 삶이 개인의 삶에 내면화되었다는 논지를 전개함으로써 '영웅 전기'의 일상적 영향력을 포착했다.[9] 또한 '영웅'에서 '국민'으로 영웅서사가 해체되는 1910년대의 정황 속에서 최남선이 위인서사를 수신담론으로 적극 포섭했음에 주목한 연구도 있다.[10]

1920년대 출판시장 및 번역 문학에 관한 연구도 1920년대 번역전기물 연구에 시사점을 준다. 이들은 1920년대 신문 잡지의 서적 광고를 통해 전기를 포함한 출판물의 시대적 존재감 및 독자의 요구,[11] 그리고 독서시장의 변화를 포착했다.[12] 식민지 시기 전반의 출판시장 및 독서, 독

연구학회, 2012; 송명진, 「역사, 전기 소설의 국민 여성, 그 상상된 국민의 실체 : 『애국부인전』과 『라란부인전』을 중심으로」, 『한국문학이론과 비평』 46, 한국문학이론과 비평학회, 2010; 홍경표, 「위임 장지연의 『애국부인전』에 대하여」, 『향토문학 연구』 11, 한국문학연구학회, 2008; 박상석, 「『애국부인전』의 연설과 고소설적 요소」, 『열상고전연구』 27, 열상고전연구회, 2008; 손성준, 「국민국가와 영웅서사 : 『이태리건국삼걸전』의 서발통착과 그 의미」, 『사이』 3, 국제한국문학문화학회, 2007; 정승철, 「순국문 『이태리건국삼걸전』(1908)에 대하여」, 『어문연구』 34(4), 한국어문교육연구회, 2006; 배정상, 「위인 장지연의 『애국부인전』 연구」, 『현대문학의 연구』 30, 한국문학연구학회, 2006; 노연숙, 「한국 개화기 영웅서사 연구」, 서울대 석사논문, 2005; 최원식, 「『화성돈전』 연구 : 애국계몽기의 조지 워싱턴 수용」, 『민족문학사연구』 18, 민족문학사연구소, 2001.

9 문성환, 「얼굴과 신체의 정치학 : 『소년』과 『청춘』에 새겨진 문명의 얼굴, 권력의 신체」, 권보드래 외, 『『소년』과 『청춘』의 창』, 이화여대 출판부, 2007, 109~136면.

10 윤영실, 「최남선의 수신 담론과 근대 위인전기의 탄생」, 『한국문화』 42, 서울대 규장각 한국학연구원, 2008.7, 109~126면.

11 김한식, 「잡지의 서적 광고와 내면화된 근대 : 『청춘』과 『개벽』을 중심으로」, 『상허학보』 16, 상허학회, 2006.2, 119~152면.

12 이기훈, 「독서의 근대, 근대의 독서 : 1920년대의 책읽기」, 『역사문제연구』 7, 역사문제연

자에 관한 자료를 집성한 연구 또한 1920년이라는 시기적 특수성에 주목했다.[13] 김병철의 『한국 근대번역 문학사』[14]는 근대 번역물의 서지 사항 및 역자, 번역 원본 등을 실증적이고 총체적으로 정리했다. 이는 그 연구 대상이 방대하여 번역문학 연구의 초석이 되고 있다. 이렇게 번역문학에 있어서 판본 비교 및 확정과 같은 실증연구와 번역이라는 제도와 행위, 산물의 영향력에 관한 담론적 고찰 등은 최근 상당량 축적되어 왔다.[15] 소설을 중심으로 한 최근의 번역, 번안 문학 연구는 1910년대를 넘어 1920년대까지 진행되었으며[16] 이는 이후 시대를 향한 후속 연구의

구소, 2001.12, 11~71면.

13 천정환, 『근대의 책 읽기』, 푸른역사, 2003.

14 김병철, 『한국 근대번역 문학사』, 을유문화사, 1975.

15 번역과 관련한 학술 논문 성과는 상당량 축적되어왔다. 그중 학위논문과 단행본으로 발간된 것을 최근 순으로 열거하면 다음과 같다. 노연숙, 「20세기 초 한국문학에서의 정치서사 연구 : 한중일에 유통된 텍스트를 중심으로」, 서울대 박사논문, 2012; 전명, 「애국계몽기 중역본 정치소설의 한국적 변용 양상 : 현공렴의 『회텬기담』과 『경국미담』을 중심으로」, 인하대 석사논문, 2012; 손성준, 「영웅서사의 동아시아 수용과 중역의 원본성 : 서구 텍스트의 한국적 재맥락화를 중심으로」, 성균관대 박사논문, 2012; 박진영, 『번역과 번안의 시대』, 소명출판, 2011(박진영, 「한국의 근대 번역 및 번안소설사 연구」, 연세대 박사논문, 2010); 최태원, 「일재 조중환의 번안소설 연구」, 서울대 박사논문, 2010; 김욱동, 『번역과 한국의 근대』, 소명출판, 2010; 김욱동, 『근대의 세 번역가』, 소명출판, 2010; 정선태, 『근대의 어둠을 응시하는 고양이의 시선』, 소명출판, 2006.
그 밖에도, 학술 연구논문을 통해 번역과 번안의 문제를 지속적으로 탐구하고 있는 연구자들의 대표적 최근 논문은 다음과 같다. 강현조, 「한국 근대 초기 번역·번안 소설의 중국·일본 문학 수용 양상 연구 : 1908년 및 1912~1913년의 단행본 출판 작품을 중심으로」, 『현대문학의 연구』 46, 한국문학연구학회, 2012, 7~37면; 권정희, 「식민지 조선의 번역/번안의 위치 : 1910년대 저작권법을 중심으로」, 『반교어문연구』 28, 반교어문학회, 2010, 297~320면; 김성연, 「1920년대 초 식민지 조선의 아인슈타인 전기와 상대성이론 수용 양상」, 『역사문제연구』 27, 역사문제연구소, 2012, 33~62면; 박진영, 「문학청년으로서 번역가 이상수와 번역의 운명」, 『돈암어문학』 24, 돈암어문학회, 2011, 59~88면; 최애순, 「식민지 시기부터 1950년대까지 모리스 르블랑 번역의 역사」, 『국어국문학』 45, 국어국문학회, 2010, 387~426면.

16 번역 문학 연구를 1920년대 초반으로 확장시킨 박진영의 「한국의 근대 번역 및 번안 소설사 연구」는 『매일신보』와 『동아일보』 연재소설란의 역사적 성격을 정리해주어 1920년대의 번역·연재소설의 판도를 파악하는데 기여하고 있다. 박진영, 「한국의 근대 번역 및 번안 소설사 연구」, 연세대 박사논문, 2010. 문한별 역시 국권 상실기 이후 번역 소설이 달라

가능성을 열어주고 있다. 또한 비단 국문학계뿐 아니라 사학계에서도 번역물의 정치적 역사적 의미를 밝히는 연구가 시도된 바 있다.[17]

식민지 시기 번역 위인전기 발간에 적극적이었던 한성도서주식회사에 관한 연구는 '출판학적 사료 정리 및 개괄'[18] '한성도서의 문학 서적 연구'[19] 그리고 '한성도서 발간 잡지에 관한 연구'[20]가 있다. 한성도서 자체를 대상으로 한 이러한 소논문들을 제외하고는 식민지 시기 출판사, 서지 사항 전반을 다루는 연구들은 한성도서에 별반 주목하지 않았으며 따라서 한성도서의 출판·번역·전기물 발간 의의에 관해서도 언급된 바 없다.

그 밖에도 영웅의 개념사나 영웅론 연구가 있다. 개념사 연구는 영웅 개념의 정치적·사상적 성격 및 변모를 파악하고 한·중·일 삼국의 비교로까지 나아간 바 있다.[21] 이러한 영웅 개념 연구는 영웅 전기나 영웅 사관 연구에 집중되어 있던 기존 연구를 보완하는 성과물이다. 그 밖의 '영웅론'에 관한 연구는 애국계몽기 민족 영웅으로서의 남녀 영웅에 주목하여 이를 '민족 국가 담론'과 연관지어 설명했다.[22]

그런데 서양 인물의 전기가 주를 이루는 번역전기물을 연구할 때 영미권에서 이루어진 전기 연구를 간과할 수 없다.[23] 이들은 '전기(Biography)'

지는 지점을 추적했다. 문한별, 「국권 상실기를 전후로 한 번역 및 번안 소설의 변모 양상 : 서술 방법의 변화를 중심으로」, 『국제어문』 49, 2010, 55~82면.

17 장용경, 「풍자와 우화 사이에서 : 한국에서 『동물농장』 번역의 정치」, 『역사문제연구』 26, 역사문제연구소, 2011, 235~257면.

18 하동호, 『한국 근대문학의 서지연구』, 깊은샘, 1981, 89~102면.

19 김종수, 「일제 강점기 경성의 출판문화 동향과 문학서적의 근대적 위상 : 한성도서주식회사의 활동을 중심으로」, 『서울학 연구』 35, 서울학연구소, 2009, 247~272면.

20 박지영, 「잡지 『학생계』 연구 : 1920년대 초반 중등학교 학생들의 '교양주의'와 문학적 욕망의 본질」, 『상허학보』 20, 상허학회, 2007, 121~164면; 김병광, 「「학등」고」, 『국어국문학』 92, 국어국문학회, 1984.

21 이헌미, 「대한제국의 영웅 개념」, 『세계정치』 25, 서울대 국제문제연구소, 2004, 137~174면.

22 이승원·오선민·정여울, 『국민국가의 정치적 상상력』, 소명출판, 2004, 210~242면.

23 참조한 대표적 단행본은 다음과 같다. 알렌 셸스톤(Alan Shelston), 『전기문학(*Biography*)』, 서울대 출판부, 1979; Andre Maurois, *Aspects of Biography*, True Point Press, 2010(초판은 1929);

라는 장르의 본질적 특성 및 태생적 조건, 역사적 사례 등을 정리했다. 영미권의 전기 문학 연구는 크게 17세기 빅토리아조시대의 전기물과 19세기 이후의 근대적 전기물에 관한 연구로 나눌 수 있다. 일찍이 Andre Maurois는 유럽 및 영미권에서 종교·정치·문학의 변화를 통해 인간관계, 인간본성에 근본적 변화가 온 시대를 1910년대로 보고 이 시기 전기물이 근대적 전기물(modern biography)로 전환하였음을 밝혔다.

이러한 풍성한 연구 성과에도 불구하고 선행연구들에는 네 가지 문제를 제기할 수 있다.

첫째, 선행연구는 '1920년대'라는 시기와 '번역전기물'이라는 대상의 중요성에 별반 주목하지 않았다. 1900년대의 위인전기·위인 담론에 논의가 집중되어 식민지 시기 및 해방 후의 위인전기의 통시적 조망이 불가능한 상태이다. 따라서 1920년대와 그 이후 시대까지로 연구 대상을 확장하는 것은 선행 연구를 지속적으로 이어받으며 번역전기사의 거시적 시야를 확보할 수 있다는 점에서 의의가 있다. 기존 논의의 대상들은 애국계몽기와 한일병합 직후의 산물이기에 이에 대한 해석은 '민족·국민·국가·문명' 담론으로 귀결되고는 했다. 그런데 이들 독서물은 1910년대를 거쳐 1920년대에 이르면 식민지 자본주의와 근대 교육 제도 속에서 탄생한 새로운 독자층인 지식인 청년 계층에 의해 일상적 차원에서 독서된다. 따라서 1920년대의 상업 출판물과 저널리즘 속에서 본격 출판되면서 당대의 세계관을 담아 변모할 수밖에 없던 '위인전기'의 특성을 파악할 필요가 있다. 즉, 식민지 시기 발간된 번역전기물은 이전의 애국계몽기 번역전기물을 담당했던 출판사나 역자가 아닌 다른 통로를 통해 배출된 것

Allan Pritchard, *English Biography in the Seventeenth Century*, University of Toronto Press, 2005; Edward H. O'Neill, *A History of American Biography 1800-1935*, New York: Russell & Russell, 1968(초판은 1935); Elinor A. Accampo, *Private Life, Public Image*, Jo Burr Margadant(ed), *The New Biography : Performing Femininity in Nineteenth-Century France*, University of California Press, 2000.

이다. 무엇보다도 위인의 선별과 서술방법에 있어서 이들은 해방 이후 오늘날에 이르기까지 영향을 미쳐 유사하게 재판되거나 일부 재편집되어 발간되기도 했으므로 이에 관한 고찰은 필수적이다.

둘째, 기존의 한국문학사, 전기사 서술은 번역전기물은 제외한 채 창작전기물만 언급했거나, 번역전기물을 다루더라도 소설의 탄생을 밝히기 위한 참조 지점으로 이를 조명했다. 그런데 근대 전기물의 식민지 시기 교육계·출판계·독서계에서의 비중 및 사회적 영향력은 타 문학 장르와 견주어도 뒤지지 않을 만하며, 그것은 시대적 특수성과 함께 시공을 초월한 보편성을 지닌 장르이다. 사실상 전통적 전(傳)과 결별한 새로운 서사 양식과 독서물로 근대적 전기는 탄생했으며 이는 소설과 같은 다른 근대적 문학 장르 및 양식이 외래의 영향 속에서 재탄생한 것과 같은 맥락이다. 게다가 번역전기물이 유입된 이후 간행된 창작전기물은 번역전기물과의 상호 영향 속에서 탄생되었으며, 따라서 번역전기물에 관한 연구는 근대적 창작전기물의 형성에 관한 연구를 위해서도 필수적이다. 무엇보다도 서양 인물 중심의 번역전기물은 오늘날에도 출판시장 및 교육계에서 주요한 자리를 차지하며 넓은 독자층의 세계관·인생관·역사관 형성에 영향을 미치므로 현재적 문제이기도 하다.

셋째, 영웅·위인 담론 및 개념사에 관한 기존의 연구는 각기 특정 잡지 기사나 신문 논설을 자료로 하여 진행되었으며 전기물에 관한 연구 역시 개별 단행본 분석을 통해 이루어졌는데, 이는 좀 더 거시적 시야를 통해 통합적으로, 그러나 동시에 실증적으로 접근할 필요가 있다. '위인'의 표상은 매체·장르를 가리지 않고 등장했으며 따라서 위인의 '개념'과 '담론', '텍스트'는 서로 조응하며 형성·기능했던 것이다. 이를 전반적으로 파악하기 위해 '개념·담론·텍스트'를 관통하는 시대성을 읽어내고, '누가' '누구를' '어떻게' 이야기했는가 그 생산 메커니즘을 구체적으로 밝힐 필요가 있다. 텍스트 수용 주체의 정체성과 목적, 수용경로에는 사실상 해당 텍스트의 사회 · 문화적 존재 의미가 내포되어 있기 때문이다.

넷째, 번역전기물의 문화사적 의미가 충분히 검토되지 않았다. 번역전기물은 출판시장 및 교육 현장에서 독자 개인에게 적극 권장 · 소비되며 그들의 사상과 실천에 영향을 미친 독서물이었다. 실제 독서장에서 독자들은 최근 독서 및 감명 깊은 책으로 위인전기를 빈번히 거론하고 있었다. 식민지 자본주의의 일상생활 속에서 소비된 번역전기물은 개인의 사회 내 역할 및 개인의 인격 · 도덕이 일상에서 도야 · 발현되는 사례를 서술했다. 당시 논설과 소설 역시 '도덕과 실천'의 주체로서의 개인을 모색하고 있었다. 이때 전기는 실존인물을 주인공으로 논픽션 서사를 표방하며 보다 구체적 형상을 제시했으며 신문 · 잡지 등의 매체 역시 이러한 전기 · 자서전 자료를 기사의 소재로 했고, 연극 · 영화 등 타 장르 문화를 통해서도 재현되고 있었다. 즉, 전기 · 자서전은 사회적 파장이 큰 독서물이며, 사회 속에서 개인이 존재하는 방식에 관해 전면적으로 서술한 서사물이었다. 개인의 삶이 공적으로 재현되는 방식에 관한 사회 · 문화 · 역사적 탐구는 보다 심화될 필요가 있다.

2. 연구 대상과 방법론

1) 연구 대상

본고는 식민지 시기 위인전기 및 위인개념의 변화를 파악한 후 근대 위인전기의 특징이 형성 · 정착되는 시기인 1910~1920년대 전기물을 집중 조명한다. 이 때 신문 · 잡지 매체에서 위인이나 전기를 언급하는 방식도 함께 검토한다. 이야기로서의 위인의 삶은 비단 전기 단행본에 머물지 않고 각종 매체에서 소재로 활용되며 보다 넓은 독자층에게 영향을 끼쳤다. 당시 유입되던 서구 위인은 대체로 생존 인물로 이들에 관한 기사는 현장감 있게 보도되면서 독특한 아우라를 주조했기 때문이다. 이 시기 번역 위인전기물의 출판·기획·번역의 주역은 한성도서주식회사[24]와 장도빈, 김억, 강매, 노자영이다. 따라서 번역·창작 전기 간행에 주력했던 이들의 활동과 식민지 시기 유일한 번역 위인전기 총서를 발간한 한성도서주식회사, 그리고 번역전기를 주된 분석 대상으로 한다. 이때 비단 한성도서 출판물에 한정짓지 않고 동일 인물 전기가 중복 발행되었을 경우 이들 간의 공시적·통시적 비교 검토를 통해 역자와 매체에 따른 번역 초점이나 번역어의 차이도 파악한다.

번역 위인전기사나 출판사(史)라는 전체 지형도 속에서 이들을 먼저 살펴보아야 할 까닭은 다음과 같다. 1920년은 문화통치가 가시적으로 시작된 시기로 신문·잡지·출판사 등록 허가가 다수 이루어져 이른바 상업적·대중적 출판사들이 대거 설립되게 된다. 이 중 한성도서는 1930년대 후반에 이르면 영업세액 규모가 박문서관에 이어 두 번째가 되기에 이른다.[25] 한성도서 위인전기 총서는 식민지 시기 번역 위인전기물 중 차지하는 비중이 압도적일 뿐 아니라 이전 시기와의 차별점과 시대별 축적을 종합적으로 보여주기도 한다. 1910년대 장도빈의 활동과 함께 한성도서 출판물을 살피는 작업은 번역 위인전기사의 주요 흐름 속의 분수령에 해당하는 지점을 살피는 일이 된다.

게다가 본격 기업체형 주식회사 출판사였던 한성도서주식회사는 1930년대에 이르면 박문서관과 선두를 다투는 최대 규모 출판사로 자리

---

24 이하, 한성도서주식회사는 한성도서라 약칭하기로 한다.
25 방효순, 『일제시대 민간서적 발행 활동의 구조적 특성에 관한 연구』, 이화여대 박사논문, 2001.

를 확고히 하게 된다. 식민지 시기 출판계에서 한성도서의 출판 및 판매물이 차지하는 비중이 상당하기 때문에 이 시대 출판계, 독서장을 온전히 파악하기 위해서는 그 연구가 필수적이라 하겠다. 한성도서는 설립 초기 세계 문학을 적극적으로 번역 발간하며 번역문학사에 주요한 공헌을 했을 뿐 아니라, 번역 위인전기 총서를 무려 40여 권 규모로 기획 광고하여 구소설이나 실용서 위주로 사업을 유지하던 다른 출판사와의 차별성을 확보했다. 실제로는 13여 권을 발간하는데 이 정도 규모라도 1920년대 초 발간된 전집·총서류로는 독보적이다. 이 총서의 주요 번역자는 김억·노자영·강매였고 서문 담당자는 장도빈이었다. 장도빈은 1917년에 수양총서로서 창작 번역 위인전기를 저술했으며 1925년에는 자신의 출판사 고려관에서 창작전기를 대거 간행한다. 이 총서는 양적으로뿐 아니라 질적으로도 일고의 가치가 있으며, 근대적 내용·형식으로 발간된 본격 번역전기물이므로 번역전기 연구에서 우선적으로 규명되어야 할 존재이다.

1920년대 한성도서 위인전기 총서는 애국계몽기의 주요 출판물로 인식되고 있는 '역사전기물'과의 연속성과 불연속성 속에서 존재한다. 한일병합 이후 총독부는 이전 시기까지 발간되던 대부분의 역사전기물들의 발간을 금지시켰다. 따라서 1920년대 간행된 번역전기물은 검열 통과와 대중들의 요구, 상업적 이윤, 그리고 계몽적 효용을 모두 만족시키는 출판물로 거듭났다. 주로 1921년에서 1923년 사이 초판이 발행된 이들 전기물은 애국계몽기를 주름잡던 1910년대 이전의 전기물과는 주체·대상·목적이 달라졌다. 따라서 1920년대에 이르러 주식회사 출판사가 설립 초창기부터 기획한 전기물은 그 상업성도 검증받은 것이어야 함은 물론이려니와 검열을 통과하기에도 적절한 것이어야 했다. 즉 1910년대 이전의 번역전기물들이 국가 존립의 위기 상황에서 애국계몽의 목적을 띠고 구국의 영웅을 주인공으로 하는 역사 전기물의 성격을 띠고 있었다면, 1920년대의 주인공들은 사상, 예술, 종교, 발명, 실업, 과학, 정치, 군인 등 다양한 분야의 종사자들로 구성되었다. 또한 1910년대 이전에는 일본어본뿐 아니라 중국어본을 통한 번역·중역·번안의 가능성을 생각해볼 수 있었다면, 1920년대에 이르면 일본어본이 직접 유입되고 번역되었을 가능성이 월등히 높아지게 되었다. 무엇보다도 애국계몽기 번역전기물에는 신채호, 박은식, 장지연, 유길준 등 역사학자, 민족학자, 관료, 신소설 작가가 번역자로 개입되어 있었던 데 반해, 1920년대 번역전기물의 필자들은 그 다음 세대 역사학자, 문인, 교육자로 손이 바뀌게 되었다.

본 연구는 문화 정책에 의해 본격 출판 인쇄물의 시대가 열리는 1920년을 전후한 시점을 번역물의 내용, 유입 경로, 의도, 번역자마저도 달라지는 번역전기사의 분기점으로 본다. 1920년대의 변화는 1910년대에 서서히 진행되었다. 1920년대 한성도서에서 주요한 역할을 하게 되는 장도빈은 1910년대 후반 번역전기를 발간하는데 이 시기가 되면 번역전기는 성공을 향한 수양서의 성격을 확고히 하게 된다.

1910년대를 거치면서 위인전기의 성격은 제도적 차원뿐 아니라 담론적 차원에서도 변화했다. 이제 위인전기물은 근대 국민 국가라는 틀 속에서 각자의 직분에서 공헌한 인물들을 위인으로 편입시킴으로써 '공인'의 상을 구축했고, '도덕적 수양과 세속적 성공', '사익과 공익', '부와 윤리'를 연결시켰다. 서양인을 주인공으로 하여 식민과 자본주의 속에 움튼 이상적 주체상의 제면모를 구체적으로 서술했던 근대 번역 위인전기는 자본주의화와 서구화, 식민의 문제가 응축된 근대화의 핵심 개념을 반영하고 있다.

그런데 이렇게 제도적, 담론적 차원에서 이전 시기와 구분되기 시작한 1910~1920년대 전기물에 관해서는 주목된 바가 없다. 게다가 일제시대뿐 아니라 해방 이후에도 번역전기물이 중요한 창작물, 문예물로 인정받지 못하고 많은 경우 '번역·번안'뿐 아니라 기존 번역물의 '편집, 표절' 등을 통해 관습적으로 출판되기도 하였다는 점을 감안하면 그 초기 작업이 애초에 누구에 의해 어떻게 이루어졌는지 파악하는 일은 중요하다. 번역 원본을 찾아내는 작업은 당시 식자층, 출판 관계자, 전기물 번역자들이 어느 외국 전기물을 접하고 있었는지를 파악하는 일, 즉 지식인들의 독서장을 파악하는 일, 그리고 식민지 시기라는 역사적 특수성을 고려하자면 제국의 도서가 근대화와 서구화를 겪던 식민지에 유입 전파되는 경로를 파악하는 작업이다. 국경을 넘어 정착된 서양 위인전기는 역사적 질곡이 많은 근대의 한 세기를 풍미했다. 이를 연구의 대상으로 삼아 한국 근대 전기물의 보편성과 특수성을 규명하고자 하며 이는 결국 한국인의 인간관과 인생관, 세계관을 파악하는 일이 될 것이다.

2) 방법론

번역 위인전기 연구는 개념 정리와 실증적 자료 조사, 그리고 담론 분석을 필요로 한다. 위인전기는 위인에 관한 사회적 개념을 반영 혹은 선도하고, 번역과 출판의 주체와 대상·경로·의도 등은 위인전기 텍스트의 서사적 특성을 규정한다. 그리고 텍스트의 서사 내용은 개인의 정체성을 주조하는 사회적 담론과 연관된다. 번역 정황에 대한 실증적 연구를 바탕으로 할 때에 번역 주체가 수용한 서사의 특수성과 보편성이 비로소 밝혀질 수 있으므로 실증 연구와 담론 분석은 분리될 수 없다. 따라서 본 연구는 이 세 가지 접근 방법으로 사상·제도·장르를 통해 형성된 근대적 위인전기의 사회적 존재 양태를 총체적으로 파악하고자 했다. 그런데 이러한 식민지 시기 번역 위인전기의 서지 목록이나 출판 정황조차 규명되어 있지 않은 상황이므로 이에 관한 실증적 자료 조사가 선행될 필요가 있다.[26] 따라서 본론은 크게 다음의 세 가지 작업으로 이루어져있다. ① 위인·영웅 개념 및 위인전기의 시대별 변화를 검토하고 ② 그 서사적 기반인 위인전기물 출판과 번역의 제도적 토대를 실증적으로 파악하며 ③ 시대적 담론과의 연관 속에서 개별 텍스트의 사회적 의미를 밝힌다. 이 연구의 궁극적 목적은 텍스트가 사회 속에서 형성한 세계에 대한 이해이므로 텍스트 자체뿐 아니라 그것을 둘러싼 언설과 제도, 인간 행위가 모두 참조의 대상이 된다.

이를 위해 본 연구는 분석 대상으로 삼는 '번역 위인전기 총서'의 각 항목인 '번역', '위인', '전기', '총서'에 다음과 같은 시대를 읽는 개념이 압축적으로 반영되어 있음을 전제로 한다.

첫째, '번역'에는 '서구화, 식민화, 조선적인 것'의 문제가 가로놓여 있다. 일찍이 유길준의 『서유견문』(교순사, 1895)[27]은 서구 문명을 소개하면서 증기기관, 전선의 발명자와 같은 과학자들의 소전(小傳)을 소개했다. 조선에는 결여된 서양 문명에의 욕망이 그 문명을 창조한 인물에 대한 탐구를 불러일으킨 것이다. 서구 위인전기가 탄생하게 된 직접적 욕망은 이와 같았다. 이후 식민지 시대에 이르면 메이지 시대 이래 대거 발간된 일본의 서양 위인전기가 조선에 번역되어 들어왔다. 서양을 형상화하고 모방하고 동일시하며 동시에 그에 대칭하는 무엇이 일본에도 있으리라는 발상으로부터 일본적인 것이 요청, 발굴, 창조되는 메이지 시대의 메커니즘이 이렇게 조선에서도 재현되고 있었다.

일본이 자국의 필요에 따라 차용한 서양인의 형상을 조선이 번역·편집 수용하는 현상에 대한 실증적 고찰은 식민지 시기 일본의 출판 및 문화 영향력을 구체적으로 어떻게 받았는지를 규명하는 일이 된다. 게다

---

26 자료 열람에 도움을 주신 연세대 국학자료실 김명주 주임께 감사를 표한다.
27 유길준, 허경진 역, 『서유견문』, 서해문집, 2004.

가 당시 전기물은 번역본이면서도 번역임을 명시하지 않는 경우가 대부
분이어서 그것이 무엇의 번역본인지를 밝히는 작업은 '조선적인' 것이
라고 여길 수 있는 문화의 원천이 어디에 기원하고 있는지를 밝히는 일
이기도 하다. 서양 문명의 창조자로서의 서양 위인의 형상은 "미래를 향
해 사람을 행동하게 만든다"는 점에서 "실천적"[28]이며 '서양의 얼굴'은
이에 대응하는 '자국의 얼굴'을 호출한다는 점에서 "쌍형상화 도식"[29]의
틀에 적용될 수 있다. 서양 위인전기와 조선 위인전기가 쌍을 이루어 발
간되었는가 하면, 서양 위인전기에 뒤이어 조선 위인전기가 발간된 것
은 그 사례에 해당한다.

　둘째, '위인'은 인류 역사의 어떤 지점을 대표하는 인물이다. 대표는
"공공의 영역에서만 일어나며 '사적인' 대표는 존재하지 않는다."[30] 즉
위인은 공적 영역의 대표자로서 가시적으로 형상화된 존재이며 근대 이
후의 위인전기에는 필연적으로 근대 국민 국가 형성에 기여한 인물인
'공인'이 편입되었다. 대표자는 어떤 권위를 획득하게 된다. 식민지 토
론, 연설, 강연장에서 발화자가 서구 위인의 사례를 빈번히 드는 수사법
이 정착된 것은 이러한 대표적 인물을 통해 과시적 공공 권위를 획득하
고 정신적 공감을 불러일으키기 위해서였다.[31] 위인전기에서 이들의
'덕(德)'은 체화되고 공적으로 표현'[32]된다. 시대의 역사관 또한 위인의 선

28　일본 대 서양이라는 비교의 틀과, 그 허구적 형상의 역동성에 관해서는 사카이 나오키의 『번
역과 주체』, 이산, 2005, 119면에서 가져와 '서양 위인의 형상'이라는 본고의 연구 대상에 차
용하였다.
29　일본이 번역을 통해 자신의 민족적, 국민적 정체성을 형성한다는 의미에서의 "쌍형상화
도식"이라는 용어와 개념에 관해서는 위의 책을 참조할 것.
30　위르겐 하버마스, 한승완 역, 『공론장의 구조 변동』, 나남, 2001, 69면.
31　과시적 연설에 담긴 위계질서와 공감을 대표성과 연관시킨 논의는 슈미트(C. Schmitt)를
참조. 위의 책, 70면에서 재인용.
32　위의 책, 70면. 하버마스는 계급사회에서 왕과 영주와 같은 인물의 과시적 공공성의 핵심
으로 '덕의 체화와 공적 표현'을 꼽았다. 태생적 계급이 해체된 근대 사회에서 위인이 권위
를 획득하는 방법이 이와 유사하므로 '위인전기'의 전략을 설명할 때 이를 차용했다.

택에 영향을 미친다. 인류사를 영토 전쟁이나 혁명의 역사로 볼 때 장군
과 황제·혁명가가 주목되듯이, 근대 정치·경제·문화·과학을 중심
으로 보게 되면 또 다른 인물들이 부각된다. '위인'의 규정과 선택과 형
상화는 '이상적 주체' 개념의 변화와 사회 체제, 세계관, 역사관, 인간관
의 변화에 근거한다.

　무엇보다도 새로운 인간형의 탄생은 근대로의 전환을 알리는 경종(警
鐘)이다. '근대적 위인전기'에 등장한 새로운 주인공은 신적 영웅(a her
o)에서 노력형 위인(a great man)으로 사회적 요청이 이동되었음을 보여준
다.[33] 누구나 위인의 미덕을 따라하면 위인이 될 수 있다는 식의 사고가
보급되게 된다. 귀족, 왕족, 성직자 등 계급으로 구분되던 과시적 공공
성의 대표자들은 그 권위와 세습이 해체되었고 직업신분이 사적 자율성
의 영역, 부르주아 사회의 영역을 이루게 되었다.[34] 봉건 제도가 사실상
해체된 식민지 조선에서 역시 직업 신분의 시대가 열리고 있었다. 수양
과 노력을 통해 누구나 성공하고 진보할 수 있다는 사고는 자본주의와
근대 교육 제도라는 두 가지 체제 변화 속에서 가능했다. 이러한 정황
속에서 일본과 조선의 청년들은 자조론을 적극 받아들였다. 자조론 담
론은 사무엘 스마일스의 *Self-Help*를 기원으로 하는데, 이는 일본의 메이
지시대 청년들에게 영향을 미친 3대 저서로 꼽힌다. *Self-Help*의 일본어
번역본인『서국입지편』(1871)은 '입지성공'을 꿈꾸는 청년 계층들에게 산
업혁명 이후 위인들의 전기 및 일화, 금언을 제시하여 '사업으로 돈을 번
영웅'이나 '직업에서의 영웅'도 영웅이라는 구체적 사례와 가능성을 제
시했다.[35] 이것은 식민지 조선에서도 수차례 번역되어 문화주의운동으

---

33 '근대적 전기물(a modern biography)'의 전기 작가, 서술 방법, 서사 특징 및 주인공의 특성
에 관해서는 Andre Maurois의 *Aspects of Biography*(Turtle Point Press, 2010(초판은 1929)의
Modern Biography장을 참조할 것.

34 하버마스, 앞의 책, 75면.

로 방향 전환이 이루어진 청년 지식인들의 민족·계몽운동에 영향을 미쳤다.[36] 관직으로의 진출이 막힌 식민지 청년 지식인들에게는 실업에의 권고가 이어졌고 도덕적 수양과 일상적 노력을 통한 자수성가가 독려되었다. 그들은 이러한 일상생활의 실천을 통해[37] 근대적 체제 속에 편입해 들어갔으며 그럼으로써 개인의 성장 속도가 민족의 발전 속도에 맞추어지게 되었다.

셋째, '전기'는 독자의 정체성 형성에 기능한다. 식민지 조선의 독자는 과거 서구 인물의 성장을 간접 경험함으로써 미래의 자신에게 투사했다. '퇴보'나 '정체'가 아닌 '성장'의 서사만 '위인전기'가 될 수 있으며 이로써 개인의 '성장 서사'는 인류의 '진보 서사'와 하나가 된다. 전기는 역사·사회 속 개인의 역할에 대한 평가를 담고 있는 것이다. 당대의 지배 규범을 모범으로 제시하는 전기문학은 한 인물이 그의 삶을 시대의 요구에 어느 정도 부합시켰는가를 보여준다. 따라서 '영웅숭배' 혹은 '우상파괴'라는 극단의 태도를 견제한 채 실증적으로 전기에 접근하는 연구는 인간의 정신적, 물질적 성장을 기술하는 서사적 관습과 인간에 대해 거는 희망을 파악하는 일이 될 것이다.

또한 전기물이란 개인의 '사적 생활(private life)'이 '공적 이미지(public image)'[38]로 변모하게 되는 서사 공간이다. 전기물 출판 및 독서는 개인의

---

35 '사람들 모두가 영웅'이라는 평민주의가 '영웅숭배'와 미묘하게 공존했던 메이지 시대의 특성에 관해서는 고모리 요우이치·타카하시 테츠야 편, 『내셔널히스토리를 넘어서』, 삼인, 2000, 226~229면.

36 자조론의 조선 및 일본에서의 수용에 관해서는 최희정의 박사논문을 참조. 최희정, 「한국 근대 지식인과 '자조론'」, 서강대 박사논문, 2004.

37 미셸 드 세르토의 일상생활의 실천에 관해서는 하르투니언, 윤영실·서정은 역, 『역사의 요동』, 휴머니스트, 2006, 215면.

38 'private life'와 'public image'의 용어 및 의미는 다음 글에서 차용. Elinor A. "Accampo, Private Life, Public Image", Jo Burr Margadant(ed), *The New Biography : Performing Femininity in Nineteenth-Century France*, University of California Press, 2000.

사적 삶이 공중을 통해 공유되며 공적 이미지를 획득하게 되는 과정이며 이러한 신문·잡지와 같은 근대 인쇄매체의 보급도 한 몫 한다. 이는 '위인 = 공인'이 된 근대적 위인의 개념과 연결된다. '공인'은 '공공심'을 '공공사업'을 통해 실천한 인물일 뿐 아니라 공중들에게 공개적으로 공유되는 인물로 형상화된다.

게다가 전기는 일화나 간략한 요약을 통해 이를 읽지 않은 이들에게도 구두로 전승되어 반복 확산되며 정체성을 생산한다.[39] 식민지 조선에서 번역 위인전기라는 서사물은 유일무이한 작가나 역자의 존재에 근거하지 않고 여러 작가에 의해 개작·변주·재생산될 수 있는 정보와 서사 구조를 가지고 있다. 그것은 새로움이나 독창성보다는 반복성이 있고 "개인적 체험이 이야기됨으로써 공공의 경험이 되고 전승 가능하거나 축적 가능한 지식이"[40] 되며 "경험을 모방하고 공동화"한다는 점에서 전근대적 '이야기'의 성격을 품고 있다. 이야기는 "윤리적으로", "안내인으로", "격언이나 처세술이라는 형태로" 존재하고 그 "화자는 청자에게 조언할 자격이 있는 남자"이기 쉽다는 분석 역시 식민지 시기 번역전기물, 특히 자서전에 적용될 수 있다. 서양 인물의 이야기가 읽히고 들리고 소비되는 한 그들의 경험은 전수되고 모방될 것이다.

무엇보다 전기는 '사실과 허구', '역사와 문학', '예술과 대중독물' 사이에 존재한다. 이러한 전기의 다양한 특성이 고려될 때 전기의 존재 의미가 온전히 밝혀질 것이다. 따라서 전기 연구 시 생산과 소비의 메커니즘에 관한 정리뿐 아니라 전기라는 장르의 본질 및 서사적 특성에 관한 논의를 지속할 필요가 있다.

---

39 "반복되는 이야기는 일정한 전언을 생산하는 통사적이고 의미론적인 규칙들의 조직적 체계 문법의 작동을 알리는 것이다. (…중략…) 이야기는 정체성을 생산한다." 신형기, 「이야기의 역능과 김일성」, 『현대문학의 연구』 41, 한국문학연구학회, 2010.6, 291면.
40 같은 단락에서 인용구는 다음의 책 참조. 노에 게이치, 김영주 역, 『이야기의 철학』, 한국출판마케팅연구소, 2009, 76면.

넷째, '총서'는 소재의 다양성과 형식의 획일성을 한 몸에 담고 있는 집합체이다. '번역 위인전기 총서'는 인물의 수만큼이나 다양한 시대 배경, 민족, 직업, 업적, 성별을 담고 있다. 고대와 중세 · 근대 · 최근의 인물이 뒤섞여서 이루어진 이들 구성은 그 자체로 '비동시성의 동시성'[41]을 특징으로 하는 근대적 산물이다. 따라서 다양한 시간성뿐 아니라 지역성이 공존하는 위인전기 총서를 일상생활에서 읽게 되는 독자는 파노라마처럼 나열된 세계를 체험하게 된다. 또한 식민지 시기 번역 위인전기 총서는 현재와 미래, 지역과 세계가 만나는 일상적 공간을 적극 창출한다. 서양 어른의 성장담, 성공담이 동양 소년 · 소녀에게 읽히는 한, 시간적 단축을 통해 공간적 차이를 극복하려는 욕망과 실천은 계속될 수밖에 없다.

최초의 위인전기 총서는 인간에 대한 새로운 이해가 펼쳐지기 시작했음을 보여주는 상징적 징후이다. 총서목록은 사농공상뿐 아니라 왕후장상의 엄연한 위계질서가 표면상 와해되었음을 보여준다. 일본에서 발간된 위인 전집들은 예수, 석가, 마호메트부터 루터, 콜럼버스, 엘리자베스 여왕, 셰익스피어, 카네기, 나이팅게일까지 나란히 세움으로써 신적 인간에서부터 종교가, 왕족, 탐험가, 실업가, 간호사를 나란히 나열한다. 이는 18세기 영국 부르주아 공공영역에서 인물이 계급이 아닌 성의 머리글자인 알파벳 순으로 나열되기 시작했던 것처럼[42] 표면적으로 평준화된 인간군상을 상징한다.

이러한 이해 위에서 본 연구는 '번역 위인전기 총서'에 접근했다. II장은 위인에 관한 담론과 위인 개념, 그리고 위인전기물의 변모 양상을 살피고, III장에서는 1910년대의 전기물에서 보이는 특징 및 변화와, 이를

---

41 에른스트 블로흐의 용어. 하르투니언, 앞의 책, 216면에서 재인용.
42 테리 이글턴, 『비평의 기능』, 제3문학사, 1991, 34면.

거쳐 1920년대 정착한 위인전기 총서의 번역과 출판을 둘러싼 실증적 사항을 밝히고자 했다. IV장에서는 이러한 위인전기 총서가 근대적 신 위인상을 어떻게 형상화했고 그 의미는 무엇인지 규명하고자 했다.

이렇게 본고의 본론은 II~IV장까지 총 3개의 장으로 이루어져 있으며 각 장이 다룰 구체적인 내용은 다음과 같다. II장에서는 위인 개념과 그 전기물의 시대적 변모 양상을 전체적으로 조망한다. 먼저 근대 초기 각종 사전들과 지식인들의 언설에 나타난 '위인'과 '영웅'의 개념 규정을 살펴보고 공시적, 통시적 변화 지점을 살핀다. 이러한 위인 개념의 변화와 함께 위인전기물 역시 시대별로 어떻게 변화해왔고 출판시장과 독자대중은 이를 어떻게 향유했는지를 살펴본다.

III장에서는 1910년대를 거쳐 1920년대에 이르기까지 장도빈과 그가 주도했던 출판사 한성도서주식회사를 통해 '위인'의 개념과 '전기물'이 어떻게 변화되고 정착되는지를 밝힌다. 그 과정에서 근대 번역전기물의 특성인 '서양과 조선의 대응관계', '영웅과 위인의 길항' 그리고 '노력과 성공의 역학'이 첨예하게 드러나는 모습을 보게 될 것이다. 그리고 1920년대 발간된 최초의 번역 위인전기 총서가 어떠한 성격의 출판사와 번역가를 통해 어느 판본을 번역 원본으로 하여 기획 번역된 것인지를 밝히는 작업을 한다. 비단 번역전기뿐 아니라 1920년대 번역문학사나 출판사에서 중요한 공헌을 한 한성도서와 그 주요 번역가들의 전모와, 원본으로 삼았던 일본어본 판본과 조선어본의 차이도 밝힌다.

IV장에서는 근대 국민국가에 공헌하는 이상적 지식인 주체를 형상화한 전기물을 분석한다. 경제적 공인으로 형상화된 『프랭크린』과 인류의 은인으로 칭송된 『월손』, 그리고 이상적 여성상으로서의 『세계명부전』이 주된 분석 대상이다. 『프랭크린』 자서전이 미국에서 일본을 거쳐 조선에 오면서 정치적 의미가 탈각되고 직분의 윤리로, 다시 경제적 공인으로 변모됨을 밝힌다. 그리고 1910년부터 시작된 프랭클린 서사의 수용사를 통해 점차 '수양서 → 실업소설 → 공공심의 자본주의적 실천 서사'로 방점이 이동되었음을 밝힌다. 근대적 주체를 형상화하는 위인전기는 '공익과 사익'의 조화 가능성과 '노력과 성공', '도덕과 부'의 인과관계를 약속한다. 윌슨 전기의 발간은 세계의 동태를 거의 동시적으로 파악하게 된 현실을 반영하며 윌슨의 민족자결주의에 대한 관심은 독립의 희망을 미국에 걸며 강화하게 되는 식민지 조선의 대미 의존성을 보여준다. 『세계명부전』을 통해서는 서양부인을 주인공으로 한 여성전기물이 공인인 남성을 가정에서 보조하는 존재로서 여성을 서술하고 있었음을 밝힌다. 개인 전기가 아닌 열전이라는 형식으로 존재했던 서양여성전기 『세계명부전』은 기본적으로 현모양처 서사가 지배적임을 부인할 수 없다. 여성전기사에서 『세계명부전』은 이전의 『라란부인전』과 이후의 『조선부인전』과 비교해볼 수 있다. 그리고 현모양처 서사의 강조는 서양 '소년'이 주인공인 그리고 조선 '소년'을 독자로 하는 위인전기의 유행과 맞물려 있었다.

위인 개념과 위인전기의 변모 양상

1. 지식인 언설에서의 '위인'

1) 위인 개념의 변화

'위인전기물'은 '위인·영웅'에 관한 사회적 관념과 조응하며 존재한다. 이번 항에서는 이상적 주체를 뜻하는 어휘의 개념 변화를 근대 초기 사전과 신문 논설을 중심으로 살펴본다.

(1) 사전적 정의의 변화

'위인'과 '영웅'을 비롯한 이상적 주체를 가리키는 어휘들은 서로 의미 차이를 통해 변별력을 획득하며, 시대에 따라서 그 의미가 변화하기도 했다. 1900년 이래로 '영웅, 호걸, 위인, 군자, 대인, 신사' 등의 다양한 어휘가 언급되고 있었고 이들 간에 세밀한 의미 차이는 있었으나 이는 결국 이상적 주체를 칭하는 것이었다.

그렇다면 근대 초기 사전에서 '위인'과 '영웅', 그리고 당대에 이상적 주체를 가리키던 그 밖의 용어들인 '호걸, 성현, 철인, 신사, 군자, 대인, 공인, 신사' 등은 어떻게 정의되고 있었을까? 우리말 사전과 이중어 사전, 그리고 일본어 사전을 통해 그 정의의 유사성과 차이점을 밝히고자 한다. 외국어와 자국어의 기표와 기의를 대응시키려 했던 이중어사전들을[1] 통해 이러한 용어가 외국어의 유입과 함께 보인 변화를 파악할 수 있을 것이다. 『한영—영한자전』(1890),[2] 『한영ᄌᆞ뎐』(1897),[3] 『영선자전(*A English Korean Dictionary*)』(1925),[4] 『우리말사전』(1938)[5] 그리고, 일본어사전 『大漢和辭典』(1925)[6]과 『綜合 漢和辭典』(1939)[7]을 살펴보았다. 이들 사전이 언급하고 있는 어휘를 시대순으로 살펴보면 다음과 같다.

1890년 『한영—영한자전』의 '한영' 부문에는 '호걸'만 등재되어 있으며 이는 영어로 "a magnanimous man, one who is generous, well-bred, a hero"라고 풀이되어 있다. '영한' 부문에서 'hero'에 대응하는 조선어는 '호걸'과 '영웅'이 기재되어 있다. 1897년 『한영ᄌᆞ뎐』에는 '영웅', '영웅호걸', '호걸'만이 등재되어 있고 이에 해당하는 영어로는 'hero'가 표기되

---

1 근대 이중어사전의 전모를 살피고 종합한 최근 연구 성과가 있다. 황호덕·이상현, 『개념과 역사, 근대 한국의 이중어사전 : 외국인들의 사전 편찬 사업으로 본 한국어의 근대』 1~11, 박문사, 2012.

2 Horace Grant Underwood, assisted by Homer B. Hulbert, 『한영—영한자전(*Korean Dictionary*)』, Yokohama: A.B. & James S. Gale, A.B., 1890.

3 James S. Gale, 『한영ᄌᆞ뎐』, Yokohama : Kelly & Co., 1897.

4 Horace Grant Underwood & Horace Horton Underwood, 『영선자전(*A English Korean Dictionary*)』, Seoul : Seoul YMCA Printing Department, 1925.

5 청람 문세영, 『우리말사전』, 서울 : 삼문사, 1938(초판은 1938, 확인한 판본은 1954년 발행된 7판).

6 服部宇之吉 總纂, 『大漢和辭典』, 東京 : 春秋書院, 1925(大正14).

7 小柳司氣太 著, 『綜合 漢和辭典』, 東京 : 博文館, 1939(昭和14).

어 있다. '위인'과 '신사'는 아직 없으며 '군자'와 '대인'은 있는데, 그 풀이
는 각기 '군자-the perfect man, the superior man', '대인-a gentle man, a
great man'이다. 그런데 영미권에서는 'hero'는 '중세적 영웅'을, 'great
man'은 '근대적 위인'을 뜻하는 용어로 써왔으니, 'great man'으로 풀이
되던 '대인'은 hero적인 '영웅'이나 '호걸'보다는 '위인'에 근접한 어휘로
이해되고 있었던 것이다.

　당시 새롭게 등장한 '신사'는 '군자'를 대체할 이상적 주체를 뜻하는
신어(新語)로 거론되며 '군자'와 경쟁적 관계에 있었다. 1914년 최남선의
『청춘』에는 「신사연구」[8]라는 글이 실리게 된다. 이 글은 "조선에서 관
용하던 말로 역어하면 「군자」라고 함이 맛당할지나" "군자라는 말은 낡
은 좀내가 나고 신사라는 말에서는 새롭은 향내가 나"며 따라서 "'신사'
라는 말은 영어 Gentleman의 역어이라"하면서 서구적 주체 개념에 대
응하는 어휘로서 '군자'를 밀어내고 '신사'를 보급하려고 시도했다. 근대
적 인물로서 '신사'를 부각시키는 과정에서 이전의 '군자'라는 용어는 전
근대적인 인물로 전락하게 된다. 그런데 최남선은 「신사연구」가 자신
의 잡지 『청춘』에 1914년 게재되었음에도 불구하고 1915년 「고상한 쾌
락」[9]에서는 '신사'대신 '군자'라는 용어를 고수한다. 그는 교육받고 수양
한 문명화된 주체로서 '군자'를, 열등한 주체로서 '소인'을 언급했다. 「고
상한 쾌락」은 "고상한 쾌락", "고등 감각" 등 군자가 함양해야 할 요건들
을 언급하는데 이를 위해 "취미의 양성"에 힘쓰고 "특별한 오락재료"를
발굴할 것을 권고한다. 여기서 언급한 군자의 소양들은 서구 근대 "신
사"의 요건들과 유사한데 이 때 "직업이 스스로 쾌락"인 "학자"가 군자의
대표적 직업 사례로 언급된다. 1910년대 중반 『청춘』 잡지에서 보이는

8　頭公, 「신사연구」, 『청춘』 3, 1914, 65면.
9　최남선, 「고상한 쾌락」, 『청춘』 6, 1915.3.

이러한 '신사'와 '군자'를 둘러싼 언설들은 여전히 이상적 주체를 뜻하는 용어가 혼용되고 있었음을 보여준다.

'군자' 대신 '신사'로 부를 것을 주장했던 「신사연구」에서의 목소리가 무색하게도 최남선은 이후에도 지속적으로 'gentleman'의 개념에 대응하는 어휘로 '군자'를 배치한다. 최남선은 1918년 스마일스의 *Self-Help* 번역본인 『자조론』[10] 상권에서 'The True Gentlemen'의 번역어로 "眞君子"를 선택했으니 사실상 '신사'는 쉽게 정착되지 못했던 것이다. 즉, 1918년 당시 '군자'는 여전히 'gentleman'의 의미망에 근접하며 잔존해 있던 어휘였다. 영미권에서 'gentleman'은 18세기 후반 *Gentleman's Magazine*이라는 잡지의 존재가 보여주듯이 새로운 사회 주체 세력으로 형성되었으며, 이에 귀족과 평민의 구분보다 신사와 서민의 구분이 사회적 지위를 구별하는 핵심 기준이 되었다.[11] 'gentleman'은 보편적 언어를 사용하는 유일한 사회 구성원이나 이렇다 할 직업도 가지지 않고 세속적 관심사에도 초연한 인물을 뜻하기도 했다.[12] 이러한 근대 남성 지식인, 교양인을 뜻했던 서구의 'gentleman'이 '신사'로 번역·수용되는 듯했으나 '신사'라는 문화적 주체상이 실제로 정립되기에는 정치·제도·문화적 차이가 있었으며 본토의 의미 그대로 정착되기는 쉽지 않았다.

1920년대에 이르면 사전에 '위인'이 등장하기 시작한다. 1925년 『영선자전』은 'hero'에 대응하는 조선어로 '호걸, 영웅, 용ᄉ, 인걸, 위인'을 꼽는다. 1890년대 이래로 'hero'의 번역어로 '호걸'이 일반적으로 쓰였으며 '호걸'은 '영웅'과 함께 '영웅호걸'이라고 관용적으로 쓰였는데 1920년대에 이르면 여기에 '용사', '인걸', '위인'이 편승하게 된 것이다.

1938년 문세영의 『우리말사전』에는 이상적 주체를 뜻하는 어휘들이

---

10 최남선 역, 『자조론』, 광학서포, 1918.1.
11 테리 이글턴, 『비평의 기능』, 제3문학사, 1991, 34~35면.
12 위의 책, 68면.

거의 모두 등장하게 되는데 그 어휘 풀이는 각기 다음과 같다.

> 위인 : ① 국량이 위대한 사람, ② 뛰어난 인물.
> 영웅 : 재주 성격이 비범한 인물.
> 성현 : ① 성인과 현인, ② 범속의 상태를 떠나 불도에 들어간 사람, 덕이 높은 중(불가의 말).
> 철인 : 지혜가 밝고 도리에 정통한 사람.
> 호걸 : 여러 사람보다 뛰어난 인물.
> 신사 : 교육이 있고 예의가 바른 사람, 젊잖은 사람.
> 군자 : ① 심성이 어질고 품행이 단정한 사람, ② 공경대부 및 현인, ③ 안해가 자기의 남편을 높이는 말.
> 대인 : ① 부모를 일컫는 말, ② 남을 존경하는 말, ③ 대인군자의 준말.

'위인'과 '신사'라는 어휘는 1930년대에 이르러서야 사전에 본격 등장했고 아직 '공인(公人)'은 보이지 않는다. 이렇게 1938년 사전에는 이상적 주체를 뜻하는 용어들이 총정리 기재되지만 '위인, 영웅, 호걸'의 경우는 사전적 정의상으로는 서로 별다른 변별력을 갖지 않는다. 흥미로운 점은 1897년 『한영ᄌᆞ뎐』에는 'perfect man'이나 'gentleman, great man'으로 풀이되며 보편적 위인의 뜻을 품던 '군자'와 '대인'이 1930년대 사전에 이르러서는 '신사, 위인' 등의 단어의 등장과 함께 의미가 축소되어 풀이된다는 것이다. 이는 이상적 주체상을 지시하는 용어와 개념의 사회적 변화를 암시한다. 이 두 단어가 쓰이던 자리를 다른 단어가 대체하게 되었거나, '군자'나 '대인'이라는 단어가 가지고 있는 특정한 뉘앙스를 풍기는 주체들의 존재 자체가 줄어들기 시작했음을 알 수 있다. 즉 1890~1930년대에 이르기까지 '군자, 대인'이라는 어휘가 설 자리는 점차 협소해졌고 대신 '신사, 위인'의 자리는 확장된 것이다.

그리하여 발간된 1922년의 『英鮮對譯 : 偉人의 聲』[13]은 'great man'에 해당하는 조선어로 '위인'을 선택한다. 각종 서양 위인 명언을 영어문장과 함께 나란히 번역해 놓은 이 책은 "The World"를 "世界 或은 이 世上", "Heart"를 "마음 혹은 愛情"으로 풀이하는 등 유사 번역어들을 복수로 나열하면서도 "Great Men"은 다른 어휘를 고려하거나 망설이지 않고 바로 "偉人"으로 번역하기에 이른 것이다. 이제 서양의 'great man'의 개념과 어휘는 '위인'과 일대 일로 대응되게 되었다. 이처럼 시대별 사전적 정의 및 번역어 선택 사례 등을 통해 이상적 주체를 가리키는 어휘로 1890년대만 해도 '영웅, 호걸'이 지배적이었으나 이후 '위인, 신사'가 추가되면서 '군자, 대인'은 점차 약세로 돌아섰음을 알 수 있다. 그리고 '신사' 어휘의 권고에도 불구하고 여전히 '군자'는 사라지지 않고 일정 부분 관습적으로 쓰이고 있었다.

그런데 시대별 사전적 정의 및 번역 어휘의 변화는 '위인, 영웅, 호걸' 등 각 어휘 사이의 뚜렷한 의미 차이는 드러내주지 못한다. 일본어 사전 역시 당시 '위인'과 '영웅'의 의미 차이를 섬세하게 드러내지는 않았다. 한자 단어를 일본어로 풀이한 사전인 『綜合 漢和辭典』와 『大漢和辭典』를 보면 1925년 '偉人'은 '俊, 賢, 哲, 豪, 英, 秀, 大人物'의 의미를 모두 포함했다. 1939년 『綜合 漢和辭典』은 '英雄'을 '재지무략의 특징이 비범한 인물'로 정의하며 '偉人'은 보다 광범위한 이상적 인물인 '대인물'로 정의했다. 위인이 영웅보다 보편적 대상을 포괄하는 의미로 정의되었던 것이다.

다음에는 '위인'과 '영웅'의 공시적 개념 차이, 그리고 '위인·영웅'이라는 어휘가 신문 논설을 통해서는 어떻게 기술되었는지 살펴보고자 한다.

---

13 윤치호 교열, 백대진 · 최연택 편, 『英鮮對譯 : 偉人의 聲』, 문창사, 1922, '위인'편은 63~64면.

(2) 1900~1920년대 신문 논설을 중심으로

근대 초기 신문은 당시 새롭게 등장하기 시작한 제도, 개념, 사상, 사물의 의미를 독자에게 정의해주는 역할도 했다. 『황성신문』의 한 논설 역시 '영웅, 위인, 성현, 철인, 호걸, 신사' 개념을 조목조목 구분해서 설명하며 이상적 주체를 가리키는 용어들 간의 미묘한 차이에 대한 당대 사전적 정의의 불충분함을 보충해준다.

> 古來偉人의 一言一行이 天下의 氣運을 左右ᄒ고 一擧一動이 世界의 大勢를 震撼ᄒ야 (…중략…) 盖具必要ᄒ 者는 古來偉人의 歷史를 讀ᄒ야 其人物과 事業을 思慕ᄒ며 或當世의 傑士를 交ᄒ야 其言動을 効則ᄒ며 或偉人의 肖像을 揭ᄒ야 敬慕의 意를 致ᄒ며 或聖賢의 遺訓을 誦ᄒ야 修養의 資를 作ᄒ며 或哲人의 遺愛를 玩ᄒ야 其氣韻을 賞ᄒ며 或豪傑의 遺蹟을 訪ᄒ야 其雄圖를 追憶ᄒ며 或英雄의 墳墓를 吊ᄒ야 燒香供花로 其英魂을 慰ᄒᄂ 等事가 是라.[14]

이 글은 정신수양에 힘써야 하는 청년 제군에게 '古來偉人'의 역사를 읽을 것을 권하며 각종 이상적 주체들을 나열한다. '고래위인'으로 나열된 이들은 '걸사, 위인, 성현, 철인, 호걸, 영웅'이다. 이 글은 각 주체의 존재 의미를 풀이하여 당대 이들이 어떻게 인식되었는지 알 수 있다.

각 용어는 '위인-초상-경모', '성현-유훈-수양', '호걸-유적-웅도-추억', '영웅-분묘-영혼-위로'로 요약할 수 있다. 흥미로운 것은 '영웅'과 '호걸'의 존재감이 '위인'이나 '성현'과는 명백히 다르다는 것이다. '영웅, 호걸'은 그들의 '유적, 분묘를 통해 이들의 웅도를 추억하거나 영혼을 위로하는 대상'이다. '영웅, 호걸'이라 칭하는 이들은 대체로 타인이나 집

---

14 「精神修養에 關ᄒ 補助方法으로뻐 靑年諸君에게 告홈」, 『황성신문』, 1910.7.22.

단을 위해 목숨을 바친 인물로 서술되며 그들은 집단을 위한 희생자로 추모된다. 반면 '위인'은 그 '초상(肖像)'을 높이 들어 공경하고 따르는 대상'으로, 또한 '성현'은 '그가 남긴 교훈을 통해 수양하게'하는 존재로 언급되고 있으니, '위인과 성현'은 국가적, 민족적 차원에서 삶을 바친 자로 묘사된 무사에 가까운 두 존재인 '영웅, 호걸'과는 성격이 달랐다. '영웅, 호걸'에는 그들의 죽음을 추억하며 넋을 달래는 행위가 강조되어 있고, '위인, 성현'에는 그들의 '상'을 통해 공경 모방하며 교훈을 통해 수양하는 행위가 들어 있다. '영웅'과 '위인'의 존재 의미가 이렇게 다르다면 이들 호칭을 내건 전기 역시 의식적으로든 무의식적으로든 의도하는 바가 달라질 것이다. 독자는 '위인'의 '초상'을 형상화하는 '위인전기'라는 장르를 통해 그들을 공경하고 모방하게 될 것이며, '영웅'의 '유적과 분묘'를 기록하는 '영웅전기'를 통해 공동체를 향했던 그들의 죽음을 추모하고 위로하며 집단적 결속을 다지게 될 터이다.

그리고 1900년대 논설에서는 '영웅'의 사회적 인식 변화를 촉구하는 글들을 발견할 수 있다. 신적 존재만이 영웅이 아니고 일상적 존재인 갑남을녀 역시 자신의 일상적 행위를 통해 영웅이 될 수 있다는 주장이 나오게 된다. 다양한 분야에 종사하는 범인들도 영웅일 수 있다는 논설들을 볼 수 있게 된다. 기존 '영웅' 개념에 균열이 오게 된 것이다. 『황성신문』의 한 논설은 '교육, 실업, 웅변 등 사회발전에 힘쓴 인물 모두가 영웅일 수 있다'[15]라고 주장하고 『신한민보』의 논설 역시 "영웅은 머리 셋코 여섯 개의 별다른 형태를 가진 자도 아니며 태산을 옆에 끼고 북해를 건너뛰는 힘을 가진 자도 아니라" "문명의 기초를 지은 자, 애국자, 순교자, 탐험가, 종교가들이 다 영웅"[16]이라고 한다. 기존의 '교육가, 실업가,

---

15 「人心崇拜의 關係」, 『황성신문』, 1908. 12. 10.
16 「偉人功業本乎愛」, 『신한민보』, 1909. 3. 10.

웅변가', '문명의 기초를 지은 자, 애국자, 순교자, 탐험가, 종교가'가 모두 동급으로 '영웅'의 반열에 오를 수 있다는 것이 '주장'으로 제기되는 이러한 현상은 당시 사회가 필요로 하는 '이상적 주체' 즉 '영웅'을 새로 정의해야 할 어떤 '필요'가 생겼기에 벌어진 것이다.

그 필요란 다름 아닌 서구 문명을 접하고 국권이 위협 받는 시대 상황 속에서 변화하는 사회적 요구를 만족시켜줄 만한 새로운 주체 즉 신문명에 기여할 국민의 탄생이었다. 열거된 직업군은 국가적·사회적 공헌도가 높은 것이어서 이들은 결국 '공공'에 이득을 가져올 주체, 즉 '공인'을 뜻하는 것이나 여기에는 '실업가·탐험가'와 같이 다분히 자본주의적이고 제국주의적인 직업군도 당당히 포함되어 있다. 논설자는 결국 '국가에 기여한 자나 국가를 위해 목숨을 바친 자'를 더 위에 세우고 '개인 사업을 하는 자'를 아래에 배치하던 기존의 위계적 인간관을 부정한 셈인데, 이런 식의 논설들을 통해 '국가적 영웅'뿐 아니라 '직업적 영웅'이 탄생할 수 있는 사회적 인식 기반이 마련되어 갔던 것이다.

위와 같은 논의들은 '유명한 소수 영웅'이 아닌 '무명의 다수 영웅'이 필요함을 촉구하던 애국계몽기의 논설들과 뜻을 같이한다. 일찍이 신채호 역시 『대한매일신보』에서 '20세기의 국가 경쟁력은 그 원동력이 한두 사람에게 있는 것이 아니고 그 국민 전체에 있다'[17]고 설파했다. 이처럼 당대 신문 논설 역시 근대적 경쟁은 군사적 영역을 넘어서 정치, 경제, 사회, 문화 모든 방면에서 진행되므로 소수의 영웅만 대망하지 말고 모든 국민은 스스로 최선을 다하라는 논지를 빈번히 펼친다. 이러한 논법에 따라 『이태리건국삼걸전』을 논한 당시의 논설은 그 '삼걸'을 따라 헌신한 이태리 국민 전체가 진정한 영웅이라는 결론에 도달하게 되는 것이다.[18] 이렇게 강조점이 소수 영웅에서 다수 국민으로 이동했으니

---

17   신채호, 「이십세기 신국민」, 『대한매일신보』(『단재 신채호 전집』, 형설출판사, 1977).

'영웅'·'위인'의 개념 자체에도 균열 및 변화가 오게 되었다.

앞서 서두에서 『황성신문』의 예를 통해 '위인'과 '영웅'의 차이를 밝혔는데 그 차이가 이 사례와 같이 항상 드러났던 것은 아니다. 오히려 위의 예는 의미 차이가 부각된 드문 예다. 이 두 어휘는 1930년대까지도 별다른 의식적 구분 없이 혼용되어 쓰이는 경우가 많았다. '위인'과 '영웅'은 의미의 교집합과 여집합을 지닌 채 혼용되었던 것이다.

그런데 의식적으로 구분되지 않고 쓰이는 경우가 있었다 하더라도 이들 두 어휘 중 어느 하나만 쓰이지 않고 나란히 병기되어 사용되곤 하였다는 것은 이 두 단어가 적어도 서로 대체될 수만은 없는 차별적 의미를 지니고 있었음을 암시한다. 예를 들면, '영웅주의'나 '영웅사상', '영웅숭배'라는 말은 일상적으로 쓰였어도 '위인주의'나 '위인사상', '위인숭배'라는 말은 드물었다. 영웅은 어떤 정신적인 편향성을 내포하지만 위인은 객관적 대상을 언급하는 식인 것이다. 이제 이들 두 주체간의 의미 차이를 문맥 속에서 살펴보고자 한다.

1900~1920년대 신문 잡지 기사들을 보면 '영웅'은 대체로 '국가, 조국, 민족, 민중'과 함께 쓰이고, 위인은 단독으로 혹은 '세계'와 함께 쓰임을 알 수 있다. 즉 '영웅'은 '민족·국가' 중심적 인물을, '위인'은 보편적, 이상적 주체 및 세계적 인물을 뜻했다. 다음은 그 용례이다.

「孫氏의 雄畧」, 『신한국보』, 1910.9.6
만청정부를 전복하고 중화 일대공화국을 세우겠다는 세계 위인 손일선 씨는 월전에 하와이에서 일본으로 간 일은 적확한 사실인데 (…중략…) 절대영웅 손일선 씨의 심신이 건강하기를 희망하노라.

---

18 「대호 영웅숭배주의」, 『황성신문』, 1909.7.29.

「을지문덕」, 『황성신문』, 1908.6.3

此光光혼 偉人의 歷史가 偉人을 隨ㅎ야 墓下에 同葬ㅎ얏더니 (…중략…) 祖國
大英雄의 眞面目을 仰瞻케ㅎ니.

위의 두 예문에서 위인은 보편적이고 세계적인 인물을, 영웅은 국가
적이고 민족적인 인물을 뜻한다. 그리고 '영웅'은 '영웅호걸'로, '위인'은
'위인지사'는 합성어로 관습적으로 언급되며 보통 '영웅'의 경우는 '무사
적 인물'을 '위인'은 '문사적 인물'을 뜻했다.

「告海外留學生諸君」, 『황성신문』, 1908.11.1

英雄豪傑과 偉人志士의 事業도 皆於此에 謹愼做去ㅎ얏도다.

당시 '영웅'은 상식적으로는 인물의 '신적인, 초월적 힘'을 뜻하고 '위
인'은 '천사와 같은 내면적 고귀함'을 뜻하기도 했다. 다음은 이러한 당
대의 이러한 일반적 인식을 비판하며 위인과 영웅을 인간의 자리로 내
려놓고 현실적 위인과 영웅의 출현을 고대하는 글이다.

「眞人의 出現을 歡迎하노라」, 『독립신문』, 1922.6.14

無名의 英雄이 集하야 有名의 英雄을 産하며 無名의 偉人이 合하야 有名의 偉人
을 出하난 것이라. (…중략…) 大韓民國의 有名한 英雄이 幾人이며 有功한 偉人이
安在오? (…중략…) 英雄은 神佛이 아니오 人이며 偉人은 天使가 아니오 人이라.

그리고 '영웅'은 '자기 도취적 정신'이라는 부정적 의미를 내포하는 경
우도 있지만 '위인'은 앞서 언급했듯이 '객관적으로 훌륭한 이' '세계적
인물'을 지칭하며 보다 이성적이고 객관적 대상을 지칭하는 때 사용된
다. 다음 글은 '분파적 행동을 취하는 영웅'과, '세계적 위인', '인도적 위

인'과 같이 '위인'과 '영웅'이 결합되는 수식어가 다름을 보여준다.

「安昌浩氏의 演說(第二面續)」, 『독립신문』, 1921.5.21
만일 全部 國民의 힘을 中央으로 集中하는 道를 實行치 안코 各各 제가 英雄이라고 分派的 行動을 取하면 百年을 가더라도 統一을 일을 수 업슬지라. (…중략…) 美國의 例를 드러 말하면 「루스벨트」나 「윌손」이나 「뿌라연」이나 「하딩」이나 그네들이 다 美國의 큰 引導者요 世界的 偉人이라 합니다. 그러나 그 이들은 恒常 잘 싸홈니다. 그이들을 引導者라 偉人이라 하는 것은 싸홈을 誠忠으로 한 때문임니다.

이와 같이 각종 논설에서 드러난 이들의 개념 차이를 〈표 1〉과 같이 정리해볼 수 있다.

표 1. 신문 논설에 드러난 영웅과 위인의 개념 차이

영웅	위인	논설 시기
"영웅호걸"–무사적 인물	"위인지사"–문사적 인물	1908
영웅–분묘–영혼–위로	위인–초상–경모	1910
자기 도취적 인물	객관적으로 훌륭한 이	1921
有名 / 신적, 초월적 힘	有功 / 천사 같은 내면적 고귀함	1922
민족·국가 중심적 인물	보편적 이상적 주체 및 世界的 偉人	1908, 1910, 1921

1900년부터 '武-민족적 영웅'으로부터 '文-세계적 위인'으로 무게 중심이 이동했으며 1910년을 거치며 그 구체적 논의는 서구 문명을 모범 삼아 근대적 직업 영역에 종사하는 인물, 문화적 인물 그리고 자율적 공공심을 통해 공익에 기여할 수 있는 인물에 대한 대망으로 이어졌다. '영웅'의 민족·국가 중심성과 '위인'의 세계적 성격은 동전의 양면처럼 공존하며 시간이 흐름에 따라 '영웅'은 일종의 자기도취적 '영웅주의'로 경계되기에 이른다. 물론 앞서 언급했다시피 이들 의미 구분은 일상적 차

원에서는 뚜렷이 드러나지 않는 경우가 많았으니 모든 필자에게서 명확했던 것은 아니며 논의의 요지에 따라 구분될 필요가 있을 때에만 그 의미 차이를 드러냈다. 일례를 들면 영웅이 무사적 인물을 가리킨다고 하여 반드시 그러했던 것은 아닌 것이 '나폴레옹'을 언급하는 한 기사문의 경우 한 문장에서도 그를 지칭할 때 '영웅'과 '위인'을 혼용했던 것이다.[19]

이렇듯 그 의미 구분이 뚜렷치 않은 경우도 많았던 '영웅'과 '위인'은 1925년 두 권의 전기물을 통해 서로의 차별적 자리를 확고히 한다. 1920년대 초반 한성도서주식회사 출판부장으로 번역 위인전기 총서 발간에 관여했던 장도빈은 자신의 출판사 고려관에서 1925년 『조선위인전』과 『조선영웅전』을 저술·발행한다. 『조선위인전』은 '위인, 식산가, 교육가, 발명가, 예술가'를 『조선영웅전』은 '정치가, 사상가, 군인, 혁명가, 척식가'를 다루었다. 여기서 '위인'은 '문화적 인물', '영웅'은 '정치·군사적 인물'로 직업적으로 분류되었다. 이러한 구분법은 앞서 살펴본 대로 1925년 이전에도 찾아볼 수 있으니 새로운 것은 아니나, 『조선위인전』과 『조선영웅전』은 두 인물군을 직업별로 나누어 별개의 단행본으로 구분한 최초의 근대적 전기물이었다는 점에서 그 의의를 찾을 수 있다.

또한 『조선위인전』 목차 제일 앞에는 '위인' 항목이 있는데, 그 12명의 인물 구성을 보면 다른 항목인 '식산가, 교육가, 발명가, 예술가'에 속한 인물들보다 압도적 인지도를 지닌 인물들이다. '단군, 동명왕, 백제태조, 신라태조, 광개토대왕, 을지문덕, 개소문, 원효, 발해태조, 강감찬, 조선세종, 이순신'인 이들은 거의 개인 단행본 전기로 발간되기도 했던 주요 인물이다. 이들 역시 그 분야를 찾아 들어갈 수 있는 각자의 카테고리가 존재했으나 그와 상관없이 '위인'으로 묶여 있다는 점에서 '위인'

19　「세시간밧게 안잔 영웅 「나폴레옹」 반듯이 낫잠으로 보충하얏슬 것, 위인도 불면증에 못 견된다」, 『동아일보』, 1929.1.14.

이 다른 분야 위인들보다 상위의 개념으로 존재했음을 알 수 있다. 반면에 『조선영웅전』은 따로 '영웅' 항목을 지니고 있지 않는 것을 보면 '위인'이 '영웅'의 자리를 대신해 이상적 주체의 대표적 어휘로 자리 잡게 되었음을 알 수 있다.

　'영웅'의 상이 '위인'의 상으로 대체되는 이러한 시세 변동은 당대 지식인들의 언설에 자주 인용되던 칼라일의 『英雄崇拜論』과 스마일스의 『自助論』을 통해서도 설명할 수 있다. 애국계몽기는 '영웅숭배론'과 '영웅대망론'이 팽배한 시기로 언급되곤 하는데 그 배후에는 지식인 계층의 『영웅숭배론』 저술 수용이 있었다. 『영웅숭배론』은 서구 문명 역사상 시대의 변화에 따라 '신, 예언자, 시인, 성직자, 왕, 문인' 등을 영웅으로 조명한다. 그가 영웅적 자질로 꼽은 것은 인격적 성실성과 도덕적 통찰력이며 그가 말한 "영웅숭배"는 "도덕성을 지닌 위인에 대한 자발적인 존경과 헌신"[20]이었다. 칼라일은 'hero'와 'great man', 그리고 'worship'과 'reverence'를 구분하지 않았으며 성실함을 기반으로 도덕성을 함양하면 누구나 영웅이 될 수 있다고 주장했다. 그런데 막상 칼라일의 『영웅숭배론』은 조선어로 번역되지 않았다. 따라서 그의 텍스트는 그 내용보다는 "영웅숭배론"이라는 제목이 불러일으키는 대로 정치적·군사적·몰아적 숭배로 막연히 이해되기도 했다. 1910~1930년대 서유럽에서 역시 칼라일의 영웅숭배가 '총통숭배'를 지지하는 이론과 저술로 이용되었던 전사가 있다.

　조선은 오히려 그 이후 『자조론』의 영향을 더 강력히 받았다. 『자조론』 열풍은 일본을 거쳐 조선에 도착했고 최남선에 의해 1918년 번역되기 이전과 이후에도 수차례 다른 역자들에 의해 번역되어 단행본으로 발행되었으며[21] 신문·잡지 지상과 지식인층의 사유를 달군 저서이자

20　토마스 칼라일, 박상익 역, 『영웅숭배론』, 한길사, 2003, 17면.

사상이었다. '하늘은 스스로 돕는 자를 돕는다'는 본문 내 유명한 문구로 소개되던 『자조론』은 그 제목 때문에 사상과 이념을 설파한 '論'으로 보이지만 그 본문 내용을 살펴보면 산업혁명 이후의 서구 위인들의 일화와 금언 등이 주제별로 집대성된 '전기' 모음집이다. 그리고 스마일스가 쓴 그 서두를 보면 '영웅숭배론'의 개념에 어떤 변화가 오고 있었음이 드러난다. 『자조론』의 저자 스마일스는 '사회에 만연한 영웅주의·영웅숭배를 지양하고 국민 개인 각자가 자조를 통해 위인이 되어야 한다'는 뜻을 전파하기 위해 이 책을 저술한다고 저술 의도를 명확히 밝힌다. 그리고 이러한 의도는 본문 전체를 통해 전달된다. 산업혁명 이후 신분제가 와해되자 돈과 명예를 통해 새로운 신분을 획득할 수 있게 되었으니, '소수의 영웅, 유명한 영웅'이 아닌 '다수의 범인, 무명의 범인'들이 일상적 직업 영역에서의 노력을 통해 성공할 수 있는 시대가 열린 것이다.[22] 그리고 성공한 자는 살아생전에도 위인의 반열에 오를 수 있게 되었다. 이에 따라 이러한 위인들의 '전기'가 쓰여지고 읽혀지게 되며, 그러한 전기는 '자조(自助)의 노력을 통해 성공하는 서사'로 요약될 수 있는 것이다. 비록 최남선은 1918년 『자조론』에서 '위인'이 아닌 "근세적 영웅"이란 말로 번역했지만 '근세적'이라는 수식어가 붙은 '영웅'은 그 자체로 기존의 영웅 개념과의 결별을 표하는 것이었다. 이는 앞서 논설을 통해 살펴보았던 것처럼 새로운 영웅이 필요해졌으며 이에 따라 '영웅'의 개념이 변화했음을 뜻한다. '근세적 영웅' 혹은 '위인'으로의 방점 이동은 기존의 '영웅' 개념에 대한 비판과 견제를 수반했다.

---

21 자조론의 조선어 번역 및 수용에 관해서는 최희정, 「한국 근대 지식인과 '자조론'」, 서강대 박사논문, 2004 참조.

22 소영현은 『문학청년의 탄생』(푸른역사, 2008)에서 '노력-성공'론이 청년들의 신윤리로 등장한 현상을 보여주었다.

2) 구국의 '영웅'에서 입지성공적 '위인'으로

앞서 위인·영웅에 관한 사전과 논설상의 정의를 살펴보았다면, 이제 지식인 언설 속에서 이 개념들이 어떻게 구체적으로 재현되고 있었는지 살펴본다.

(1) 최남선과 『소년』, 『청춘』의 위인론

'어떤 인물이 위대한가?'라는 질문은 '어떻게 살아야 하는가?'와 다르지 않았다. 1910년 한일병합 이후 위인론에서는 혁명적·정치적 성격이 거세되고 이제 개인의 수양 방법과 목표는 일상적 차원에서 전개될 수밖에 없었다. 그리고 이러한 성격은 최남선의 『소년』과 『청춘』에서 전개된 위인론에 잘 드러난다. 『소년』은 한일병합 이전부터 발행되기 시작한 잡지이지만 그 기본적 성격은 식민지 시기 발간된 『청춘』과 크게 다르지 않았으며 식민지 시기에 전개 가능한 형태인 문화주의적 계몽주의의 일환으로 기능했다.

최남선은 「소년 시언」의 일환인 「偉人이란 무엇?」[23]란에서 "위인이란 것은 지선의 노력자라 하고 위업이란 것은 노력의 집성이라"고 정의했다. 그는 분야를 막론하고 "그 근저는 노력인 것은 사실이라"면서 "노력" 예찬론을 펼쳤다. 노력하는 인물의 위대성을 강조한 이후 최남선은 '어떠한 사람이 되어야 할꼬'[24]라는 질문에 구체적 인물을 들어 답하고자 한다. 그가 거론한 인물은 '그리스도, 플라톤, 다윈, 와트'이다. 이들과

---

23 「소년시언」, 『소년』 3년 6권, 1910.2, 22면.
24 「偉人이란 무엇?」, 『소년』 2년 2권, 1909.2; 2년 10권, 1909.11.

같은 대사상가나 발명가가 되지 못한다면 의학이라도 궁구하여 만인 중생의 이익을 도모해야 할 것이고 "그렇지도 못하거든 하루 바삐 죽어서 쌀보탬이나 하는 것이 당연"하다고 강력하게 주장한다. 『소년』 독자들은 자기 분을 잘 알고 영웅적 사업이나 범속적 사업 각자에서 쉬지 않고 노력 종사해야 한다. 이처럼 최남선은 독자 개인이 공익에 기여하기 위해 각자의 자리에서 끊임없이 노력할 것을 강조한다.

최남선이 『소년』의 위인론과 인물론에서 보인 '노력'에 대한 강조는 이후 『청춘』에 이르러 「노력론」[25]이라는 논설을 낳았다. 최남선은 동서 역사 속의 정치, 경제, 발명, 문예, 학술상의 위인을 나열하는데, 대부분 독일, 영국, 프랑스, 미국 등 서구 인물이며 마지막으로 조선 역사상 인물들을 일부 거론한다. 이들의 다양한 업적과 국적·영향 등을 소개하며 그가 강조한 한 가지는 '오직 노력'이다. 개인은 작고 큰 일에서 "직분대로" "공공적 사업으로" "고상한 욕망 진선한 생활"과 "근면성 훈련"에 노력해야 한다. '위인'의 업적과 노력을 주로 언급한 글은 결국 "노력이니라. 노력일 따름이니라"로 마무리된다. 최남선에게 '위인'은 곧 '노력자'로 요약된다.

소년들의 노력은 방학 중에도 쉼 없이 계속되었어야 했다. 최남선은 『소년』의 독자 제군들이 "1년 중 가장 즐거운 여름 휴가"에도 수양의 끈을 놓치지 않으라는 의미에서 「격언 63집」[26]을 제시한다. 그는 "동서 고금 철인 달사의 격언" 63개를 매일 하나씩 보라고 제안하는데 이는 『소년』이 매일의 일과표를 한 달 분량씩 인쇄해서 제공했던 것과 함께 살펴볼 필요가 있다. 격언은 매일 암기해야 할 수양 문구이며 일과표는 자신에게 하루 배정된 시간과 자본을 규율하게 만드는 표이다. 격언과 일과표는 결국 개개인의 일상적 노력을 습관화시키고 정착시키기 위한 메뉴얼을 이룬다.

---

25 「노력론」, 『청춘』 9, 1917.7.
26 「격언 63집」, 『소년』 3(7), 1910.7.

최남선은 격언이 "수양", "사상력의 양성", "수사법", "궁리학"과 같은 처세술에 도움이 된다고 강조한다. 그런데 이 63개의 격언 중 서양 격언이 차지하는 비중이 압도적이다. 10개는 조선어 격언인 "본국" 격언, 5개는 "지나" 격언, 4개는 "일본" 격언, 나머지 44개는 서양 격언[27]으로 이루어져 있다. 이렇게 서양 격언, 즉 서양 인물과 사상에 의지하는 것은 비단 「격언 63집」뿐 아니라 『소년』의 전반적 분위기였다. 『소년』은 논어의 문구를 담은 「소년논어」와 서구 명사들의 명언을 나열한 「소년훈」을 나란히 연재하다가 잡지 발간 후반부인 1910년 4월호에 이르러서는 「소년금광」란 하나에 이들을 함께 담는데, 이때 서구 명언구의 분량이 현저히 늘어난다. 1910년 6월호에 이르면 「소년금광」은 서구 명언만 다루게 되며 이 때 영어 원문까지 함께 싣는다. 『소년』은 발행 후반부에 이르면 표지 앞뒤에도 서구 위인의 명언을 영어 문구와 함께 게재한다. 즉 삶의 지침이 되는 문구란에서 전통적 가르침이나 '논어 맹자'의 비중은 줄어들면서 그 자리를 서양 위인의 격언이 차지해가고 있었던 것이다. 서구 문명의 대표적 언어인 영어 역시 권위를 획득하여 '서양 격언'은 영어로 직접 배워야 할 것이 되었다.

『소년』과 『청춘』의 위인의 서사를 다루는 구성 및 초점은 시간의 흐름에 따라 변화했다. 『소년』(1908.8~1911.5)에서는 방대한 서구 위인의 성좌가 '소전, 열전, 사진 및 사상 소개' 등을 통해 펼쳐지고 있었다면 『청춘』(1914.10~1918.9)으로 가면서 이들의 전기는 좀 더 체계적으로 실렸다.[28] 당시 『청춘』에는 「우리는 엇더한 위인을 숭배할가」와 같은 위인 모색의 기사가 실리기도 했다. 1910년대 중후반 발간된 청년들의 잡지 『청

27　서구 격언은 '예수교경전5', '이슬람교경전1', '로오마5', '쩌이취5', '北아메리카5', '스위쓸1', '아라비아1', '덴마륵1', '불경3', '끄레시아5,' '쓰리탠5', '뜨랑쓰5', '러시아1', '이탈틔1', '스페인1'로 이루어져 있다.

28　이후 유학생 청년 잡지 『학지광』에 이르러서는 '위인'에 관한 논의가 본격적으로 오가게 된다.

춘』에는 '입신출세주의'에 대한 관심과 담론이 지배적으로 드러나는데,
이 시기에 이르러 모든 청년이 수양의 대상이 되면서 '위인'의 함의도
'영웅'이 아닌 '범인'적 속성을 가지게 된다.[29] 이에 따라 주로 거론하는
인물의 성격도 변해서『소년』에서는 나폴레옹, 피터대제, 가리발디 등
국가의 영웅들이 주류를 이루었다면『청춘』에 이르러서는 로스 차일드,
제임스 왓트, 카네기, 피바디 등과 같이 실업계, 발명계 등 각 방면에서
근대 문명의 발전에 기여한 인물들도 주요하게 등장하게 되었다.『소
년』에서 '영웅 전기 서사'가 '역사적 서사'이자 '논설'로 해체되어버렸었
다면『청춘』에서는 위인전기 형식의 서사가 본격 구현되기에 이른 것이
다.[30] 이처럼 1910년대를 거치면서 '전기'는 '역사'나 '논설'로부터 독립된
'인물전기'로 자리 잡게 된 것이다.

최남선은 이와 같은 위인 관련 글들을 저술할 때 일본어 기사나 단행
본들을 참조한 것으로 보인다. 그는「톨스토이 소전」[31]을 쓰며 "선생의
전기를 만들기엔 나의 경험이 너무 얕고, 나의 준비가 너무 적고, 나의
신세가 너무 바쁘니, 잘못으로써 장황히 하는 것보다 다른 날을 기다림
이 옳을지"나 톨스토이 "기념권에 그 역사가 없지 못할 새 이에 물망한
중에 소전을 꾸미노라"고 서두를 뗀다. 그는 "감히 평언을 더하지 아니
하고, 여러 책에 기록된 것을 그대로만 초역하여 이편을 만든다"고 밝혔
으니 그가『소년』기사를 꾸릴 때 일본어 잡지 신문을 기사의 원천으로
활용했던 것처럼 이미 톨스토이에 관한 저술들이 많이 나온 일본어본들
을 참조로 했을 확률이 높다. 이처럼 '서구 인물'을 주인공으로 한 서사

---

29 소영현,「근대 인쇄 매체와 수양론, 교양론, 입신출세주의」,『상허학보』18, 상허학회,
2006, 209면.

30 윤영실,「최남선의 수신 담론과 근대 위인전기의 탄생 : '소년'과 '청춘'을 중심으로」,『한국
문화』42, 서울대 규장각 한국학연구소, 2008, 123면.

31 최남선,「톨스토이 소전」,『소년』, 1910.12.

물들은 일본의 영향력 속에 놓여 있었다.

(2) 이광수의 위인론

식민지 시기 청년들에게 영향력 있던 문사 중 한 명인 이광수는 논설 곳곳에서 서구 위인의 이름을 거론했다. 이광수는 지속적으로 세계 각 국의 위인, 특히 서구 위인의 이름을 들어 조선에도 그러한 인물이 나올 것을 촉구했다. 조선에서 닮을 만한, 배울 만한 선배·조상을 찾을 수 없다는 과감한 발언을 했던 그는 결국 서양 문명권의 인물을 모델로 선택한 것이다.[32]

그의 논의는 ① '각 직분에 매진하여 위인이 되라', ② '문화적 인물이 필요하다'[33] 그리고 ③ '위인은 동정의 범위를 넓히는 사람이다'는 논의로 요약할 수 있다. ①과 ②는 앞에서 살펴본 1900~1920년대에 걸친 영웅과 위인의 의미 변화와 일치하는 내용이다.

이광수는 「천재야 천재야」에서 다음과 같이 위인 대망론을 펼쳤다.

칼라일의 말에 역사는 위인의 기록이라ᄒ 것 ᄀᆺ히 일국의 문명은 기국의 위인의 사업의 집적이외다. 정치가 발달ᄒ랴면 정치적 위인이 잇서야 ᄒ고 산업이 발단ᄒ랴면 산업적 위인이 잇서야 ᄒ고 문학이나 종교나 예술이 발달ᄒ랴

---

32 이러한 이광수의 논의들은 이후 비판을 받는다. 김명식은 「영웅주의와 파시즘 : 이광수씨의 몽을 계함」(『동광』, 1932.3)에서 이광수의 「지도자론」, 「힘의 재조직」, 「힘의 찬미」, 「힘의 재인식」, 「영웅갈망」 등을 혹평한다. 그는 여기서 어떤 영웅도 사회와의 관계 속에서 의미 획득하기 마련인데, 이광수는 조선이라는 특수성과 시대의 변화라는 시공간적 맥락을 무시하고 세계적 영웅을 똑같이 갈망하니 이는 불가능하다는 것이다. 덧붙여 그는 이광수의 이순신 예찬도 우상숭배나 다름없는 것이라고 비난한다.
33 1910~1920년대 이광수의 문화 개념에 관해서는 김현주의 「이광수의 문화 이념 연구」(연세대 박사논문, 2002)를 참조할 것.

면 각각 그 방면에 위인이 잇어야 ᄒ지오. 그런데 문명이란 이 모든 것의 총화를 니름 이닛가 위인이 업스면 그 나라에 문명이 없슬 것이외다.[34]

이광수는 칼라일의 『영웅숭배론』의 구절을 인용하여 각 분야에서의 위인의 탄생을 촉구한다. 『학지광』 독자인 청년 학생 제군들에게 각 분야에 매진할 것을 권고하는 것이다. 그런데 이렇게 근대적 제반 직업 분야에서 탄생할 위인은 내면에 타인을 이해하는 마음, 즉 동정을 갖춰야 한다. 그는 인간 감정 중 '동정'이라는 도덕 감정을 강조하여 『동정』이라는 제목의 글을 쓰는데 여기서는 동정의 범위에 따라 "위인"과 "범인"의 내공을 가른다.

나는 위인을 야심적 위인과 박애적 위인의 이종으로 나누려 하노니, 순전히 자기 일개인의 욕망을 만족하여 동포를 희생하는 자는 전자에 속하니, 우리 어른은 그만두고 남에게서 예증을 구하면, 중국의 진시황과 법국의 나파윤의 예가 그 예요, 동포(일국이나 전 세계)를 위하여 제 몸을 희생한 자는 후자에 속하니 실로 우리가 감사하고 갈앙하여 효측코자 하는 위인이라. 예수, 공자, 석가 등 諸聖과 링컨, 마지니, 나이팅겔 등 諸賢이 그 예니, 이네는 실로 우리의 인류로 하여금 獸性을 버리고 천지에 자랑할 만한 인도를 발휘케 하신 은인들이시라. 이에 가만이 그네가 이룬 바 사업의 동기를 보건대, 오직 열렬한 동정이로다.[35]

1914년에 '동정'으로 표현된 이 도덕심은 결국 '자발적 공공심'이 발휘될만한 감정적 기반으로 볼 수 있을 것이다. '동정심'을 위인의 기준으로 삼을 때, 그는 자신이 평소 즐겨 언급하던 시대의 위인이자 전쟁 영웅이

---

34 이광수, 「천재야 천재야」, 『학지광』 12, 1917.4, 8면.
35 이광수, 「동정」, 『청춘』 3, 1914.12.

던 나파윤을 진시황과 함께 묶어 개인의 욕망을 탐한 야심적 인물로 폄하하고 대신 링컨과 나이팅게일과 같은 인물을 위인에 포함시킨다. 즉, 군사 영웅이나 군림의 황제가 아니라 공익에 힘쓴 종교적 인물과 정치인·의료봉사자 등이 박애적 위인의 반열에 들게 된 것이다.

또한 '文'을 통한 민족의 문명화에 대한 강조는 '문화인물'에 대한 열망으로 표출된다. 이광수는 1910~1920년대를 거쳐 정치성이 삭제된 문화주의를 통해 자신과 신청년들의 정체성을 문화적 주체로 확립했던 대표적 논객이다.[36] 식민지 지식인 주체는 정치적 억압과 차단 속에서 문화적 주체로 거듭날 수밖에 없었다. 그는 「독서를 권함」을 통해 이러한 문화인, 문명인으로 "진화되기 위하여" 필요한 항목으로 "노력하는 성품"을 든다.

> 오인은 오인보다 이상되는 오인으로 진화되기 위하여, 즉 금일보다 더욱 고상, 안락한 명일을 가지기 위하여 노력하는 성품을 가져야 하나니, 이 성품이야말로 문명인의 특징이요, 민족의 가장 영광스러운 천존이라. 앵글러 색슨 족이 영토가 광대하고 광금이 누적하므로 세계에 양반이 아니라, 셰익스피어와 뉴튼, 에디슨 같은 이를 내었으므로 그러함이니.[37]

셰익스피어, 뉴튼, 에디슨을 낳은 '노력하는 성품'이란 결국 '수양'을 뜻한다. 그는 수양을 통해 이러한 위인이 될 수 있음을 분명히 한다. 이광수는 재차 「금일아한청년의 경우」를 통해 개인의 수양 즉 자조와 그러한 개인들 간의 상호부조하는 정신을 장려하고 시대의 불운을 비관 말고 낙관적으로 이용하라고 위로한다.

---

36 이광수의 문화주의의 식민지 조선에서의 그 역사적·사회적 성격과 역할에 관해서는 김현주, 『이광수의 문화의 기획』, 태학사, 2005 참조.
37 이광수, 「독서를 권함」, 『청춘』 4, 1915.1.

그런즉 우리들 청년은 개인개인으로 自修自養할까? 물론 개인개인으로 自修
自養함이 가장 필요할지나, 일인으로는 한 가지 특장은 가지기 능하되 여러 가
지를 겸전하는 지저히 불가능한 사며, (…중략…) 그럼으로 동지하난 우리들
청년은 서로 지식을 환하여야 우리의 自修自養하난 목적을 완전히 달할 수 잇
슬지라. (…중략…) 그런 시대가 안이엿든들 나폴네온이 나폴네온되지 못하엿
슬 것이오, 그런시대가 안이엿든들 와싱토닝 와싱톤 되지 못하엿슬지니, (…중
략…)그럼으로 여는 우리들의 이런 경우에 잇난 것을 비관하지 안이하고, 도로
혀 낙관하야 춤추난바로라. (…중략…) 뭇노니, 여의 自覺(自修自養)이 적선한,
올흔 자각이라하면, 그 自修自養할 표준은 무엇일짜?―仁愛일짜, 智識일짜?[38]

여기서 '자수자앙(自修自養)'이란 스스로 수양하는 것, '자조'를 뜻한다.
그리고 '자조'하는 각 청년 개인들은 서로 간에 '상호부조'하여 능력을 향
상해야 한다. '자조'와 '상호부조'가 모여 조선의 나폴레옹이나 워싱턴이
출현되리라는 전망이 펼쳐진다.
이광수가 보인 '각 분야 위인' 특히 '문화적 위인' 대망론과 그 주체로
성장할 청년이 가야할 길인 '自修自養'의 촉구는 이광수의 글에서뿐 아
니라 당대 논설들에서도 빈번히 볼 수 있었다. 이광수의 '동정심 넓은
위인'론 역시 사회적 관계 속에서 '동정'의 정조를 갈구하는 분위기가 주
조를 이루던 시대적 분위기 속에 있었다.[39] 이광수는 논설뿐 아니라 소
설에서도 '동정심'을 인간의 주요한 미덕, 특히 지식인이 갖추어야 할 항
목으로 설정한다. 그가 '情'의 영역으로 지목한 문학에서 '동정'으로 표
현되고 강조된 이 도덕심은 결국 '자발적 공공심'이 발휘되는 감정적 기

---

38 고주, 「소년논단 : 금일 아한청년의 경우」, 『소년』 3(6), 1910.6.
39 1920년대에 이르러 '동정'이라는 '도덕 감정'이 문학의 주요한 주제이자 사회적 담론 · 실
    천 · 운동 차원에서 전방위적 문화 현상으로 확장된 현상에 관해서는 김성연, 「한국 근대
    문학과 동정의 계보」, 연세대 석사논문, 2002에서 논한 바 있다.

반이자 자율적 도덕심의 형태로 볼 수 있을 것이다. 이광수의 장편소설 『무정』(1917)은 지식인 남성 청년 주체 이형식과 그의 동지들이 동포를 동정하여 '동정음악회'를 열고 자선금을 모아 이들을 도우며 유학을 통해 선진 문물을 배워 와 불쌍한 동포들에게 혜택을 나누어줄 것을 전망하며 끝을 맺었다. 『무정』은 사익과 공익, 근대적 가치관과 구도덕 사이에서 갈등하던 이형식이 부와 지식의 사회적 배분, 즉 동포·공중의 이익을 위한 사업을 실천하는 주체로 거듭나면서 서사가 마무리된다. 따라서 『무정』은 식민지 시기 청년 지식인 주체의 자기 정체성 확립 서사이며 근대적 '공인' 탄생의 서사로 볼 수 있다.

이처럼 1910년을 거치며 '위인'·'영웅'의 개념은 이상적 주체에 대한 사회적 합의와 함께 변화했다. 『소년』, 『청춘』뿐 아니라 『학지광』에서도 서구의 다양한 학문 및 실용 분야에 매진하는 인물이 될 것을 촉구하는 글들을 볼 수 있었다.[40] 『학지광』에 이르면 이들 청년들은 진화론적 사고에 입각하여 서구 문명을 도달 지점으로 전제하고 조선 민중을 타자화하여 유학생 지식인 청년 집단의 식민지 제국 내의 정체성을 정립하려는 의도를 드러냈다.[41] 이렇게 당시 각종 잡지 지면에서는 '위인'에 관한 담론적 정의뿐 아니라 '서구 위인'을 전유·차용·수용하며 자기 정체성을 확립하는 다양한 방식을 볼 수 있다.

3) 세계 문명을 향한 인격 함양론

앞서 살펴본 것처럼 식민지 시기 위인 담론은 변화했는데 이는 역사적

40　예를 들면, 현상윤, 「구하는 바 청년이 그 누구냐?」(『학지광』 3, 1914. 12)와 같은 글.

41　이상준, 「1910년대 중반 일본 유학생들의 자의식과 문학관」, 『개화기에서 일제강점기까지 한국 근대 일상생활과 매체』, 단국대 출판부, 2009, 57면.

변수와 세계관의 변화에 따른 것이다. 이는 기본적으로 1910년 한일병합과 제1차 세계대전(1914~1918), 그리고 1919년 3·1운동과 1920년대 문화정치기를 기점으로 변화했다고 볼 수 있다. 1900년대가 국가와 민족의 존립이 최우선시 되는 시대였다면, 식민지가 되고 만 1910년대는 민족의 정치적 구심점인 국가가 부재하게 되면서 '문화로서의 민족'을 구상하게 되었다. 매체를 통해 제1차 세계대전과 중국의 2·8운동 등을 체감한 식민지 조선의 식자층들은 민족의 문제가 세계적 역학 관계 속에 놓여 있음을 실감하게 되었다. 이러한 세계사적 시야 속에서 3·1운동은 촉발되었으며 세계에 조선의 부당한 상황과 독립의 의지를 알리고자 하는 산발적이고 지속적인 시도는 1920년 미국 상하의원단방문 시기에 이르기까지 지속되었다. 즉, 식민화와 세계화라는 두 가지 큰 조류 속에서 개인은 '개인-사회-국가(민족)-세계(인류)'라는 관계망 속에 놓이게 되었다.

이러한 변화와 함께 '민족·국가 영웅'이 '세계 문명·문화 영웅'으로 대체된 것이다. 그리고 이에 따라 위인전기 역시 일국사 중심의 전쟁 영웅에서 세계 문명에 이바지한 인물로 그 대상이 이동된다. 그런데 '세계'로 언급되는 보편적 세계의 실상은 근대 문명의 중추 세력인 서구 문명이었다. 이제 식민지 조선 독자 개인은 번역 위인전기를 통해 서양 문명의 주역과 만나게 되었다. 인류 문명의 일원으로 서구적 개인이 호명되기 시작한 것이다.[42]

그러나 식민지라는 현실은 모든 가능성에 제약을 두었다. 식민지인으로 정치, 군사, 언론, 학술 등 사회 핵심 분야의 중추 세력이 될 가능성은 희박했다. 식민지 소년·소녀들의 장래 희망은 상징적으로 말하자면 더 이상 '장군'이 될 수 없었고 '면장'이나 '교사' 혹은 '군서기'로서 만

---

[42] 권보드래는 1910년대를 거치면서 '민족'이 '인류'의 일원으로 호명되었음을 지적했다. 권보드래, 「진화론의 갱생, 인류의 탄생 : 1910년대의 인식론적 전환과 3·1운동」, 『대동문화연구』 66집, 대동문화연구원, 2009, 224면.

족해야 했다. 고학력 청년들에게조차 관직에 진출할 헛된 꿈은 꾸지 말고 실업계 및 현실적 직업 분야로 눈을 돌리라고 권했던 당시의 글들은 이러한 시대적 분위기를 잘 반영한다. 자아 성립의 구심점으로서의 국가의 존립과 민족의 실체가 묘연해지자 개인들은 자본주의적 사회 제도 속에서 자신의 좌표를 설정해야 했던 것이다.[43] 이에 따라 교육은 신분적 상승의 가능성을 극대화하는 사다리일 뿐 아니라 삶을 안정시킬 수 있는 기반을 마련하는 수단으로서의 성격이 강화되었다.

1920년대에 접어들자 문화주의 민족문화론자들은 세계 자본주의 체제의 재편 속에 조선을 편입시키고자 했다.[44] 세계적 지식론은 조선을 "근대 세계 체제 안으로 끌어들이려는 노력의 일환"[45]이었다. 1910년대 일본 유학이나 신교육을 통해 서구 부르주아 사상을 수용한 신지식층은 자본주의 체제적 민족 발전과 개인의 도덕과 능력 향상에 치중했다. 이에 문화운동은 실력양성과 자아개조를 표방하며 전개되었으며 도덕적으로 자각하여 정신적 물질적 생활을 공공이익 실현을 목적으로 발휘할 것을 개인에게는 권장했다.

'인물론'은 문화운동으로 방향 전환을 한 청년 운동과 연관되어 있다. 1919년 3·1운동 이후 총독부는 문화통치로 방향을 전환하며 인쇄·출판 및 집회를 제한적으로 허용하기 시작했다. 각종 출판사 및 신문·잡지사가 설립되고 연설·강연회가 열리면서 민족운동도 문화주의 운동의 성격으로 전개되었다. 사상적으로는 사회 진화론적 사고와 자조론이 상

---

43 물론 '민족'의 이름에 투신한 각계의 인사들도 있으나 일상적 생활을 영위해야 하는 개인들의 수가 압도적일 수밖에 없음을 고려하면 그들의 일상성을 지배하는 논리는 '민족'으로만 설명할 수는 없다. 그들은 식민지 자본주의 현실이 허용하는 범위 내에서 생존과 생계·자아실현이라는 당면한 과제를 수행할 수밖에 없었다.

44 이지원, 『한국 근대 문화사상사 연구』, 혜안, 2007, 188~193면.

45 한기형, 「최남선의 잡지 발간과 초기 근대문학의 재편」, 『대동문화연구』 45, 대동문화연구소, 2004, 225~242면.

호 보완하며 동시에 유입되어왔기에 '강자로 성장해야 한다'는 구호와 '스스로 노력해야 한다'는 다짐을 핵심으로 하는 담론이 지식인 청년들이 주체가 된 담론장 속에 자리 잡게 되었다. 실력양성과 자아개조가 표방된 문화운동은 '선진 문명'의 창조자가 되어야 할 청년들에게 '서양 문명'의 창조자인 '서양 위인'들을 모델로 삼아 성장할 것을 권고했다. 이러한 맥락 속에서 인쇄물과 언설 곳곳에 '위인' 특히 '서양 위인' 표상이 출현한 것이다. 그들은 조선이 독립해야 할 근거로 조선인이 근대적 주체임을 증명할 필요가 있었고 따라서 인류 보편의 가치라고 학습된 자유, 평등, 정의, 평화 등의 주창자가 되고자 했다. 이러한 시대의 지배기표를 내세운 근대적 인물 전기는 개인의 변화로 사회 변화가 이루어진다는 것을 전제로 했다.

신인간에의 요구는 개인의 도덕을 수양하자는 인격론과 세계적 수준의 문명 도달을 주창하는 문명론으로 나누어볼 수 있다. 신문과 잡지 역시 개인의 도덕성 함양을 촉구하는 목소리를 드높였다. 한일병합 이후 『매일신보』는 각종 사회문제를 개인의 공공심 · 공덕심이라는 도덕적 자질의 문제로 치환했다. "사회가 추구해야 할 공동의 가치를 질서로 규정하고 그것을 실현할 힘을 개인의 도덕심에서 찾으려는"[46] 1910년대 태도는 비단 총독부 기관지의 것만은 아니었다. 1920년 『개벽』지에서 전개된 개조론에는 지식인의 자기반성과 세계적 조류에 참여하고픈 욕망이 중첩되어 나타나 있다.[47] 이돈화는 「신시대와 신인물」(『개벽』, 1920)에서 독자제군들에게 영웅주의를 숭배치 말 것과 다수 무명영웅이 중요함을 설파했다. "신인물은 각기 종사하는 방면 여하에 불구하고 반듯이 신인물로 구비할 만한 중요한" 자격이 있으니 그것은 바로 "자주자립"성이

---

46 1910년대 『매일신보』가 전개한 '공공성' 담론에 대해서는 김현주, 「식민지에서 '사회'와 '사회적' 공공성의 궤적」, 『한국문학 연구』 38, 동국대 한국문학연구소, 2010, 231면 참조.
47 최주한, 「개조론과 근대적 개인」, 『사회와 역사』 74, 한국사회사학회, 2007.6.

다. 신인물의 첫번째 구비 요건으로 거론된 자조(自助)와 자립의 정신은 경제적, 사회적 독립의 촉구로 구체화된다. 이후 IV장에서 살펴볼 프랭클린의 전기는 이러한 신인물론의 구체적 형상을 제시해준다.

당시 『개벽』에 전개된 '개조론'은 1차 대전 직후 윌슨의 정의 · 인도, 레닌의 평등 · 자유를 중심으로 한 세계개조론의 영향과 일본의 인격주의, 그리고 천도교의 '사람성자연주의'의 복합물이었다. 일본은 러일전쟁에(1904) 승리한 이후 개인의 도덕과 국가의 도덕을 조정하는 실천적 성격을 띠는 인격주의가 전개되었다. 그리고 1910~1920년 초 식민지 조선은 이러한 일본의 인격주의적 문화주의 사상의 영향력 속에 있었다.[48] 문화 전방위에 걸친 개인의 도덕주의 배후에는 이러한 일본문화의 사상사적 배경이 있었던 것이다. 그런데 이러한 개조론, 자강론은 민족과 강력히 연결되지 못하고 개인의 인격론으로 후퇴한다.[49] 인격론이 개인을 중심으로 전개되었던 까닭에 '개인'은 '도덕'성을 갈고 닦는 '인격' 수양을 통해 '공아(公我)'로 거듭난다. 이는 개인의 사적 영역과 민족의 공공 영역을 조화롭게 하는 사상으로 기능했다.

그리고 인격론은 세계에 대한 인식과도 연결된다. 『개벽』 창간호 사설인 「세계를 보라」는 약소민족 조선이 세계의 동등한 일원으로 참가하고자 하는 욕망과 의지를 보여준다. 이는 인격론과 연결되어 "정치적 운동"보다는 "세계에 통할 만한 지식, 도덕, 이상"을 갖추어 "도덕 정의, 인도의 주인공"이 될 것을 장려한다. 문화운동이 숨겨 놓았던 '민족 독립'이라는 기의는 어느덧 '세계동포주의'라는 기표하에 묻히게 된다. 이들이 육성해야 할 힘의 실체는 결국 '자본주의적 시민윤리'였다. 이로써 국가 민족을 넘어선 세계 인류의 공통 원칙에 대한 인식이 공유 · 표명되

---

48 위의 글, 320면.
49 같은 단락에서 개벽의 문화운동 성격에 관해서는 다음의 글 참조. 정용화 · 김영희 외, 『일제하 서구문화의 수용과 근대성』, 혜안, 2008, 30~35면.

기 시작한 것인데 1920년대의 세계 위인전, 세계 문학 등의 발간 역시
이러한 세계 문명에의 동참 의식의 발로였다.

이렇게 민족의 독립을 위한 실력양성에서 촉발된 문화운동은 '개인의
인격'과 '세계의 문명'이라는 양극에 주목했다. 민족주의 문화운동은 총
독부 기관지인『매일신보』가 강조했던 도덕주의 함양 촉구와 기실 표면
상 크게 다르지 않았다. 독자 개인은 제국의 언론과 문화주의적 민족운
동을 주도한 언론 양측으로부터 '세계 문명'에 도달하기 위해 '인격함양'
에 힘써 실력을 양성할 것을 주문받았다. 물론 그 궁극적 목적이나 적극
성에 있어서는 양자 간에 차이가 있었다. 총독부가『보통학교 수신
서』에서 '자조'나 서양인물을 담은 글귀를 삭제하면서 조선인을 질서와
규율에 복종하는 식민지인으로 만드는 데 유용한 항목인 분수, 위생, 근
검, 규칙 등만을 남겨둔 반면,[50] 민족주의 문화운동은 보다 적극적인 문
명적 주체 양산을 위해 '자조'와 서양인물을 활용한 것이다. 이러한 시대
적 정황 속에서 세계 위인전기는 발간되었다.

2. 번역전기물의 생산과 소비

1) 번역전기물의 시대별 변화(1900~1945)

식민지 시기 발간된 번역전기 단행본 중 그 서지사항을 확인할 수 있
거나 실물이 남아 있는 목록은 다음 〈표 2〉~〈표 5〉와 같다. 번역전기물

---

[50] 고마고메 다케시, 오성철 외역,『식민지제국 일본의 문화통합』, 역사비평사, 2008, 141면.

의 시대별 변화 및 특징을 알아보기 쉽도록 10년씩 분기를 나누어 표로 작성했다. 1910년과 1920년은 각기 한일병합과 3·1운동, 문화통치 시 작기로 정치적 변환 지점에 해당한다. 또한 한일병합을 전후한 변화를 파악하기 위해 1900년대도 포함시켰다.

서지사항은 다음의 선행 연구를 기초로 하되 여기에 당시 신문·잡 지·단행본의 광고 및 전국 도서관 소장 검색과 실제 판본확인을 통해 추가적으로 얻은 연구자의 조사를 덧붙였다. 5대 출판사(영창서관, 덕흥서 림, 신구서림, 박문서관, 회동서관) 서지사항은 방효순의 『일제시대 민간 서 적발행활동의 구조적 특성에 관한 연구』[51]를, 1900~1910년대 서지사항 은 김봉희 『한국 개화기 서적문화 연구』[52]를, 같은 시기 번역전기물 목 록은 손성준의 「영웅서사의 동아시아 수용과 중역의 원본성」을[53] 그리 고 1900~1930년대 번역물 제반 서지사항은 김병철의 『한국 근대번역 문학사 연구』[54]를 기본적으로 참조했다.

표 2. 1900~1909년 번역전기물 단행본

연도	서명	원저작자 / 중역자 / 조선어역자	발행소
1907	신소설 애국부인전	숭양산인(장지연)	광학서포
1907	비사맥전(연재후 단행본)	笹川潔 / 황윤덕 역(보성관번역원)	보성관
1908	근세데일녀중영웅 라란부인전 (연재 후 단행본)	그레이스 / 梁啓超(양계초) / 권지단	박문서관
1908	이태리건국삼걸전(伊太利建國三傑傳)	梁啓超(中) / 신채호 역술, 장지연 교열	광학서포
1908	오위인소역사	佐藤小吉(日) / 이능우(李能雨) 역	중앙서관
1908	성피득대제전(聖彼得大帝傳)	김연창	광학서포
1908	보로사국 후례두익대왕 칠년전사 (普魯士國 厚禮斗益大王 七年戰史)	유길준 역술	광학서포
1908	흥가리애국자갈소사전	梁啓超(中) / 이보상	광학서포 / 중앙서관

---

51 방효순, 『일제시대 민간서적 발행 활동의 구조적 특성에 관한 연구』, 이화여대 박사논문, 2001.
52 김봉희, 『한국 개화기 서적문화 연구』, 이화여대 출판부, 1999, 169~170면.
53 손성준, 「영웅서사의 동아시아 수용과 중역의 원본성」, 성균관대 박사논문, 2012.6.
54 김병철, 『한국 근대번역 문학사 연구』, 을유문화사 1974, 937~940면.

	(匈牙利愛國噶蘇士傳)		
1908	화성돈전(華盛頓傳)	丁錦(中) / 이해조	회동서관
1908	나파륜전	편집부	박문서관
1908	이태리건국삼걸전	주시경	박문서관
1908	나파윤전사(拿破崙戰史)	野村金五郞(日) / 유문상(劉文相) 역	의진사
1908	까쮜일트젼	中里彌之助(日) / 현공염 역	현공염

표 3. 1910~1919년 번역전기물 단행본

연도	서명	저작자/역자	발행소
1911	실업소설 부란극림전	이시후	보급서관
1912	강철대왕전	김용준	보급서관
1916	요한웨슬네흥젹	무야곱(J. Robert Moose)	조선예수교서회
1917	수양총서 2 : 위인린컨(초판)	장도빈	백산서원

표 4. 1920~1929년 번역전기물 단행본

연도	서명	저작자 / 역자	발행소
1920	위인린컨(재판)	장도빈	발매소 : 동양서원
1920	(독일황제)카이제루 실기	송완식 찬(選)	영창서관
1921	비사맥전(比斯麥傳)	—	박문서관
1921	구미신인물(歐米新人物)	광문사 편집부 편집	광문사 / 판매보급 : 보급서관, 회동서관
1921	세계백걸전(世界百傑傳) 1, 2	현공염	광문사 / 판매보급 : 보급서관, 회동서관
1921	쉑스피어와 그 생활	이교창	조선도서주식회사
1921	아인스타인	강매	선민사
1921	(자유의 신)루소	한성도서	한성도서
1921.5.10.	데모쓰테네쓰	한성도서	한성도서
1921.7.20	타골	한성도서	한성도서
1921.7.20	윌손	한성도서	한성도서
1921.8.2	나의 참회	한성도서	한성도서
1921.8.25	성길사한	한성도서	한성도서
1921.11.25	프랭클린	한성도서	한성도서
1921.11.30	한니발	한성도서	한성도서
1922.3.31	크롬웰	한성도서	한성도서
1922.7.10	짠딱크	한성도서	한성도서
1922.10.30	가리발디	한성도서	한성도서
1922	세계명부전	한성도서	한성도서
1922	비사맥과 독일제국	—	영창서관

1922	지은지쩨돈즈전	John Gibson Paton, George H. Winn, / 위철치(魏喆治) 역	조선예수교서회
1922	헨으리마튄	K. McCune 역술	조선예수교서회
1923	슬네서메리	미나양(美羅孃), 김태진(金兌鎭) 역. ※미나양은 Miller, Lula의 한자이름.	조선예수교서회
1923	구미위인열전	홍병선(洪秉璇) 편	판매처 : 봉문관, 대동서원
1926	근대지위인	김상현	광학서포
1926	아서위인(亞西偉人)	蘇淸心(Swartout. H. O) 著, 시조사 편집부 역(時兆社編輯部 譯)	시조사[時兆社]
1926	무듸행술	William R. Moody 저 / 이원모 역	조선예수교서회
1927	동서위인 소년시대	최찬식	회동서관
1927	세계 개조 10대 사상가	이교창 · 노자영 편	조선도서주식회사
1928	도마스목사전 (도마스牧師傳 : 竝附錄)	오문환(吳文煥) 저	도마스목사순교기념회 [牧師殉教記念會]
1928	기독교사부전 (基督教師父傳)	Drake, H. T 저 / 민재은(閔在恩) 편 역 / 임인재(任寅宰) 역	조선성공회(朝鮮聖公會)
1929	세계지위인(世界之偉人)	김영진	반도출판사
1929	나의 생애	최태영 역술	조선예수교서회
1929	위인린컨	최태영 역술	조선예수교서회

표 5. 1930~1945년 번역전기물 단행본

연도	서명	저작자/역자	발행소
1930	인도성웅 깐듸전	백대진	신구서림
1930	동서위남자여장부백화	백대진	신구서림
1932	근대지성공자	최상현 편	조선예수교서회
1933	세계위인전	미상	영창서관
1933	깐듸의 생활과 그의 사상	미상	영창서관
1933	라벗마풋내외의 사적	Ethel Daniels Hubbard / 윤가태	조선예수교서회
1933	용투적성공가	Archer Wallace / 조정환 역	조선예수교서회
1933	펜실베이나 개척자 윌늬암 펜	리원모 역	조선예수교서회
1933	(사복음 종합) 예수 일대긔	W. Swallen 소안론 편즙 ※소안론은 Swallen의 한자이름	조선예수교서회
1934	끄렐넷의 선교역사	이원모 저	조선예수교서회
1935	(독일 대통령)히틀러	미상	덕흥서림
1935	뿌커 티 와싱톤 자서전(自敍傳)	Booker T. Washington / 김태원 역	조선예수교서회
1935	(대부흥가)편의 자서전(自敍傳)	Charles C. Finney 저 / 최상현(崔相鉉) 역	조선예수교서회
1937	20세기 최대 연애사 : 심부손부인전(沈富孫夫人傳)	미상	세창서관
1937	삼대성도의 사적	윤가태 역술	조선예수교서회

		※ 윤가태는 Catherine Ann McCune의 한자이름	
1938	메케이사적	윤가태 저술	조선예수교서회
1940	금색의 태양	노자영 편	명성출판사
1940	세계명인전	방응모 저	조광사
1940	칼빈의 생애와 그 사업	김태복 저	조선기독교서회

1900년대 번역전기 단행본 목록은 1910년대보다 단연 많다. 여기에 당시 신문·잡지 연재물까지 고려하면 1900년대는 역사전기물의 시대였다고 해도 과언이 아닐 것이다. 1900년대 발간된 전기물에서 주로 볼 수 있던 잔다르크, 로란부인, 나폴레옹, 프리드리히 대왕, 워싱턴은 외세의 침략을 막아내고 국가의 권위를 세우거나 독립 혹은 혁명을 이룩한 인물이다. 신채호, 장지연, 박은식, 유길준, 이해조와 같은 사학자, 정치가, 개화사상가, 신소설 작가 등이 이를 번역·번안 할 때에는 애국심과 독립사상을 고취하는 목적이 분명 있었다. 이들은 대체로 1900년대 번역전기물의 역술가이거나 교열가로 참가했고 이들에 의해 생산된 번역전기물은 역사물이나 정치물, 혹은 신소설의 성격을 띠었다. 이들은 한학의 전통 속에 놓여 있었고 중국어 서적의 영향을 보다 직접적으로 받고 있었으며 따라서 중국어본을 번역의 원본으로 택하기도 했다. 『화성돈전』이나 『이태리건국삼걸전』의 경우 서양에서 일본을 거쳐 중국으로 번역이 되고 그것이 다시 조선어로 번역되는 식이었던 것이다.

1900년대 국내에 수입된 중국 서적의 목록을 보면 그 양적 비중도 무시할 수 없을 뿐더러 이후 발행되는 조선어 번역본과 제목이 일치하는 것들을 발견할 수 있다. 중국 서적의 대량 직수입을 통해 이러한 중국 서적을 원본으로 하는 조선어 번역본들이 발간될 수 있었던 것이다. 당시 중국 서적을 가장 많이 수입했던 평양의 대동서관은 상해에서 3,200여 종의 신간 서적 1만여 권을 수입해왔다.[55] 1906년 『황성신문』의 대동서관 서적 광고에는 다음과 같은 중국어 전기물 광고 목록이 등장했다.

中西偉人傳, 世界十二女傑, 地球一百名人傳 華盛頓, 拿坡崙, 俾思麥, 科倫布, 康南海, 漢尼拔, 林肯, 亞歷山大, 加里波的, 海軍第一偉人, 彼得大帝, 李鴻章, 伊藤博文, 鄭成功, 湖雪巖, 劉坤一, 古今中外人物, 日本維新慷慨士列傳, 泰西政治家列傳.[56]

이 중 화성돈, 나파륜, 비사맥, 피득대제는 1907~1908년에 조선어 단행본으로 번역되었으며, 알렉산더는 번역 연재되었고, 한니발, 가리발디는 1921년에 번역·출간되었다. 즉 1910년 이전의 전기물은 국사나 국론을 논할 자격이 있는 지식인들이 국민들의 독립의식 고취를 위해 중국어본을 참조로 하여 번역하는 식으로 이루어졌다.

1900년대 번역서들은 1905~1910년 사이 집중적으로 발행되었는데, 이 중 대부분이 서구 문물을 수용하는 책이었으며 나머지는 자주의식, 외세 저항의식을 고취하는 전기·지리·역사분야의 서적들이었다. 번역서가 차지하는 비중이 가장 높았던 분야는 외국 역사물이고 다음으로는 전기물이었다.[57] 즉, 세계사나 세계 인물전은 대부분 번역물에 그 내용과 형식·사유를 의지하고 있었던 것이다. 1910년대 이전 번역 및 번안 서사들 중 영웅적 인물 서사가 차지하는 비중은 47%로, 통사·전쟁사가 24%, 허구적 서사가 17%, 망국사, 독립사가 12%를 차지한 데 비해 높은 비중을 차지했다.[58] 인물 중에서는 정치·외교인물이 27%, 경제·문화·과학 관련 인물이 19%로 정치 외교 인물이 압도적이었다. 이처럼 1905~1910년 출판시장에서 번역·번안 영웅서사가 차지하는 비중은 상

---

55 김봉희, 「개화기 번역서 연구」, 『근대의 첫 경험』, 이화여대 출판부, 2006, 109면.

56 『황성신문』, 1906.6.16, 4면 6단.

57 김봉희, 앞의 책, 55~127면.

58 같은 단락에서 인용한 분포 수치는 문한별, 「국권 상실기를 전후로 한 번역 및 번안 소설의 변모 양상」, 『국제어문』 49집, 국제어문학회, 2010.8, 64면 참조. 또한 번역물은 인문 사회 과학 분야의 서적에 비해 농상공업 등 실용 분야의 서적이 압도적으로 많았다. 당시 번역 전기물은 이렇듯 자국에 적용하기 위한 실리적인 목적으로 출판되던 번역물들의 조류 속에서 발간된 것이다.

당했던 것이다.

그런데 이렇게 번역·번안물의 절반을 차지하던 역사 전기물들은 1910년 이후 총독부 검열로 금서 처분이 되어 자취를 거의 감춘다. 경찰 총감부 1차 압수 목록에는 각종 역사·윤리 교과서, 사상서와 함께 『이태리건국삼걸전』, 『갈소사전』, 『화성돈전』, 『파안말년전사』, 『을지문덕』 등의 역사 전기류가 대거 포함되어 있었다.[59] 하지만 이들 출판물은 공중 분해된 것은 아니고 다소 변형된 형태로 남게 된다. 신소설, 역사, 전이라는 명칭으로 서로 혼용되며 소개되기도 했던 1910년대 이전의 역사전기물은 1910년 이후 서사의 주된 특성에 따라 소설, 역사, 전기로 장르가 갈리게 된다. 역사전기물의 감상적 파토스는 '신소설'이 담당했고, 영웅적 주인공은 '인물 전기' 속으로 안착되었으며, 일국사나 전쟁사 중심의 사적 서술은 '역사물'로 자리 잡게 된다. 번역·번안물의 다수를 차지하던 역사물이나 구국의 영웅전은 합방 이후 총독부 검열의 주된 대상이었으므로 사라지게 되고 일본어 통속 소설의 번역·번안물이 집중적으로 발간된다.[60] 그 번역자들은 이해조, 조일재와 같이 번역과 창작을 동시에 진행한 작가들이었다. 이렇게 한일병합 이후에는 일본 통속 소설이 번역·번안됨과 동시에 일본의 전기 및 실용서들도 유입되었다. 1910년 이후 전기물은 이전 전기물의 논설조 서술 관습과 번안 습성을 조금씩 버리다가 1920년대에 이르면 전기 본문으로만 이루어진 번역물로서 안착된다. 즉, 1910년을 거치면서 전기물은 '번안'에서 '번역'으로, '논설 + 소설 + 역사 + 전기'의 혼합물에서 '전기'로, 번역 원본 역시 중국어본에서 일본어본으로 변모하게 된다.

1910년 발간된 번역전기 목록인 〈표 3〉을 보면 일단 외견상 그 수가

---

59 「시의 부적한 서적」, 『매일신보』, 1910.11.18.
60 문한별, 앞의 글, 67면.

적어졌을 뿐 아니라 주인공이 유럽 인물에서 프랭클린, 카네기, 링컨, 웨슬레 등 미국 인물로 이동했음을 알 수 있다. 1910년 직후 보급서관에서 발간된 『실업소설 : 부란극림전』(1911)과 『강철대왕전』(1912)은 각기 미국의 경제가이자 정치가인 프랭클린 자서전과 미국의 사업가 카네기 전기를 일본어본을 통해 중역한 것이다. 일단 전기의 주인공으로 선택되는 인물이 변화했다. 구국의 군사 영웅·혁명가가 아닌 경제계에서 성공한 사업가, 실업가가 전기의 대상으로 선택되었다. 다만 자서전이 '실업소설'로 소개되고 있는 현상이라든가 '소설'과 함께 '전'의 제목을 달고 있는 현상은 장르적으로 번역전기물이 정착되지 못했음을 보여준다.

　이렇게 1910년 이전 역사전기물은 서명부터 '~史'·'~傳'으로 끝나고, 표지 역시 '신소설'·'정치소설'을 달고 있는 등 '史·傳·신소설'의 요소가 분리되어 있지 않았으며 이러한 관습은 1910년대 초반에도 이어졌다. 전기 단행본 역시 역사서·전기물·소설적 요소들이 통합되어 있다. 번역전기와 창작전기가 '수양총서'로 분류되게 된 1910년대 후반을 지나 1920년대에 이르러서야 전기는 역사물을 뜻하는 '史'와 고대 소설적 의미의 '傳', 그리고 '소설'이라는 장르명과 결별할 수 있었다. 앞서 정리한 〈표 2〉~〈표 5〉를 보면 이러한 변화를 보인 전기의 대부분이 1920년대 한성도서주식회사에서 발간되었음을 알 수 있다. 출판사 한성도서주식회사는 인물의 이름을 단행본의 제목으로 함으로써 오늘날까지 발행되는 근대적 위인전기의 형식에 근접한 총서를 정착시켰다.

　시대별 번역전기 단행본을 양적으로 비교해 볼 때에도 1920년대 출판물이 가장 많다. 하지만 시대가 흐름에 따라 출판계나 독자의 전체 규모 자체가 양적으로 팽창된 것을 감안하면 1900~1909년까지 번역전기물의 당대 존재감은 다른 시대에 비해 상대적으로 압도적이었다 할 수 있다. 1910년대 그 수가 급감했던 번역전기는 1920년대에 이르면 기존의 인물에 새로운 인물이 추가되면서 증가된다. 이렇게 1920년대는 그 인물 목록이나 번역전기 제목이 보여주는 장르적 정체성만 보더라도 이전 시기 전기물의 전통을 일부 계승하면서도 새로운 전기의 장을 여는 시점으로 볼 수 있다.

특히 1921~1923년 사이 12여 권이 발간된 한성도서의 번역 위인전기는 애국계몽기를 주름잡던 1910년대 까지 전기물과는 제목, 인물 구성뿐 아니라 유입 경로도 달라진다. 앞서 언급했듯이 총독부의 검열이 시작된 이후에는 이전에 기획 편찬되었던 번역 역사 전기물들의 출판이 금지된다. 따라서 1920년대에 이르러 상업적 목적이 주가 되는 출판사가 설립 초창기부터 기획한 전기물은 그 상업성도 검증받은 것이어야 함은 물론이려니와 검열을 통과하기에도 적절한 것이어야 했다. 즉 1910년대 이전의 번역전기물들이 국가 존립의 위기 상황에서 애국계몽의 목적으로 주로 구국의 영웅을 주인공으로 하는 역사 전기물을 발행했다면 1920년대에는 사상, 예술, 종교, 발명, 실업, 과학, 정치, 군인 등 다양한 분야 종사자들을 서술한다. 또한 1910년대 이전에는 일본어본뿐 아니라 중국어본을 통한 번역·중역의 가능성을 생각해볼 수 있었다면, 1920년대에 이르면 일본어본이 직접 유입, 번역되었을 가능성이 월등히 높아진다. 무엇보다도 애국계몽기 번역전기물에는 신채호, 박은식, 장지연, 유길준 등 역사학자, 민족학자, 관료가 번역자로 개입되어 있었던 데 반해, 1920년대 이후 번역전기물의 필자들은 다음 세대 문인, 교육자, 역사학자로 손이 바뀌게 된다. 전 세대 번역가들은 한학적 배경이 있었기 때문에 이전의 전통이 계승되는 측면이 있거나 중국어본을 참조했었다면 1920년대부터 본격 활동하게 되는 청년 계층들은 일본 유학이나 서구 사상의 영향으로 일본어본, 영어본 저술들에 대한 접근이 쉬웠다. 따라서 본 연구는 문화 정책에 의해 본격 출판 인쇄물의 시대가 열리는 1920년을 전후한 시점을 번역물의 내용, 유입 경로, 의도, 번역자마저도 달라지는 번역전기사의 분기점으로 본다. 이처럼 1920년대 출간된 번역전기물은 1900년대의 역사전기물의 흔적에 총독부 검열이라는 1910년대의 변화와 1920년의 새로운 시도들이 더해진 축적의 산물이다.

1930년대에 이르면 번역전기물은 다소 줄어드는데 이때 국내 창작전
기물과 역사소설이 대거 간행되고 있었고 외국 인물전의 경우는 영어본
이나 일본어본이 직접 읽히고 있었다. 1920년대 후반부터는 번역전기
보다 조선위인전기가 더 많이 발간되기도 했다. 대표적으로 장도빈이
고려관에서 19여 권 이상을 발간했고[61] 한성도서 역시 다수 발간하고 있
었으며,[62] 그 밖의 군소 출판사들도 이순신과 김옥균 등의 전기를 중심
으로 발간했다. 1930년대 일본어나 서양어본 전기 독자층이 늘어나는
현상에 관해서는 이어지는 절에서 언급한다.

2) 출판시장과 독서 장에서의 입지

1924년 『개벽』에는 조선의 출판현실을 진단하는 춘파 박달성의 글[63]
이 실린다. 그는 조선 출판계는 한학을 제한 외에는 외국의 위인전, 외국
어 독본, 지리, 역사, 자전 그리고 울긋불긋 신소설과 연애중독자류 소설
들 따위가 있을 뿐이라고 한탄한다. 실제로 『개벽』에 실린 서적 광고를 보
면, 번안소설 광고 다음으로 위인전 광고 빈도가 높다.[64] 1921년 『개벽』의
한 기사는 가장 많이 광고되고 유행하고 이용되는 서적이 전기소설과 연
애소설이라고 증언한다.[65] 여기서 전기소설은 "어느 영웅 어느 위인의 쌈

---

61 장도빈, 『이순신전』, 고려관, 1925; 장도빈, 『을지문덕전』, 고려관, 1925; 장도빈, 『원효』, 고
   려관, 1925; 장도빈, 『개소문』, 고려관, 1925; 장도빈, 『동명왕 실기』, 한성도서주식회사, 1921.

62 장도빈, 『동명왕 실기』, 한성도서, 1921; 이윤재, 정인보 서문, 『성웅 이순신』, 한성도서,
   1931; 김팔봉, 『청년 김옥균』, 한성도서, 1936.

63 「출판계로 관한 경험」, 『개벽』 48, 1924.6.

64 『개벽』과 『청춘』의 서적 광고 분석은 김한식의 「잡지의 서적 광고와 내면화된 근대 : 『청
   춘』과 『개벽』을 중심으로」, 『상허학보』 16, 상허학회, 2006, 119~152면.

65 「오인의 생활과 예술」, 『개벽』 18, 1921.12.

싸우고 고생한 것"이며 따라서 '소설'이라 칭했을지언정 전기물을 뜻하는 것이었다. 이처럼 1920년대 출판시장에서 "외국의 위인전"이 차지하는 비중은 꽤 높았다고 볼 수 있다. 앞서 정리한 표를 보면 이 때 "외국의 위인전"이란 서양인이 주인공인 전기물임을 알 수 있고 이후 자세히 논구하겠지만 이들 서양 위인전은 일본어본의 번역인 경우가 많았다.

일본어본을 원본으로 하는 번역 위인전들이 발간되었다는 사실은 식민지 조선의 역사적 특수성을 고려할 때 '사실' 이상의 것을 암시한다. 일본출판물의 영향은 비단 직수입된 도서뿐 아니라 일본어본을 원본으로 한 번역본을 통해서도 진행되었다. 조선어로 발간된 조선 출판물일지라도 일본어본의 번역본이었다면 이것 역시 일본 문화의 영향인 것이나, 이들 번역본은 대체로 번역 사실이나 번역 원본 등을 명시하지 않아 그 파악이 쉽지 않다. 따라서 식민지 시기 번역 위인전기의 원본을 확정하고 일본어본의 번역본임을 규명하는 일은 식민지가 제국의 출판시장으로부터 받은 영향력을 비가시적인 곳까지 구체적으로 파악하는 작업이다.

식민지 조선의 출판문화는 일본의 영향력 속에 있었음은 부정할 수 없으며 영어본을 직접 읽는 지식인도 있었다. 1930년대 말 조선 출판시장의 호황에도 불구하고 고등교육을 받은 지식인 식자층은 사회과학 서적과 고급 지식 취미 서적을 일본어본으로 보고 있었고 어린이·여성 독자 역시 일본 대중잡지를 구독하고 있었다.[66] 남성 지식인과 어린이·여성 독자 모두에게 일본의 출판시장은 영향을 미치고 있었던 것이다. 위인전기의 경우도 마찬가지였다. 독자의 반응을 통해 1920~1930년대 위인전기 독서 풍토를 살펴보면 조선어 번역본만으로 이들의 독서 장을

---

[66] 1930년대 말 조선 독서 시장에 미친 일본책의 장악력과 여성독자층의 독서 경향 등에 관해서는 천정환의 「일제 말기의 독서문화와 근대적 대중독자의 재구성(1)」, 『현대문학의 연구』 40, 한국문학연구학회, 2010, 75~114면 참조. 1939년에는 일본에서 수입되는 잡지가 한 달 평균 30만 부에 이른다. 위의 책, 89면.

온전히 파악할 수 없음을 알 수 있다. 실제로 1923년 경남 지방을 시찰한 기행문은 보통학교 아동문고의 99%가 일본위인과 일본풍경을 다룬 일본책이었음을 보고했다.[67] 따라서 독자가 읽은 책을 중심으로 접근해 보면 식민지 시기 조선에서는 일본에서 직수입된 위인전기가 꾸준히 읽히고 있었으며 번역 위인전기는 그 영향 속에서 탄생·존재했다고 볼 수 있다.

그리고 그 일본어본 위인전기는 일본 인물뿐 아니라 서양 인물도 다루고 있었다. 당시 식민지 지식인 중에는 '전기 / 자서전'이라고 했을 때 서양 인물의 것을 떠올리는 경우가 많았다. 홍명희는 자서전 기사를 써 달라는 청탁을 받고는 루소의 『참회록』, 니체, 크로포트킨, 트로츠키의 자서전류를 올렸고, 이어서 가타야마나 오스기 사카에의 자서전을 언급했다.[68] 그가 읽었거나 들었다는 이들 자서전은 서양인과 일본인의 자서전이었으며 이들의 조선어 번역본이 없었으므로 그 언어는 일본어 혹은 영어였을 가능성이 있다.

변영로는 1926년 『동아일보』에 「「호세 리살」 박사에게 : 그의 전기를 닑고」[69]라는 장문의 시를 게재하는데 그가 읽고 감정에 복받쳐 시까지 쓰게 되었다는 호세 리살(Jose Rizal, 1861~96)의 전기는 당시 조선어로 번역된 것이 없었다. 따라서 변영로 역시 필리핀 독립 영웅인 호세 리살의 전기를 영어나 일본어본으로 읽었을 가능성이 높다.

또한 1931년 『동아일보』에는 「해방 전후의 흑비 「뿌커 와싱턴」의 자서전을 읽고」[70]가 게재된다. 필자 고영환은 뿌커 와싱턴의 자서전을 읽

---

67 기전, 「경남에서」, 『개벽』 33, 1923.3.
68 홍명희, 「자서전」, 『삼천리』 1, 1929.6.
69 변영로, 「「호세 리살」박사에게 : 그의 전기를 닑고」, 『동아일보』, 1926.8.28.
70 고영환, 「해방 전후의 흑비 「뿌커 와싱턴」의 자서전을 읽고」, 『동아일보』, 1931.4.7~1931.5.3, 전 14회.

은 독후감을 무려 14회에 걸쳐 연재하는데, 따라서 이는 감상문에 불과
하지 않고 자서전의 내용을 상당 부분 소개하는데 할애되고 있다. 〈표
5〉를 보면 부커 T. 워싱턴 자서전은 1935년 조선예수교서회에서 번역
출간되었으므로 1931년에 이를 소개한 고영환은 앞서 호세 리살 전기를
언급한 변영로의 경우와 마찬가지로 영어본이나 일본어본을 읽었을 확
률이 높다. 그런데 현재 한국의 30여 개 대학 도서관에 부커 T. 워싱턴
자서전의 영어본인 *Up from Slavery*의 1901년본과 1928년본이 20여
권 이상 소장되어 있는 것으로 보아 당시 조선에 영어본이 적지 않은 수
가 들어와 읽혔던 것으로 보인다. 소장 학교 중에는 식민지 시기 설립된
기독교 계통 학교들이 다수 포함되어 있으며 그 번역본 역시 조선예수
교서회에서 출간되었으므로 이 서적은 기독교의 종교적 · 교육적 목적
으로 권장되었을 것이다.

　1930년대 후반에 이르면 학생들은 일본어본을 일상적으로 읽게 된
다. 중일전쟁, 제2차 세계대전기에 이르러서는 학교가 학생들의 독서물
을 적극 감독하기 시작했다.[71] 학교는 영화 관람을 금지시켰으며 전시상
황에 도움이 될 만한 시국 · 전쟁에 관한 서적을 권장했다. 과외독물은
반드시 담임선생의 허가를 받아 볼 수 있었고 학교는 위인전기나 월간
잡지를 회람시켰으며 학생들 역시 영웅전 등의 전기류를 많이 보았다.
이 시기 학생들은 자신이 '소설'이 아닌 '전기'나 '수양서'를 읽고 있다는
사실을 강조해서 표현하곤 했다.[72] 독자 대중은 국내외 대중소설 독서를
저급한 취미로, 딱지본, 신구소설, 전류를 가장 저속한 취미로 치부하며
그보다는 수양서나 전기 등을 읽음을 드러내는 성향이 강했다. 이러한
당대 독서 성향은 1930년대 후반 신문 · 잡지의 독서 앙케트에 기록되어

71　「아교의 여학생 군사교련안」, 『삼천리』 14(1), 1942.1.
72　「여성과 독서좌담회」, 『여성』, 1939.11.

있으며 채만식의 『탁류』와 같은 소설을 통해서도 드러나는 바이다.[73] 고학력 여성들이 좌담회 등을 통해 자신이 최근 읽은 서적으로 언급했던 『큐리부인전』, 『소-냐봐럽스카야 전』, 『엘렌케이』 등도 일본어본이었다. 『큐리부인전』은 이화여전 학생들이 좌담회에서 감명 깊게 읽은 책으로 자주 언급했으며[74] 독서 감상문 권장 도서 목록에도 포함되어 있었던 것으로 보아 학교의 추천 도서였거나 여학생들 사이에 유행했던 것으로 보인다. 퀴리부인의 전기는 프랑스에서 1938년에 발간되었고 이를 일본 하쿠슈이샤(白水社) 출판사가 독점 계약하여 같은 해에 번역 출간되었는데, 이 일본어본을 1939년에 조선 여학생들이 읽고 있었던 것이다.

이처럼 지식인 독자층들은 식민지 시기 후반으로 갈수록 일본어본을 보는 비중이 높아졌으며 서양어본도 직접 읽고 있었으므로 앞의 표가 보여주듯 1930년대 번역전기물 발간 양은 줄어들었지만 독자들의 위인 전기 독서량까지 줄었다고 할 수는 없다. 따라서 조선어본 번역 위인전기는 직수입된 다른 외래 전기물과 함께 보완 경쟁하며 유통되고 있었다고 볼 수 있다. 또한 앞서 살펴보았듯이 전시체제에 들어가면 전기가 권장되고 요구되는데 이는 이전 시기 '전기'와 '수양서'의 독서 전통이 이어져왔었기에 가능했던 일이다.

---

73 천정환, 「1920~1930년대 소설 독자 형성과 분화의 과정」, 근대문학100년 연구총서 편찬위원회, 『논문으로 읽는 문학사』, 소명출판, 2008, 214~215면.
74 「이화여전 금춘 졸업생 : 가슴 속을 들여다보는 좌담회」, 『여성』 4(6), 1939.6.

3) 대중적 소비 양상

(1) 문화적 소재로서 '서양 위인'

위인의 서사 및 위인이라는 표상은 독서하는 식자층뿐 아니라 일상
을 영위하는 대중들을 통해서도 일상적으로 소비되었다. 대중들이 함
께 이야기할 수 있는 인물, 즉 공유하는 인물로서 서양 위인이 정착된
것이다. 1900년대에 이미 표트르대제, 워싱턴, 나폴레옹, 비스마르크 등
의 인물이 전기 단행본뿐 아니라 연희 공연에도 나타났던 것처럼,[75] 식
민지 시기에 이르러서도 '위인'은 다양한 문화적 소재로 활용되었다. 일
반인은 일상 소비재뿐 아니라, 신문 잡지의 사진, 기사, 각종 출판물, 대
회, 강연, 영화, 연극 등 문화 전반을 통해 '위인'과 만날 수 있었다. 비단
위인전기뿐 아니라 위인 관련 출판물, 예를 들면 명언집이나 처세술서,
영어 학습서 등도 발행되었으며 동서 위인을 주제로 한 강연과 대회도
열렸고 창가도 만들어졌으며, 위인의 일대기를 소재로 한 영화도 유입
되었다. 이러한 문화 속에서 서구 위인은 특정 유형의 인물을 설명하는
수사적 표현으로 정착되었으며 서구 위인에 경도된 인물들이 소설에도
속속 등장하게 된다. 이렇듯 출판 인쇄물뿐 아니라 운동, 노래, 대중문
화를 통해 자리 잡은 서구 위인의 표상은 더 이상 일부 식자층들의 담론
속에서만 존재하는 그들의 전유물이 아니었다.

비록 서양 인물의 사례는 아니나 소비재 상품도 위인을 활용했다. 박
영철의 글 「노력과 위인」(1936)[76]을 보면 당시 연초갑 카드에는 조선 위
인 소개 카드가 들어있었다고 한다. 그는, 이 카드에 잊혀진 조선 위인

---

75 유현주, 「1890~1900년대 '연희'의 번역어 양상과 연극인식 연구」, 『상허학보』 28, 상허학
회, 2010, 72면.

76 박영철, 「노력과 위인」, 『매일신보』, 1936.9.5.

의 영상과 약력이 들어 있어서 모으고 있다고 하면서 조선에 이런 위인들이 어서 탄생해야 한다고 촉구한다.[77] 담배 소비자는 위인 소개 카드를 보고 있었다.

위인은 위인전기뿐 아니라 위인 관련 출판물을 통해서도 대중적으로 유포·소비되었다. 위인의 명언집은 영어 학습서 겸 처세서로서 간행되었다. 윤치호가 교열(校閱)하고 백대진과 최연택이 편(編)한 위인의 명언집인 『英鮮對譯 : 偉人의 聲』[78]의 본문 목차는 "A man(男子)"로부터 시작하여 "Economy(經濟)"에 이르는 총 81가지 항목으로 구성되어 있으며 각 항목에는 위인들의 명언과 인물명이 표기되어 있다. 윤치호는 정치 사상가였을 뿐 아니라[79] 미국 유학생활을 한 기독교인으로서 이후 『영어문법첩경』 등을 저술하기도 했다. 백대진은 『인도성웅 「깐듸」전』(신구서림, 1930)과 『동서위남자여장부백화』(신구서림, 1930) 등을 저술했다. 최연택은 1921년 『매일신보』에 「프랭크린 자서전」을 번역·연재했고, 전기, 사상서, 단행본 등을 대중서로 발간했으며 공저 『위인의 성』이 출간된 문창사에서 신소설을 여러 편 저술했다. 이러한 이력의 백대진과 최연택이 미국 유학파 윤치호의 교열하에 영어와 조선어를 일대 일로 나열한 A Collection of Proverbs인 '영선대역'집인 『위인의 성』을 꾸린 것이다. 기존의 격언집을 참고로 편집한 『위인의 성』은 '위인'에 대한 설명으로 '철인, 정치가, 종교가, 문호, 예술가, 군인'을 언급하고 있다. 편자는 이 명언집을 "수천 년간에 잇던 각종계급의 위인의 거룩한 정신"의 정수라고 고평하며 "수양기(修養期)"에 있는 "청년남녀"에게 "처세 상 등대"로서 제

---

77 같은 지면에는 박종화의 역사소설 「금삼의 피」가 연재되고 있다.

78 백대진·최연택, 윤치호 교열, 『英鮮對譯 : 偉人의 聲』, 문창사, 1922.

79 1906년 장지연(張志淵) 등과 대한자강회(大韓自强會)를 조직, 회장이 되었으며 교육사업에 힘썼다. 1907년 안창호, 양기탁, 이동휘 등과 함께 신민회(新民會)를 설립했다. 1910년 대한기독교청년회연맹(YMCA)을 조직한 후 안창호가 설립한 대성학교(大成學校) 교장으로 재직했다.

시할 뿐 아니라 "문장에 취미를 가진 자, 변설에 재능을 가진 자, 또는 영어연구의 첩경을 구하는 쟈"에게 특별히 권고했다. 즉, 서양 위인의 명언이란 '① 처세술 ② 문장과 변설 보조도구 ③ 영어학습'이라는 세 가지 목적으로 소용되었다. 최남선의 『소년』시대 이래로 신문과 잡지에서는 서양 위인의 명언구를 모은 '연재란' 코너가 관습처럼 정착했고 이들은 명언집의 형태로 출판계에서도 단행본으로 자리 잡았던 것이다.

그리고 위인과 영웅에 관한 이야기들은 활자 매체뿐 아니라 노래와 대회 등 실천적 영역으로도 뻗어나가 문화적 소재가 된다. 1921년 위인은 창가 가사의 소재가 되어 '성길사한(징기즈칸), 윌슨, 피득대제, 화성돈, 카이저 및 을지문덕, 강감찬, 이순신, 김유신' 등을 노래하는 『동서위인창가』가 발행되기도 한다.[80] "오인의 일상 추모하는바 동서고금 영웅열사의 행적과 앙모의 상념을 아름다운 문장으로 만들어 창"하노라고 그 제작 의의가 밝혀져 있다. 1935년에는 「동서위인창가」(정경운, 황문서시)가 발행되기도 한다.

이러한 위인에의 관심 및 열망은 1927년에 이르러서는 천도교 학생회 주최로 '위인소개강연' 및 '동서위인일화대회' 등이 열리기에 이른다. 『동아일보』와 『중외일보』는 제1회 '동서위인일화대회'를 선전 보도하는데, 그 첫 번째 주인공은 영국의 뉴튼과 인도의 간디, 중국의 도적, 조선의 최수운이었다.[81] '동서위인일화대회'란 참가 학생들이 10전을 내고 연단에 나아가 선정된 위인의 일화를 이야기하는 식으로 진행되었다. 천도교 청년회는 1920년대 초 문화운동을 주도하며 "'신인간' 형성의 기대와 요구"를 담은 신인간론을 펼쳤다.[82] 여기서 신인간의 모습은 서구

---

80 「신간소개」, 『조선일보』, 1921.8.11, 석간 4면.
81 1927.11.18일자 『동아일보』와 『중외일보』에 그 기사가 게재되어 있다.
82 천도교청년회의 신인간론은 다음의 글 참조. 정용화·김영희 외, 『일제하 서구문화의 수용과 근대성』 연세국학총서 99, 혜안, 2008, 31면.

의 자유주의적 인간형을 모델로 한 것이었고 이러한 천도교의 지향을 담아 청년 독자의 참여를 유도한 '위인일화대회'는 동서양의 인물을 내 걸었던 것이다. 1928년 『중외일보』에는 조선야담사가 주최하고 『중외일보』 학예부가 후원하는 '야담대회'가 열린다는 광고 기사가 『중외일보』에 보도되는데, 이러한 야담대회는 '위인일화'나 '고금비사'를 중심으로 진행되었다.[83] 또한 '시대가 영웅을 만드느냐 영웅이 시대를 만드느냐'는 토론의 주제 역시 자주 동원되었다.

징기스칸이나 잔다르크, 링컨, 가리발디 등은 영화로도 유입되었다. 소련 영화 〈징기스칸의 후예〉는 1929년에 소개되었고[84] 〈잔다르크〉는 1936년 6월의 신영화로 언급되었다.[85] 가리발디 영화는 1929년 인사동 조선극장에서 상영되었고 『동아일보』는 이 영화의 우대 할인 행사도 진행하며 관람을 권장했을 뿐 아니라 후기도 싣는 적극적 면모를 보였다. 『동아일보』의 「극과 영화 인상」이라는 영화평 란에는 〈가리발디〉 영화를 본 독자의 투고가 실리기도 한다.[86] 이후 1930년대 중후반에 이르면 퀴리부인이나 링컨 영화가 미국에서 제작 중이라는 실시간 기사도 신문지상에서 볼 수 있다. 1938년 『동아일보』에는 영화탄생 50주년을 기념하여 20세기 폭스사에서 의미 있는 영화를 만들고자 『링컨전』을 영화화한다는 기사가 난다. 기사는, 영화배우는 누가 적합하며 링컨 탄생 지역 주민 및 관계자의 영화 제작에 대한 지지와 견제가 어떤지를 상세히 보도한다.

기독교계 역시 서구 인물의 소개에 기여했다. 일찍이 그리스도교 잡

---

83 그 목차를 보면, '임오군란과 명성황후', '오성과 한음', '홍길동' 등이 있다. 이 기사와 같은 지면에는 「야담의 발전과 조선」 기사가 실려 있다.

84 「아세아의 폭풍 : 원명 진기스칸의 후예―쏘 영화」, 『삼천리』 12, 1929.

85 「짠다크 : 유월의 신영화」, 『중앙』 32, 1936.

86 '영화인상평'과 지면에는 『동아일보』 독자를 위한 독자 우대 기사가 실려 있는데, 바로 인사동 조선극장에서 상영중인 『칼리바듸』를 본보 독자들이 보면 사흘 동안 할인해준다는 것이다. 「극과 영화 인상 : 「가리발듸」를 보고」, 『동아일보』, 1929.10.30.

지에는 인물전이 적극적으로 소개되었고,[87] 기독교 청년회에서는 환등기로 링컨, 루즈벨트 등 미국 위인의 활동사진을 틀어주기도 했다. 카네기 전기인 『강철대왕전』(보급서관, 1912) 역시 하와이와 조선의 감리교회 목사를 역임하고 교회 내에 청년학원의 영어교사 및 원장으로 취임했던 현순의 감수로 발간되었다.[88] 즉 영어, 일어에 능통한 교육계 종사자 기독교인이 전기 번역에 관여했으니 한일병합 이후에는 미국계 인물들을 중심으로 소개되는 양상을 보인다.

무엇보다도 위인의 전기는 학생들의 독서물로 장려되었다. 『동아일보』(1929.7.3)는 학생들의 과외 수양을 목적으로 "하계휴업중 학생계호독물"인 "세계 위인, 세계 명작소설의 경개(梗槪), 과학취미"를 연재한다. 학생들은 학교 도서관 문고나 교사의 추천 도서를 통해 위인전을 읽을 기회가 많았다. 대중의 호기심을 충족시키는 「세계위인 가정생활」(양천호, 문이당, 1929)이나 「세계위인 임종록」(최영택, 동성당서점, 1939)이 발행되기도 했다.

이렇게 '위인'을 소재로 하는 서사는 논설과 이야기와 연설을 중심으로 펼쳐졌을 뿐 아니라 일상적 영역에서 노래, 대회, 강연, 영화로까지 확장되었다. 미국 영화 회사가 배급하는 미국 영화나 미국 선교사의 기독교 영상물을 통해서는 주로 미국 인물이 소개되었다. 이미 1920년대 중반부터 식민지 조선의 지배적 문화 현상을 아메리카니즘으로 규정한 지식인들이 등장했던 것처럼[89] 미국 영화를 비롯한 각종 문화들은 정치적으로는 일본의 식민지였던 조선을 문화적으로 장악하고 있었던 것이

---

87 『독립신문』과 『그리스도신문』의 인물기사에 관해서는 김영민, 『한국 근대소설사』, 솔, 2003, 95~106면 참조.

88 강현조, 「근대 초기 서양 위인전기물의 번역 및 출판 양상의 일고찰」, 『사이』 9, 국제한국문학문화학회, 2010.11, 284면.

89 김덕호·원용진 편, 『아메리카나이제이션』, 푸른역사, 2008, 50면.

다. 일본 역시 메이지 이래 미국을 성장 모델로 모방했으며 1차 대전 이후 이는 더욱 일상적으로 정착되었다.[90] 식민지 시기 위인 서사는 인쇄 매체를 읽던 지식인·식자층뿐 아니라 노래·영화와 같은 대중문화 향유자들에게도 수용되어 이는 사회적 상식으로 자리 잡게 되었다.

'서구 인물'에 관한 서사와 그 표상이 대중적으로 공유됨으로써 이는 조선인 자신을 설명하는 하나의 수사적 표현으로까지 정착되었다. 이태준의 「장마」에 나오는 "링컨과 같은 구렛나룻를 가진 이상(李箱)"이라는 구절, 그리고 「제2의 운명」에서의 "서양의 페스탈로찌와 같은 진정한 인간의 교사노릇을 해보고 싶"[91]다는 구절은 작자, 독자, 작중인물 모두 조선인 '이상'보다 미국인 '링컨'의 얼굴을 더 잘 알고 있고, 진정한 교사를 표현하는 데 페스탈로치보다 적절한 인물은 찾지 못한 셈이다. 박태원의 「적멸」에서도 주인공이 카페 손님들을 보고 "그들의 얼굴이 각각 미라보와 크롬웰과 흡사"함에 놀라는 장면이 나온다. 홍명희의 아들 홍기문은 아버지를 두고 '파브르적 인물이다, 다윈적 인물이다'라고 평한다. 이제 식자층들은 상식과 교양으로 받아들인 서구 인물의 얼굴을 통해 조선의 얼굴을 독해하게 되었다. 서양 위인을 비유로 들어 자민족 인물을 설명하는 모습, 그리고 서양 위인을 들어 직분에 적합한 '진정한' 모습을 표상하는 태도는 조선인이 자신을 설명하는 준거로서 서양을 철저히 내면화했음을 드러낸다. 그것은 '나이아가라 폭포'라는 표상에 더 익숙해져서 자국의 폭포를 설명할 때 '나이아가라 폭포'를 비유하게 되어버린 근대 동양인의 수사법과 유사하다. 타자를 통해 자신을 볼 수밖에 없게 된 조선인의 시선, '타자를 통해서만이 지각될 수 있는 주체, 그리고 이상화된 자신의 미래의 상을 선취함으로서 구성되어가는 주체'[92]

---

90   위의 책, 25면.
91   이태준, 『제2의 운명』, 깊은샘, 1988, 285면.
92   페터 비트머, 홍준기·이승미 역, 『욕망의 전복 : 자끄 라깡 또는 제2의 정신분석학 혁명』,

조선에 닻을 내린 '서양 근대 위인물'은 그 상징적 재현물이었다.

(2) 소설 속 서양 위인전기

소설은 위와 같은 위인 문화 속에 놓여 있던 인물들을 기록하고 있다. 이광수의 『그 여자의 일생』에는 1900년대 유행했던 『애국부인전』과 『라란부인전』을 읽고 자란 소녀가 등장한다.

> "금봉아 너는 자라서 무엇이 될래? 나란부인이나 약안부인이 되어라."
> 금봉은 이러케 그들에게 축복을 바닷다. 그때에는 나란부인전이니 약안부인전이니 하는 서양의 애국녀성의 전긔들이 만히 류행하엿다.
> "약안아", "나란아"
> 하는 것도 금봉의 이름 중에 하나엿다.[93]

소녀가 잔다르크인 '약안부인'과 로란부인인 '나란부인'을 모델삼아 성장했다면 소년의 경우는 나폴레옹이 보다 일반적이었다. 이광수의 『무정』에는 나폴레옹 숭배자인 경성학교 학생 김종렬이 인상적으로 그려져 있다.

> 김종렬의 생각에는, 세상에 족히 마음을 허하고 서로 천하를 의논할 사람은 나폴레옹과 김계도밖에는 없다 하였다. 그는 무론 나폴레옹의 자세한 전기도 한 권 읽지아니하였으나, 다만 서양사에서 얻어들은 재료를 가지고 즉각적으로 나폴레

한울아카데미, 1998.
93 이광수, 「그 여자의 일생」 1회, 『조선일보』, 1934.2.18.3면.

옹은 이러한 사람이어니 하여 자기의 유일한 숭배 인물을 삼았다. 친구와 이야기를 할 때에도 나폴레옹이요, 동창회에서 연설을 할 때에도 나폴레옹이라. 모든 것에 나폴레옹을 인용하므로 학생들은 그를 나폴레옹이라고 별호를 짓고, 얼굴이 검다 하여 그의 별호에 '검은'이라는 형용사를 붙여 '검은 나폴레옹'이라고 부르게 되고, 혹 영리한 학생은 — 이희경도 그렇다 — 발음의 편의상 '검은 나폴레옹'을 줄여 '검나, 검냐' 하고 부르게 되었다. 그러나 그는 나폴레옹이 법국 황제인 줄은 알지마는 원래 지중해 중에 있는 코르시카 섬 사람인 줄은 모른다. 워털루에서 영국 장수 웰링턴에게 패하여 대서양 중 세인트헬레나라는 외로운 섬에서 나폴레옹이 죽었단 말을 역사 교사에게 들었으나, 그는 '워털루'라든가 '세인트헬레나'라든가 하는 배우기 어려운 말은 다 잊어버리고 다만 나폴레옹은 패하여 대서양 중 어떤 섬에서 죽었다고 기억할 뿐이라. 그러면서도 나폴레옹은 자기의 유일한 숭배 인물이라. 말하자면 김종렬의 이른바 나폴레옹은 코르시카에서 나고 프랑스에 황제가 되었던 나폴레옹이 아니라, 김종렬이가 하느님이 자기 모양으로 아담을 만들었다는 전설과 같이 자기 모양으로 나폴레옹을 만든 것이라. 이 나폴레옹 숭배자는 형식에게 인사한 뒤에 엄연히 꿇어앉아, "저희가 선생님을 뵈오러 온 뜻은……" 하고 말을 시작한다.[94]

　　형식의 제자인 김종렬은 '검은 나폴레옹'이라 불릴 정도로 나폴레옹 숭배자이다. 그런데 그는 정작 나폴레옹의 전기 한 권도 읽지 않았고 그에 관한 지식도 없다. 반면, 나폴레옹의 전기를 읽었고 그의 일생에 관한 세부 사실을 알고 있다고 자부하는 서술자는 그저 자기 나름대로 이상화하여 숭배하는 김종렬을 얼치기 숭배자로 희화화했지만 서술자나 김종렬, 그리고 그를 '검냐'로 놀리는 동급생들은 모두 '나폴레옹'이라는 인물상, 그 이야기를 공유하고 있다는 점에서는 다르지 않다. 읽었든 읽

94　강조는 인용자.

지 않았든, 관심이 있든 없든, 이들은 '나폴레옹'이라는 인물을 일상에서
이야기하고 듣는다. 그리고 사실 그것은 김종렬의 스승인 이형식이 즐
겨하던 것이었다. 형식은 "서양 문학자, 철학자, 종교가 같은 사람들의
이름과 그네의 저서 이름 외우기로 유일한 영광을 삼"고 "톨스토이나 세
익스피어의 격언을 인용하기도 하고" "영어대로 통으로 암기하여 인용
하기도" 하며 "타고르의 이름을 알고 엘렌 케이 여사의 전기를 보았다"
고 자부한다. 스승과 제자가 각기 깊이는 다르나마 서양 인물을 숭배하
고 그의 삶의 궤적·명언을 암기, 인용, 내면화하고 있는 것, 이것이『무
정』이 보여주는 1917년대 학교의 풍경이다. 그리고 이는『무정』이 담고
있는 교육계·기독교계의 지형과 밀접하게 관계가 있다.

　이광수는 이와 유사한 장면을 또 보여주는데 바로 교육자 엘렌케이
를 둘러싼 것이다. '엘렌케이 여사의 전기'를 보았다고 자부하는 형식은
이를 제대로 읽지도 않아 잘 모르는 배학감이 '얼룬키 얼룬키' 하는 모습
을 우습게 여긴다. 특정 서양 위인전을 일독했느냐, 그 지식이 있느냐의
여부는 자신이 '가장 진보한 사상을 가진 선각자'여야 한다는 초조함에
전전긍긍하는 형식에게는 하나의 척도로 작용한다. 그러한 차이를 통
해 형식은 학생 앞에서 선생일 수 있었고 거짓 지식인과 교육자 앞에서
참 지식인·교육자일 수 있는 것이다. 이를 잘 알고 있던 당시 연설자도
연설문에서 서양 인물을 인용함으로써 권위에 호소하는 효과를 노렸다.
그것이 남용되었으니, '진짜 / 가짜', '참 / 거짓'에 민감했던 이광수는 이
점을 언급하지 않을 수 없었던 것이다.

　이효석, 김동인, 이태준, 채만식의 글에도 서양 위인 및 그들의 전기
가 유의미하게 언급된다. 이효석 역시 작품에 나폴레옹의 삶을 적극 담
았다. 그는 1933년 나폴레옹의 내면을 독백의 형식으로 그린「황제」로
문단의 주목을 받았다. 이후 이 글은 김종한에 의해 일어로 번역되어
『국민문학』에 실리고, 이후 단행본의 제목이 되어 출간된다. 김동인 역

시 「김연실전」(1939)에서 김명순을 모델로 하였다고 알려진 주인공 김연
실의 숙독 도서 목록에 『엘렌케이』를 집어 넣었다. 『엘렌케이』 전기가
교육학, 여성 교육, 연애라는 키워드와 함께 등장했다면 『로사』는 사회
주의 운동, 독서 연구회 등의 키워드와 함께했다. 이효석의 「오리온과
임금」(1939)은 『로사』 전기가 펼쳐져 있고 로사의 초상화가 걸려 있는 엄
숙한 연구회 공간 속에서 '불손한 언사를 희롱'하는 남녀의 눈앞으로 로
사의 초상화가 떨어져 부서지는 극적인 장면을 연출하며 마무리한다.
또한 이태준은 1941년 『사상의 월야』에서 '나파윤'이라는 이상형을 품
고 성장하는 학생들을, 그리고 나파윤의 좌우명으로 자신의 사상을 피
력하는 인물을 그린다. 채만식 역시 1930년에 나폴레옹과 한니발에 관
한 글을 썼으나 잡문이라는 이유로 전집에 수록되지는 못했다.
   심훈은 1935년 『상록수』의 주인공 동혁으로 하여금 이른바 예수쟁이
영신에게 다음과 같은 고백을 하게 한다.

   맥도널드란 사람의 말이, 조선의 청년인 나로서의 인생철학이구요, 이것도
   학창시절에 어느 책에서 본 것이지만 '아무리 약한 사람이라도 그 전력을 단 한
   가지 목적에 기울여 쏟을 것 같으면 반드시 성취할 수가 있다'라고 한 칼라일이
   란 사람의 한마디가, 일테면 내 신앙이에요.

   고등농림학교를 다니는 동혁은 그리스도가 자신의 신앙이라고 한 채
영신 앞에 '학창시절 어느 책에서' 보았다는 맥도널드와 칼라일의 '말'을
자신의 신앙으로 내놓는다. 이들의 '한마디'가 '조선의 청년'인 '나'의 '인
생철학'이자 내 '신앙'이 되었다는 것이다. 동혁 역시 『무정』의 이형식,
김종렬처럼 연설을 통해 타인을 감화시키는 타입의 인물로 당대 지식인
청년의 전형에 속한다.
   소설 속에 등장한 나폴레옹, 엘렌케이, 로사, 맥도널드, 칼라일은 조선

인물의 내면에 자기 정체성의 구심점으로 자리 잡으며 그 지식의 여부를
통해 조선인들 사이에서 동일시와 배제를 낳으며 무수한 이야기를 파생
시킨 근대의 유입물이다. 여기서 볼 수 있던 근대 서양 위인물을 내면화
한 식민지 조선인 군상은 "공부를 힘써 하여 귀국한 뒤에 우리나라를 독
일국같이 연방국을 삼되 일본과 만주를 하나로 합하여 문명한 강국을 만
들고자 하는 비사맥 같은 마음"을 품고 있는 구완서(「혈의 누」, 1906)의 후
예이다. 또한 애국계몽기 역사전기물을 읽었던 청년들의 다음 세대이
며, 이해조가 중역하여 베스트셀러가 되었던 『화성돈전』(1908)을 읽고 자
란 세대의 제자들이다. 이렇게 서구 위인의 이름들은 식민지 시기 출판
물, 명언구, 창가, 대회, 연설, 강연, 영화 등 각종 문화를 떠도는 기표였
으며 이때 개별 위인의 상의 서사적 기반은 '위인전기'에 있었다.

제Ⅲ장
1910~1920년대 번역 위인전기

앞서 제시한 식민지 시기 번역 위인전기 단행본 목록을 보면, 가장 많이 발간된 시기는 '1920년대'이고 이를 주도한 출판사는 '한성도서주식회사'이며, 번역자·기획자·서문 작성자로 활발히 활동한 인물은 '장도빈'임을 알 수 있다.[1] 장도빈은 전기 발간이 드물었던 1910년대 후반, 번역전기와 창작전기를 나란히 묶어 '수양총서'로 발간했고 이후에도 그것은 재판이 된다. 이후 장도빈은 1920년대에 국내인물 창작전기 21권도 저술했으며 12권으로 이루어진 한성도서 번역 위인전기 총서 발간도 주도했다. 따라서 '1920년대'라는 시점, '한성도서'라는 출판사, 그리고 '장도빈'이라는 인물은 번역전기사에서 중요한 비중을 차지한다. 이번 장에서는 1920년대 장도빈을 중심으로 1910~1920년대 전기문학의 변모양상과 한성도서가 이룩한 번역문학, 번역전기 출판의 의의, 그리고 이로써 새롭게 펼쳐진 근대 번역전기물의 유형을 살펴보기로 한다.

---

1 전기 발간에 있어 주목할 만한 또 다른 인물로는 백대진도 있다.

1. 장도빈과 근대적 위인전의 정착

1) 번역전기와 창작전기 사이의 진동

한국문학사에서 번역 · 번안 위인전기는 1900년대의 역사적 산물로 기록되어 있다. 국가의 존립이 위협받는 역사적 상황에서 국민의 의식을 고취하기 위한 교육 운동으로서 역사전기물이 동원되었으며 이는 대체로 서양의 사례를 가져온 번역 · 번안전기물이었다. 당시 번역 · 번안전기물에는 역사, 전기, 논설, 그리고 신소설적 장르 특성이 뒤섞여 있었다. 그 주된 번역 · 번안자가 역사가나 민족학자, 신소설 작가들이었다는 사실은 이러한 장르적 특성과 무관하지 않다. 이러한 1900년대 역사전기물은 1910년대 한일병합 이후 총독부의 검열하에 출판 가능한 양식으로 변모하여 정착된다. 이는 형식과 내용의 변화를 수반했고, 프랑스 혁명가들 대신 미국의 정치 · 경제 · 종교인들이 본격 등장하는 변화를 보이게 된다.

1917년부터 1920년대 말까지 이어진 장도빈의 위인전기 창작 · 번역 간행 작업을 통해 1910~1920년대 위인전기 출판의 흐름과 성격을 파악할 수 있다. 장도빈에 관한 연구는 주로 사학계에서 이루어져왔기에 장도빈의 '전기' 및 출판 활동에 관해서는 본격 연구된 바가 없다. 그의 생애 및 업적에 관한 자료 역시 드물어서 '산운문화재단'에서 발간된 전기물에 대한 의존성이 크다는 한계가 있다.[2] 본 연구는 기본적으로는 '산운문화재단'의 자료물에 근거하나 다른 자료와 불일치하는 부분은 비교

---

2 『민족문화대백과사전』의 '한성도서주식회사' 항목 역시 이 자료에 의존하여 작성된 연구서를 따랐다.

검토하며 좀 더 정확한 사실 구축을 시도하고자 했다.

장도빈은[3] 발해사와 고구려사에 주목한 역사학자로 『조선역사대전』(1928, 박문서관)과 『조선말년사』(1945, 덕흥서림)를 발간하고, 『동아일보』(1932)와 『조선일보』(1935)에 장기간 「조선사」를 연재하는 등 역사물 저술을 지속했다. 그러나 실제 그의 활동은 단지 역사학계에만 머물지 않고 논설, 전기물 등 다양한 장르의 글을 아우른다.

그는 저술가로서뿐 아니라 출판업자로서도 기여했는데, 한성도서의 설립에 있어서 장도빈의 공헌도에 관해서는 아직 논란의 여지가 있으나,[4] 『대한매일신보』 논설 기자 출신으로 한성도서에서 취체역과 출판 부장을 겸했던 장도빈이 출판 실무진으로서 중심적 활동을 한 것은 사실이다. 그의 전기는 그가 1927년경까지 한성도서의 일에 주력했던 것으로 보인다고 기록하고 있으나[5] 1925년부터는 고려관을 새로 열고 그곳에서 단행본 저술 활동을 활발히 했기에 한성도서에 주력한 시기는 1925년까지로 보인다.

그의 이러한 출판업 관련 행적에는 '전기물 발간'이라는 특징이 있다. 장도빈의 창작·번역전기물의 저술·출판 행적을 통해 '① 노력 / 성공 ② 세계 / 조선, ③ 영웅 / 위인'이라는 키워드로 요약될 수 있는 근대 번역 전기의 특성을 밝히며, 그의 단독 저술 활동과 한성도서 활동을 연결하여 1910~20년대 발간된 전기물의 흐름을 포착하고자 한다. 이를 통해 근대적 위인전기의 '수양서', '총서'로의 성격 형성과 서양 인물에 관한 번역전

3　장도빈의 전기적 사항과 업적은 『산운 장도빈』, 시사문화사, 1985; 『산운 장도빈의 생애와 사상』, 산운학술문화재단, 1988; 박인호, 「산운 장도빈의 고구려 인식」, 『중앙사론』 30집, 중앙대 중앙사학연구소, 2009, 287~327면 참조.

4　재단법인 산운학술문화재단, 『산운 장도빈』, 시사문화사, 1985, 192~193면. 장도빈이 한성 도서주식회사 설립 주역이라는 기록에 관해서는 초대 사장 이봉하의 후손들이 이의를 제기한 바 있으며 이 부분은 좀 더 고증이 필요하다. 『한국일보』, 2008.9.18 참조. 본고에서는 한성도서에서 출판물 간행에 직접 관여한 인물로서 장도빈의 중요성에 주목하고자 한다.

5　재단법인 산운학술문화재단, 앞의 책, 210면.

기와 국내 인물에 관한 창작 전기의 영향관계를 파악하고자 한다.

그는 1908년 보성전문 법과 재학 당시 박은식의 소개로『대한매일신보』의 양기탁을 만나고 이에『대한매일신보』기자가 된다. 그리고 양기탁의 신임을 받아 신민회에 가입, 국채보상운동에도 동참한다. 마침 당시 주필이던 신채호가 지병으로 자리를 비우자 그를 대신해 논설을 집필, 논설위원이 된다. 1909년에는 신채호와 일주일씩 교대로 논설을 썼는데 한성도서에서 함께 일을 했던 오천은의 회고에 따르면 당시 논설에서 장도빈은 '하얏다', '오호(嗚呼)'를 쓰고 신채호는 '하엿다'를 쓰는 등 문체의 특성으로도 그 글이 구분이 되었다고 한다.[6] 장도빈은『대한매일신보』가 『매일신보』로 변모하며 퇴사하게 되는 1910년이 되기까지 8년 선배인 신채호와의 3년 동안의 교류를 통해 역사에도 관심을 가지게 되었다.

신채호는 1910년대 이전의 역사영웅론을 펼친 주요 인물이다. 그는 왕실 중심의 역사 계보를 넘어 단군 신화를 강조함으로써 한민족 역사를 중국과 무관하게 만들었고 이로써 민족의 자주적 주체상을 창조하고자 했다.[7] 그리고 단군을 중심으로 한 민족 단위를 이후 전쟁 영웅과 결합시켜 남성적인 민족상을 형성했다. 그는『대한매일신보』에 '단군, 연개소문, 을지문덕'의 뒤를 잇는 영웅에 대한 고대를 표명했으며 이러한 신채호의 영향을 받았던 장도빈 역시 1920년대 이후 전기 간행에서 이들 세 인물을 빼 놓지 않았다. 신채호가 1907년『이태리 건국 삼걸전』을 역술하고 1908년『성 피득대제전』을 교열했었다면, 장도빈은 이로부터 10년 후 본격적으로 번역·창작 전기 출판에 들어간다. 신채호와 장도빈의 전기 저술 시기는 10년 차이가 나는데, 그 사이에 조선은 식민지가 되었다. 이로써 '민족'의 정통성 확보와 비상하는 기상을 꿈꾸던 국가 재

---

6   『산운 장도빈의 생애와 사상』, 산운문화재단, 1988, 75면.
7   앙드레 슈미트, 정여울 역,『제국 그 사이의 한국』, 휴머니스트, 2007, 77면.

건의 역사전기물은 한 개인의 삶에 관한 서사로 변모할 수밖에 없게 된다. 신채호의『이태리 건국 삼걸전』이 1910년 한일병합 직후 총독부의 검열로 금서처분 받은 이후 장도빈은 1921년 삼걸 중 한 명인『가리발디』를 출판한다. 후술하겠지만 장도빈은 애국계몽기 신채호의 역사관, 영웅관을 식민지 시기에 출판 가능한 형태로 변모시킨 것이다.

또한 장도빈은 김억과도 인연이 있었다. 그는 1918년에는 남강 이승훈의 동지인 고당 조만식의 권유로 오산학교 역사 교사로 재직했다.[8] 그는 당시 그곳 교사였던 김억과 친분이 생겼고 그로인해 이후 김억은 한성도서에서 주요 필진으로 전기도 번역하고 시집과 에스페란토어 독본도 발간한다. 또한 장도빈은『조선지광』(1922. 11~1932. 1)의 발행 신청인이자 초대 편집 겸 발행인 역할도 했다.[9]『조선지광』은 1922~1930년까지 통권 100호가 발행되었으며『개벽』과 함께 신문지법에 의해 발행한 잡지로 잡지 제작 후 사후 검열만 받으면 시사와 정치 기사를 다룰 수 있었다.

이렇게 구국 운동·사학·언론·출판계에서 적극적인 활동을 한 장도빈은 인물 전기 발간에도 관여했다. '역사란 인물들의 전기이다'고 한 칼라일 식의 영웅 중심 사관이 유입되던 시대였기에『조선연표』(1917, 백산서원)를 시작으로『조선역사대전』(1928, 박문서관)을 비롯한 각종 국사 서술을 그치지 않았던 그가 인물 전기도 지속적으로 발간했다는 것은 일견 자연스러운 일이다. 그의 전기 간행물은 역사물보다도 양적으로 풍부하다.

8　평안도에 위치한 오산학교는 서북지역 인사들의 배출지였으며 신민회의 지원을 많이 받았다고 한다.

9　『조선지광』의 발행에 관해서는 장신의 다음 논문 참조. 장신, 「『주보 조선지광』의 발굴과 몇 가지 문제」, 『근대서지』 4, 2011, 소명출판.『조선지광』은 1922. 11~1926. 11까지 주보로 발행되다가 1926. 8~1932. 1 월보로 전환된다.『조선지광』의 편집 발행인 명의 역시 중간에 김동혁으로 변경된다.『조선지광』에는 주목할 만한 문학 작품들이 많이 실렸는데 대표적인 예로는, 임화의『우리 오빠와 화로』,『어머니』등의 시와 이기영의『해후』, 계용묵의『인두거미』, 조명희의『낙동강』등이 있다. 집필진은 주로 프롤레타리아 문학을 지향하는 문인들이 참여하여 조선프롤레타리아예술가동맹(KAPF)의 준기관지적 성격을 띠었다.

장도빈의 전기 발간은 크게 세 시기, 1917년과 1920년, 그리고 1925년
으로 나누어볼 수 있다. 1917년에는 신문관과 백산서원을 통해 국내외
인물 전기를 간행했고, 1920년대 초에는 한성도서 번역 위인전기 총서
발간에 관여했으며, 1925년부터는 자신이 대표로 있던 고려관에서 국내
인물 전기물을 간행한다. 1917년과 1925년은 그가 직접 저술했으며 1920
년대 한성도서 번역전기물은 그의 주관과 서문하에 이루어진 것이었다.

그가 저술한 전기물 단행본 목록은 〈표 6〉과 같다.[10] 『위인 원효』[11]와
『위인 린컨』은 각기 '수양총서 1', '수양 총서 2'로 발행되었는데, 이 두 권
의 총 발매소와 인쇄소는 초판과 재판본 사이에도 차이가 있었다. 『위
인 원효』의 초판과 재판의 인쇄 및 총 발매소는 모두 신문관인데 반해,
『위인 린컨』의 발행소·발매소는 백산서원에서 동양서원으로 바뀐다.
'수양총서 1, 2'는 초판부터 발행소가 달랐으니, '총서'였을지라도 총서
기획의 주체는 출판사가 아니라 장도빈 개인이었다고 볼 수 있다. 이후
『위인 린컨』은 한성도서가 발행한 『1935 도서총목록』에도 광고되는 것
으로 보아, 1930년대에도 지속적으로 판매되었으며 한성도서가 그 총판
을 맡았음을 알 수 있다.

『위인 린컨』의 총 발매소가 백산서원(1917)에서 동양서원(1920)으로 바
뀜에 따라 책에 수록된 광고도 달라진다. 1917년도판 광고란에는 백산
서원의 『朝鮮年表』가 광고되고 있었는데 1921년도 판에서는 신문관의
『朝鮮文典』으로 그 광고가 바뀌는 것이다. 그런데 또 다른 수양총서인

10　박인호, 「산운 장도빈의 고구려 인식」(『중앙사론』 30집, 2009.12, 290~292면)의 장도빈 저
　　술 목록에 riss 검색 자료와 국립중앙도서관 소장 목록을 덧붙여 작성함.
11　『위인 원효』의 초판과 재판 모두 '저작겸발행자'에 장도빈이 기재되어 있음에도 재판의 경
　　우 발행자를 따로 명시하고 최창선이라 표기한 것으로 보아 신문관에 발행의 권한이 넘어
　　간 것으로 보인다. 그리고 이 원효는 1925년 장도빈의 고려관에서 다시 발간된다. 『위인
　　원효』(신문관, 1917(초판), 1921(재판))는 이후 『원효』(고려관, 1925) 발간으로 이어지고,
　　이후에 한성도서 2대 사장이 된 전무 이종준의 아들은 원효 사상 연구가로 한국불교연구
　　원장을 지내게 된다.

표 6. 장도빈의 전기물 단행본 목록

제목	발행연도	출판사	쪽수
위인 원효	1917	인쇄소, 총 발매소 : 신문관, 발행자 : 최창선 인쇄자 : 최성우	64
	1921	인쇄소, 총 발매소 : 신문관, 발행자 : 최창선 인쇄자 : 최성우	64
위인 린컨	1917	발행소, 총 발매소 : 백산서원 인쇄소 : 신문관, 인쇄자 : 최성우	62
	1920	총 발매소 : 동양서원	
동명왕 실기	1921	한성도서	50
조선십대위인전	1923	동양서원	82
조선영웅전	1925	발행소 : 고려관 인쇄소 : 한성도서주식회사	100
조선위인전	1925 / 1939	고려관	294
조선명부전	1925	고려관	28
동명왕	1925	고려관	30
원효	1925	고려관	36
을지문덕전	1926	고려관	50
을지문덕 전쟁기	1926	고려관	76
이순신전	1925	고려관	54
개소문	1925	고려관	36
강감찬전	1926	고려관	32
발해태조	1926	고려관	36
갑오동학난과 전봉준	1926	덕흥서림	72
충용장군 김덕령전	1926	덕흥서림	—
남이장군실긔	1926	덕흥서림	50
조선태조대오아전	1927	덕흥서림	36
대원군과 명성황후	1927	덕흥서림	106
문무대왕전	1928	박문서관	—
셔산대사와 사명당	1928	덕흥서림	40

『위인 원효』의 초판과 재판을 보면 총 발매소와 인쇄소가 신문관으로 되어 있을 뿐 백산서원이란 이름은 볼 수 없다. 따라서 '경성부 낙원동 오번지'로 주소가 기재되어 있던 백산서원은 일시적으로만 존재했고 그 곳에서 발행되던 저술들은 이후 신문관과 한성도서로 발행권이 넘어간

것이다. 어쨌든 '수양총서 2'인 『위인 린컨』 초판본은 백산서원 발행이 며 『조선년표』 역시 백산서원에서 발행되었으므로 장도빈의 초기 저술 은 백산서원과 관련되어 있었던 것으로 보인다. 이렇게 다른 인쇄 · 발 행 · 발매소를 둔 두 저서가 하나의 총서 시리즈로 묶여 번호가 매겨져 있었다는 것은 결국 이것이 출판사의 기획 총서가 아니라 저자의 의도 에 따른 것이었다고 볼 수밖에 없다. 즉, 번역전기와 창작전기를 묶은 '수양총서'는 장도빈의 기획이었던 것이다.

장도빈의 『위인 린컨』(1917)은 위인의 전기가 '구국의 영웅 서사'에서 '성공 수양 서사로' 변화되고 있음을 명백히 보여준다. 『위인 린컨』은 '수양총서'를 표지에 달고 발간되었으며 『린컨전』이 아닌 『위인 린컨』을 제목으로 한다. 이제 전기는 전통적 양식명인 '傳'과 결별하고 사실 진술 위주인 '위인'의 '전기'가 되었다. 그것은 '수양서'로서 권고되기 시작했 으며 '총서'로 간행됨으로써 비슷한 패턴이나 목적의 전기물이 지속적 으로 발간될 여지를 열고 있었다.

2) 서양 / 조선, 영웅 / 위인, 노력 / 성공의 역학

장도빈이 인물 전기를 발간하는 의도는 초기 저술본인 『수양총서1 : 위 인 원효』(1917)와 『수양총서 2 : 위인 린컨』(1917)에 가장 잘 드러나 있다. 장도빈은 '서문'에서 서양 위인의 격언을 인용하며 '노력 = 쾌락 = 행복 = 재물 = 직업 = 고상 = 성공'이 하나의 연쇄고리라는 요지의 주장을 설파 한 후, 그 산 증인으로 "노력 성공의 일 위인인 '링컨'씨를 소개하노라"라 고 한다. 그는 식민지 검열 아래 오늘날 링컨 전기를 지배하는 기표인 '해 방', '평등', '자유'의 가치를 내세우지 않고 세속적 의미에서의 성공적 삶 을 사는 데 도움이 되는 수양서로서 위인전기의 의의를 압축한 것이다.

또한 장도빈의 전기물 발간 행보에는 '위인과 영웅' · '세계 / 서구와 조선' 등의 주요 개념이 담겨 있다. 그는 1921~1923년 한성도서에서는 주로 번역 위인전 발간에 관여한 반면, 1925~1927년에는 자신의 출판사 고려관에서 『조선위인전』(1925)과 『조선영웅전』(1925)을 비롯한 다양한 조선인물 전기를 21여 권 저술 · 간행했다. 그런데 이 두 전기물은 고려관에서 발행되었지만 인쇄와 판매 총판은 한성도서 측에 맡겨졌다. 그리하여 한성도서 출판물 광고 목록에 이들 두 단행본이 들어가 있는 것이다. 장도빈은 자신이 관여한 두 출판사 중 한성도서에서는 번역 위인전에, 고려관에서는 조선 인물전에 주력한 셈이다. 이윤을 남겨야 하는 민간 자본 투자 주식회사인 한성도서에서는 기획에 따른 저작물을 출판한 반면, 장도빈 자신이 대표로 있던 고려관은 자비로 출판하는 형국이었으니, 한성도서의 번역 위인전은 소위 '팔리는 책'이고 고려관의 조선인 전기는 '쓰고 싶은 책'이었다고도 볼 수 있을 것이다.

이렇게 장도빈이 한성도서의 출판부장이었으며, 한성도서에서 발간된 전기물의 서문을 쓰는 위치에 있었다는 점, 그리고 그 자신이 이후 고려관에서 조선인물전 총서류를 주력하여 발간했다는 점을 상기하면 한성도서 전기물의 기획과 번역 편찬 작업에도 그가 적극 개입했을 가능성이 높다. 그가 1920년대 초 한성도서의 단행본이나 한성도서 발행 잡지에서 저술했던 인물 전기들은 이후 1925년 『조선위인전』, 『조선영웅전』에도 실리고 『동명왕실기』, 『을파소』, 『연개소문』 등 단행본으로도 발간되는 등 고려관에서의 전기 발간으로 반복적으로 이어졌다. 따라서 그의 전기물 저술 작업은 한성도서 시절부터 본격적으로 시작된 것으로 볼 수 있을 것이다.[12] 그렇다면 한성도서의 번역전기는 어떻게든

---

[12] 예를 들면, 그가 한성도서에서 1920년 발간한 『동명왕실기』는 1925년 고려관의 『동명왕』으로 재발간되고, 한성도서 잡지 『서울』(1919, 1920)에 기고한 을파소나 연개소문 전기들은 『조선위인전』과 『조선영웅전』에 삽입된다.

이후 고려관에서의 전기 발간에 영향을 미쳤을 것이다. 예를 들어 장도빈은 한성도서에서 『세계명부전』을 발행한 지 3년 후 고려관에서 그 조선인 버전인 『조선명부전』을 저술하게 된다. 한성도서 번역전기물이 이후 고려관 국내 인물 전기 간행에 미친 영향 및 장도빈의 두 출판사에서의 전기 발간 작업 간의 관계는 좀 더 세밀한 접근을 필요로 한다.

또한 장도빈은 '영웅'과 '위인'의 차이도 민감히 포착했다. 그의 『조선영웅전』과 『조선위인전』은 역사적 인물들의 전기를 의식적으로 '위인'과 '영웅'으로 구분한 근대적 전기물의 최초의 예이다. 그리고 각 단행본 내에서도 인물들이 분야별로 묶여 정리되었다는 점이 특징이다. 『조선위인전』은 '위인, 식산가, 교육가, 발명가, 예술가' 항목을, 『조선영웅전』은 '정치가, 사상가, 군인, 혁명가, 척식가' 항목을 거느리고 있다. 즉 '위인'은 식산(殖産), 교육, 발명, 예술 등의 문인(文人)적 인물을, '영웅'은 정치, 혁명, 군사 등의 무인(武人)적 인물을 뜻한다.[13] 그 목차는 각기 '『조선위인전』- 조선 12대 위인, 조선 10대 식산가, 조선 15대 교육가, 조선 8대 발명가, 조선 15대 예술가', '『조선영웅전』-조선 12대 정치가, 조선 10대 사상가, 조선 10대 군인, 조선 10대 혁명가, 조선 10대 척식가'로 구성되어 있다.

이러한 분야별 인물론은 장도빈의 다른 논설에서도 찾아볼 수 있다. 그는 「조선민족의 미래를 논함」(『조선지광』, 1922)[14]에서 서양이 일본과 중국에 들어갈 때 우리 민족은 이를 받아들이지 못해 뒤쳐졌다고 안타까워하며 이를 극복하기 위해 조선 자신의 고문화를 연구할 것, 구체적으로 그 우수한 정치가, 학자, 군인, 종교가, 실업가, 발명가 등을 보고 자부심을 되찾을 것을 권유한다. 그리고 그 위에 서양 문물의 배경이 되는 정신인 '지능, 덕성, 사상' 그중에서도 무엇보다 '근면, 명쾌, 분투' 등을 배울

---

13 다만 예외적으로 위인에 식산가가 영웅에 사상가가 들어가 있다.
14 산운학술문화재단, 『산운 장도빈의 생애와 사상』, 1988, 115~125면.

것을 촉구하며 교육계나 식산계의 협동 부흥을 강조한다. 이렇듯 1922년
부터 근대 문명을 이루는 주요 분야를 고대사로까지 소급하여 해당 영역
에 적합한 인물을 찾아 구성하는 시도가 있었고 이는 1925년의 『조선위
인전』과 『조선영웅전』에 정리된 단행본 형태로 남게 된다. 역사적 인물
인 영웅과 위인이 근대적 개념인 직업군에 따라 분류되고 서술되게 된 것
은 자본주의 산업화의 분화가 진행되어가고 있던 식민지 자본주의 현실
을 반영한다. 개인은 '사농공상(士農工商)'이라는 이전의 구분법으로 수렴
되지 않는 다양한 직업군 중의 하나에 소속되어야 하는 시대가 된 것이다.

　『조선위인전』의 '조선 12대 위인'은 이후 각각 개인 전기 단행본으로
발간되었다. '12대 위인'은 '단군, 동명왕, 백제태조, 신라태조, 광개토대
왕, 을지문덕, 개소문, 원효, 발해태조, 강감찬, 조선세종, 이순신'이다.
역사서를 통해 고대사에 주목한 장도빈이 꼽은 이들 역시 대체로 고대
인물이었고 이들은 장도빈의 손을 통해 개별 인물 전기물로 간행된다.
을지문덕, 이순신, 강감찬 등은 '군인' 항목이 따로 있음에도 '위인'에 속
해 있고, 광개토대왕, 원효 등도 역시 '정치'나 '사상' 항목이 있음에도
'위인'에 묶여 있다는 것은 사실상 여러 분야의 인물을 나란히 열거하는
듯 보이지만 그 안에도 위계가 있음을 나타낸다. '위인'이라는 분류 항목
은 '교육가, 발명가, 예술가, 사상가, 정치가, 혁명가'를 넘어서는, 혹은
이를 아우르는 강력한 존재감을 가지고 있는 것이다. 일국의 '위인'으로
묶인 인물들은 결국 특정 분야에서 업적을 이룬 이들보다는 일국의 존
망을 책임졌던 왕·장군이 주류를 이루는데, 국가주의적 사상을 부추기
는 인물이 일국의 위인으로서 대표성을 띠고 있었던 것이다. '조선 10대
위인전'은 『서울』, 『조선지광』(1922)과 같이 장도빈 자신이 책임자로 있
던 잡지에 게재되었다가 『조선 10대 위인전』(동양서원, 1923)으로 간행되
기도 했는데, 이것이 2년 후 더 다양한 인물 전기와 함께 섞여 간행될 때
에도 이들 위인은 각 해당 분야로 녹아들지 못하고 '위인'이라는 카테고

리 속에 남아 있게 된다. 즉, '위인'이라는 분류 항목은 다른 직업분야로 환원되지 않는 독자성을 유지하고 있었던 셈이다.

그리고 이러한 관습은 해방 이후에도 이어진다. 『조선위인전』과 『조선영웅전』은 해방 이후 『대한위인전』[15] 혹은 『조선위인전』으로[16] 통합되어 간행되었고 이는 별 수정 없이 반복 출판되었는데, 이렇게 '조선'에서 '대한'으로 오는 역사적 시차 동안 '영웅'은 탈락되고 '위인'이 대표성을 띠게 되었다. 『대한위인전』에서는 '단군, 동명왕, 백제 태조, 신라태조, 개소문'이 빠지고 대신 '고려태조'가 추가되지만 여전히 위인의 구성원들은 기본적으로 일국을 대표하는 왕과 장군 중심에서 벗어나지는 못하고 있었다.

3) 도덕적 성공을 향한 '수양총서'

장도빈은 번역전기와 창작전기를 묶어 '수양총서'로 발간했다. '수양서' 혹은 '수양총서'라는 명칭은 수양청년의 시대가 도래했음을 알린다.[17] 그는 번역전기에서는 '서양 위인'을 통해 서양의 "신도덕"을 습득하여 서구 문명으로 상징되는 "성공, 행복, 금전"을 획득할 것을 독자에게 권고한다. 반면 조선인 전기에서는 완벽한 전인적 위인의 존재를 부

---

15 장도빈, 『大韓偉人傳』, 國史院, 1947 · 1961 · 1965. 국사원에서는 1947년 김구의 『백범일지』도 출판했으며 이는 베스트셀러가 되었다. 이임자, 『한국 출판과 베스트셀러』, 경인문화사, 1998, 172면. 따라서 1947년 국사원의 『大韓偉人傳』 재간행은 해방 후 건국의 사상적 기반이 되는 역사 구축 작업의 일환으로 볼 수 있다.

16 『조선위인전』, 계림사, 1948.

17 1900~1920년대에 걸쳐 형성, 사회적으로 비난의 대상이 된 '부랑청년'의 존재는 사회적 권장형인 '수양청년'이라는 대타항을 전제로 가능하다. 본고에서 '수양청년 전성시대'는 이러한 '부랑청년 전성시대'의 이면을 설명해줄 수 있는 말로 사용했다. '부랑청년'의 존재와 사회적 함의는 소영현, 『부랑청년 전성시대』, 푸른역사, 2008 참조.

정하고 영역별 위인이 존재할 수밖에 없음을 인정한다. 이로써 장도빈은 각 직업분야에서 충실한 자가 위인이 될 수 있는 현실이 도래했음을 알렸고, 다양한 분야별 위인전기가 간행될 수 있는 여지를 마련했다. 그는 이와 동시에 전기란 "모방"이 아닌 "수양"을 위한 것임을 강조한다. 누가 무엇을 했느냐가 아닌 그 정신과 태도를 배우라는 것이다. 이러한 그의 전기관은 다양한 분야의 인물 전기 서사를 결국 '노력과 수양'이라는 보편적 교훈으로 귀결시켰다.

(1) 도덕적 성공가 『위인 린컨』

장도빈이 인물 전기를 발간하는 의도는 초기 저술인 『위인 원효』(1917)와 『위인 린컨』(1917)에 가장 잘 드러나 있다. 『개벽』(1920)에는 다음과 같은 『위인 린컨』의 광고가 실린다.

> (미국대통력 린컨 씨의 사적) 린컨 씨는 정의인도의 왕이오 평등 자유의 신이오 세계 인류의 모형이니 영웅 중 영웅, 위인중위인인 린컨 씨의 전기를 일독하시오.[18]

『위인 린컨』은 총 62면으로 이루어져 있는데 그중 저자가 독자에게 직접 말하는 '서언'과 '결론'이 20면을 차지한다. 즉 전체 단행본 분량 중 1/3 가량이 링컨의 생애와는 상관없는 논설문으로 채워져 있는 것이다. 전기와 논설이 혼합된 이와 같은 모습은 1900년대 전기 단행본이나 신문 논설에서 볼 수 있었으므로 이는 이전의 관습에 따른 것으로 보인다.

---

18 『개벽』1, 1920, 권두 참조.

그는 '서언'에서 "청년 청년이여"[19]를 연방 외치며 청년 제군들에게 다음과 같은 연설을 한다. 조선인은 의뢰(依賴)하고 나태(懶怠)하니 자조(自助)와 근면(勤勉)을 체득해 할 필요가 있다는 것이다. "노력과 행복은 항상 정비례"하니 행복을 구하는 제군들은 노력만이 행복을 얻는 길임을 알아야 한다. "행복은 맹목(盲目)이 아니라 오직 노력자를 수행(隨行)한다"라는 서양 명언도 인용한다. 그는 노력은 곧 쾌락이며 영광일 뿐 아니라 노력이 없으면 소득도 없다면서 재차 '노력'을 강조한다. 그리고 "정당한 직업에 노력하는 자는 가장 고귀한 인(人)이라"는 서양인의 명언을 재차 인용한다. 장도빈은 '노력 = 쾌락 = 행복 = 재물 = 직업 = 고상 = 성공'이 하나의 연쇄고리라는 주장을 서양인들의 명언을 인용하여 설파하고 나서, 그 산 증인으로 "노력 성공의 일 위인인 '링컨'씨를 소개하노라"면서 서문을 마친다.

'결론'은 '도덕'과 '물질'이라는 항목을 보다 구체화한다. 그는 "린컨전을 독(讀)하면 도덕의 력(力)이 엇더케 위대함을 가지(可知)하리라"[20]면서 링컨의 입지, 실행, 출세, 성공을 가능케 한 것은 모두 그의 위대한 도덕이었다고 한다. 그들의 '근검, 정직, 용강(勇强) 등의 도덕이 고상한 소이'로 인해 그들의 선진한 문물들, 예를 들면 좋은 양옥이나 의복, 음식, 기차, 전등, 전화, 비행, 잠항 등의 호부(豪富)한 물질의 제조가 가능했다는 것이다. 그는 여기에서 스마일스와 나폴레옹의 '도덕'을 강조하는 명언을 동원한다. 서구 위인전기는 '위대한 물질' 쟁취를 위한 비법으로 '위대한 도덕'을 제시하는 식으로 쓰여지고 있었다. 조선인은 어서 바삐 서구의 도덕을 배워야 한다는 장도빈의 주장은 근대화의 욕망이 서구 문명 추종과 인격주의로 흐르게 되는 모습을 보여준다.

---

19 서문 인용은 장도빈『위인 린컨』, 백산서원, 1917, 1~9면.
20 결론 인용은 위의 책, 51~61면.

그는 여기서 나아가 그냥 도덕이 아닌 '신도덕'의 필요를 촉구한다. 시대의 변화는 새로운 도덕을 요구하는데 조선은 현재 구도덕은 파양되고 신도덕은 건설되지 않은 단계라는 것이다. 시대가 필요로 하는 도덕은 "유교도덕도 아니오, 불교도덕도 아니라" "쾌락주의의 도덕도 아니오, 극기주의의 도덕도 아니"다. 그는 그것이 "신시대의 도덕이니"라면서 서양의 '신도덕'의 사례를 들었으나 그 실체는 다름 아닌 '신(身)'을 수(修)하며 가(家)를 제(濟)하며 사회에 충(忠)'하는 것으로 결국 '수신제가 치국평천하'라는 유교적 가르침과 크게 다르지 않았다. 그는 사회는 개인의 반영이며 개인이 자신을 잘 수양하면 사회가 향상된다는 것을 전제로 하여 모든 관심을 자기 자신에게 집중시키고 실력을 향상시킬 것을 요구했다. 장도빈은 수양의 대가로 지극히 현실적인 요소들을 제시한다. 그리하면 "금전도 부하여지고 의식(衣食)도 족하야지고 온갖 물질이 강성하야지리라"는 것이다. "도덕은 인생의 목적이오 물질은 수단"에 불과하므로 "수단을 위해 목적을 해하지 말라"는 경고와 "금전도 도덕이 잇서야 저축되나니 무도(無道)한 인(人)은 금전을 저축할 수도 없나니라"는 경고들은 결국 '도덕을 지켜야 금전도 얻어지니 도덕을 추구하라'는 결론으로 수렴된다.

이렇게 장도빈은 실존 인물의 생애를 통해 정신과 물질의 부조화에 대한 우려를 불식시키는 성공 신화의 가능성을 증명한다. 그런데 링컨 전기의 '서언'과 '결론'에 노예 해방이나 국가 통합이라는 링컨의 '국가적 업적'이 언급되지 않고 있다는 것은 다소 흥미로운 지점이다. 앞서 인용한 『위인 린컨』의 재판 광고에서는 분명 '정의, 인도, 자유'의 덕목이 언급되었으나 정작 단행본 내 적지 않은 비중을 차지하고 있는 저자의 말은 '개인적 노력과 수양'으로 전기의 의의를 몰아가고 있었다. 위인전기는 링컨이라는 인물을 통해 미국의 역사를 배운다든가 그의 국가적 업적을 구체적으로 알아본다든가 하는 식의 세계사적 관심이 주된 목표가 아니다. 이는 보다 개인적 서사로 축소되었으나 사생활에 관한 구체적 서술에도 불구하고 독자에게는 그의 성공 비법인 '도덕'과 '노력'이 관념적이고 추상적으로 제시되는 것이다. 이는 '행복'이라는 정신과 '재물'이라는 물질로 표상되는 '성공'으로 구성된 사적 욕망을 갈구하나 사회적 책임감을 도외시할 수 없는 지식인 청년 독자층을 대상으로 하는 출판물이었다. 이들 수양서는 '입지 성공'을 언급하며 신분 상승의 가능성과 기회를 보여주는 듯하나 결국 철저히 개인의 노력과 도덕성의 문제로 귀결시킨다. 이처럼 『위인 린컨』이 『위인 원효』와 함께 '수양 총서' 1 · 2권을 이루고 있었다는 사실은 위인전기가 더 이상 '역사물'이나 '영웅전', '사상 안내서'가 아닌 '수양물'이 되었으며, '구국의 영웅 서사'로 존재하지 않고 '개인의 입지 성공 수양 서사'로 유통될 수밖에 없는 시대가 도래했음을 증거한다.

그리고 이 때 장도빈은 그 '신도덕'이 서구적 가치관임을 분명히 했다. 그는 논설을 전개하는 과정에서 지속적으로 서양 명언과 사례들을 인용하며 그 권위에 의존하는가 하면, 서양 문명의 선진성을 전제로 하여 그 물질을 얻고자 하면 그 정신을 먼저 익히라는 식의 논의를 전개시켰다. 첨단 물질문명을 이룩한 서양인들의 정신을 알기 위한 방법으로 서양 위인전이 도입되었고 그 비결은 각종 도덕 항목으로 요약된다. 이렇게 서양 물질문명에 대한 욕망이 그들의 정신을 습득해야 할 필요를 낳은 것이다. 일찍이 유길준의 『서유견문』에 등장한 인물 전기는 전신, 증기기관 등 첨단 물질문명을 발명한 과학자의 소전이었다. 번역된 '서양전기'란 자신에게 결여된 것을 얻고자 하는 욕망 속에서 탄생된 것이다.

이는 이후 장도빈이 김억의 번역 시집 『오뇌의 무도』(광익서관, 1921)에서 보여준 태도와 크게 다르지 않다. 그는 『오뇌의 무도』[21] 서문에서 과

___

21 김억 역, 문학사상사 자료조사연구실 편, 『한국현대시 원본전집 1921년판 : 오뇌의 무도』,

거에 지나 문학의 추종으로 우리 자신의 정(情)과 성(聲)과 언어문자를 발휘하지 못하였으니 이제 서양 명가의 시집을 참조하여 그네의 사상 작용을 알아서 우리 조선시를 짓는 데에 응용할 필요가 있다고 했다. 조선의 국시(國詩)를 만들기 위해 지나 문학의 타성을 버리고 서양 문학을 익힐 필요가 있다는 그의 문학에 관한 논의는 과거 도덕은 버리고 서양 정신을 신도덕으로 받아들이자는 위인전기에서의 주장과 일맥상통한다.

(2) 노력가 『위인 원효』

『위인 원효』 역시 '서언'과 '결론'이 단행본 전체 분량 64면 중 14면을 차지하며 높은 비중을 보인다. 장도빈은 '서언'에서 긴 지면을 할애하여 『위인 원효』 저술 의도를 밝힌다. 그는 선철(先哲)이 사상행위의 교사로 수신 교사나 부모 형제, 법관보다 더 적절하다면서 누구나 각자의 모범되는 인물을 모방하지만 이상적이고 완전한 전형이란 존재하지 않으니 각 영역별로 위대함을 찾아 모방해야 한다고 했다. 즉, 전인적 완벽함을 전제로 하는 위인의 존재를 부정하고 영역별 위인을 내세운다. 그의 '위인전'은 "신(神)은 완전할 수 있으나 인(人)은 완전할 수 없더라"[22]는 인간의 불완전성을 전제로 한다는 점에서 신에 가까운 완전함을 보여주던 이전의 '영웅전'과 차이가 있다. 불완전한 인간이 할 수 있는 것은 노력뿐인데, 바로 여기에 모범이 되는 선철의 존재가 필요하게 되는 것이다. 이 때 아등(我等)은 선철의 특정 직업, 특정 사상, 특정 사업을 모방할 것이 아니라 그 '정신, 노력, 성공'을 모방해야 한다. 정신, 노력, 성공만을

문학사상사, 1975, 5면.

22　장도빈, 『위인 린컨』, 신문관, 1921, '서언'은 1~8면.

모방하는 한 선철과 똑같은 인물이 될 필요는 없으며 따라서 그 "이상의 인물", "각양의 인물"이 되어야 한다는 것이다. 그리고 이러한 개인의 진보와 다양성은 "사회의 진보"를 가져온다고 한다. 그는 이렇게 사회적 진보로 귀결되는 개인의 선철 모방 행위는 "선철의 평상세소(平常細小)한 사적"을 주의하는 데에서 비롯되므로 그 사적을 전(傳)으로 남길 필요가 있다는 편찬의도를 밝힌다. 이에 덧붙여 장도빈은 원효의 일상적 세세한 사항에 관한 참고 문서가 적어 부족한 전을 꾸릴 수밖에 없었으며 앞으로 완전한 원효전이 나올 것을 기대한다고 여운을 남긴다.

장도빈의 '서언'은 그의 전기관을 뚜렷이 보여준다. 그의 논의에 따르면 개인의 다양한 발전은 선철의 위대한 정신, 노력, 성공을 모방함으로써 가능한데, 이러한 관념적 가치들은 전기가 보여주는 세세한 사적들을 통해 체감·체득이 되고 이에 감정 이입하여 모방, 향상된 개인을 통해 사회의 다원적 발전이 가능한 것이다. 이렇게 '전기'는 그의 "사적을 모방"하기 위해서가 아니라 "습관을 양성"하기 위한 것으로 재정의 되었으니 독자는 일상적 언행의 학습을 통해 그러한 긍정적 가치들을 체득하고 업적을 이룰 수 있다는 것이다. 장도빈은 독자에게 '원효가 불학자이고 불서를 저술하고 불교를 선전했으니 나도 그렇게 해야겠다'는 식의 모방을 하지 말라고 경계한다. 독자는 자신의 수단을 이용해야 하며 위인에게서는 그 노력의 자세만을 모방해야 한다. 이로써 전기가 상세히 서술하는 인물의 구체적 업적과 수단은 사실상 중요하지 않게 된다. 이렇게 링컨은 '도덕'의 화신으로, 원효는 '노력'의 인물로 요약되는데 따라서 어느 인물을 논하든지 그 강조점은 '도덕성'과 '노력'에 있게 된다.

'서언'이 '전기'의 가치와 의의를 보여주었다면 '결론'은 원효라는 인물을 통해 '위인'의 가치를 논하는데 집중한다. 결국 장도빈은 '서언'과 '결론'에서 각기 '위인'과 '전기', 합쳐서 '위인전기'의 당대적 의미를 정리한 것이다. 장도빈은 '결론'에서 "고대 조선인은 서양의 로마인 같이 매우 실용적 인민이더니라"로 시작하며 조선에 상대적으로 문인적 인물이 희박함을 한탄한다. 그중 원효는 천재성보다는 하루하루 쉬지 않고 저술에 매진한 근로함에 그 가치가 있다고 한다. 그는 조선인에게는 "내구적(耐久的)" 성격이 부족하여 문물의 발전과 전수가 없어 유감이라고 하면서 원효의 "근면성", "내구성"을 더욱 돋보이게 한다. 장도빈이 보기에 "서양의 문물이 유입된지 300년이래로 지금까지 그 공예품 한 개도 학득(學得)치 못하고 아등(我等)이 일본에 유학하는지 40년에 지금까지 하(何)과학의 학자 일인이 산출치 못함은" "그 원인은 아등이 근면치 못함"에 있다. 그런데 그는 조선인이 오늘날은 나태할지라도 고대에는 근면한 인민의 역사가 있었으니 근면의 습관을 양성하면 이전의 근면성이 다시 돌아올 것이라는 믿음을 보인다.

장도빈은 앞서 『위인 린컨』에서는 조선인의 나태성을 비판하고 서양의 신도덕 습득을 촉구한 반면 『위인 원효』에서는 고대 조선인의 근면함을 들추어내서 민족적 자긍심을 회복시켜주고 있다. 현재의 조선인이 이러한 서구의 정신과 우리 고대 조상의 정신을 결합하여 영화로운 과거를 재창조할 수 있으리라는 그의 전망은 '칸트'와 '설원랑(신라 최초의 화랑)'과 '원효'를 통해 사회의 심리가 개량 진보되면 조선인도 고려자기도 부활시킬 수 있으리라는 식의 진술을 통해 구체화된다.[23] 현재 필요한 긍정적 가치를 고대 민족사에서 찾아냄으로써 현재의 열등함을 극복하려는 이러한 전략은 이후 1930년대 중반 이후 정점을 이루게 되는 '전통담론'에서 더욱 다면화되고 정치화된다.[24] 외래 문물의 적극 유입에

---

23 장도빈, 『위인 원효』, 1921(초판은 1917), 59면.
24 차승기에 따르면 1930년대 중반 이후 융성한 전통 담론은 회고주의나 민족문화 창안으로 환원될 수 없는 의식과 작동 구조 속에서 전개되었다. 전통 담론이란 과거를 현재화하는 다양한 방식들과 관련되어 있을 뿐 아니라 새로운 시공간의 정치학과도 맞물려 있었던 것이다. 차승기, 「1930년대 후반 전통론 연구 : 시간 공간의식을 중심으로」, 연세대 박사논문, 2002를 참조할 것.

대한 필요성과 전통 문화에 대한 자긍심은 이렇게 외국 인물 전기와 국
내 인물 전기라는 쌍을 통해 하나의 퍼즐처럼 아귀가 들어맞고 있었다.

장도빈은 『위인 린컨』에서 서양 정신을 모방하기 위해 서양 인물전
을 읽을 필요를 촉구했던 것처럼 『위인 원효』에서 역시 원효를 소개하
면서도 끊임없이 서양 인물을 거론하며 그와 견주어 원효의 위치를 자
리매김한다. 광개토왕을 평가할 때도 인격은 워싱턴으로, 공덕은 알렉
산더로 간주하는 식이다.[25] 이런 식으로 자국을 설명하기 위하여 서양을
예로 들고 있는 장면이 연출되기 위해서는 필자와 독자간에 다음의 세
가지에 대한 합의가 전제되어야한다. ① 서양 위인은 우월하다. ② 서양
위인이 국내위인보다 인지도가 더 높다. ③ 각 서양 위인 이름은 일정한
서사를 통해 특정 이미지를 가지며 이는 독자들이 이미 공유하고 있다.
식민지 조선 독자는 이미 원효보다 워싱턴이나 알렉산더를 더 잘 알고
있었다. 그리고 독자는 알렉산더와 워싱턴이 각기 인격과 공덕면에서
우월함을 알고 있고 성장·변모하던 이들 인간의 어느 한 시점의 형상
을 단독 표상으로 공유하고 있다. 따라서 원효가 1번, 링컨이 2번을 단
채 '수양총서'는 간행되었지만, 기실 장도빈은 '2번 링컨'을 먼저 의식하
고서 '1번 원효'를 재발굴한 것이다. 장도빈이 서양 위인을 접하고 자국
위인을 재발굴한 이후에 직면한 것은 자국위인의 명맥을 잇는 후손의
부재이다. 장도빈은 서양에 소크라테스의 뒤를 잇는 플라톤이 있고 코
페르니쿠스 뒤를 잇는 케플엘이 있는 것과 달리, 조선에는 원효의 뒤를
잇는 인물이 없음을 한탄한다.

『위인 린컨』과 『위인 원효』는 서구 문명을 도달 지점으로 설정한 진
보의 역사관 속에서 서구와 같이 되고자 했던 식민지 조선인의 열망을
보여준다. 서양인이 주인공이 된 '번역 위인전기'를 읽는 조선 소년 독자

---

25 산운학술문화재단, 『산운 장도빈의 생애와 사상』, 1988, 107면.

는 문명화한 어른의 시간을 자신의 미래로 선취하고자 하는 근대적 시간선상에 놓여 있다. 이렇게 '자신에게 결여된 것'에서 출발하여, 그 결여물인 '서구 문명의 창조자'에 관해 탐구하는 식으로 진행된 서양 위인전기의 번역소개는 그에 대응하는 '자신의 조상을 호출'하지만, 결국 '현재적 위인의 결여'에 직면하게 된다. '결여'를 중심으로 하는 동심원적인 회전은 서양 위인전기를 둘러싼 욕망과 좌절의 메커니즘이다. 타인의 지나간 과거를 자신의 미래로 선취하고자 하는 독자는 시작부터 끝까지 뒤쳐져 있다. '번역 위인전기'의 독서 메커니즘은 이러한 식민지 근대화의 열망이 독서물로 안착된 결정체이다.

2. 한성도서주식회사와 번역 출판

이번 절에서는 최초의 근대적 기업체형 출판사로서의 한성도서주식회사의 정체성과 그 번역 출판의 의의, 그리고 번역전기 총서라는 기획물의 특징과 이것이 어떠한 판본을 참조하여 탄생하게 되었는지 밝히고자 한다.

1) 근대적 기업체형 출판사 한성도서주식회사

기존의 한성도서 관련 연구로는 한성도서 출판물 개괄과,[26] 한성도서의 문예물 출판에 관한 연구,[27] 한성도서 발간 잡지 『학생계』, 『학등』에

---

26 하동호, 『한국 근대문학의 서지연구』, 깊은샘, 1981, 89~102면.

관한 연구가 있다.[28] 이들은 한성도서의 출판학적 사료 정리와 한성도서의 문예물과 잡지에 관한 연구로 그 의의를 요약할 수 있다.[29] 또한 일제시대 영창서관·덕흥서림 등은 척독류·유행창가집·고소설 등을 주로 발행했다는 이유로 '상리(商利)'를 중점으로 둔 서점·출판사였고 조선도서주식회사 역시 '상리'의 맥을 잇는 출판사였다고 보는 반면, 한성도서는 문화사업을 추진한 '구국계몽운동' 출판사로 보는 견해도 있다.[30] 3·1운동 이후 조선에서는 '근대화론, 개조론, 자아 혁신, 신도덕과 신인물론'[31]에 대한 열망이 폭발되었으며 세계와 현실의 신지식을 알고자 하는 적극적인 욕구로 외국서적과 신간 잡지, 세계적 명저의 번역본을 요구하는 분위기가 조성되었다.[32] 이러한 시대상을 고려하자면 1919년 창립된 한성도서가 학생을 대상으로 하는 종합 교양 잡지를 발간했을 뿐 아니라 세계 문학·위인전 번역 발간 사업에 주력 매진했다는 것은 시대적 요청에 대한 호응으로 볼 수 있다. 이러한 점에서 한성도서는 출판을 통해 민족계몽·문화운동을 실천했다고 볼 수 있을 것이다.

그러나 '민족운동'과 '상리'의 구분이란 사실상 모호할 수밖에 없다. 한일병합과 3·1운동 실패 이후 구국계몽운동이란 사실상 사사화(私事化)된 문화운동적 성격을 띠게 되어 '사상'과 '세속'이 명확히 구분되어 있다고 말할 수 있는 경우는 많지 않다. 게다가 오히려 영창서관의 경우

27　김종수, 「일제 강점기 경성의 출판문화 동향과 문학서적의 근대적 위상 : 한성도서주식회사의 활동을 중심으로」, 『서울학 연구』 35, 2009, 247~272면.

28　김병광, 「「학등」고」, 『국어국문학』 92, 국어국문학회, 1984, 175~200면. 박지영, 「잡지 『학생계』 연구 : 1920년대 초반 중등학교 학생들의 '교양주의'와 문학적 욕망의 본질」, 『상허학보』 20, 상허학회, 2007, 121~164면.

29　한성도서 자체를 대상으로 한 소논문들을 제외하고는 식민지 시기 출판사, 서지 사항 전반을 다루는 연구들은 한성도서에 주목하지 않았다.

30　이중연, 『'책'의 운명 : 조선~일제 강점기 사회 사상사』, 혜안, 2001, 438~439면. 그러나 저자 역시 상업적 이익과 민족운동이 완전히 구분될 수만은 없음을 언급하고 있다.

31　유선영, 「3·1운동 이후의 근대 주체 구성」, 『대동문화연구』 66, 대동문화연구원, 2009, 269면.

32　「우리사회의 실상과 그 추이」, 『개벽』 11, 1921.5; 『동아일보』, 1920.5.13.

한성도서의 네 배에 이르는 분량의 책이 총독부에 의해 발매금지 조치 되었기 때문에 '영창서관-상리', '한성도서-구국계몽'과 같은 구분은 설 득력을 잃는다. 따라서 한성도서는 3·1운동 직후 문화운동의 일환으 로 설립된 출판사로서의 성격도 갖지만, 동시에 민간자본금에 기반하여 운영된 주식회사형 출판사였으므로 기본적으로 영리를 도외시하지 않 고 출판 기획에 임했을 것으로 본다. 이런 한성도서는 민족문화 운동이 라는 취지에도 부합하며 총독부 검열을 통과하기도 적당하고 독자 소비 자의 요구에도 대응하는, 그리고 단기간에 출판하기에도 유리한 방식으 로 번역문학·번역전기 총서를 기획한다.

(1) 기업체 주식회사 출판사로서 한성도서주식회사

한성도서주식회사는 민간 자본금 30만 원의 주식회사로 1920년 설립 된[33] 식민지 시기 최초이자 당대 최대 규모의 민간자본 기업체형 주식회 사 출판사로 알려져 있다.[34] 공칭 자본금 30만원, 불입 자본금 7만 5천원

---

[33] 경성상업회의소에서 발행된 「조선회사표」에 따르면 설립일자는 1920년 4월이다. 『경성 상업회의소』, 1922, 49면. 하지만 한성도서주식회사의 설립 일자는 기록들 간에 다소 차이 가 보이는데, 이는 설립 일자를 잡지 발간일, 뜻을 모은 날, 법률적으로 사업체를 등록한 날, 출판한 날 등 중 무엇으로 보는지에 따른 차이인 것으로 보인다. 한성도서 발행으로 알 려져 있는 잡지 『서울』의 창간호가 1919년 12월에 발간되므로 이를 한성도서 활동 시작일 로 보는 견해도 있는데, 사실 『서울』은 4호인 1920년 6월호부터 발행소가 '한성도서주식회 사출판부'가 되므로 창간호부터 한성도서 발행물로 보기엔 무리가 있다. 김중희의 『산운 장도빈』(재단법인 산운학술문화재단, 1985, 194면)에 따르면 한성도서는 1920년 7월 1일 출범한 반면, 최준의 「한국의 출판연구」(『언론정보연구』 1, 서울대 언론정보연구소, 1964.2)에 따르면 1920년 5월 주식체로 등장했다. 그런데 한성도서 설립 당시 등기부 등본 에 따르면 1920년 4월 5일로 등기가 올라 있으니(『한국일보』, 2008.9.18) 법률상으로는 이 날을 기점으로 보아야 할 듯하다.
[34] 신석호 편, 『신생활 100년 : 한국현대사 7권』, 신구문화사, 1971, 401~402면에서 참조.

으로[35] 출범했음에도 불구하고 이 정도 규모의 민간 자금이 출판사업에 투자된 것은 일제시대에 최초의 일이며[36] 게다가 그것은 인쇄·출판·판매를 겸한 기업체형 출판사로서도 유례없는 것으로 기록되어 있다.[37] 이는 일본이 1919년 8월 제3대 총독 사이토 마코토를 임명한 후 문화정책을 내세워 이전까지 엄격히 제지했던 출판 언론 활동에 일부 자유를 주었고 3종의 일간신문과 각종 월간 잡지 및 단체의 출현을 허용하게 된 상황에서 가능한 일이었다.[38]

한성도서의 창업과 자본 확보에 의욕을 보인 이들은 서북출신 인사들로 알려져 있다.[39] 한성도서의 인적 구성원을 살펴보면, 사장은 이봉하, 전무는 이종준, 취체역은 장도빈·한규상·박태련, 감사역은 한윤호·허헌, 고문은 김윤식·양기탁, 상담역에는 김상은·김환·이달원·이종준·이충건·이항진·임우돈 외 2명이었다.[40] 출판부장은 장도빈이었으며 한성도서에서 발행한 잡지『서울』주간 역시 장도빈,『학생계』주간은 오천석, 편집원에 김환·전영택·김성룡·노자영, 잡지 기자에 김억·유현숙 외 6명, 그리고 촉탁으로는 김동인·최팔용 외 13인을 기용하였다.

---

35 박진영,「문학청년으로서 번역가 이상수와 번역의 운명」,『돈암어문학』24, 돈암어문학회, 2011.12, 76면.

36 최준,「한국의 출판연구 : 1910년으로부터 1923년까지」,『언론정보연구』1, 서울대 언론정보연구소, 1964.2, 16면.
당시 천도교인이 주축이 된 개벽사가 1919년 12월에 조직되었고 1920년 7월에는 또 다른 주식회사형 출판사인 조선도서주식회사가 자본금 25만원으로 탄생했다. 조선도서주식회사의 경우는 각기 서점을 가지고 판매와 출판을 겸업하던 기성 출판사들이 규합한 도매와 출판을 겸업한 조직체로 박문서관의 노익형이 취체역을 맡았는데 한성도서나 박문서관보다는 활동이 저조했다고 한다.「우리문화 : 도서출판(7)」,『경향신문』, 1972.11.9(최준, 위의 글, 17면에도 같은 내용이 있다).

37 신석호 편, 앞의 책, 401~402면에서 참조.

38 최준, 앞의 글, 15면.

39 위의 글, 16면.

40 한성도서의 인적 구성은 위의 글, 16면 참조.

이들 주요 인물 중에는 언론사 출신이 많다. 고문인 양기탁은『대한매일신보』창간자이자 주필이었고, 취제역이자 출판부장이던 장도빈은 신채호와 함께『대한매일신보』논설 주필이었다. 고문인 김윤식은『한성순보』창간을 돕고『한성주보』속간의 총재를 맡았다. 이렇게『대한매일신보』기자 출신들이 출판사에서 주요 직책을 차지하고 있었으며『동아일보』기자들도 많았다. 실무진 중 노자영은 1921년 8월부터『동아일보』기자 활동을 하고 있었고, 허헌은 1921년 9월『동아일보』감사역에서 시작해 이후 사장직무대리, 취체역을 맡게 된다.[41] 김억 역시 1924년 5월부터 1925년 8월까지『동아일보』에 재직했다.[42] 즉, 한성도서 관계자들 중에는 전직 혹은 현직 신문사 재직자들이 차지하는 비중이 높았다.

또한 양기탁과 장도빈은 신민회 소속이었다. 신민회는 교육·언론·산업진흥 운동을 병행했는데 그 활동은 정주의 오산학교, 평양의 대성학교,『대한매일신보』등을 주무대로 이루어졌다. 따라서 한성도서주식회사 구성진의 주요 특징을『대한매일신보』출신, 신민회 회원, 서북출신자,『동아일보』재직자들로 보아도 무방할 것이다. 이러한 사실은 한성도서를 '구국계몽운동'출판사로 보는 견해를 지지해준다. 허나 앞서도 언급했듯이 한성도서는 엄연히 민간 자본 투자 주식회사로서 타출판사와의 경쟁 속에서 살아남아야 했으며, 일례를 들어 한성도서의 초기 베스트셀러물이 연애서간집이었음을 고려하면 모든 출판 활동이 온전히 '구국계몽운동'만을 목적으로 했다고는 보기 힘들다.

출판부·영업부·인쇄부를 둔 한성도서는 기획·인쇄·제책·판매까지 일괄 체제를 갖춘 출판사였다.[43] 당시 한성도서의 '사업소개'에 따

---

41 『동아일보사』1, 동아일보사, 1975, 421면.
42 김억의『동아일보』입사 및 퇴사 시기는 홍명희나 박헌영과 유사한데 이들은 모두 조선에스페란토 협회의 주요 인물이었으므로 홍명희가『동아일보』의 주필 겸 편집국장이 되면서 함께 입사된 것으로 보인다. 김경미,「1920년대 에스페란토 보급운동과 민족운동 세력의 인식」,『역사연구』16, 역사학연구소, 2006, 139면.

르면 각 사업방향은 다음과 같다.

> 출판: 각종 서적을 편집·출판하며 또한 외국의 유명한 서적을 번역하여 사회에 소개한다. **영업부**: 내외국 만종 서적과 문방구를 無漏完備하고 가장 신용 있고 저렴하게 판매한다. **인쇄부**: 각종 인쇄물을 선명 미려하게 인쇄하며 제종 장부와 제본을 신속 저렴하게 수응한다.[44]

이렇게 분업화되어 운영되는 방식이었으므로 타출판사에서 인쇄나 총판만 한성도서 측에 맡기는 경우도 빈번했다. 따라서 한성도서 이름으로 광고되던 도서 목록이나 기존에 한성도서 출판물로 알려져 있는 서적인 경우라도 출판과 인쇄·판매의 경우를 세분해서 나누어보면 한성도서가 개입한 정도에 차이가 있음을 볼 수 있다. 즉, 출판·인쇄·영업이 전부 한성도서에서 이루어진 경우는 한성도서의 기획물로 볼 수 있는데, 이러한 출판물들과 인쇄나 영업만 한성도서측이 맡은 경우를 분리해 본다면 한성도서의 지향점이나 출판계에서의 역할 등을 가늠할 수 있다. 번역전기물은 출판·인쇄·영업 및 기획·저술까지 모두 한성도서가 진행한 것으로, 이는 한성도서의 기획물이었다.

(2) 한성도서의 잡지 사업

한성도서는 잡지 『서울』(1919.12~1920.12), 『학생계』(1920.7~1924.6), 『학등』(1933.

---

43 이전에 존재했던 신문관 역시 판매부와 인출부를 분업적으로 운영하여 1910년대의 다양하고 선구적인 출판물들을 발간할 수 있었다. 권두연, 「신문관 출판활동의 구조적 특성에 관한 연구(1)」, 『현대문학의 연구』 40호, 한국문학연구회, 2010, 231면.
44 이경훈, 『속, 책은 만인의 것』, 보성사, 1993, 297면.

10~1936.3)을 발행했다. 『서울』은 1~3호까지는 장도빈이 편집 겸 발행인으로 있었으며 '신문사'에서 인쇄되어 '서울사'에서 발행되었고, 4호부터 종간호인 9호까지는 한성도서주식회사에서 발행되었다.[45] 하지만 장도빈이 한성도서 소속이었으므로 결국 『서울』은 장도빈의 영향력 속에 지속적으로 놓여있었다고 볼 수 있다. 잡지에 장도빈의 글이 실리는 비중이 상당했는데, 장도빈의 「연개소문실기」(『서울』2호)가 그 예이다.

주요 필진은 장도빈, 오천석, 전영택, 양기탁, 김억 등이었다. 『서울』은 출판법에 의해 발행허가가 난 잡지이므로 문예물을 중심으로 했고 시사평론이나 정치적 논설은 드물었지만 1차 대전 이후 국제정세의 변화나 신사상을 형식적으로나마 소개했다. 주로 조선의 구사상과 구관습을 비판했지만 서구 사상의 수용 역시 민족 현실을 위하여 할 것이며 서양숭배로 빠지지 말 것을 경계했다. 『서울』은 3 · 1운동의 여운이 지속되던 시기에 창간되었으므로 「조선독립운동사건전말」(6호)이나 「세계에 대한 조선인의 요구」(6호) 등의 게재를 시도했으나 전문 삭제 당했으며 8 · 9호가 연이어 검열에 걸려 압수되면서 결국 폐간되었다.

『서울』이 폐간되기 5개월 전부터 발행을 시작한 『학생계』는 중학생 잡지의 효시로 통권 22호까지 발행되었다.[46] 주요 필자들은 한성도서의 관계자인 노자영, 오천석, 이추강, 김억, 장도빈 등이었으며 문학과 논설 및 인문 과학적 지식을 소개하는 글들을 고루 다루고 있었다. 논설의 내용은 주로 '지식의 섭취와 인격도야'였다.[47] 『학생계』는 현상문예란을 통해 고등보통학교 학생들의 투고문을 실었으며 당시 분야별 선자(選者)는 시-김억, 소설-오천석, 소품-이추강, 감상문-노자영이었다. 당시 김억의 추천으로 소월 시가 세 편 소개되기도 했다. 10호에 실린 동인회

---

45 『서울』에 관해서는 임경석 편저, 『동아시아 언론 매체 사전』, 논형, 2010, 714면 참조.
46 『학생계』에 관해서는 위의 책, 1488~1492면 참조.
47 위의 책, 1489면.

멤버들은 장응진, 김도태, 강매, 정대현, 황의돈, 김명식, 노자영, 문일평, 신태악, 이종준, 장도빈, 서춘, 최승만, 최팔용이다. 이 중 김명식, 최팔용, 최승만, 신태악 등은 와세다 대학 출신이고 서춘은 도쿄 사범대 출신으로, 이들은 도쿄 유학생 학우회 소속이며『학지광』의 주요 편집자 필자였다. 따라서 한성도서가 출범한『학생계』잡지는 청년 유학생 계층이었던『학지광』논자들이『학지광』이후 펼칠 수 있던 담론장으로 기능했다고 볼 수 있다.

『학등』은 1933년 10월부터 1936년 3월까지 통권 23호 발간되었다.[48] 이는 한성도서가 창립 15주년을 기념하여 발간한 증정용 잡지였으며, 따라서 본사 판매 도서 광고를 하는데 많은 지면을 할애했는데 한성도서 특매도서목록 254여 종이 광고되기도 했다. '學燈'이라는 제호가 의미하듯이『학등』은 학생층 독자를 대상으로 했으며 교양 상식을 넘어 학술논문 성격을 띤 글까지 싣겠다는 의지를 표명했다.『학등』은 국사, 국어학, 국문학, 조선지리, 민속 등의 국학분야의 글을 주로 게재하고 문예물도 전체 지면의 1/3정도 다루었으나 자연과학이나 사회과학 분야의 글은 미약하게 취급했다.[49] 논단 집필진은 권상로, 김두헌, 안재홍, 안오상, 오천석, 유광열, 유진오, 이재훈, 이종준(사장), 주요한 등이었으며 최남선이나 이광수의 글은 거의 실려있지 않다.[50] 김억, 장만영, 박영종, 편석촌의 시가 이태준의 꽁트나 김동인의 사담, 전영택, 박태원, 함대훈 등의 글이 실렸다.

---

48 『학등』에 관해서는 김병광(金炳光), 「「學燈」考」, 『국어국문학』92, 국어국문학회, 1984, 175~200면 참조.

49 위의 글, 200면.

50 위의 글, 179면. 김병광에 따르면『학등』은 19호에서 이광수에게 글을 청탁했으나 실지 못했다며 독자의 양해를 구한 이후 21호와 22호에 단시 두 편을 싣게 된다. 한성도서 잡지에 당대 최고 중견 논자였던 최남선과 이광수의 글이 실리지 않았다는 것은 이들의 관계가 밀접하지 않았음을 시사한다.

이처럼 한성도서는 설립 초기부터 1930년대에 이르기까지 학생들을 대상으로 한 교양 잡지 발간을 시도했다. 주로 지식의 소개와 인격 함양을 목적으로 했으며 교양 이상의 학문적 장으로 만들고자 했으나 결국 종합 교양잡지의 성격을 띠고 있었다. 일시적으로 발행되었다 사라지는 잡지들이 많았던 식민지 시기에 3년 이상 발행한 『학생계』와 『학등』은 식민지 잡지계에서 유의미한 존재들이었다고 볼 수 있다. 게다가 『학생계』는 『학지광』의 주요 필진들이 대거 관여하는 속에 발간되었으므로 1910년대 『학지광』의 담론장을 잇는 1920년대적 존재로서도 의미가 있다.[51] 1919~1920년의 『서울』은 구관습 비판과 서구 신사상 소개에 주력했으나 3·1운동의 여운 속에서 정치 사상적 성격을 띠는 글들이 돌출되면서 결국 폐간되었고, 1920~1924년간 발행했던 『학생계』는 1910년대 후반 『학지광』 논자들을 중심으로 운영해가면서 지식·계몽·문학장으로서 유지되었다. 이후 1933~1935년 발간된 『학등』은 국학분야의 글에 주력하게 된다. 1919~1936년간 보인 한성도서 잡지의 변화는 식민지 시기 잡지가 정치성이 거세되면서 점차 문예 참여, 지식 습득, 국학 심취로 나아갔음을 보여준다.

이처럼 한성도서는 『서울』, 『학생계』, 『학등』을 통해 언론사 관련자들로 구성된 한성도서 내부 필진뿐 아니라 『학지광』 계열 논자들도 흡수하며 도덕성을 중심으로 한 구관습 비판과 인격 수양, 서구 신사조 수용, 그리고 국학관련 글들을 전개했다. 한성도서는 잡지 발간을 통해 세계 지식, 특히 서구 사조 및 지식을 수용코자 했으며 재래의 부정적 관습과 도덕을 개조하여 민족적인 것을 형상화하고자 했다. 서양의 지식과 도덕을 세계적 보편으로 놓고 민족적 특수성을 통해 세계 질서 속에

---

[51] 『학생계』를 통해 1920년대 교양주의와 문학 욕망을 살펴본 연구로는 박지영, 「잡지 『학생계』 연구 : 1920년대 초반 중등학교 학생들의 '교양주의'와 문학적 욕망의 본질」, 『상허학보』 20호, 상허학회, 2007.

편입코자 했던 것이다.

(3) 출판·인쇄·영업의 통합과 분리

한성도서는 1920년대 초 잡지 사업과 번역전기 발간을 시작으로 하여 세계 문학 번역서 및 실용서, 대중서를 발간, 베스트셀러도 만들어냈다. 한성도서의 기획물로 당시 베스트셀러가 된 대표적 사례는 노자영의 연애서간집 『사랑의 불꽃』(1923)이 있다. 출간된 해에 2,000권이 팔리고 다시 1,000권을 재판했으며 같은 해에 그중 반이 팔렸는데, 이는 당대로서는 출판계에 기록적인 사건이었다.[52] 또한 앞서 인용한 출판부의 '사업소개'에 따라 세계 문예물 번역에도 의지를 보였다. 호메로스의 『일리아드』, 보카치오의 『데카메론』 등을 번역해 모은 『세계문학걸작집』(오천원 역, 1925)과 『끄림동화』(오천역 역, 1925), 입센의 희곡인 『인형의 가』(이상수 역, 1922)와 『해부인』(이상수 역, 1923) 등의 번역물이 대표적이다.

이후 한성도서는 신문 연재소설들을 단행본으로 발간하는 작업에 주력하며 1930년대 출판시장에서 문학서적의 '기획-생산-유통'에 주도적 역할을 했다.[53] 한성도서는 『현대조선장편소설전집』(1936.11~1937.6)으로 이를 묶어 한 판에 2,000부씩 여러 차례 발간했고 이렇게 단행본으로 출간된 문학작품이 160여 종에 이른다.[54] 『현대조선장편소설전집』은 이기영의 『고향』, 김기진의 『청년 김옥균』, 이광수의 『이차돈의 사』, 이태준의 『제2의 운명』, 심훈의 『직녀성』, 함대훈의 『순정해협』, 장혁주의 『삼곡선』, 염상섭의 『목단꽃필 때』 등[55] 10종으로 이루어졌고 이들은 4~6판

---

52 『조선일보』, 1923.12.25, 3면.
53 김종수, 앞의 글, 263~264면.
54 박지영, 앞의 글, 124면.

이 발행될 정도로 인기를 끌었다고 한다. 당시 1판은 관행상 1,000부였으니, 1종당 5천 부 정도 발행·유통된 셈이다. 이태준의 처녀 작품집 『달밤』(1934)과 전영택의 성극집 『순교자』(1933)도 한성도서의 산물이다.

그 밖에도 당시 4천 부 이상을 판매하며 출판계의 관심을 받던 대표적 단행본들로는 이광수의 『일설춘향전』(1929), 『혁명가의 안해』(1930), 『흙』(1933), 한인택의 『선풍시대』(1934), 심훈의 『영혼의 미소』(1934), 『상록수』(1936) 등이 있고[56] 세간의 주목을 받던 최남선의 『백두산근참기』(1927), 김억의 『안서 시집』(1929)도 한성도서에서 나왔다. 이후 김동인의 『운현궁의 봄』(1938), 이광수의 『유정』, 유진오의 『화상보』, 엄흥섭의 『길』도 발행한다. 이광수와 심훈의 책은 상당히 많이 팔렸으며 이광수의 『흙』은 한번에 1,000부씩 찍는 것이 관행인 출판 현실에서 2,000부씩 찍을 정도로 인기리에 판매되었는데, 경찰의 검열이 극심하다는 소문이 퍼지자 『흙』을 사려는 학생들이 더 많아졌었다고 한다.

심훈은 1936년 2월 『상록수』의 『동아일보』 연재를 성황리에 마친 후 단행본 출판을 준비하며 한성도서 사옥에서 숙식했다. 그때 그는 장티 푸스에 걸려 1936년 9월 36세로 생을 마감한 것으로 알려져 있다.[57] 심훈의 대표 시집 『그 날이 오면』도 해방 이후 심훈의 형에 의해 한성도서에서 발간되었다.

한성도서는 소설책뿐 아니라 시집 발간에도 적극적이었다. 식민지 시기 발간된 창작 시집은 161종, 외국어 창작 시집은 44종인데, 이중 한성도서가 22종, 박문서관이 15종을 발간했다고 한다.[58] 이들 중 상당량

55　한성도서 출판물 목록은 이경훈의 『속, 책은 만인의 것』(보성사, 1993, 304면)에 나온 '한성 도서편'을 참조로 했다.

56　「삼천리 기밀실」, 『삼천리』, 1935.10.

57　이경훈, 앞의 책, 303면.

58　식민지 시기 시집 발간에 관한 통계는 하동호의 연구 자료를 인용한 『동아일보』, 1967.2.11 기사 참조.

이 한성도서 인쇄인 노기정의 인쇄 책임하에 발간되었다. 시집이 가장 많이 발간된 년도는 1939년으로 29종이 발행되었다.

사전·독본 등 실용서도 발간되었는데, 이종극이 낸『모던조선어외래어사전』(1936)과 이윤재의『문예독본』(1931), 김경배의『한글 철필 자습서』와 이은상의『조선사화집』, 김억의『현대모범 서한문』, 그리고 김억의 에스페란토어 독본들이 있다.『朝鮮留記略』,『표해조선지도』,『조선농업론』,『숫자조선연구』등을 비롯한 서적도 다수 발간되었고 이 중『숫자조선연구』는 당시『동아일보』에 그 독후감까지 모집되는 등 인구에 회자되었다. 아동물로는 프랑스의 쌍 피에르 작품집 번역인『설은 이야기』(김주병 역, 1926)와『조선동화대집』(심의린, 1926)도 간행된다.

그런데 한성도서가 발행한『1935 도서총목록』에는 약 2,000여 종 가까운 책이 총 38개 항목으로 분류되어 있으나 이 중 한성도서에서 자체적으로 기획 출판한 책은 일부에 불과하며 한성도서가 인쇄나 판매만 맡은 단행본과 잡지들이 다수 포함되어 있다. 한성도서는 잡지의 인쇄나 총판을 맡기도 했다. 한성도서는 설립 직후『창조』를 자신의 문예잡지로 삼으려는 제안을 한 적이 있다.『창조』는 그때까지 일본에서 인쇄했었다. 1920년대 문화통치기 이전에는 조선에서의 인쇄 출판이 쉽지 않았기에 아예 일본에서 잡지를 발행하기도 했는데, 이는 일본출판법에 따라 내무성에 납본(納本)만 제출하면 되었기 때문이다.[59] 이에 따라 당시 동경 유학생들이 주축이 된 잡지들이 대거 등장하게 된다.『학지광』은 1914년에 동경에서 창간되었고, 1918년에는『여자계』가, 1919년 2월에는『창조』가 일본에서 간행되었다. 이러한 정황 속에 놓여 있던 출판계가 1920년 문화 정책으로 출판 허가가 완화되자 조선으로 인쇄 출판을 옮기기 시작한다. 그리고 자본과 기술, 인력을 갖춘 한성도서는

---

59   최준,「한국의 출판연구」,『언론정보연구』1, 서울대 언론정보연구소, 1964.2.

등장 직후 문예잡지『창조』에도 관심을 보였다. 김동인의 회고[60]에 따르면 당시『창조』의 창간 멤버였던 김환이 한성도서 문예부 주임이었던 관계로 진행된 일이다. 이에 김동인은 편집은 간섭 말고 출재와 판매만을 책임지라는 조건을 내세워 한성도서에서『창조』를 간행하게 되나, 김환이 한성도서를 그만두게 되어 한성도서에서는 6·7회만 발간하고 이후부터는 '주식회사 창조사'로 독립하여 자체적으로 꾸려나가게 된다. 한성도서를 인쇄소로 삼은 잡지는 그 밖에도『조광』,『진단학회』,『개벽』,『장미촌』[61]이 있다.

　한성도서 직원이던 김억이나 노자영의 저술 중 발행소가 다른 곳인 경우에도 인쇄소는 한성도서인 경우가 많았다. 김억 번역의 타고르 시집『정원』(회동서관, 1924)과 노자영의『내 혼이 불탈 때』(청조사, 1928), 그리고 장도빈과 인연이 있던 변영로의『조선의 마음』(평문관, 1924)의 인쇄소도 한성도서이다. 당시 한성도서 인쇄인 노기정은 "1920년대 발간된 시집의 1/4 이상의 인쇄책임자였다."[62] 인쇄인으로 노기정은『신생활』의 출판자로 신생활 필화사건에 연루되어 기소되기도 했고, 이 여파로 그가 인쇄인으로 근무한 한성도서의 인쇄 장비 역시 압수당했다.[63]

　한성도서는 총 판매소로도 각광받아 타 출판사 서적의 판매를 담당하기도 했는데 최남선의『백팔번뇌』(동광사, 1926), 김소월의『진달래꽃』(매문사, 1935), 서정주의『화사집』(남만서고, 1940) 등 다수의 베스트셀러들이 한성도서를 총 판매소로 했다.[64]

60　김동인, 「조선문학의 여명(黎明)『창조』회고」, 『조광』 32, 조광사, 42~50면.
61　『장미촌』은 인쇄소와 판매소가 한성도서주식회사이다. 진영복, 『1920년대 초기시의 이념과 미학』, 소명출판, 2004, 260면.
62　웨인, 「1920년대 한성도서 인쇄인 노기정에 대하여」, 『근대서지』 4, 근대서지학회, 2011, 434면.
63　위의 글, 436면.
64　김종수, 앞의 글, 261면.

상대적으로 자본금이 안정적이었던 한성도서는 이전에 이미 다른 출판사에서 출간된 단행본의 저작권을 사서 발간하기도 했다. 예를 들면 최남선의 『백두산 근참기』는 본디 신문관에서 나왔었는데, 신문관의 후신인 동명사가 재정난으로 인쇄 출판을 못하다가 1927년 한성도서를 통해 출판을 하여 인세가 생기면서 다시 동명사에서 찍어내게 되었다.[65] 회동서관에서 1926년 발행되었던 한용운의 『님의 침묵』도 1934년 한성도서에서 재출판되었다. 이렇게 한성도서는 재정적으로 취약한 다른 출판사들의 판권을 사서 찍는 경우가 빈번했다.

2) 한성도서의 1920년대 번역물 출판 의의

(1) 1920년대의 번역 출판계

한성도서의 번역물 출판의 의의와 번역 실무진을 파악하고 그들의 다른 저술활동도 함께 살펴보기로 한다. 일제시대에 발간된 번역물은 1920년대 초에 집중적으로 출판되기 시작했다. 3·1운동과 제1차 세계대전 직후 일제하 조선에서는 문화통치가 시작되었고, 언론·출판 활동이 제한적으로나마 허용되었다. 때마침 '세계주의'를 표방한 세계 문화에의 욕구가 일면서 이에 호응하는 출판물이 붐을 이루었다. 톨스토이 작품의 번역만 해도 해방 이전까지 번역된 53편 중 절반에 해당하는 27편이 1920년대에 몰려 출간되었다.[66] 서양문학작품이나 사조의 본격 번역 소개를 표방한 잡지들인 『태서문예신보』(1918)와 『금성』(1923), 『해외

---

65 이는 최남선의 차남이자 동명사 회장을 지낸 최한웅의 회고에 따랐다. 이경훈, 앞의 책, 312면.

66 박진영, 「한국에 온 톨스토이」, 『한국 근대문학 연구』 23, 한국근대문학회, 2011.4, 210면.

문학』(1927) 역시 1920년을 전후로 탄생했다.

이렇게 번역문학사에서 1920년대는 이전에 발간된 근대 초기 번역물들이 양적으로 확장된 시기이자 질적으로도 변화된 시기였다. 이는 번역가의 세대교체를 수반했다. 1900~1910년대 번역계는 한일병합 이전 교육을 받은 세대인 사학자나 신소설 작가를 중심으로 꾸려졌으나 1920년대에 이르면 제도권 교육을 통해 배출된 1920대 초 신세대들에게 자리를 물려주게 된다. 이제 시인 · 소설가 · 전문번역가 · 교사 · 대중작가 등 다양한 분야의 인물들이 번역 작업에 합류하게 된다. 이에 따라 논설 · 역사 · 전기 서사가 혼재된 채 역사전기물에 편중되어 있던 이전 번역물과 달리 역사서 · 전기물도 분할되었으며 시 · 소설 · 희곡 · 동화 등의 문학 작품들도 단행본으로 번역되기 시작했다.

1920년대 활동하기 시작한 번역가들은 지난 10년간 일본어 교육을 받거나 유학을 통해 일본어역본에 익숙해진 세대였다. 이들은 이전의 번역 관행과 달리 중국어역본보다는 일본어역본을 원본으로 삼아 번역에 임했으며, 서양어 원문이나 에스페란토어역본도 참조했음을 표명하기 시작했다. 또한 이 시기에는 한일병합 이전의 번역물과 달리 번안이나 경개역(梗槪譯)보다는 번역이나 전문(全文)번역이 늘어났다.

이처럼 1920년대는 각 언어 전공자에 의해 해외 문학이 번역되기에 이르는 1930년대로 향해가는 과도기였을 뿐 아니라 세계 문명을 갈구하는 시대적 요청에 의해 그 어느 때보다도 번역물에 대한 요구가 절실하던 시기이기도 했다. 1920년대 발간된 번역물들은 1930년대 후반까지도 재판되며 독서계에 지속적으로 영향을 미쳤다. 게다가 한일병합 이래로 일본어 교육과 일본 유학이 행해진 지 20여 년이 되어가는 1930년에 이르면 세계 명저들의 일본어역본을 직접 읽는 독자층이 늘어나게 되어 굳이 조선어로 번역할 필요가 줄어들어 독자층과 출판계의 양적, 질적 성장에 비해 상대적으로 조선어 번역물의 팽창 속도는 더디게 된다.

따라서 한국 번역문학사에서 1920년대는 의미 있는 시기라 할 수 있다.

1920년대 초반 번역 출판을 주도했던 출판사 중 하나는 한성도서주식회사이다. 한성도서는 회사 출판부와 영업부의 "사업소개"란에 "외국의 유명한 서적을 번역하야 사회에 소개함"과 "내외국 만종 서적과 문방구를 무루완비(無漏完備)"할 것을 표명했었다.[67] 이렇게 한성도서가 사업목표로 '번역 출판'과 '서적 수입'을 전면에 내세운 것은 당대 다른 대표적 출판사들의 경우와 비교할 때 차별화되는 지점이다. 실제로 한성도서는 번역 위인전기 총서를 대대적으로 기획·광고했으며 소위 '세계명작' 번역도 추진했다.

이러한 한성도서의 중심에는 장도빈이 있다. 장도빈의 한성도서 설립 공헌 정도에 관해서는 아직 논란의 여지가 있다.[68] 하지만 설립 이후 한성도서에서 취체역과 편집부장, 출판부장을 겸했던 장도빈이 출판 실무진으로 중심적 활동을 한 것은 사실이다.[69] 그가 1927년경까지 한성도서의 일에 주력했던 것으로 보인다는 추측이 있으나[70] 1925년부터는 개인적으로 출판사 고려관을 새로 열고 그곳에서 단행본 저술 활동을 활발히 했기에 한성도서에 주력한 시기는 1925년 무렵까지로 보인다. 그리고 공교롭게도 한성도서의 번역물 또한 1920년대 중반까지 집중적으로 발간되었다. 따라서 한성도서의 번역물은 장도빈의 역할을 유념하

67　『1935 도서총목록』, 한성도서주식회사, 1935.

68　장도빈이 한성도서주식회사 설립 주역이라는 기록에 관해서는 초대 사장 이봉하의 후손들이 이의를 제기한 바 있으며 이 부분은 좀 더 고증이 필요하다. 『한국일보』, 2008.9.18 기사 참조. 본고에서는 한성도서에서 출판물 간행에 직접 관여한 인물로 장도빈의 중요성에 주목하고자 한다.

69　그는 1920년대 초반 한성도서 출판부장의 자격으로 조선의 출판계와 출판법에 관한 글을 신문에 기고했다. 漢城圖書出版部長 張道斌, 「大問題인 出版法 (상)」, 『동아일보』, 1921.3.3; 漢城圖書出版部長 張道斌, 「大問題인 出版法 (하)」, 『동아일보』, 1921.3.4; 漢城圖書出版部長 張道斌, 「貧弱으론 世界第一, 朝鮮出版界에 對하야」, 『동아일보』, 1922.1.3.

70　재단법인 산운학술문화재단, 『산운 장도빈』, 시사문화사, 1985, 210면.

며 살펴볼 필요가 있다.

1917~1930년을 잇는 그의 번역 출판과 창작 저술 작업은 번역문학사의 한 단면을 고스란히 보여준다. 한성도서 출판물의 필자들은 장도빈을 중심으로 인맥이 형성되어 있었다. 당대 지식인들이 대체로 그러하였듯, 장도빈 역시 언론·사학·교육계를 넘나들며 종사했다. 그는 한성사범학교와 보성전문학교 법과 출신으로『대한매일신보』논설기자를 하며 신민회에 가입, 오성학교 교감도 지내게 된다. 이후 블라디보스톡과 만주로 망명하고 오산학교 교사를 거치는데 이러한 장도빈의 행적에 따른 인맥은 이후 한성도서에서 출판물을 통해 결실을 맺게 된다. 장도빈은 박은식·양기탁·신채호의 제자 혹은 후배로 성장했고·김억·노자영·오천석 등의 선배 혹은 선생으로서 이들을 이끌어갔다. 그가 1920년대 초 주력한 한성도서는 본격 세대교체의 장이 되었으며 장도빈은 이러한 전후(前後) 세대의 가교(架橋) 역할을 한 셈이다.

특히 장도빈은 1900년대 신채호와 1920년대 김억이라는 번역계 대표 주자들 사이에서 다리 역할을 했다. 1910년을 전후로 한 번역 주역들은 대체로 역사학자, 신소설작가, 언론인이었는데 그중 시대의 산물인 역사전기물의 번역과 창작에 공헌한 대표적 인물 중 하나는 신채호였다. 한일병합 후 출판계는 침체되다가 문화통치 시작기인 1920년부터 번역은 활성화를 띄게 되었고 대표 주자는 김억이었다. 본고에서는 각기 신채호와 김억이라는 인물로 대표되는 두 시기를 잇거나 분절시키는 중간 세대 중 하나로 장도빈에 주목했다. 장도빈은 신채호의 후배로 그의 번역창작 활동·사상의 영향을 받았으면서도 1920년대에 이르면 주도적으로 후속 세대를 이끈다. 그는 '선생'의 위치에서 주로 1920대 초반인 이들 번역가들을 섭외하고 이들의 번역물을 소개했다. 그가 운영한 출판사에서는 김억·노자영·오천석·이상수·강매·김환 등이 주요 번역가로 활동했으며 이들 대부분은 장도빈이 운영한 출판사, 잡지의 기자나 직원으로 활동하고 있었다. 김억을 제외하고는 기존에 번역가로서 주목받지 못하던 인물들이나 그들의 번역물 또한 번역사에서 무시할 수 없는 양적, 질적 위치를 차지하고 있다.

이러한 번역가의 세대교체는 서구 작품 번역 시 참조로 한 번역 원본의 변화를 수반했다. 일본어 교육 및 일본 유학 경험이 누적된 상태에서 배출된 1920년대의 번역가들은 이전의 번역가들과 달리 서양 원서를 번역할 때 중국어역본 대신 일본어역본을 주요 번역 대본으로 삼았다. 그리고 역사가, 신소설작가, 언론인으로부터 전문번역가, 번역창작시인, 소설가, 대중작가, 교사로 번역가의 직업이 달라진 만큼 번역물은 언어적, 형식적, 내용적으로 변화했다. 일련의 번역물들은 아동, 학생, 여성까지도 독자로 적극 포섭했다.

(2) 한성도서주식회사의 번역물

장도빈의 주요 출판 활동 시기는 세 시기로 나누어볼 수 있는데 ① 1917년에는 번역과 창작을 함께 시도했고, ② 1920년 초에는 번역에, ③ 1925년 이후부터는 창작에 전념했다고 볼 수 있다. ①과 ③시기에는 직접 저술했고 ② 시기에는 출판물의 간행을 주관했다. 이 절에서는 장도빈이 1920년대 초 한성도서의 주역으로 활동하며 간행한 번역물을 살펴본다. 비록 그가 한성도서 주요 번역가는 아니었으나 그의 번역관, 출판사에서의 역할, 역자와의 관계, 번역서의 서문 필자였다는 점, 당시 번역물과 유사한 형식으로 창작 전기를 저술했다는 점 등을 고려하면 그가 당시 발간된 일련의 번역물들과 무관했다고 볼 수 없다. 이 장에서는 한성도서 번역 출판물의 성격을 전체적으로 파악하도록 한다.

한성도서는 앞 세대의 유산을 이어받았으면서도 1920년대라는 시점에서 가능해진 새로운 번역물들의 출간에도 주력했다. 30만 원의 적지 않은 자본금으로 시작한 주식회사 출판사 한성도서는 출판자본뿐 아니라 필자와 독자층의 규모가 '총서'를 간행할 수 있게 되었음을 간파하고 40여 권으로 이루어진 번역 위인전기 총서 간행을 기획했다. 또한 세계명작에 대한 요구에 응답코자 톨스토이·입센·괴테·위고·타고르 등의 작품을 번역했으며 장르 역시 희곡·동화·소설을 아울렀다.

그리하여 발간된 1920년대 초 한성도서의 번역물들은 번역문학사에서 의미 있는 자리를 차지한다. 우선, 1920년대 본격적인 톨스토이 작품 번역의 첫 장을 연 것이 한성도서에서 나온 『나의 참회』였다.[71] 한성도서는 당대 대표적 번역가 김억을 역자로 하여 톨스토이의 『나의 참회』를 발간했는데 단행본 모두(冒頭)에 번역 원본 및 번역 기준 등을 정리하여 기재하는 등 번역 행위에 대한 엄격한 자의식을 보였다.

당시 해외 여성운동 유입과 함께 입센의 『인형의 집』도 주목을 받았는데, 한성도서는 당대 주요 일간지인 『매일신보』과 경쟁적으로 이 번역물을 출간하였다. 입센의 『인형의 집』은 양건식에 의해 『매일신보』(1921.1.25~4.3)에 연재되었다가 1922년 영창서관에서 『노라』라는 제목으로 발간되었는데, 같은 해에 한성도서에서도 이상수에 의해 『인형의 가』로 번역 발간되었던 것이다. 한성도서와 『매일신보』가 동시에 경쟁적으로 번역한 또 다른 사례로는 「프랭클린 자서전」의 경우도 있다.[72]

---

71 김억의 『나의 참회』 번역 이후 이광수(1923)와 조명희(1924), 나도향(1925) 등이 톨스토이 작품을 단행본으로 번역하였다. 1920년대 번역 소설에 관해서는 박진영의 「한국에 온 톨스토이」, 앞의 책, 211~212면.

72 한성도서에서는 1921년 5월부터 『프랭클린』 출판예고 광고를 내며 11월 25일 출간했는데 『매일신보』가 그와 동시에 번역·연재를 시작한 것이다. 『매일신보』는 1면 4~6단에 '최연택'과 '김철호'를 '공역'으로 하여 무려 25회 분량의 「프랭크린의 自敍傳」(1921.11.8~1922.1.24)을 연재했다. 『프랭클린 자서전』의 번역사와 수용 양상, 그 사회적 의미에 관해서는 김성연, 「근대 초기 지식인의 성공 신화와 자기 계발서로서의 번역전기물」(『현대문학의 연구』 42, 한국문학연구학회, 2010.10)에서 상술했으며 이는 본서의 본문 Ⅳ장에서 담았다.

이처럼 1920년대 초는 언론사와 출판사가 모두 이른바 서양의 고전 명작 번역을 서두르던 시기였다. 이후 번역원본 확인 절에서 자세히 논하겠으나 한성도서의 번역물은 『매일신보』의 번역물과 달리 일본어 원본 한자어에 대응하는 조선어를 적극적으로 모색했다는 의의가 있다.

한성도서가 창립 이후 1920년대 중반까지 발간한 번역물은 약 17권이 현존한다. 같은 기간(1921~1926) 다른 주요 출판사인 박문서관은 14권, 영창서관은 7권, 회동서관은 7권의 번역물이 현존한다.[73] 당시 한성도서보다 규모가 큰 출판사들보다 한성도서가 많은 번역물을 발간했다는 것은 한성도서가 번역물에 집중했다는 것을 보여준다. 이렇게 출간된 한성도서의 번역물 목록은 〈표 7〉과 같다.

총 17권의 번역물들 중 전기·자서전류가 가장 많고 이어서 소설, 동화, 희곡 등 문학작품이 있었다. 문학작품은 입센의 희곡이나 그림동화 등 당시의 세계 명작을 다루었다. 특히 『세계문학걸작전집』에는 호메로스의 『일리아드(The Iliad)』, 보카치오의 『데카메론(Decameron)』, 위고의 『몸둘 곳업는사람(Les Miserables)』, 괴테의 『절믄 '베르테르'의 슬픔(The Sorrow of Young Werther)』, 타고르의 「우편국(Post Office)」, 「可憐한 '기스몬다'의 죽음」, 「가락지 니야긔」, 「友情」을 포함하여 총 8편의 작품이 「文豪의 評傳」과 함께 실려 있다. 이렇게 1920년대 초 발간된 『세계명부전』, 『그림동화』, 『세계문학걸작집』은 1930년대 후반까지 재판 발행되었던 것을 보면 일제시대 독서계에 지속적으로 영향을 미쳤다고 볼 수 있다.

17권의 한성도서의 번역물 중 12권을 차지하던 번역 위인전기물도 주목할 만하다. 앞서 언급했듯이 이들 위인전기들은 역사전기물에 치중했던 신채호 세대의 전통이 잔존·변형된 것이다. 한성도서는 설립

---

73 방효순, 「일제시대 민간 서적 발행활동의 구조적 특성에 관한 연구」, 이화여대 출판부, 2001.1, 71면.

표 7. 한성도서 출간 번역물 목록

번역자	서명	발행연도	원서	비고
김억 역	『나의 참회』	1921.8; 1926	톨스토이, 『나의 참회』	−
김억 역	『짠딱크』	1921	−	40전
김억 역	『한니발』	1921.11.30	−	40전, 71면
김억 역	『윌손』	1921.7.20.	−	80전, 199면
김억 역	『프랭클린』	1921.11.25	−	80전, 168면
강매 역	『루소』	1921.6.8.	−	40전, 68면
춘성·양쥬(洋州) 역	『세계명부전』	1922; 1923; 1924; 1928; 1937	−	1원, 294면
미상	『데모쓰테네쓰』	1921.5.10.	−	60전, 119면
미상	『성길사한』	1921.8.25.	−	55전, 109면
미상	『크롬웰』	1922	−	40전, 79면
미상	『타콜』	−	−	20전
미상	『가리발디』	1923	−	40전, 80면
이상수 저	극본『인형(人形)의 가(家)』	1922	입센, 『인형의 집』	80전, 150면
이상수 역	극본『해부인(海婦人)』	1923	입센, 『바다의 부인』	80전, 170면
오천석 역	『끄림동화(童話)』	1925, 1935	그림형제, 『그림동화』	50전, 200면
오천원 역편	『세계문학걸작집』	1925, 1939	호메로스, 『일리아드』, 보카치오, 『데카메론』 외 6편	300면
피에르 저, 김주병(金注炳)[75] 역	『설은 이야기』	1926	프랑스의 쌍 피에르, 『Paul et Virginie』	−

초기 번역 위인전기 총서를 무려 40여 권 규모로 기획·광고하여 구소
설이나 실용서 위주로 사업을 유지하던 다른 출판사와의 차별성을 확보
하고자 했다. 실제로는 12여 권을 발간했지만 이 정도 규모라도 1920년
대 초 발간된 전집·총서류로서는 장르를 불문하고 독보적이다. 번역
원본을 추적한 결과 대부분 일본어역본을 주요 참조 대상으로 삼았음을
알 수 있었다.[74]

그런데 이들 번역물들 중 명작으로 분류되는 문학작품들은 번역자를
명시했지만 위인전기의 경우 이미 사회적 인지도가 있던 강매를 제외하

---

74 번역문예물의 경우는 김병철 『한국 근대번역문학사 연구』, 을유문화사, 1976 참조.
75 김주병은 『朝鮮近代名家詩抄』(漢城圖書, 1926)의 저자이기도 하다.

고는 역자 이름이 드러나 있지 않고 출판사나 편집부가 저자명으로 기재되어 있는 경우가 허다했다. 이 경우 번역 원본은 일본어본이었거나 번역자도 신진 인력이었다. 김억의 경우 역시, 김억이 표지나 판권지와 본문에 번역가로 기록되어 있는 경우는 톨스토이의 참회록인 『나의 참회』뿐이었으며, 번역물 내 서문이나 회고문 등 다른 자료를 통해 일부 다른 단행본의 번역자도 김억임을 밝힐 수 있었다. 한성도서 번역물의 주요 번역가는 김억·노자영·이상수·오천석·강매였으며 이 중 김억·노자영·오천석은 한성도서 출판사 혹은 잡지의 기자·주간·편집원이었다. 한성도서의 상담역이자 편집원이던 김환 역시 한성도서 잡지에 번역물을 게재했다. 즉 총서나 번역을 담당했던 역자들은 외부의 교육계, 언론계, 문학계 인사를 영입하여 적극 광고하는 경우를 제외하고는 주로 한성도서의 기자나 직원이었던 것이다. 이들은 한성도서에서 발간한 잡지들을 통해서도 디킨스, 하이네, 타고르, 코난 도일, 디포, 톨스토이, 셰익스피어, 휘트먼 등의 작품을 번역 소개했다.[76] 한성도서는 단행본과 잡지를 아우르며 해외문예사상 및 문예물을 번역 소개하

---

[76] 표 8. 한성도서 발간 잡지에 실린 번역물

번역자	제목	잡지명	시기	원본 및 필자, 장르
오천석	우편국	학생계	1920.7.1	타고르의 아동극
오천석	베니스의 상인	학생계	1920.10~1920.12	셰익스피어의 희극
오천석	수전노의 회개	학생계	1920.12	디킨스의 소설 「크리스마스캐롤」의 번안
오천석	회개한 죄인	서울	1920.4	톨스토이의 민화
오천석	선언	서울	1920.6	하이네의 시
노자영	오루레안의 처녀여!	학생계	1920.12	쉴러의 희곡
김백악	80만 년 후의 사회	서울	1920.6	웰즈의 소설 「타임머신」
구술	어린석냥, 파리처녀	학생계	1920.12	안데르센의 동화
–	탐정소설KKK	학생계	1922.10~1922.11	코난 도일의 소설
–	로빈슨 쿠로소	학생계	1922.11	디포의 소설
–	휘트먼 번역 시	서울	1920.6	휘트먼의 시

는 일에 소홀하지 않았던 것이다.

3) 번역가의 세대교체 : 김억, 노자영, 강매, 오천석, 이상수, 김환

앞서 서술한 것처럼 장도빈은 1915년 블라디보스톡으로 망명하기 전까지는 기성 세대와의 교분이 두드러졌으며, 특히 신채호의 사상·저술과의 교감이 컸다. 그런 그가 1916년 귀국한 이후에는 차세대와의 인연을 만들어갔다. 한성도서에서 번역 활동을 했던 주요 필자는 김억, 노자영, 오천석, 이상수, 강매인데 이들은 대체로 장도빈과의 인연으로 한성도서에서 번역 및 창작 활동을 하게 되었다. 강매를 제외하고는 20대 초반인 신진 세력이었으며 일본 유학의 공통점이 있고 김억과 이상수의 경우 일본어식 한자가 아닌 조선어 번역을 두드러지게 시도했다는 점에서 다른 번역가나 출판사의 번역물과 차별화되었다.

(1) 김억

김억은 근대 번역시집과 창작시집의 초석을 다진 인물이다. 따라서 그는 시인으로 조명되어왔는데 실상 그는 번역가로서도 활약하기도 했다. 김억의 12편의 번역물 중[77] 5권은 시집, 2권은 소설, 5권이 전기물이다. 그의 18권의 저술물 중 번역전기를 포함한 8권이 한성도서에서 발간되었다. 따라서 김억의 한성도서 그리고 번역전기를 통한 활동은 간

---

[77] 김억의 저술물 목록은 박진영, 「문학청년으로서 번역가 이상수와 번역의 운명」, 『돈암어문학』 24, 돈암어문학회, 2011.12, 77면 참조.

과할 수 없는 비중을 차지한다. 김억의 이러한 활동에는 장도빈이라는 인물과의 인연이 작용한 것으로 보인다.

신채호가 1910년 전후로 역사전기 번역물의 교열자였던 것처럼 장도빈도 1920년이 되자 차세대 저술가들의 번역물에 서문과 발문을 써주는 위치에 오르게 된다. 장도빈의 서문 발문은 당대 대표적 번역가이자 시인이던 김억의 번역물에서 빈번히 찾아볼 수 있다.

1901년생인 김억은 한성도서의 번역전기물 중 『윌손』, 『프랭크린』, 『나의 참회』, 『짠딱크』, 『한니발』을 번역했는데 이 중 장도빈이 『윌손』, 『나의 참회』, 『프랭클린』의 서문을 작성했다. 이러한 그들의 관계는 장도빈이 쓴 『나의 참회』 서문에 김억이 번역자로서 표한 감사의 문구를 통해 드러난다. 김억이 머리를 조아리며 "인격으로의 박학으로의 가장 높은 경의를 드리는 산운 장 선생님의 서문을 주심에 깊이 독자와 같이 사의를 드린다"[78]고 하는 것으로 보아 서문 작성자 장도빈은 번역가 김억에게 선배 이상의 권위를 가지는 위치에 있었음을 알 수 있다. 그나마 김억의 번역전기물 중 톨스토이의 자서전 『나의 참회』를 제외하고는 장도빈의 서문만이 실려 있고 역자인 김억의 이름조차 기재되어 있지 않은 경우가 대부분이다. 이 경우 장도빈의 서문을 통해서만이 김억이 번역자로서 언급되고 있으니 번역자 김억과 서문 작성자 장도빈의 상하 위계질서를 가늠할 수 있다.

장도빈은 1916~1918년에 남강 이승훈의 동지인 고당 조만식의 권유로 오산학교 역사 교사로 재직하게 되었는데 당시 그곳 교사로 온 김억과 친분이 생겼다.[79] 김억은 그와의 인연으로 한성도서에 관여하게 된 것으로 보이며 이후 김억의 대표적 번역 시집 『오뇌의 무도』(광익서관,

---

78 톨스토이, 김억 역, 『나의 참회』, 한성도서주식회사, 1921, 8면.
79 김종수, 「일제 강점기 경성의 출판문화 동향과 문학서적의 근대적 위상 : 한성도서주식회사의 활동을 중심으로」, 『서울학 연구』 35, 서울학연구소, 2009, 258면.

1923)의 서문도 장도빈이 써주는 등 한성도서 업무 외에서도 밀접한 관계를 지속한다.

김억은 이러한 인연으로 한성도서의 기자가 되었으며 이후 적지 않은 분량의 원고를 한성도서에서 발표했다. 그는 한성도서에서 각종 에스페란토어 독본과[80]『망부초 : 김안서 역시집』(1934), 『지나 명시선』(1945) 등도 펴냈다. 그의 초기 글들은 한성도서의 잡지에도 실린 것이 많다.[81] 김동인의 회고에 따르면 김억은 한성도서의 원고 제공자였으며 따라서 '한성도서주식회사' 이름으로 출간된 단행본이나 필명으로 실린 잡지 기사들 중에서도 김억의 원고가 상당 수 있었을 것으로 추정할 수 있다.[82]

김병철은 일찍이 『한국 근대번역 문학사 연구』에서 한성도서 번역전기물 중 일부인 4편[83]을 다루며 그중 역자가 밝혀지지 않은 3편[84] 중 2편이[85] 김억에 의해 번역된 것이라는 사실을 밝힌 바 있다. 여기에서는 김병철의 성과를 수용 혹은 재확인하고 아직 밝혀지지 않은 다른 전기 번역물인 『루소』, 『한니발』, 『잔다르크』의 경우를 다루어 이들 역자를 전체적으로 파악하고자 한다.

우선 전기 · 자서전 중에 역자와 저자가 표지나 본문에 명시된 경우는 국내 인물전인 『동명왕』(장도빈), 『김옥균』(김팔봉)과 『세계명부전』(춘성 · 양주 역),[86] 『나의 참회』(톨스토이, 김억 역),[87] 『루소』(강매)[88]인데, 이 중 김억의

---

80 김억, 『에스페란토 단기 강좌』, 한성도서, 1932.

81 김억은 『학생계』에 「문학이야기」를 고전주의와 낭만주의로 나누어 각기 2, 5호에 소개하였고(김억, 「문학이야기(고전주의)」, 『학생계』 2, 1920.9.1; 김억, 「문학이야기(낭만주의)」, 『학생계』 5, 1920.12.1) 이 글은 이후 『개벽』의 「근대문예」(1921.6~1922.3)와 같은 글에서 반복된다. 그의 번역 혹은 해외문학 소개 글은 『서울』에서도 빈번히 발견할 수 있다. 「가난한 벗에게」(『서울』 4, 1920.6)에서는 로망 롤랑과 구스타브 플로베르를 소개하고 있다.

82 김동인, 「조선문학의 여명(黎明) 『창조』 회고」, 『조광』 32, 42~50면.

83 『나의 참회』, 『윌슨』, 『프랭크린』, 『한니발』.

84 『윌슨』, 『프랭크린』, 『한니발』.

85 『윌슨』, 『프랭크린』.

86 역자 이름이 본문에 명시된 경우.

이름이 표지나 본문에 드러나 있는 경우는 『나의 참회』뿐이다. 톨스토이 자서전의 경우는 전기라기보다는 세계 문호의 문학작품으로 인식하여 다른 문학작품 번역과 마찬가지로 저자와 역자 표기를 명확히 한 것으로 보인다. 김억 연구 목록에는 『나의 참회』만이 「나폴레옹전」(『동아일보』, 1925.5.15)과 함께 번역전기로서는 유일하게 들어가 있으나[89] 김억이 번역한 전기물 목록은 그 이상이 된다. 김억은 당시 타고르의 시집을 번역했으므로 『타골』의 번역자였을 가능성도 있다.

김병철은 『윌손』의 서문에서 장도빈이 "이제부터 안서 김억씨가 이 월손전을 성하니"라고 언급한 것을 근거로 그 역자가 김억임을 밝혔다. 『프랭크린』 역시 앞서 『윌손』의 예와 같이 장도빈이 쓴 서문을 근거로 하면 김억의 번역으로 볼 수 있다. 여기에 김억의 회고 자료를 덧붙이면 『한니발』과 『잔다르크』의 역자 문제도 풀린다. 김억은 1932년 잡지의 회고 글에서 "『짠다크전』이나 『한니발』 전기 가튼 것도 번역하여다 주면 2·300원식 주엇스니까. 그때는 원고료라고 일흠짓는 돈을 상당히 만저보앗지요"[90]라고 한 것으로 보아, 『잔다르크』과 『한니발』의 역자 역시 김억으로 보아도 좋을 것이다.

장도빈은 김억의 대표적 번역시집 『오뇌의 무도』(광익서관, 1923)의 서문을 작성하기도 했다. 『오뇌의 무도』 서문 필자는 김유방, 장도빈, 변영로, 염상섭, 김억 5명인데 이 중 장도빈은 유일하게 시 문학과 직접 관련이 없는 인물이므로, 서문 작성에 참여하게 된 데에는 김억과의 친분이 작용한 것으로 보인다. 장도빈이 김억을 위해 써준 이 『오뇌의 무도』 서문에는 그의 번역·창작관이 함축적으로 담겨있다. 그는 여기서 서

---

87 역자·저자 이름이 표지와 본문에 모두 명시된 경우.

88 역자 이름이 서문과 본문에 표기된 경우.

89 김학동 외, 『김안서 연구』, 새문사, 1996, 322면.

90 김억, 「받어본 원고료」, 『삼천리』, 1932.5.

양 문학을 배워 조선의 '국시(國詩)'를 끌어내는데 시 번역의 의의가 있다고 강조했다. 그리고 실제로 번역 시집으로 대표되던 김억의 제자 김소월은 가장 민족적 민요적 전통 시를 구현해낸 인물로 남았다. "서양 시인의 작품을 만히 참고하야 시의 작법을 알고" "그네들의 사상 작용을 알아서 우리 조선 시를 지음에 응용함이 매우 필요하리라"는 장도빈의 요청에 김억과 김소월이라는 2대가 순서대로 응답한 셈이다.[91] '한민족 정서를 노래한 대표시'로 꼽히는 김소월의 「진달래꽃」이 김억의 번역 시인 예이츠 시의 영향을 받았다는 분석이 그 경로를 증명한다.[92] 그리고 장도빈의 출판·저술활동도 이러한 경로를 따르고 있다. 그는 김억을 주요 번역가로 하여 한성도서에서 번역 위인전기 총서를 간행한 이후 고려관에서 창작 위인전기를 대거 저술·간행했으며 『세계명부전』의 번역 소개 이후 그에 대응하는 형식과 내용을 갖춘 『조선명부전』을 직접 저술한 것이다. 역사의 주요 인물을 선정하는 기준과 생애를 서술하는 방식은 이제 서구 번역물을 학습한 이후 재정비되었다.

그런데 조선적인 것에 대한 위협과 갈구 속에서 서양 문학 번역을 통해 보다 강력한 조선적인 것을 이끌어내고자 했던 식민지 조선 지식인의 시도는 일본어역본을 매개로 할 수밖에 없었다. 번역문학사에서 서양어로부터 직접 조선어로의 번역 장을 연 것으로 평가되는 김억의 번역[93] 경로가 실상 일본어본을 통해 우회할 수밖에 없었을진데 다른 번역자들의 경우는 말할 나위 없었을 것이다. 대표적으로 김억의 번역 과정을 살펴보자.

김억은 일본어 번역에 의존하던 이전 세대 번역자인 최남선과 달리

---

91   김억과 김소월, 그리고 번역 문학의 영향 등은 김욱동, 『근대의 세 번역가』, 소명출판, 2010, 247면 참조.

92   이양하, 「소월의 진달래와 예이츠의 꿈」, 『이양하 교수 추념문집』, 민중서관, 1964, 24~33면.

93   김욱동, 『근대의 세 번역가』, 소명출판, 2010, 167면.

서양 원문을 직접 번역 소개한 업적으로 한국 번역 문학사에 뚜렷이 자리매김되고 있다.[94] 김욱동은 근대 번역가 3세대를 서재필, 최남선, 김억으로 꼽으며, 서재필은 『독립신문』에서 번역의 중요성을 역설했고, 최남선은 『소년』과 『청춘』을 통해 외국 문학 작품을 조선어로 번역 소개했으며, 이를 김억이 이어받아 본격 번역의 시대를 연 것으로 보았다.

김억은 1918년 9월 『태서문예신보』 창간호에서부터 서양 원문으로부터 직업 번역한 시를 본격 소개하기 시작했다. 그의 번역 대상은 불어, 영어, 노어뿐 아니라 중국 문학 등 다양했는데 이 때 일본어 번역본을 참고하지 않을 수 없었던 듯 보인다. "그가 번역한 서양 작품들은 하나같이 일본에서도 번역되어 큰 인기를 끌었다는 사실"[95]이 이를 뒷받침한다. 프랑스어에서 직접 조선어로 옮긴 것으로 인식되었던 베를렌느 시의 번역도 가와지 류코의 일본어 번역본을 참조로 이루어진 것임이 밝혀진 바 있다.[96] 러시아어 문학의 경우도 마찬가지였다. 김억은 트루게네프의 산문시를 번역하며 "원문을 모르는 역자는 세계어 역본과 영역본과 또는 일본어 역본을 참조하여 중역한다"[97]고 역자 후기를 남겼다. 그가 번역 할 때마다 강조한 이 번역의 과정, '서양어 원문을 보되 세계어 역본과 일본어 역본을 참조한다'는 것은 거꾸로 말하면 세계어역본과 일본어 역본이 없는 원문 번역은 하지 않고 있었다는 것을 뜻한다.

그는 전기 번역 당시 에스페란토어에 능통해 이미 조선 에스페란토계의 중추 인물이 되어 있었다. 그는 1920년 6월 서울 YMCA에서 최초의 에스페란토 강습회를 열고 조선에스페란토협회 회장이 되었으며, 실

---

94 위의 책, 167면.
95 위의 책, 177면.
96 구인모, 「베를렌느, 김억, 그리고 가와지 류코」, 『비교문학』 41, 한국비교문학회, 2007, 153~195면.
97 『창조』, 1921.1.

제로 에스페란토어를 통해 세계 문학을 접하고 조선 작품을 에스페란토어로 번역하여 세계에 소개하는 작업도 했다. 따라서 그가 에스페란토어를 참조했다고 할 때 그 사실 자체는 부정하기 힘들다. 다만 일본어본에의 의존이 결코 미약한 수준은 아니었다는 것이다. 그는 1922년 『개벽』에 연재했던 서구 근대 문예 사조 소개 글 역시 일본의 『근대문학십강』을 번역한 것임을 밝혔다.[98] 즉 김억은 기본적으로 일본어본으로부터 자유롭지 못했던 것이다.

그리고 이는 한성도서 번역물의 경우에도 적용된다. 그가 에스페란토어본를 원본으로 하고 일본어본을 참조로 하여 번역했다고 공표한 『나의 참회』의 경우에도 "일본어본에 없는 내용은 에스페란토어본을 참고했다"는 언급을 통해 사실상 일본어본을 주된 번역 원본으로 삼은 것임을 드러낸다. 실제로 그의 전기 번역물들도 일본어본을 원본으로 삼은 것들이었다. 따라서 김억이 서구 시 번역을 통해 연 새로운 번역사의 시대에 이르러서도 일본어역본으로부터 완전히 자유로운 번역은 이루어지지 않은 듯 보인다. 하지만 그것은 일본어역본을 그대로 가지고 들어온 것이 아니라 오히려 일본어 한자 어휘를 의식하며 이를 피하기 위해 그에 대응하는 조선어인 한글 어휘를 고안하고 선정하는 식의 성과를 거두었다는 점에서 의의가 있다.

(2) 노자영

춘성 노자영(1901~1940)은 1920년대 베스트셀러 연애서간집인 『사랑의 불꽃』(1923)의 저자로 대중 작가로서의 입지를 굳혔다. 그 역시 한성도서

---

98 한경희, 「김억의 근대문예 인식 연구」, 『어문학』 101, 한국어문학회, 2008.9, 425면.

의 주요한 실무진이었다. 1920년 노자영은 한성도서 편집부에 기자로 입사했고, 잡지『서울』과『학생계』의 기자도 겸직한다.[99] 그는 당시 한성도서 영업부에 있던 친구 김진헌의 권유로 연애서간집『사랑의 불꽃』을 기획하게 되고,[100] 이는 발간된 해에만 3,000부 이상이 팔리는 기염을 토하게 된다.[101] 이로써 정치적 검열을 통과하고 대중적 요구에 호응할 수 있어야 했던 식민지 시기 상업적 출판물에 대한 한성도서의 감각과 대중작가로서의 노자영의 위상을 확인할 수 있다.

한성도서에서 발간된 그의 또 다른 베스트셀러로는『세계명부전』(1922)이 있다.『세계명부전』의 번역자는 춘성 노자영과 '양주'[102]라는 인물이다. 1937년본을 보면 판권지란의 '저작겸발행자'에 출판사 이름이 표기되어 있고 표지와 서언에도 저작자 이름이 표기되어 있지 않지만, 그 본문 도입부분을 보면 '春城 洋洲 共編'이라는 표기가 보인다. 이렇게 역자가 서문도 쓰고 본문에 그 이름이 명시되어 있던『세계명부전』의 사례는 역자의 이름을 적극적으로 드러낸 경우에 해당된다. 노자영이 공편으로 참여한『세계명부전』역시 1922년부터 1937년까지 최소 4판이 재판된 베스트셀러였다. 노자영은 한성도서의 직원이자 간판 필자였으며『처녀의 화경』(한성도서, 1924)과『청공세심기(靑空洗心記)』(한성도서, 1935) 등의 창작물도 한성도서를 통해서 발행하는 등 한성도서와의 관계를 지속했다.

한성도서 편집부 기자이자『서울』과『학생계』기자이기도 했던 노자영은 이들 잡지에도 번역문을 실었다. 노자영은『학생계』에 쉴러의「오루레

99 　이태숙,「1920년대 '연애'담론과 기획출판」,『한국 현대문학 연구』27집, 한국현대문학회, 2009, 7~30면.
100 　노자영,『유수낙화집』, 청조, 1935, 58~59면.
101 　「도서관과 서점에 표현되는 조선 문화의 징조」,『동아일보』, 1923.12.25.
102 　'양주'의 존재는 파악이 되지 않는다.

안의 처녀여!」(5호, 1920.12)를 번역했고, 『서울』에 「근대사상연구」를 게재
했는데 여기서 그는 일본 사상연구가의 강연을 역술했음을 밝히고 있
다.[103] 그 역시 일본을 통해 서구 문명을 흡수할 수밖에 없었으며 그가 공
편한 『세계명부전』 역시 당시 유행하던 일본어본들을 편집한 번역본이었
다. 이렇게 1920~1930년대 대중작가로 자리를 확고히 했던 노자영은 주요
명작 및 베스트셀러 소설, 동화, 전기의 번역가로서도 일 역할을 했다.

노자영은 한성도서 이외의 출판사에서도 다양한 번역물을 냈다. 『세
계명작동화선집 : 천사의 선물』(양천호(梁天昊)·춘성 편, 이문당서점, 1929),
『연애소설 이리앳트 이야기』(신생활사, 1923), 트리스탄과 이졸데를 번역
한 『사랑의 무덤』(춘성·고아(孤月) 역, 광익서관, 1922) 등이 있다. 이런 노자
영의 번역물은 공역이 많다는 특징이 있다. 그와 함께 공역했던 이들을
살펴보면, 『세계명부전』의 공역자 '양주'는 다른 활동이 없어 파악이 되
지 않고, '양천호'는 이문당에서 각종 대중소설을 편찬한 작가이며, '고
월'은 『신민공론』에 「노문호 꼬리끼-의 약전」(1921.5)을 소개한 필자였
다. 공역자들은 노자영보다 인지도가 떨어지는 인물들이었고 매번 바
뀌었으므로 당대 노자영의 유명세를 노리고 전략상 그를 번역자로 넣었
을 가능성이 있다.

노자영은 『세계명부전』을 번역하던 시기 각종 잡지에 인물전을 게재
한다. 그는 「강철왕 카네기」,[104] 「여성 운동의 제일인자 엘렌케이」[105] 등
인물 소전을 지속적으로 썼으며 앞서 언급한 연애서간집 『사랑의 불
꽃』에서는 이 엘렌케이를 '사랑을 바탕으로 한 부부관계, 부모자식 관
계'라는 새로운 도덕을 뒷받침해주는 권위 있는 이론가로서 등장시켰

---

103 노자영, 「근대사상연구」, 『서울』 임시호, 1920.12.15, 32면.

104 『학생계』 1, 1920. 『카네기』 역시 하쿠분칸본(『カーネギー』, 1901)이 있다. 하쿠분칸본, 『成
吉思汗』 뒤에 있는 광고에는 "미국 대부호, 입지의 사표, 성공의 모범 카네기"라고 되어 있다.

105 『개벽』 8, 1921; 『호수』 8~9, 1921.

다. 조선에 엘렌 케이 소개는 1910년대 『학지광』 등을 통해서도 이미 시도되었지만 본격 논의되기 시작한 것은 1925년 이후이니[106] 1921년 노자영의 글은 초기 논의에 속한다. 즉, 노자영이 『세계명부전』 번역 작업 전후 시기에 보인 여성 인물 소개 활동은 선도적인 것이었다.

(3) 강매

강매(1878~1941)는 한성도서의 다른 번역자인 김억, 노자영, 오천석, 이상수보다 한 세대 위의 인물이다. 그는 한성도서에서 번역물을 발행하던 시기에 장도빈과 함께 강연 연사로 활동하기도 했다.[107] 장도빈보다 선배인 강매의 경우, 번역자 김억이 장도빈의 목소리를 통해서 소개되었던 것과 달리 자신의 번역물 서문도 직접 작성했고 본문 모두(冒頭)에도 번역자로 소개되어 있었다.

강매는 호가 근원(槿園)이며 교육자, 저술가, 언론인으로 활약한 기독교인이다. 그는 1907년 니혼(日本)대학 고등사범 수법과를 공부한 후 1912년부터 배재학당에서 조선어, 한문, 법제, 수신교사로 재직하며 활발한 저술, 강연, 언론 활동을 하고 있었다. 국어학자로서의 그의 위치는 주시경의 제자이자 최현배, 김윤경의 선배 격에 해당되며, 굵직한 출판사를 통해 각종 사전, 작문, 문법책 등 학생들에게 정기적으로 소비되는 출판물을 펴낸 교재, 학습서 필자였다.[108] 그는 국어학자로뿐 아니라

---

106 최혜실, 『신여성들은 무엇을 꿈꾸었는가』, 생각의나무, 2000, 147면.

107 「고학생갈돕회主催로 종로중앙청년회관에서 강연: 朝鮮敎育界의 變遷(張道斌), 社會의 病毒(崔八鏞), 成功의 意義(宋鎭禹), 弱者의 소리(朴珥圭), 偉人은 어대서 오는가(姜邁), 敎育과 社會(金弼秀)」, 『동아일보』, 1921.4.11.

108 강매 저서의 서지사항은 아래와 같다. 이 중 『漢文法提要』 『잘 뽑은 조선말과 글의 본』, 『朝鮮語文法提要, 上篇』는 『역대한국문법대계』 전집(박이정, 2008)에 실려 있다. 姜邁, 『漢文

실용서 저술가로도 활약했다.[109] 그가 1920년대 초반 주로 중앙청년회관이나 기독교 청년회 등에서 강연했던 강연 제목들 역시 청년들에게 신문명 학습과 학업적, 실업적 분발을 강조하는 데에 집중되어 있었다. 이후『公道』의 편집 겸 발행인,[110]『啓明』의 편집인,[111]『시대일보』,『중앙일보』의 편집국장직도 역임하게 된다.[112] 그의 기독교인으로서의 활약[113] 역시 간과할 수 없다. 그는 1911년 정동교회에서 세례받은 이후 1915년『정동교회삼십년사』를 집필했고, 1918년부터는 전도사로 임명, 1924년부터는 교육위원회의 교육위원으로 활동했다.

그의 논설 및 기고문은 1908년『대한학회월보』나 1909년『대한흥학보』시절부터 다수 발견되며 이후 1913년부터는『신문계』에서, 1918년경에는『반도시론』에서도 찾아볼 수 있다. 그는 1920년 6월에는 고종 아들 의친왕을 상하이로 망명시켜 그곳 대한민국임시정부의 지도자로 추대하려다가 전원 적발된 사건인 '대동단 사건' 관계자로 투옥되었다 출옥하는데, 그 이후 1921년대에는『동아일보』,『개벽』및『별건곤』,『동광』,『삼천리』,『현대평론』등의 다양한 지면을 통해 활발히 글을 발표했다. 그는 1912년부터 배재학당에 재직하며 학당을 대표하는 교사로서 언론에 목소리를 내는 등 대외적 발언권도 있었으며 이 당시 그의 글들은 주로 교육계나 도덕, 윤리, 철학적 주제와 관련되어 있다.

<hr>

법提要』, 博文書館, 1917; 姜邁, 新文社 編輯局 편, 『(簡明)法律 經濟 熟語辭解』, 新文社, 1917; 姜邁著, 『朝鮮語文法提要, 上篇』, 廣益書館, 1921; 姜邁·金鎭浩 편, 『잘 뽑은 조선말과 글의 본』, 漢城圖書, 1925; 姜邁 편, 『中等 朝鮮語作文』, 彰文社, 博文書館, 1928; 姜邁 편, 『中等 朝鮮語作文』, 博文書館, 1931.

109　劉銓·姜邁 편, 『(成功 秘訣)朝鮮 探鑛寶鑑』, 東京 : 朝鮮鑛業硏究會, 1919.

110　김근수, 『무단정치시대의 잡지 개관』, 아세아연구, 1968, 166면.

111　이지원, 『한국 근대 문화사상사 연구』, 혜안, 2007, 242면.

112　1931년 11월 25일 창간된『중앙일보』의 편집국장은 강매였다. 권영민, 『현대문학대사전』참조(www.dbpia.co.kr 열람).

113　기독교인으로서의 강매의 활약에 관해서는 기독교대한감리회 정동제일교회 편, 『정동제일교회 125년사 : 제2권 조직사·인물사편』, 2011 참조.

그는 1921년 자신의 번역본 『루소』가 한성도서에서 출간되던 당시 중앙청년회관, 기독교청년회 등의 강연회에서 "위인은 어대서 오는가", "근세구미사상조" 등을 주제로 강연을 활발히 하고 있었다.[114] 그리고 이미 굵직한 출판사를 통해 『漢文法提要』(박문서관, 1917), 『(簡明)法律 經濟 熟語辭解』(신문사, 1917), 『朝鮮語文法提要』上篇(광익서관, 1921) 등 학생들에게 정기적으로 소비되는 출판물을 펴낸 이름있는 저자였다. 전기 번역 이후에도 『잘 뽑은 조선말과 글의 본』(漢城圖書, 1925),[115] 『中等 朝鮮語作文』(博文書館, 1928), 『中等 朝鮮語作文』(博文書館, 1931) 등을 저술한다. 그리고 『新經濟』의 발기 및 『동아일보』 낙성(落成)기념사업의 일공로자(一功勞者)로 기사화되기도 했다.[116] 즉, 그는 한성도서의 전기물을 번역하던 당시 이미 언론계, 교육계, 출판계에서 중견 지식인이었던 것이다.

『루소』의 판권지 '저작자' 란에는 한성도서주식회사라 기재되어 있으나, '찬자식(撰者識)'이라는 표기와 함께 저작자의 서문도 갖추고 있고 본문 시작부분에는 "강매찬(姜邁撰)"이라고 기록되어 있으니 이 책의 실제 '찬자(撰者)'는 '강매'인 셈이다. 그런데 김억의 경우는 좀 달랐다. 김억이 번역자인 경우에는 김억 이름으로 '김억찬(金億撰)'과 같은 표기가 보이지 않는다. 김억이 번역한 전기의 경우는 장도빈이 역자인 김억을 대신해 서문을 써주고 장도빈의 목소리를 통해서만 김억의 번역 여부가 드러나는 식이었다. 결국 강매는 아직 주요 시집들이 나오지 않았던 신진 문인 김억보다 권위 있는 인물이었다는 이야기가 된다. 강매와 김억은 에스페란토로도 연관되어 있었는데, 강매는 김억이 회장으로 있던 조선

---

114 「고학생갈돕회주최로 종로중앙청년회관에서 강연」, 『동아일보』, 1921.4.11; 「중앙기독교 청년회 소년부 주최 강연회 : 근세구미사상조」, 『동아일보』, 1921.5.6.

115 이 책은 표지에 강매와 김진호 공편으로 표기되어 있고, 판권지의 저작겸발행자에는 '亞扁薛羅' 즉 아펜젤라라 표기되어 있다.

116 「『신경제』 발간, 강매씨 외 제씨의 발긔로」, 『동아일보』, 1926.2.27; 「조선의 자랑 계의 중진 : 본사낙성기념사업의 일공로자 소개 – 강매」, 『동아일보』, 1927.5.13.

에스페란토 협회의 활성화에 적극 협조한 에스페란티스토였다.[117] 그의 에스페란토 활동이 두드러지던 시기는 1922~1923년으로 그의 전기 번역 시기 즈음에 해당한다.[118] 한성도서 전기 번역 시기 이들은 함께 에스페란토 보급 활동을 했던 것이다.

이러한 강매의 번역 행로는 식민지 조선의 번역 주체로서 교육계와 기독교계에 주목할 필요를 환기시킨다. 예를 들어 식민지 시기 루소의 사상에 대한 관심은 드높았음에도 불구하고 루소 관련 조선어 번역물로는 교육가 강매가 교육적 관점을 중심으로 소개한 『루소』 전기가 현존하는 것으로 유일하니,[119] 번역가가 특정 사상의 유입에 끼친 영향은 적지 않다. 『위인아인슈타인』 역시 교육자 강매를 통해 청년 학생들을 위한 교육적 목적으로 유입되었으며 이러한 발간 의도는 책의 서두에 명시되어 있었다. 그리고 배재학당과 연희전문의 과학교육의 실세였던 베커와 역시 배재학당 간판급 교사였던 강매가 이들 학교에서 『위인아인스타인』을 비롯한 전기물을 문학·사상·교육학·과학 교재로 활용했을 가능성을 고려한다면 학생 독자에의 영향력은 적지 않았을 것이다.

(4) 오천석

천원(天園) 오천석(1901~1987)의 번역 활동 역시 주목할 필요가 있다.

---

117 김경미, 「1920년대 에스페란토 보급 운동과 민족운동 세력의 인식」, 『역사연구』 16, 역사학연구소, 2006.12, 139·147면.

118 그는 홍명희 등과 함께 1920년대 초기 조선 에스페란토협회의 활동에 공헌한 인물로 소개되었다. 위의 글, 147면.

119 조선인이 루소 저술을 일본어로 간행한 사례는 있다. 최재서는 가이조(改造)사를 통해 영어에서 일본어로 루소의 사상서를 번역 출간했다. Irving Babbitt, 최재서 역, 『ルーソーと浪漫主義』 上·下(改造文庫), 改造社, 1939·1940.

1919년 일본 아오야마학원[靑山學院] 중등부를 졸업하고 황해도 소학교 교원으로 있던 오천석은 장도빈의 제의로 『학생계』를 맡게 되었다.[120] 이후 도미하여 코넬대학(1925), 노스웨스턴대학(1927), 콜롬비아대학(1931)에서 교육학으로 학사, 석사, 철학박사 학위를 받았고 1932년부터 4년 간 보성전문학교 교수로 재직했으며 해방 후 교육활동을 재개, 미군정 청 문교부 차장, 부장(1945~1948)을 역임했다. 당시로는 드문 미국 유학파로 해방 후 주요 직책을 맡아 교육계에 영향을 미친 인물인데 반해 그의 초기 번역 활동은 주목되지 않았다.

그는 일본 유학 직후로부터 미국 유학 직전까지 번역활동을 했으므로 그 당시 번역 작업에서는 일본어본에의 의존이 더 높았다고 볼 수 있다. 오천석은 타고르의 시 「기탄자리」(『타구르 시집』1)를 1920년 7월부터 『창조』에 번역·연재했으나 1921년 5월 『창조』가 폐간되면서 완역하지 못했다.[121] 따라서 결과적으로 김억의 『기탄잘이』(이문관, 1923)가 현전하는 유일 완역본이 되었다. 오천석은 타고르의 시를 번역·소개할 당시 한성도서 잡지 『학생계』에 타고르의 희곡 「우편국」(1920.7)도 번역했는데 장도빈에게 보내는 서신의 형식으로 쓴 글에서도 이 작품을 언급하는 등 애착을 보였다.[122] 한성도서에서 『세계문학걸작전집』과 『그림동화』를 번역한 오천석은 한성도서의 기자였기에 계열 잡지에도 각종 번역·번안을 비롯한 글을 실었다. 그는 『학생계』(5권, 1920.12)에는 디킨스의 「크리스마스 캐롤」을 번안한 「수전노의 회개」를 『서울』(4호, 1920.6)에는 하이네의 시 「선언」을 번역 소개했다.

그가 한성도서에서 번역한 『세계문학걸작전집』 내의 8편은 「우편

---

120 위의 글, 194면.

121 오문석, 「1920년대 인도 시인의 유입과 탈식민성의 모색」, 『민족문학사 연구』 45, 민족문 학사연구소, 2011, 41면.

122 오천석, 「교동도에서 : 서울계신 산운선생에게」, 『서울』 7, 1920.10.16.

국」을 제외하고는 '백과사전식 경개역'[123]으로 간략히 축소되어 번역 소개되었다. 이 중 「몸둘곳업는사람」은 빅토르 위고의 『레미제라블』을 줄여 번역한 것으로 비록 축역이지만 『레미제라블』 번역사를 놓고 볼 때 홍명희(1914), 민태원(1918), 홍난파(1922)의 것에 이은 번역물로 볼 수 있다. 줄거리 요약에 그쳤기는 하지만 각종 명저 고전이 총망라되어 번역된 이 책은 이후에도 지속적으로 발간되는 '세계문학걸작전집'류의 초기작에 속한다.

오천석은 한성도서뿐 아니라 다른 출판사에서도 번역활동을 했다. 그는 1922년에는 새동무사에서 셰익스피어의 『베니스의 상인』을 원작으로 한 『부인변사 해성월』을 번역 발간했는데 인기에 힘입어 이듬해 재판이 발간되었다.[124] 잡지 『백조』에서는 에로시엔코 원작의 「무지게나라로」(1권, 1922.1)를 『조선문단』(1925.1)에는 세라 티즈데일의 시들도 번역하였다. 이처럼 오천석은 타고르의 시, 『세계걸작전집』, 『그림동화』에서부터 괴테, 빅토르위고, 디킨스의 소설, 셰익스피어의 작품 등 서구 명작들을 번역했으니 비록 모두 서양어 원서를 직접 번역했거나 완역한 것은 아니지만 1920년대 초 번역의 장에서 일역할을 담당했다고 볼 수 있다.

(5) 이상수

이상수 역시 당대 번역가로서 활동했다. 그는 한성도서에서 입센 희곡인 『인형의 가』(1922)와 입센의 또 다른 작품 『해부인』(1923)을 번역했다. 『인형의 가』 서문 일부를 보자.

---

123 김병철, 『한국 근대번역 문학사 연구』, 을유문화사, 1974, 636면.
124 吳天鄕 역, 『부인변사 해성월』, 새동무사, 1922 · 1923, 소재 불명, 김병철, 위의 글, 572면에 기록되어 있음. 吳天鄕은 吳天園 / 吳天錫의 오식으로 보인다.

본서는 입센선생이 심혈을 주하여 성한 부인문제해방의 성서라고까지 이르
는 걸작으로 (…중략…) 이제 우리 이상수 선생이 명쾌세련된 필치와 그 독특
치밀한 역법으로 우리 여성계를 위하야 이루운 보서이다.[125]

서문은 번역가의 필치와 역법을 언급하며 이상수의 번역가로서의 능
력을 고평하고 있다. 또한 입센의 작품이 여성문제에 주요한 작품임을
상기시키고 있다. 한성도서의 『세계명부전』 역시 여성교육과 의식 고
취에 목적이 있음을 밝혔으니 이들 번역 출판물은 여성운동의 관점에서
도 의미가 있다.

이처럼 자질이 있는 번역가로서 당당히 소개되던 이상수 역시 한성
도서 외의 출판사에서도 번역활동을 했다.[126] 그는 1923년 박문서관에
서 엘리자베스(Elizabeth Schöyen)의 『인육장사(*Die Weisse Sklavin*)』(1919)를 번역
발간했는데 인기에 힘입어 1926년 재판한다. 일본어역본인 『人肉の
市』(窪田十一 역, 1921.11)를 통한 중역으로 보이는데 일본어역본이 1923년
도에 87판을 인쇄한 것을 보면 일본에서도 인기작이었던 것이다. 1919
년에 독일어로 쓰인 작품이 1921년의 일본어역을 통해 1923년 조선어로
번역된 것은 당시로서는 빠른 일이었으며 동시대 작품을 번역 소개한다
는 이 점은 당시 서적 광고를 통해서도 과시되었다.[127]

그 밖에도 이상수는 1924년에는 조선도서주식회사에서 셰익스피어
의 『베니스 商人, 一名, 人肉裁判』을 번역했고, 1923년 문우당에서는

---

125 이상수 역, 「서문」, 『인형의가』, 한성도서주식회사, 1922.

126 이에 관한 최근의 논의로는 박진영「문학청년으로서 번역가 이상수와 번역의 운명」(『돈
   암어문학』 24, 돈암어문학회, 2011.12)이 있다.

127 발간 당시 『동아일보』에는 「세계적 연애 탐정 사상 소설」이라는 문구와 함께 『인육시장』
   광고가 실렸는데 여기에는 동시대의 작품을 번역 소개한다는 자부심이 드러난다. "읽어
   라! 보아라! 사상계의 혁명소설을 50년 전 30년 전에 남의 읽고 남은 찌꺼기 소설만 읽지 말
   고 세계에 유행할 이 때에 남이 무슨 생각을 하는지 이 공전의 대걸작을! 읽어 하루바삐 상
   식을 알으라!" 『동아일보』, 1923.7.24, 3면.

『트리스탄과 이졸데』를 번역한 『사랑과 설움』을 발간했으며 이는 1925년 재판되었다. 노자영 역시 『트리스탄과 이졸데』를 공역하여 『사랑의 무덤』을 출간했으니, 번역가 이상수는 인기 대중작가였던 노자영의 활동과 발이 같이 했던 것이다. 또한 그는 1924년부터 1925년까지 『매일신보』에 「탐정소설 귀신탑」(1924.6.3~1925.1.7)을 번역 연재했다.

이처럼 이상수는 한성도서뿐 아니라 박문서관, 조선도서주식회사, 『매일신보』를 무대로 활발히 활동한 번역가였다. 그의 번역물은 신문 연재물과 단행본을 합쳐 7편이 되는데 이 중 한성도서에서 2편이 출판되었다. 그의 일련의 서양어권 작품 번역물은 대체로 일본어역본에 충실한 축자역이었으며[128] 『해부인』의 경우는 '전역(全譯)'임을 밝혔으나 다른 작품들은 경개역인 경우도 있었다. 이처럼 입센의 희곡, 셰익스피어의 『베니스의 상인』, 그리고 『트리스탄과 이졸데』 등 굵직한 명작뿐 아니라 당대 인기 소설 기쿠치 칸의 『불꽃』과 『인육장사』, 『탐정소설 귀신탑』까지 번역한 이상수의 번역활동은 1920년대 번역사에서 주목할 필요가 있다.

(6) 김백악(김환)

백악 김환은 문예지 『창조』의 창간 멤버이자 한성도서의 문예부 주임이었다. 그로 인해 한성도서는 김환이 한성도서를 그만두기 전까지 『창조』 6·7호의 인쇄와 판매를 맡기도 했다.[129] 김환이 한성도서의 상담역이자 한성도서 잡지 『학생계』의 편집원, 『신여성』의 주간으로 재직할 당

---

128 일찍이 김병철은 『인육장사』 및 「탐정소설 귀신탑」의 번역 원본을 지목한 바 있다. 김병철, 앞의 책, 601·621면.

129 김동인, 「조선문학의 여명 『창조』회고」, 『조광』 32, 1938.6, 42~45면 참조.

시 한성도서 출판물에서 번역자로 표기된 '김백악'이라는 인물은 김환으로 보인다.[130] 『서울』 4호에는 김백악의 「80만 년 후의 사회」가 실렸다. 이는 H.G. 웰스의 작품을 원서로 하는 일본어역본 구로이와 루이코위[黑巖淚香]의 『八十萬年後の社會』(1913)를 중역한 것이다.[131] 이 일본어본은 일본에서 최초로 완역된 것이며 개정판도 발간되어 지속적인 인기를 누리고 있었다. 이를 번역 대본으로 삼은 김백악의 번역본은 1926년 『별건곤』에 실린 번역본보다 앞선 것으로, 지금까지 밝혀진 김환의 번역 작업은 양적으로는 미미하나 번역 문학사에서 의미가 있고 따라서 추가적인 조사가 필요하다.

노자영을 위시한 다른 위인전기 번역자들은 전기번역 시절 다른 지면과 강연장에서도 서양 전기의 번역 소개 작업을 병행하고 있었다.[132] 김억 역시 톨스토이의 『나의 참회』를 번역하던 당시 한성도서의 잡지인 『서울』(8호, 1920)에 톨스토이에 관한 글을 게재했으며 강매, 노자영도 유사한 활동을 했다. 이러한 현상은 번역 작업의 영향력이 단행본 한 권에 그치지 않고 신문·잡지 등과 연결되어 있었다는 사실을 보여준다. 이들을 통해 위인의 서사는 위인전기 단행본 독자에게 뿐만 아니라 신문잡지 독자들에게도 일상적으로 읽혔던 것이다.

---

130 한성도서의 인력 구성에 관해서는 최준, 「한국의 출판연구」, 『언론정보연구소』 1, 서울대 언론정보연구소, 1964.2, 16면 참조.

131 김종방, 「1920년대 과학소설의 국내 수용과정 연구」, 『현대문학의 연구』 44, 한국문학연구학회, 2011.6, 120~122면.

132 김억 역시 톨스토이의 『나의 참회』를 번역하던 당시 한성도서 잡지 『서울』에 톨스토이에 관한 글을 게재한다. 『서울』 8, 1920, 한성도서주식회사.

3. 번역 위인전기 총서라는 기획물

한성도서주식회사의 초기 주력 상품은 번역전기물이었다.[133] 인쇄·출판·판매소를 겸했던 한성도서주식회사는 1921년부터 이른바 '번역전기 총서'를 기획, 출판한다. 한성도서는 애초에는 야심차게 31권의 전기 제목을 나열하며 이에 더해 10여 권도 추가적으로 출간할 예정이라는 출판 예고를 했다.[134] '외국의 유명한 서적을 번역하여 사회에 소개'[135]하는 것을 사업 초기 목표로 하며 세계 문학 번역작업도 진행했던 한성도서는 우선 외국 전기 번역에 착수한 것이다.

그 결과물은 12권 남짓이었으나 이는 동시대 다른 주요 출판사, 예를 들면 박문서관, 회동서관, 영창서관, 덕흥서림, 신구서림[136] 등에서는 찾아볼 수 없는 규모였다. 이들 5개 출판사의 전기물은 대부분 국내 인물전, 그것도 실기·역사 전기류가 다수를 차지하고 있었으며, 그나마 가장 많은 번역전기물을 낸 영창서관의 경우라 하더라도 『카이제루』, 『비사맥』, 『간디전』 정도의 존재가 현재 확인 가능할 뿐이다. 따라서 지금으로서는 2년간 12여 권이 같은 판형으로 발간된 한성도서의 번역전기물들이 1920년대 초반 번역전기 총서의 대표격이라 할 수 있을 것이다. 이는 식민지 시기 번역전기 총서로서 뿐만 아니라 1920년대까지의 총서

---

133 이는 한성도서의 신문·잡지 광고 및 관련 연구의 서지 목록에서뿐 아니라 출판 관계자들의 회고를 통해서도 확인할 수 있다. 전 한성도서 영업부장이자 이후 숭문사 회장이 된 한용선은 "처음에는 세계 위인들의 전기를 번역한 책부터 출판하기 시작했지요. 당시 박문서관이나 영창서관에서는 모두 고대소설 같은 이야기책을 많이 만들었는데, 문예물은 몇 종 안 됐어요"라고 구술했다. 이경훈, 『책은 만인의 것』, 보성사, 1993, 301면에 수록.

134 한성도서주식회사, 『데모쓰테네쓰』, 한성도서주식회사, 1921, 광고면.

135 위의 책, 297면.

136 방효순, 『일제시대 민간서적 발행 활동의 구조적 특성에 관한 연구』, 이화여대 박사논문, 2001, 69면, 권말 '출판사별 출판 목록표' 참조.

류 전체로서도 드문 사례에 해당한다.[137] 한성도서 단행본『가리발디』 뒷면 광고를 보면 '위인전기 총서'[138]로 추정되는 문구 아래에『데모쓰테네쓰』부터『프랭클린』까지의 단행본들이 1~7의 번호를 달고 열거되어 있었으며『데모쓰테네쓰』에는 40여 종의 번역 위인전기물 출판예고 광고가 있었으니 이들을 기획 총서로 보아도 무방할 것이다.[139]

1) '위인전기 총서'의 출현

(1) 출판 예고 및 실제 출판 목록

1930년대 문학 서적 출판을 선도하며 소위 '팔리는' 문예물에 주력하게 되는 한성도서가 창립 초기 주력한 서적류는 '번역전기물'이었다.[140] 영업부장 한용선의 회고에 따르면 박문서관이나 영창서관과 같은 당대 다른 주요 출판사들이 고대소설과 같은 이야기책에 주력한 반면 한성도서는 세계 위인전기 번역을 시작으로 하여 문예서적, 번역물로 확장했다고 한다.[141] 즉, 한성도서의 세계 위인전기 번역은 타출판사와의 차별성을 염두에 둔 자의식 속에 진행된 것이다. 그 일환으로 1921년과 1923년에 걸쳐 100페이지 안팎의 4·6배판 세계 위인전기물들이 나온다.

---

137 1920년 이전의 출판사 총서로는 동양서원에서 1913년 34종 38책을 기획한 '소설 총서'가 대표적이다. 동양서원의 소설 총서에 관해서는 남석순,『근대소설의 형성과 출판의 수용미학』, 박이정, 2008, 331~338면 참조.

138 문구 중간에 도서관 바코드 스티커가 붙어 있어서 '偉人'과 '書'만 보이나 문맥과 행간 간격을 고려하면 본래 문구는 '위인전기 총서'로 추측된다.『가리발디』서강대 소장본.

139 그런데 이들 도서물은 다른 단행본 광고에서는 순서와 구성이 바뀌며, 단행본마다 실제로 번호가 표시되어 있던 것도 아니므로『가리발디』광고에서 임의로 정렬한 방식인 듯하다.

140 이경훈,『속, 책은 만인의 것』, 보성사, 1993, 301면.

141 '한용선의 회고', 위의 책, 301면.

4·6배판의 총서가 간행될 수 있었던 것은 당시 4·6판 전지가 돌아가는 기계를 처음으로 들여놓았기 때문인 것으로 보인다.[142]

한성도서는 애초에 '위인전기 총서'라는 총서 이름을 내걸고 40여 종을 목표로 기획·광고했으니 여기서 출판사의 의욕을 엿볼 수 있다. 앞서 살펴본 것처럼 장도빈이 1917년 저술 기획한 수양총서 위인전기도 2종만 발행되는데 그쳤으며 이는 출판사가 주도한 기획도 아니었으므로 한성도서 총서는 위인전기가 출판사의 기획에 의해 총서의 규모로 발행된 최초의 사례이자 위인전기 총서로서는 식민지 시기의 유일한 사례이다. 1920년대 한성도서주식회사 번역위인전 총서는 '실업소설', '~史'와 같은 양식 표기를 제목에 붙여 표기하거나 '~傳'이 인물 이름에 붙어 전기물의 제목이 되는 전통적 방식을 따랐던 한일병합 이전 전기와는 달리 위인의 이름만을 제목으로 하여 근대적 인물 전기로서의 제목을 갖춘다. 그리고 그 서양 이름은 1900년대 전기물이 사용하던 한자어 표기에서 원어 발음의 한글 표기로 바뀌어 『富蘭克林傳』은 '프랜클린'으로, 『羅蘭夫人傳』은 '로란부인'으로 표기된다.

이 중 '위인전기'라는 장르명을 표지에 내걸고 출판된 『데모쓰테네쓰』는 한성도서 위인전기 총서 중 가장 먼저 1921년 5월 10일에 발행되었는데, 한성도서의 야심찬 기획 의도를 이 최초 출판물의 광고면에서 엿볼 수 있다. 『데모쓰테네쓰』의 본문 뒤 '출판예고'란에는 31종의 위인전기 인물명이 나열되어 있고 그 외에도 10여 종이 더 기획중임을 예고하고 있다. 그 인물명과 광고 문구는 〈표 9〉와 같다. 인물명은 광고에 기재된 순서를 따랐으며 한자로 표기된 인물명은 그대로 한자로 표기했다.

출간 예고 후 실제로 발행되지는 않은 목록 중 와싱톤, 비사맥, 피득대제의 경우는 이미 애국계몽기에 번역 출간되어 그 인지도가 높은 인

표 9. 한성도서 번역 위인전기 출판 예고 목록

인물명(서명)	광고 문구	실제 출판 여부
한니발	절세의 대군인 애국 영웅	○
와싱톤	미국의 국부(國父)	×
짠닥크	불란서의 여영웅 장절(壯絶)의 여애국자	○
크롬웰	자유의 대정치가 영국의 권위	○
비스막	대독일을 조성한 독일대정치가	×
알렉산더	문무겸전한 세계적 대영웅	×
윌손	민족자결주의의 주창자	○
프랭클린	빈한출신의 대성공자	○
루터	세계 정신 개조의 주인공	×
피득대제	노서아의 대건설자	×
성길사한	세계제일의 대정복자	○
린컨	정의인도의 왕	×
넬손	서양이순신	×
마호멧트	아라비아의 대광명	×
쓰랜트	남북전쟁의 대장군	×
漢高祖	한족식의 대영웅	×
짜리발씌	이태리의 대지사	○
꼴돈	세계적 활동가의 일인	×
짜필드	고학생으로 대통령	×
크리스피	이태리의 현정치가	×
諸葛亮	신갓튼 공명선생	×
孔子	부자(夫子)의 전에 부자가 업고 부자의 후에 부자가 업다	×
타골	인도시성	○
짜윈	진화론자	×
어이컨	대이상가의 일인	×
루소	자유의 신	○
솀쓰	진리의 모	×
나의 참회	톨쓰토이 선생의 자서전	○
세계명부전	수다한 여성공자	○
蓋蘇文	조선정치계의 제일인	×
元曉	조선정신계의 제일인	×
기타 10여 종		

물이었으므로 상업적 측면에서는 독자가 확보되었다고 볼 수 있다. 애
국계몽기에 번역전기 단행본으로 출판된 인물이 재발간된 경우는 잔다
르크(『애국부인전』)이다. 한일병합 후 금서가 된 잔다르크 전기물은 1920
년대 한성도서에서 간행되었기 때문에 '화성돈, 나파윤, 비사맥, 피득대
제'가 예고와 달리 실제로 발행되지 않은 이유를 검열의 탓만으로 볼 수
는 없다. 하지만 한성도서의 『잔다르크』가 합방 이전의 것과 같은 서사
를 담고 있었는지 어떤 전략을 취해 검열을 통과할 수 있었는지는 그 현
존본을 확인할 수 없어서 알 수 없다.

한성도서 출간 전기들은 1930년대까지 신문·잡지에 광고된 것으로
보아 지속적으로 판매되었다고 볼 수 있다.[143] 『세계명부전』은 1922년
부터 1937년까지 4판을 찍었고『나의 참회』도 1935년 재판이 판매중이
었다. 이들 번역전기물의 주인공은 징기즈칸(성길사한)을 제외하고는 '타
고르, 톨스토이, 잔다르크, 데모쓰테네쓰, 프랭클린, 루소, 한니발, 윌슨,
가리발디, 크롬웰, 서양부인' 등 주로 서구 인물로[144] 구성되어 있다.

그런데 한성도서 단행본 전기의 인물들은 한성도서 발간 잡지에 실
린 인물전 주인공들과는 성격이 다소 달랐다. 『서울』은 1920년 6월호인
6호부터 마르크스와 크로포트킨, 레닌, 크레만소, 퀴리부인 등을 소개
했으며 이들의 소전을 실었다.[145] 그러나 이는 구체적인 사상 소개나 논
의로까지는 나아가지 않고 인물의 약력을 간략히 소개하는 정도였다.
이처럼 잡지는 정치인, 사상가, 사회운동가나 당시 생존하던 현재적 인

---

143 『동아일보』(1920~1930)를 비롯하여 『개벽』(1921.4), 『학등』(1933)과 『조선중앙일보』(1936)
에서도 한성도서 전기물 광고를 볼 수 있다.

144 물론 한니발과 타골 경우에는 아프리카나 인도 출신이었으며 폴란드나 유태인 등 서양과
동양의 구분이 모호한 인물들이 존재한다.

145 춘성, 「크로포트킨약전」(4호, 1920.2), 장도빈, 「십대식민위인」(4호, 1920.2), 유형기, 「근
대 사회주의자 칼 말크쓰」(4호, 1920.2), 시산상즉(柴山尙則), 호암생 역, 「일본인이 저술
한 이충무전」(6호, 1920.2), 김성룡, 「현대위인 크레만소」(5·6호 연재), 춘성, 「과변파 수
령 레닌」(7호, 1920.2), 일기자, 「현처큐리」(6호, 1920.2).

서명	판권지 저자	서문 필자	발행연도	정가	쪽수
데모쓰테네쓰	장도빈 편	–	1921.5	60전	119
짠딱크	–	–	1921	40전	–
한니발	저작 겸 발행자 : 한성도서주식회사	서문 없음	1921.11	40전	71
성길사한	저작 겸 발행인 : 한성도서주식회사	서문 없음	1921.8	55전	109
윌손	한성도서주식회사	장도빈	1921.7.	80전	199
크롬웰	편집 겸 발행자 : 한성도서주식회사	서문 없음	1922	40전	79
루소	저작자 : 한성도서주식회사 (본문 표기 : 강매)	강매(姜邁)	1921.6.	40전	68
나의 참회	저작 겸 발행인 : 한성도서주식회사 (표지 표기 : 톨스토이 저, 김억 역)	서문 : 장도빈 自序 : 김억 例言 : 김억	1921.8; 1926.	70전	132
타콜	–	–	1921	20전	–
프랭클린	저작 겸 발행자 : 한성도서주식회사	장도빈	1921.11.	80전	168
아인쓰타인	저자 : 강매, 발행사 : 선민사	백아덕(A. L. Becker)	1922(선민사) 1930년대(한성도서)	–	85
가리발디	저작 겸 발행자, 인쇄자 : 한성도서주식회사	서문 없음	1923	40전	80
세계명부전	저작 겸 발행자 : 한성도서주식회사, 우대표자이 종익(본문 표기 : 춘성(春城)·양쥬(洋州) 편)	편자	1922, 1923, 1924, 1928, 1937(공진항 편)	1원	294

물들을 다루고 있었다. 크로포트킨, 마르크스, 레닌, 크레만소 등에 관한 전기가 단행본으로 출간되지 않았던 것은 검열 통과에 대한 우려 때문인 듯 보인다. 실제로 1929년에는 이순신, 마르크스, 레닌, 손문을 이야기한 『세계위인전』(정도영)이 '혁명가, 혁명사 서술 문제'로 삭제당했으며[146] 차상찬이 낸 『근세 조선 인물 화보』, 삼광서림에서 나온 『인도혁명과 간디사상』, 그리고 이오광이 평문관에서 낸 『맑스 평전』과 『레닌 일생기』도 판매 금지 처분되는[147] 등 사상가나 사회 운동가 전기는 발간되기 힘들었다. 6호부터 사회 혁명가, 사회주의 운동가 등을 적극 소개했던 『서울』 역시 8·9호가 연속 압수되면서 결국 폐간되고 말았다.

---

146 「출판경찰개황 : 불허가 차압 및 삭제 출판물 기사 요지」, 『조선출판경찰월보』 5, 1929.1.22.
147 안춘근, 『한국출판문화사대요』, 청림출판, 1987, 412·416면.

이후 통권 22호까지 발행된 『학생계』는 일찍이 『소년』이나 『청춘』이 그러했었던 것처럼 거의 매호마다 위인 이야기를 실었다. 『학생계』는 노자영의 「강철왕 카네기」, 김성룡의 「대걸장 한니발」(3호), 「대영걸 씨자」(4호), 유영기의 「크리미아의 천사 나이팅게일」(4호), 「구국의 용녀 짠딱크」(5호) 그리고 6호에서는 신년호 부록으로 「현대 12인걸의 생애와 및 그 사업」을 실었다.

잡지가 소개한 인물이 위와 같았던 반면 검열의 제재나 소비자의 외면을 받지 않고 15년 이상 무리 없이 팔릴 수 있었던 한성도서 번역전기 단행본 목록은 〈표 10〉과 같다.[148] 〈표 10〉은 현존본의 ① 판권지란과 ② 서적 광고면, 그리고 이 둘로도 확인되지 않는 사항은 ③ 판본 확인자의 기록에 의거하여 작성한 것이다. 같은 해 출판된 경우 발행 일자에 따라 나열했다. 한성도서에서 실제 출간된 인물 목록을 보면 당시 다른 출판사에서 발행된 전기의 인물과 겹치지 않는다. 당시 영창서관에서는 『(독일황제) 카이제루 실긔』(1920)[149]와 『비사맥과 독일제국』(1922)이 나왔고 1930년대에 이르면 간디나 히틀러의 전기도 나오게 된다.

그런데 위의 목록 중 『아인쓰타인』의 경우는 애초에 다른 위인전기 총서와 함께 기획 발간되었던 것이었다고 보기는 힘들다. 『데모쓰테네쓰』에 실렸던 대대적인 '출판예고' 목록이나 잡지에 실린 한성도서 출판물 목록 등에 '아인쓰타인'은 보이지 않았다. 1922년 당시 『동아일보』 신간 소개 기사에 따르면 『아인쓰타인』의 편집발행소는 '선민사'였으며[150]

---

148 1935년 한성도서 도서총목록집이나 잡지 광고에도 이들 목록은 등장하므로 15년 이상 발행 판매된 것으로 볼 수 있다.

149 '카이제루'라는 인명은 원래 로마의 Gaius Julius Caesar(100 B.C.~44 B.C.)를 가리키나 독일황제를 칭할 때 사용하기도 한다. 특히 일본에서는 빌헬름2세를 가리키는 경우가 많다. 따라서 '카이제루'의 경우 유의해 볼 필요가 있다. 일본 야후 국어사전에서 인용한 내용의 원문은 다음과 같다. "カイゼル((ドイツ)Kaiser)『皇帝の意で、ローマのカエサルに由來』ドイツ皇帝の稱号。日本ではウィルヘルム2世を指すことが多い。カイザー。"

150 「강매저 위인 아인쓰타인」, 『동아일보』, 1922.5.9.

현존본을 확인해본 결과 역시 선민사본이다. 그런데 하동호는 이『아인쓰타인』을 '과학혁명-아인쓰타인'이라는 광고 문구와 함께 '한성도서 출판 서지목록'에 포함시켰으며[151] 김병철 역시『아인쓰타인』의 출판사를 '한성도서주식회사'로 기록했다.[152] 하지만 앞서 1920년대에 한성도서가『아인쓰타인』을 발간했었다는 직접적인 증거는 찾을 수 없었다.『아인쓰타인』은 1935년에 이르러서야 한성도서 출판 목록에 등장한다.『위인 아인쓰타인』은 한성도서주식회사가 발행한『1935 도서총목록』에서 다른 위인전기 총서 10종과 함께 나란히 목록에 올라 있는 것이다.[153] 여기서『아인쓰타인』은 다른 단행본과 똑같이 "본사편(本社編)"으로 소개되어 있기 때문에 애초에 한성도서의 기획물인 것처럼 보인다.

이들 정황을 종합해보면『아인쓰타인』은 강매가 한성도서에서『루소』를 번역했던 1921년 직후인 1922년에 선민사를 통해 번역·발행했는데 이후 한성도서가 판권을 사서 위인전기 총서로서 재발행한 것으로 볼 수 있다. 앞서 언급했듯이 최남선의『백두산근참기』의 예처럼 초판 판권을 가지고 있는 출판사의 재정이 취약할 때 한성도서가 이를 사서 출간하는 경우도 종종 있었기 때문이다.『아인쓰타인』초판본이 나온 선민사는 저자인 강매의 출판사였으나 이렇다할 다른 서적은 출판하지 못했다. 1920년대 당시 저술자 특히 번역가가 자신의 출판사를 세워 출판 활로를 확보하려는 시도는 강매뿐 아니라 김억, 홍난파를 통해서도 찾아볼 수 있었다.[154]

---

151 하동호,『한국 근대문학의 서지 연구』, 깊은샘, 1981.
152 김병철,『한국 근대번역 문학사 연구』, 을유문화사, 1975, 947면.
153 개인 전기 단행본 11종은 일정한 규격 속에서 나란히 광고되었고,『나의 참회』와『세계명부전』은 더 큰 지면을 할애하여 광고되고 있다. 1935년 당시,『나의 참회』는 재판,『세계명부전』은 3판으로 광고되었다.
154 박진영,「문학청년으로서의 번역가 이상수와 번역의 운명」,『돈암어문학』24, 돈암어문학회, 2011.12, 76면.

『아인쓰타인』 판권이 이후 한성도서로 넘어간 것에는 저자이자 발행자였던 강매와 인쇄자였던 한성도서 인쇄인 노기정, 그리고 장도빈과의 친분이 작용한 것으로 보인다.[155] 강매는 1921년 6월 한성도서를 통해 위인전기 총서의 일종으로 『루소』를 출판한 바 있으며 한성도서의 실세였던 장도빈과 함께 강연 연사로 활약했다.[156] 또한 장도빈은 1922년 11월 발간된 『조선지광』 창간호의 주간으로, 강매는 집필인으로 인연을 이어갔으므로,[157] 그의 『위인아인스타인』의 판권은 이러한 연유로 이후 한성도서로 넘어가게 되었을 가능성이 있다. 게다가 『위인아인스타인』은 강매뿐 아니라 노기정을 통해서도 한성도서와의 인연이 있었다. 노기정은 『신생활』 인쇄인이기도 했지만 한성도서에 재직한 한성도서의 인쇄인이기도 했던 것이다. 그가 『신생활』 필화사건에 연루되어 기소되었을 때 그가 근무했던 한성도서의 인쇄 장비 역시 압수당했다는 기록은[158] 그가 한성도서인으로 인식되었음을 보여준다.

『위인아인스타인』 초판본의 출판 주체를 어디로 보느냐에 따라 수용 주체의 성격을 달리 파악할 수 있기 때문에 재판본이 아닌 초판본의 출판 서지 사항을 명확히 해둘 필요가 있다. 초판의 저작과 출판은 강매를 중심으로 이루어졌으며 그 판형과 디자인, 본문의 문체와 구성에 저작자인 강매의 입김이 강하게 작용하고 있었다.[159] 이런 강매를 중심으로

---

155 김성연, 「1920년대 초 식민지 조선의 아인슈타인 전기와 상대성이론 수용 양상」, 『역사문제연구』 27, 역사문제연구소, 2012.4, 33~62면.

156 장도빈과 강매는 함께 강연자로 참석하고는 했다. 다음의 기사 참조. 「고학생갈돕회主催로 종로중앙청년회관에서 강연 : 朝鮮敎育界의 變遷(張道斌), 社會의 病毒(崔八鏞), 成功의 意義(宋鎭禹), 弱者의 소리(朴珥圭), 偉人은 어대서 오는가(姜邁), 敎育과 社會(金弼秀)」, 『동아일보』, 1921.4.11.

157 장신, 「『주보 조선지광』의 발굴과 몇 가지 문제」, 『근대서지』 4, 소명출판, 2011, 442면.

158 웨인, 「1920년대 한성도서 인쇄인 노기정에 대하여」, 『근대서지』 4, 소명출판, 2011, 436면.

159 『위인아인스타인』의 눈에 두드러지는 특징 중 하나는 문장들에 쉼표가 빈번히 들어가 있는 것이다. '바치는 말' 격에 해당하는 문구를 예로 들면 "이 小冊子는, 特히, 朝鮮, 新靑年 男女에게, 올림니다"라고 되어 있다. 이러한 빈번한 쉼표 사용은 강매의 다른 전기물인 『루소』

『신생활』・한성도서라는 출판 관계자와 기독교・배재학당 인맥이 인쇄자・발행자・서문작성자로 한데 모여 있었다.

다시 한성도서 번역전기 목록으로 돌아가서 인물 구성을 살펴보면 1910년대 이전 전기물의 단골 주인공인 나폴레옹, 피터대제, 비스마르크, 워싱턴 등이 빠져 있고, 대신 당시 민족 자결주의로 새롭게 주목 받은 윌슨이나 문학가 톨스토이, 철학 사상가 루소가 추가되어 있다. 루소는 이미 1900년대에 중국에서도 주목을 받았는데 그 관점이 1920년대 조선과 조금 달랐다. 1901년, 양계초는 나폴레옹이나 카부르가 '시세를 따르는 영웅'인데 비해 루소는 마찌니와 함께 '시세를 만드는 영웅'이었다고 주목하며 그를 '19세기의 어머니'라고 고평했다.[160] 이 경우 루소는 사회 변혁적 인물로 초점이 맞추어져 있는데, 1921년 한성도서에서 발간된 전기는 루소의 교육관을 중점적으로 서술하고 문학사, 문화사의 맥락 속에서 자유・평등의 사상가이자 자연주의자로서 소개하는 식이어서 그 혁명성은 강조되지 않는다.

'한니발'은 이전에도 식자층의 글에서 자주 언급되던 『플루타크 영웅전』의 주요 인물로 1920년대에 그의 개인 전기가 발행된 것은 『플루타르크 영웅전』 수용의 흔적으로 볼 수 있다. '가리발디' 역시 『이태리건국삼걸전』의 주인공이므로 이들은 애국계몽기에 유입된 주요한 도서가 이후 개별 인물 전기로 남게 되는 사례라고 볼 수 있을 것이다. 또한 목록 중에는 톨스토이와 프랭클린의 자서전이 있는데, 톨스토이 자서전의 경우는 지식인 '참회록'의 전형으로서 프랭클린 자서전은 '자기계발서'의 모범으로서 상징적으로 자리 잡고 있었다.

(한성도서주식회사, 1921)와 그의 다른 저작인 『잘 뽑은 조선말과 글의 본』(한성도서주식회사, 1925)에서도 보이므로 그의 문체 특성으로 볼 수 있다.

160 이현미, 「대한제국의 영웅 개념」, 『세계정치』 25, 서울대 국제문제연구소, 2004, 150~151면.

(2) 위인전기의 광고 전략

광고 문구란 독자의 요구에 응답하거나 독자를 자극하기 위해 작성되므로 번역전기물 광고 문구들은 당대 번역전기물의 사회적 필요와 전략적 위치를 잘 보여준다. 전기물 광고 빈도는 다른 출판물에 비해 상대적으로 높은 편이었다. 1920년대 『개벽』, 『동광』, 『동아일보』 등에는 한성도서 번역전기를 포함한 전기물 광고를 찾아볼 수 있다.[161] 『개벽』 1920년 6월호와 11월호에는 장도빈의 『위인 린컨』(동양서원)이 광고되었고, 『개벽』 1921년 6월에는 『순국열녀 잔딱크』, 『자유의 신 루소』, 『고대희랍열사 데모쓰테네스』의 광고가 실렸다. 1920년대 『동아일보』에 4회 이상 광고된 도서의 종별 분포를 보면 전기는 10.1%를 차지하여 '교재 수험서, 문예, 性, 실용서'에 뒤를 잇는 비중을 차지하는 데 이 10.1%에 한성도서의 『만고달덕 프랭클린』, 『고대희랍열사 데모스테네쓰』, 『자유의 신 루쏘』 등이 포함된다.

전기 단행본 뒤 광고면이나 『학생계』의 한성도서 출판목록 광고면에서는 책 제목이 나열된 가장 간략한 형태의 광고를 볼 수 있는데 각 제목들은 다음과 같은 수식어를 달고 있다. '만고달덕-프랭클린', '미국전대통령-윌손', '자유평등의 창조자-루소', '세계 거장-성길사한', '두옹의 자서전-나의 참회', '자유의 정치가-크롬웰', '카데지의 용장-한니발', '순국 열녀-짠딱크', '인도의 천사-타콜', '고대희랍열사-데모쓰테네쓰'. 인물의 국적이나 분야·업적 등을 부각시켜 압축적으로 표현한 이들 수식어구들은 그 문구가 짧아질수록 사자성어 한자어의 형태를 띠게 되고, '애국', '우국', '순국', '혁명', '열녀', '열사', '지사' 등의 단어로 압축된다.

단행본 『루소』의 마지막 장에는 제법 긴 설명 문구를 갖춘 『윌슨』 광고

---

161 같은 단락에서 1920년대 도서 광고와 광고 속 전기물의 분포는 다음의 연구를 참조. 이기훈, 「독서의 근대, 근대의 독서 : 1920년대의 책읽기」, 『역사문제연구』 7, 역사문제연구소, 2001.12, 28~30·67~69면.

가 실려 있다. 『윌슨』에 실린 "서를 독함에 먼저 그 저자를 알어야 하며, 주의를 통함에 그 주의자의 일생을 알어야 한다. 정의 인도 민족 자결의 주의를 안 인사여! 먼저 그의 과거 반생을 알어라!"라는 광고 문구를 통해 '전기'가 저자의 '저서'나 '주의'를 이해하기 전 단계의 사전 학습서로서도 제안·요구되었음을 알 수 있다. 『성길사한』은 '서세 동점인 금일 상황에서 황색인종으로 백철인종을 지배한 자를 보라'는 광고 문구를 내세웠다. 이들 광고에 따르면 서양 인물 전기는 그들의 '주의'와 '삶'을 알기 위해서 읽고, 동양 인물 전기는 서세동점인 현실을 뒤바꿀 만한 역사적 인물을 기억·환기하고 다시 일어서는 동양의 힘을 느끼기 위해 읽는 것이다. 전자는 이성적 학습에, 후자는 감성적 위안에 가까운 것이다.

그런가 하면 일부 전기 광고는 보다 감성적인 부분에 호소하기도 했다. 『잔다르크』는 "뉘 아니 울냐? 가치 울고 가치 웃자!"로, 데모쓰테네쓰는 직접적으로 "애국지성에서 울어나는 피눈물! (…중략…) 차 일 권을 독예하고 음루(陰淚)를 흘리지 아니할 이 누구? 다루(多淚)청년아 읽으라!"라는 문구로 광고 된다. 이들 두 전기 광고가 보여주듯이 전기는 무엇보다도 주인공의 삶의 기복을 따라가며 함께 울고 웃기 위해서 읽는 측면이 있었다. 이는 전기의 주인공이 소설 주인공과 다를 바 없는 감정이입의 대상이었고, 실존 인물의 실제 이야기라는 현실감으로 인해 소설과는 또 다른 읽기의 즐거움을 준 이야기 독서물이었음을 보여준다. 그리고 그것은 전기의 주인공이 '열녀'나 '열사'로 광고될 수 있는 민족·국가 영웅일 경우에 더욱 강력했다. 이는 애국계몽기 시대의 신소설과 역사 전기물이 독자에게 호소했던 감정적 파토스와 크게 다르지 않다.

그리고 이 점에서 영웅 전기물은 역사서와 달랐다. 역사가 이성적 산물을 표방했다면 전기는 인물에 대한 감정이입을 전제로 한 감성적 독물로 존재했다. 강매의 『루소』 전기에는 '전기'와 '역사'의 차이가 명시되어 있다. 루소는 역사가 사건만 다루는 것과 달리 전기는 인간을 다루기 때문에 동포에 대한 동정을 함양해야 할 청년들의 필독도서로 권했다. 그는 전기가 독자의 '동정심'에 호소하고 이를 함양시킨다고 보았는데 다른 위인전기들에서도 '인물에 대한 동정의 염을 금치 못한다'라고 하며 끝을 맺는 경우들이 종종 보이므로 이는 비단 루소의 주장이었을 뿐 아니라 당대의 전기관에도 적용시킬 수 있을 것이다. 『세계명부전』의 예를 들자면 '나폴레온의 어머니' 편은 "현시 또는 금후 세계의 기억만의 士女는 이 영웅의 어머니 레치시아에게 만각의 동정을 표치 아니치 못할 것"으로 끝을 맺는다. 그리고 전기의 주인공들 역시 전기물을 읽고 인물과 자신을 동일시하는 태도를 보인다. 『세계명부전』의 '불란서 혁명의 꽃 로란부인' 편을 보면 그녀가 성장 시 플루타크 영웅전을 특별히 애독하여 글을 읽을 때마다 "자기가 그 권중의 사람으로 되어" "그 글 가운데 女傑로 자임하는 마음으로 글을 읽었다"라는 일화가 있다. 즉 전기는 인물을 감화 감동시켜 성장하게 하는 독서물로 인식되었다.

  위와 같이 국가 영웅이나 고대 영웅의 전기 광고가 '눈물과 웃음'이라는 감성에 호소한 반면, 수양·학습을 위한 모범으로 제시되는 전기물 광고도 있었다. 『프랭크린』전의 장도빈이 쓴 서문에는 이 책의 발간 목적과 권고 취지가 분명히 나타나 있어 "成功立志"라는 시대의 키워드를 달고 광고되던 이 책이 전략적으로 어떠한 성격을 띠고 있었는지를 알 수 있다. 장도빈은 프랭클린을 '입지성공한 인물'이자 '청년수양의 모범적 인물'로 제시하며 청년들에게 이를 모범으로 수양할 것을 권고한다. 그는 이 책의 요지와 목적을 다음과 같이 요약한다. 그는 "인쇄공으로 출발한 프랭클린이 근면·노력·성실로 다방면에 성공을 이루었는데, 그 노력 방법이 지극히 평범하므로 잘 학습하라"면서 이 책을 "소년 청년 제군을" 위한 "수양자료"로 제공한다. 즉, 『프랭크린』전은 독자에게 '성공하는 인생'을 위한 '수양 지침서'로 제시된 것이다. 이렇게 자기 계발서로서의 성격을 지닌 『프랭크린』전은 이전 시기부터 이어져 온 이른바 '역사 전기물'과는 다른 전략적 위치에서 존재하고 있었으니, 이는 시대가 낳은 '자기 계발서' '수양서'류의 위인전으로 볼 수 있다. 선진문명의 이른바 '성공 입지'한 위인의 일생을 통해 그들의 성공 비법을 숙지해야 한다는 식으로 권고된 이들 서양 번역전기물의 경우에는 '역사 전기물'이 아닌 '자기 계발서'로서 접근해볼 필요가 있다. 『세계명부전』 역시 여성의 '교과서'로서 권장되고 있었다.[162]

계몽과 자각·분발의 계기로서 전기 읽기를 권장하는 1920년대 초의 모습은 1910년대 이전 전기물의 애국 계몽성과 다르지 않은 뿌리에서 나온 것이지만, 1920년대에 이르면 '국가'나 '민족'이 아닌 '개인'을 중심 단위로 전개되는 새로운 경향을 보였다. 그것은 개인의 자발적 수양 의지를 전제로 한 것으로 이는 계몽주의가 보다 내면화된 것으로 볼 수 있다. 기업형 주식회사가 독자를 유혹하는 이 광고 문구에서 보이는 계몽성은 더 이상 위로부터 내려오는 생경한 주입이 아니었다. 이것은 민족의 운명이라는 대의뿐 아니라 '성공적인 삶'을 욕망하는 청년, 그 도달 방법을 모범적 사례를 통해 숙지하고픈 청년, 이제는 소비자이자 생산자가 된 그들의 현실적 필요와 욕구에 부응하는 것이었다.

상업적 목적을 배재할 수 없는 민간자본 주식회사 출판사가 창립 초기 주력한 출판물이 번역전기였으므로 이는 발간 측의 '계몽의 의지'와 '상업적 효과'가 '소비자 요구'와 결합된 산물로 보아야 할 것이다. 이렇게 역사담이나 애국영웅담 중심의 구성에서 벗어나 '고난-노력-성공'으로 이어지는 입신 성공담으로서의 전기들도 일련의 위인전기 총서 속에 합류하게 된다. 이들 전기물 총서는 '자기계발서'적인 성격도 지녔고 독자가 함께 울고 웃게 만드는 드라마틱한 '소설'적 요소도 가지고 있었다. 개인적 삶의 성공을 향한 열망과 그 도달 방법, 수양과 전략의 필요

---

162 한성도서주식회사, 『1935 도서총목록』, 한성도서주식회사, 1935.

성을 절감하는 청년 지식인과 학생들의 요구 속에서 번역전기물의 자기 계발서적 특성이 강화된 것이다. 다른 한편 '역경-극복-성공' 혹은 '고난-비극적 죽음-사후 찬미'의 서사로 요약될 수 있는 전기는 독자의 감정 이입을 자아내며 소설과 같은 기능을 하며 존재했다. 즉, 번역전기물은 태생적으로는 당시에 유입된 문물, 사상 등 지성사적 측면과 밀접히 관련되어 있었으나 독자들에게는 '수양서', '자기 계발서', '이야기 독물' 등 대중서의 성격을 띠고 소비되기도 했던 것이다.

2) 하쿠분칸[博文館] 총서와 한성도서 총서의 비교

그렇다면 출판 예고 광고에 실린 인물 목록은 어떻게 구성된 것일까? 한성도서 전기물은 일본 하쿠분칸 세계 역사담을 번역 원본으로 삼은 경우가 많았다. 일본에서 세계 위인전기 총서의 대표격 중 하나가 바로 하쿠분칸[博文館] 출판사의 세계 역사담(世界歷史譚) 총서이다. 일찍이 1900년대 애국계몽기 역사전기물들 역시 대체로 이를 번역 원본으로 삼았다. 따라서 애초에 인물 리스트를 뽑을 때 기존의 관습에 따라 하쿠분칸본을 참조로 하였을 가능성이 높다.

하쿠분칸은 일본 출판 자본주의가 급속히 팽창하던 러일전쟁 직후 활발히 활동한 출판기업으로 『少年世界』, 『小女世界』, 『幼年畵報』, 『太陽』 등의 잡지를 통해 부인·청소년을 비롯한 광범한 독자층을 확보했다.[163] 하쿠분칸의 소년 잡지는 1930년대 후반 『少年俱樂部』에 자리를 빼앗길 때까지 소년 잡지계의 중심에 있었다.[164] 조선은 일본 계몽잡지

---

163 이지원, 『한국 근대 문화사상사 연구』, 혜안, 2007, 136면.
164 임경석 편저, 『동아시아 언론매체 사전』, 논형, 2010, 740면.

호수	제목	필자	발행연도
第1編	釋迦	高山樗牛	1899(明32).12
第2編	孔子	吉國藤吉	明32.12.
第3編	耶蘇	上田敏	明32.4.
第4編	ビスマルック	笹川潔	明32.4.
第5編	ハンニバル	大町桂月	明32.7.
第6編	麻謌末	坂本蠡舟(健)[他]	明32.8.
第7編	漢高祖	三浦菊太郎[他]	明32.10.
第8編	寧耳遜	島田文之助[他]	明32.10.
第9編	岳飛	笹川臨風[他]	明32.12.
第10編	閣龍	桐生政次	明32.12.
第11編	ガリバルヂー	岸崎昌[他]	1900(明33).3.
第12編	彼得大帝	佐藤信安[他]	明33.3.
第13編	華聖頓	福山義春[他]	明33.5.
第14編	孔明	安東俊明[他]	明33.5.
第15編	瑣克剌底	久保天隨(得二)[他]	明33.6.
第16編	グラッドストーン	近松守太郎[他]	明33.6.
第17編	歷山大王	幸田成友[他]	明33.9.
第18編	王陽明	白河次郎(鯉洋)[他]	明33.9.
第19編	峩貴爾德	酒井小太郎[他]	明33.11.
第20編	デモスセネス	十時弥[他]	1901(明34).3.
第21編	シェークスピーヤ	中村可雄	明34.3.
第22編	那破翁	土井晩翠.	1901.4.
第23編	孟子	永井惟直[他]	明34.5.
第24編	成吉思汗	大田蒼溟(三郎)[他]	明34.5.
第25編	クロンウエル	松岡國男[他]	明34.7.
第26編	戈登將軍	赤松紫川[他]	明34.7.
第27編	虞蘭得將軍	布施謙太郎[他]	明34.9.
第28編	ウェリントン將軍	高木尚介[他]	明34.9.
第29編	クリスピー	名尾良辰[他]	明34.10.
第30編	メッテルニッヒ	森山守治[他]	明34.10.
第31編	甲比丹屈克	谷野格[他]	明34.12.
第32編	惹安達克	中内義一[他]	明34.12.
第33編	該撤	柿山淸[他]	1902(明35).2.
第34編	査列斯大王	中大路春江[他]	明35.2.
第35編	弗蘭克林	熊谷五郎[他]	明35.3.
第36編	ニュートン	三好物外[他]	明35.3.

조선어 표기	일본어본 한자표기	일본어본 가타카나표기	참조
한니발	漢尼拔	ハンニバル	Hannibal(247 B.C.~183 B.C.)
와싱톤	華聖頓	ワシントン	George Washington(1732~99)
짠닥크	惹安達克	ジャンヌ ダーク	Jeanne d'Arc(1412~31)
크롬웰	克林威爾	クロムウエル / クロンウエル	Oliver Cromwell(1599~1658)
비스막	比斯麥	ビスマルック	Otto Eduard Leopold Bismarck(1815~98)
프랭클린	弗蘭克林	フランクリン	Benjamin Franklin(1706~90)
皮得大帝	皮得大帝	ピョートル タイテイ	Pyotr 1세(1672~1725, 러시아 황제)
成吉思汗	成吉思汗	ジンギスカン	太祖(1162~1227)
넬손	寧耳遜	ネルソン	Horatio Nelson(1758~1805)
마호멧트	麻謂末	ムハメット	Mahomet Mohammed(570년경~632)
끄랜트	虞蘭得將軍	グラント ショウグン	Ulysses Simpson Grant(1822~85)
漢高祖	漢高祖	—	高祖(247 B.C.~195 B.C.)
짜리발찌	加厘波地	ガリバルヂー	Giuseppe Garibaldi(1807~1882)
꼴돈	戈登將軍	ゴードン ショウグン	Charles George Gordon(1833~1885)
짜필드	㦤貴爾德	ガーフィールド	James Abram Garfield(1831~81)
크리스피	—	クリスピー	Francesco Crispi(1819~1901)
제갈량	孔明	コウメイ	諸葛亮 (181~234)
공자	孔子	—	孔子(551 B.C.~479 B.C.)
데모쓰테네쓰	—	デモステネス / デモスセネス	Demosthenes(384 B.C.~322 B.C.)
쿡쓰	甲比丹屈克	カピテン クックー	James Cook(1728~1779)
알렉산더	歷山大王	アレキサンドル ダイオウ	Alexander(356 B.C.~323 B.C.)
다윈	達賓	チャールス ダイオウ	Charles Robert Darwin(1809~82)

출판 붐에 영향을 받았고 최남선의 『소년』(1908)도 이러한 정황 속에서 탄생했다. 따라서 하쿠분칸의 잡지와 단행본은 1900년대 이래로 식민지 조선 출판계에 영향을 끼쳤다고 볼 수 있다.

하쿠분칸의 세계 역사담 총서 목록은 〈표 11〉에, 한성도서의 출판 예고 리스트와 하쿠분칸 세계 역사담 총서 중 일치하는 항목은 〈표 12〉에 정리했다. 일본어본은 책 표지, 본문이나 판권지란 등에 인물 이름을 한자나 히라가나, 가타카나 중 어느 하나로 표기하는 경우도 있지만 혼용하여 표기하는 경우도 있으므로 이 경우 두 표기법을 다 기입하였다.

『博文館發行図書雜誌總目録』(博文館, 1913)의 서지목록과 일본국회도서
관에 소장되어 있는 하쿠분칸본 '세계역사담' 서지 목록, 그리고 하쿠분
칸에서 출간된 단행본『成吉思汗』의 광고지면에 기재된 목록의 '인물
명' 표기가 통일되어 있지 않았으므로 이들을 대조하여 정리하였다. 그
리고 실제 인물명 파악의 편의를 위해 인물의 자국명을 참조란에 표기
하였다.

하쿠분칸본에는 없었으나 한성도서 출판 예고 리스트에는 오른 인물
은 '윌슨, 루터, 링컨, 타골, 다윈, 루소, 톨스토이, 연개소문, 원효'이며
이 중 실제로 발행된 것은『윌손』,『타골』,『루소』그리고 톨스토이의
『나의 참회』이다. 따라서 이들 인물의 선택에는 한성도서측의 적극적
인 의지가 개입된 것으로 보인다. 톨스토이의『나의 참회』번역은 한성
도서가 표방한 '세계 주요 문예물 번역' 의지의 실천으로 볼 수 있고,『윌
손』은 민족 자결주의가 이슈화된 1920년이라는 시점의 산물이다.『타
골』역시 식민지 조선에서 적극 받아들여졌다. 김억은 영국 식민지였던
인도 시인인 타골의 시를 번역하며 같은 식민지인 조선인의 동질감을
자극했었다.『루소』는 당시 자연주의나 자유주의로 수용된 루소 사상
의 영향으로 그 전기가 요구된 것으로 보인다. 그리고 이들은 각 인물
전기로서 조선 최초의 번역물이라는 의의가 있다.

이 중 링컨과 원효는 이미 장도빈에 의해 1917년 초판이 발행되었고
각기 1920년과 1921년에 재판이 발행된 상태였다.『원효』는 이후 1925
년 장도빈이 대표로 있던 고려관에서 재발행되고『개소문』역시 1925년
고려관에서 간행된다. 이로써 한성도서 출판 예고 리스트에 있었으나
실제로 출판되지 않은 인물인 '링컨, 원효, 개소문'[165]은 장도빈에 의해

---

[165] 한성도서 전기 예고 목록 중 거론되었으나 결국 식민지 시기에 출판되지 않은 인물은 '루
터, 다윈, 어이켄'이다.

표 13. 한성도서 출판 예고 목록에 들어오지 않은 하쿠분칸 총서 인물 리스트

조선어 표기	일본어본 한자표기	일본어본 가타카나, 히라가나 표기	참조
석가	釋迦	シャーキャ・ムニ	釋迦(563 B.C.~483 B.C. 추정)
예수	耶蘇	イエス・キリスト	Jesus Christ(?~30 A.D. 추정)
악비	岳飛	がくひ	岳飛(1103~41)
맹자	孟子	もうし	孟子(372 B.C.~289 B.C.)
왕양명	王陽明	オウ ヨウメイ	王 守仁(1472~1528)
콜롬버스	閣龍	コロンブス	Christopher Columbus 1446?~1506)
셰익스피어	沙翁	シェークスピーヤ	William Shakespeare(1564~1616)
나폴레옹	那破翁	ナポレオン	Napoléon Bonaparte(1769~1821)
시저	該撒	カエサル	Gaius Julius Caesar(102~44 B.C.)
소크라테스	瑣克剌底	ソクラテス	Socrates (469 B.C.~399 B.C.)
웰린턴 장군	–	ウェリントン	Arthur Wellesley Wellington(1769~1852)
글래드스톤	虞剌土斯頓	グラッドストーン	William Ewart Gladstone(1809~1898)
메테르니히	–	メッテルニヒ	Clemens Wenzel Lothar Metternich(1773~1859)
칼 12세	査列斯大王	–	Karl 12世(1694~1778, 스웨덴 왕)
뉴턴	牛董	ニュートン	Sir Issac Newton (1642~1727)

다른 출판사에서 발간되었으므로 애초에 이들 인물의 선정에는 장도빈의 입김이 반영되어 있었음을 알 수 있다.

반대로 하쿠분칸본 리스트에는 있었으나 한성도서 출판 예고 목록에는 누락된 인물 목록은 〈표 13〉과 같다. 이광수 등의 지식인 논설에서는 '석가, 예수, 맹자'가 상투적으로 빈번히 등장하는데, 그들의 조선어 전기는 발간되지 않았다. 일본에서는 흔히 다른 '위인'군과 함께 묶여 발간되던 이들이 조선에서는 그러지 못한 현상에 대한 원인은 여러 가지가 있을 수 있으나 양 국의 '불교, 기독교, 유교관', 즉 종교관의 차이가 근본적일 것이다. 그리고 '나폴레옹, 시저' 등 조선에서 이미 한일병합 이전 발행된 적이 있고 인지도가 높았던 인물의 전기도 기획되지 않았고 '셰익스피어, 콜럼버스'도 빠졌다. 과학자로는 '뉴턴' 대신 '다윈'을 기획했다. 인물 전기로 선택되고 배제되는 맥락에 관해서 설득력 있게 논거하

기 위해서는 각 인물의 수용사를 먼저 개별적으로 조사한 후 총체적으로 살펴볼 필요가 있다.

3) 번역자 및 번역 원본 확인

(1) 번역자

저작자는 ① 판권지와 ② 표지, ③ 본문, ④ 서문, ⑤ 광고를 통해 드러난다. 한성도서에서 발간된 번역전기물은 대체로 번역물인데 번역자 이름이나 번역 원본을 노출하지 않았을 뿐만 아니라 번역물인지 여부도 표기하지 않는 경우가 대부분이다. 이들은 공통적으로 ① 판권지와 ⑤ 광고에 그 저자를 '한성도서주식회사'로 표기했다. 따라서 서지사항만 보면 그 개인 역자의 존재 여부 및 이름은 알 수 없다. 역자 이름은 ② 표지에 명시되어 있는 경우,[166] ③ 본문에서야 나타나는 경우,[167] 그리고 ①~③에서는 드러나지 않고 ④ 서문의 내용을 읽어야만 알 수 있는 경우[168]가 있는데, 마지막 경우가 가장 많고 그나마도 서문이 없는 단행본의 경우에는 역자를 파악하기 힘들다.[169]

당시 문예 창작물이 아닌 비창작 출판물은 대체로 역자나 원저자를 밝히지 않기도 했으므로 이는 일종의 관행이었던 것으로 보이나, 한성도서 출판물 내에서 비교해보자면 차별점을 보인다. 다른 세계 문학의 경우는 역자 이름이 명시되어 있던 것과 대조적으로 전기물 역자는 '저

---

166 『나의 참회』.
167 『세계명부전』, 『루소』.
168 『잔다르크』, 『한니발』, 『윌슨』, 『프랭클린』.
169 『데모쓰테네쓰』, 『크롬웰』.

작, 편집, 발행'이 한데 뭉뚱그려져서 '한성도서주식회사'로 기재되어 있
는 것이다. 당시 함께 나온 번역물이었던 호메로스의 일리아드, 보카치
오의 데카메론이 수록된 『세계문학걸작집』(오천원 역, 1925)과 『끄림동
화』(오천석(천원) 역, 1925), 『인형의 가』(이상수 역, 1922) 등의 문예물의 역자
는 명시되어 있었기에, 전기물의 역자가 개인이 아닌 출판사로 되어 있
다는 것은 '번역전기물'에 관한 출판사와 당대의 인식을 보여준다. 번역
전기물은 작자나 역자의 이름은 드러나지 않은 채, 창작인지 번역인지
여부도 모호하게 단지 전기의 주인공만이 부각되어 생산, 유통되고 있
었던 것이다. 즉 전기물은 문예물, 사상서, 심지어 국내 인물 전기와도
달리 작자·역자의 관점과 문체 등이 고려되지 않고 어떤 정해진 인물
전기 서사를 관습적으로 재생산하는 식으로 생산 소비된 상품, 즉 출판
사의 기획물이었던 것이다. 따라서 '번역전기물'의 생산과 수용을 둘러
싼 많은 것들이 반성적으로 고찰될 여지가 없었던 것이다.

　게다가 판권지 저자 표기법도 '저작 겸 발행자', '저작자', '저작 겸 발
행인', '편집 겸 발행자' 등으로 제각각이어서 '저작', '편집', '발행'이라는
용어조차 명확히 구분되어 있지도 않았다. 1910년대를 전후해서 '저작
겸 발행자'는 실제 작가가 아닌 저작권의 소유주 즉 책을 제작·배포하
는 서적상을 의미하는 정도였는데,[170] 이는 1921년 한성도서 번역전기
물의 경우에도 적용된다. 이로써 저작, 편집, 발행 일체를 출판사에서
담당한 것으로 보이는데, 그럼에도 불구하고 이들 전기물의 이름 없는
번역자 개인은 분명 존재했을 것이다. 한성도서의 경우 전기물 번역은
번역자가 원고료를 받고 출판 제반 권한을 출판사에게 넘기는 식으로
이루어졌다.[171] 한성도서의 전기 번역가 및 문예물 번역가에 관해서는

170　김영민, 「근대 작가의 탄생 : 근대 매체의 필자 표기 관행과 저작의 권리」, 『현대문학의 연
　　구』 39, 한국문학연구학회, 2009, 24면.
171　김억, 「받어본 원고료」, 『삼천리』, 1932.5.15.

앞서 자세히 상술한바, 여기서는 각 전기의 번역가를 확정한 후 번역 원본을 찾도록 한다.

종합해보면 『잔다르크』, 『한니발』, 『윌슨』, 『프랭크린』의 역자는 김억이며, 김억이 역자인 경우 장도빈의 발문이 들어가 있는 것으로 보아 장도빈의 관여 속에서 김억의 전기 번역 작업이 이루어졌음을 추정할 수 있다. 그리고 당시 김억은 타고르의 시집 『기탄잘리』(이문관, 1923), 『원정』, 『신월』 등을 번역했으니 전기 『타콜』의 번역도 담당했을 가능성이 높다. 『루소』의 역자는 배재학당 교사이자 각종 신문 편집국장을 역임한 '강매'였고, 그는 장도빈의 서문에 의해 역자 이름이 간신히 드러났던 김억과는 달리 자신이 직접 서문을 쓰고 본문에 '찬자(撰者)'로 직접 이름을 드러낼 수 있었다는 점에서 차별화된다. 물론 1921년 무렵 20대 중반의 청년으로 번역전기 작업을 통해 200~300원씩 돈벌이를 하던 김억은 1930년대 후반에 이르면 한성도서 전무 이선근에 의해 1류 작가로 불리게 되며 이태준, 이기영, 염상섭과 함께 1할 이상 인세를 받게 된다.[172] 이렇게 한성도서 전기 번역 작업에는 시인을 포함한 문인, 교사, 언론인이 참여했고 이들은 동시대 다른 지면에도 위인전류를 집필하거나 강연하고 있었다. 『데모쓰테네쓰』와 『크롬웰』은 역자에 관한 정보를 찾지 못했는데, 그 번역 문체가 서로 유사하고 김억이나 강매와는 다르므로 제3의 인물로 추측된다.

이렇게 1910년 이전에 신채호, 장지연, 이해조 등 애국계몽기 사상가, 언론인, 독립운동가, 신소설 작가들에 의해 이루어지던 서양의 위인전기의 번역이 이제는 태서 시 번역가이자 시인인 김억과 근대적 교육 제도의 교사이자 신문사 언론인인 강매, 그리고 베스트셀러작가 노자영의 손으로 이양되었다. 이들에 의해 번역전기물은 각기 한글에 대한 감각

---

172 草兵丁, 「原稿料에 厚한 朝鮮」, 『삼천리』 9(4), 1937.5.1.

이 담긴, 교육적 가치를 염두에 둔, 그리고 독자 대중들에게 잘 읽히는 독서물로 거듭나게 되었다.

(2) 번역 원본 확인

① 『나의 참회』, 『윌슨』, 『크롬웰』의 번역원본

김억은 톨스토이 자서전 『나의 참회』에서 원 텍스트를 세계어역본, 즉 에스페란토어 책으로 하고 일역본을 참조했다고 기록하고 있으나, 김병철은 이들 순서가 거꾸로 되어 실제로는 일어본을 텍스트로 하고 세계어역본을 참고로 한 것 같다고 이의를 제기했다.[173] 에스페란토어본보다 일역본으로 추정되는 細田源吉 역, 『私の懺悔』(トルストイ全集, 東京 春秋社, 1919)와의 유사도가 높았던 것이다. 이는 김억이 쓴 '例言'에서도 드러나는 바이다. "일역에 없는 것은 세계어역문에 따랐다"고 하는 데서 사실상 일본어를 원본 삼아 번역했음을 알 수 있다. 또한 김억은 여기서 "학술상의 용어는 어찌할 수 없이, 현시 일본 용어를 그대로 채용하였다"고 밝히는데, 실제로 한성도서 번역전기는 일본어 한자나 어휘를 그대로 가져오는 경우가 많았다.

김병철은 김억의 『윌슨』도 일본어판 윌슨전[174]을 번역한 것임을 밝힌 바 있다. 따라서 이들 번역전기물의 원본은 대체로 일본어본이었다고 보아도 무방할 것이다. 그런데 윌슨의 약전 및 소개 글은 단행본 발간 이전 한성도서에서 발간한 잡지 『서울』[175] 1호에 '추강(秋江)'의 '찬(撰)'으로 실린 바 있다. 출판사의 기획과 관심 분야는 해당 출판사가 발행하는

---

173 김병철, 앞의 책, 548면.
174 蘇峯 德富猪一郎 감수, 石川六郎 편, 『ウイルソン(新時代叢書)』民友社刊, 1919.8.20.
175 「파리회의의 윌슨」, 1919.12, 20면. 국립중앙도서관 사이트에서 원문 검색이 가능하다.

잡지와 단행본을 넘나들며 등장했다. '추강'은 한성도서의 전무인 '이종준'의 필명·호이다.[176] 이 글 서두에는 "윌슨이 세계적으로 유명하나 조선에서는 기록되지 않아 간단히 씨의 기록 일편을 선한다. 내용이 너무 간략함을 사죄한다"는 요지의 내용이 있는데 그 목차나 내용 구성은 이후 한성도서에서 발행된 것과 확연히 다르다. 즉 한성도서 잡지의 윌슨 전기는 김병철이 한성도서 단행본의 원본으로 지목한 『ウイルソン』(民友社, 1919.8)을 토대로 한 것이 아닌 것이다. 단행본 발간 시에는 잡지에 소개할 때 이용한 전기와는 다른 전기를 원본으로 선택하였고 따라서 한성도서 내부에서도 여러 판본의 윌슨전이 유입·독서되고 있었음을 알 수 있다.

또한 김병철은 『크롬웰』의 원본도 밝혔다. 해당 일본어 책은 『クロンウエル』(世界歷史譚 25編, 松岡國男 著, 博文館, 1901.8.15)이다. 당시 Cromwell은 'クロンウエル(크론웰)'와 'クロムウエル(크롬웰)' 두 가지 표기로 출판되었는데, 1921년 이전에 출간된 것 중 원본 확인이 가능한 6권[177]을 확인한 결과 한성도서본은 김병철이 밝힌 1901년 하쿠분칸본 『クロンウエル』을 원본으로 한 것이 맞으며 이는 다른 판본들과 목차와 내용이 확연히 다르다. 재확인이므로 따로 본문 대조를 제시하지는 않는다.

---

176 이는 하동호의 『한국 근대문학의 서지사항』에 실린 문필가명·호 일람에 근거했다. 하동호, 『한국 근대문학의 서지사항』, 깊은샘, 1981, 255면. 또한 「개조문제」(『서울』 3, 1920.2)에도 '이추강'이라 필자 표기가 되어 있으니, '추강', '이추강'은 모두 이종준의 필명이다.

177 일본국회도서관에 소장되어 있는 아래 7권 중 원문확인이 가능한 6권을 대조했다(원문 확인 불가능한 3번 제외). ① 竹越与三郎, 『格朗＝』, 垣田純朗, 1890 ② 竹越与三郎, 『格朗＝』 2版, 民友社, 1890 ③ 竹越與三郎, 『クロムウェル』 3版, 垣田純朗, 1892 ④ 松岡國男, 世界歷史 역, 『クロンウエル』 25編, 博文館, 1901 ⑤ 河面仙四郎, 『クロンウエル言行錄(偉人硏究)』: 28編, 內外出版協會, 1908 ⑥ ルーズヴェルト, 遠山熙·山崎梅處 역, 『偉人クロムウエル』, 實業之日本社, 1909 ⑦ トマス·カアライル, 戶川秋骨 역, 『オリヴア·クロンウエル(英傑伝叢書 : 4編)』, 實業之日本社, 1918.

② 『한니발』의 번역 원본

김병철은 『한니발』이 어떤 원서의 경개역(梗槪譯)으로 보인다고까지 추정했을 뿐 원본을 확정하지는 않았다. 그렇다면 김억은 어느 판본을 보고 『한니발』을 번역한 것인가? 목차와 원문을 대조해본 결과, 원본이 된 판본은 『ハンニバル』(博文館, 1899)[178]이다. 이 책은 현재 일본 국회도서관에 소장되어 있는 '한니발'을 제목으로 하는 전기 중에 1921년 이전에 발간된 것으로는 유일하다. 김억은 이 일본어본의 목차와 서두를 조금 바꾸어 언뜻 보기에는 이를 원본으로 한 것같이 보이지 않는다. 그런데 대조해본 결과, 1장과 2장의 소제목만 다를 뿐 3장부터는 일어본의 2장과 대응되는 제목을 하고 있으며, 내용 역시 1장의 도입부 한 단락만 추가되어 다를 뿐 두 번째 단락부터는 일본어본의 도입부와 일치한다. 일치하기 시작하는 첫 단락은 다음과 같다.

> 荒凉한 曠原의 空氣가 陰ヶ한, 亞弗利加便언덕, 아! 이곳이 二千年먼옛적, 金殿玉樓가 櫛比하야, 華麗繁昌을 자랑하든, 카—테지城인줄을 뉘가 알리오? (…중략…) 더구나 카—테지의 運命을 두억개에 짊어지고, 惡戰苦鬪한 한니발을 생각할 때, 눈물잇는 자로 뉘가 能히 한줌의 同情淚를 앗가워하랴?
>
> 『한니발』, 한성도서주식회사, 1921

> 亞弗利加の北岸、今のツネスに程遠からぬ一帶荒凉の地に誰か知らむ二千餘年の昔殷富隆昌を極ぬし一大都城ありしことを。金殿玉樓,唯一片の煙に歸し心なき春草徒らに榮華の夢を封す。(…중략…) カルタゴの運命を双肩に擔ろて立ちし世界の英雄ハンニバルの痛快にして悲壯なる一生の事跡に至りては 唯が一揃同情の涙を禁ずるを得んや。

---

178 大町桂月, 渡部審也畵, 『ハンニバル』, 博文館, 1899.

大町桂月著・渡部審也畫, 『ハンニバル』, 東京:博文館, 1899

한성도서본은 위 일본어본의 '双肩'는 '두 억개'로, '一掬'은 '한줌의'로 번역하는 등 한자 단어를 한글로 변경하기도 했으나 '亞弗利加便', '荒凉', '金殿玉樓', '運命', '同情淚' 등의 한자 단어는 그대로 쓰고, 고유명사 표기 법뿐만 아니라 수식어나 합성어 등의 한자 어휘도 일치하는 것으로 보아 한성도서본이 하쿠분칸본을 원본으로 번역했을 가능성은 더욱 높다.

한성도서본은 일본어본이 알프스 산을 일본 산과 비교하며 설명하는 대목을 "우리 조선에 백두산"이라고 바꾸어 번역한다.[179] 번역본은 원본 132면을 71면으로 줄여 번역했는데 두 원본 모두 1면에 12행씩 인쇄했 고 책의 크기도 차이 나지 않으므로 일본어본 중 세세한 표현이나 설명 의 일부가 생략되며 번역되어 분량이 축소된 것으로 보인다.

③『성길사한』의 번역원본

『성길사한』(칭기즈칸)역시 원본 추정이 가능하다. 한성도서본이 나오 기 전 발간된 일본어본 성길사한 전기 중 '성길사한'을 제목으로 하는 단 행본 3권이 일본국회도서관에 현존하는데,[180] 목차와 본문 내용 대조 결 과 역시 1901년 하쿠분칸 전기 총서에서 나온『성길사한』과 거의 흡사 함을 알 수 있었다. 하쿠분칸에서는 이후 1915년에도『성길사한』이 나 오지만 이는 다른 저자의 것으로 분량도 두 배가 되고 목차 구성과 내용 도 완전히 달라진다. 다음은 한성도서본과 이와 유사한 1901년 하쿠분 칸본의 본문 시작 부분이다.

179『한니발』, 한성도서주식회사, 1921, 29면.
180 원본 대조를 한 일본어 판본 세 권은 다음과 같다. ① 大田蒼溟(三郎), 世界歷史 譯, 『成吉 思汗(24編)』, 博文館, 1901 ② 那珂通世, 『成吉思汗實錄』, 大日本図書, 1907 ③ 阪井重 季・猪狩又藏, 『成吉思汗(偉人伝叢書 : 10冊)』, 博文館, 1915.

歐羅巴의 中世史를 헤처보면 第一三世紀頃의 西歐羅巴 쩌마니, 푸란스의 모든
王侯等과 스페인, 포츄갈의 모든 騎士等이 바야흐로 十字軍前後의 七回戰役에 몹
시 困憊하야 白骨이 부질업시 쮸지아 平野에서 썩을 뿐이요 붉은 피가 예루살렘
의 聖地를 물드리엇스나.

『성길사한』, 한성도서주식회사, 1921

歐羅巴の中世史を披さ見ば第一三世紀西歐羅巴日耳曼佛蘭西の諸王諸侯伯及西
班牙葡萄牙の諸騎士が方さに十字軍前後七回の戰役に困憊し萬骨空しくヂコジア
野に枯れ,庫甲摧けて車轂折れ血ゼルザレムの聖地に.

大田蒼溟,『成吉思汗』, 博文館, 1901

한성도서본은 하쿠분칸본의 '歐羅巴', '中世史', '第一三世紀', '西歐羅
巴', '王侯', '騎士', '十字軍前後', '七回戰役', '困憊' 등의 한자 단어를 그
대로 사용했고, 조사도 직역했으며 문장 내용과 진행 순서도 거의 같으
나 일부 표현에서 '等'을 통해 축역하는 양상을 보인다. 목차 또한 1·2
장만 일부 변형했을 뿐, 이후 3장부터는 '蒙古の鐵木眞'을 '蒙古의 鐵木
眞'으로 번역하는 것처럼 그대로 가져오거나 한두 단어를 변형·첨가하
는 식으로 진행한다. 원본뿐 아니라 번역본이라는 사실조차 밝히지 않
은 경우에는 시작 부분만큼은 원본과 조금 다르게 변형하는 시도를 보
이기도 하는데, 『크롬웰』, 『성길사한』, 『한니발』의 경우 그 차이가 사소
한 표현 정도일 뿐이고 진행될수록 거의 일대일 직역으로 나아가게 되
는 경향을 보인다.

④ 『프랭크린』의 번역 원본

김병철은 『프랭크린』 역시 영어 원본의 자의적 축역이라고 했을 뿐
영어본의 서지사항이나 일본어본이 원전일 가능성은 밝히지 않았다.

1921년 이전에 나온 일본어본 프랭클린 자서전·전기 13권[181]과 대조해
본 결과 그 목차와 내용, 문장이 흡사한 것들을 찾았다. 다른 전기가 그
러했던 것처럼 프랭클린전도 하쿠분칸본을 원본으로 했을 가능성이 있
어 이를 먼저 대조해보았으나 하쿠분칸 『フランクリン』(1902)[182]은 분량
만 비슷할 뿐, 전혀 다른 내용과 구성을 하고 있었다. 하쿠분칸본은 프
랭클린 자서전과 전기 등 4권의 영미서적을 참고로 하여 일본어 저작자
에 의해 작성된 것으로 영어본 『프랭크린 자서전』의 내용을 그대로 번
역한 한성도서본과는 차이가 있었다.

먼저 한성도서본과 유사한 일본어본의 첫 단락을 인용하자면 다음과
같다.

Ⓐ

第1

내 先祖의 逸話라면 아모리 적은 것이라도 나는 蒐集하곤 하엿다. 너히들은
나와 함께 英國 잇슬 때에 逸話蒐集 하노라고 이집 저집 親戚집을 찾아다니든 것
을 알 듯하다. 아직 너희들은 몰으는 이야기가 내게는 만히 잇다, 그 이야기를
너희들에게 말하면 즐겁워서 傾聽할 줄 안다만은 機會가 없엇다. 다행히 近日

---

181 아래 13권 중, 원문 확인이 불가능한 3번과 13번을 제외하고 대조함. ① 川上武若, 『ベン
ジャミン・フランクリン自叙伝(上卷)』, 淺岡書籍店, 1897 ② 大島國千代, 『フランクリン
自著伝直譯註釋』, 金刺芳流堂, 1897 ③ 『少年伝記叢書』, 民友社, 1897 ④ 菅野德助, 『フ
ランクリン自叙伝詳解』, 大學館, 1900 ⑤ 松尾豊文, 『ふらんくりん自叙伝直譯註解(下
卷)』, 金刺芳流堂, 1900 ⑥ 獲麟野史, 『世界三大名士(世界三傑叢書)』, 金櫻堂, 1902 ⑦ 熊
谷五郎, 『弗蘭克林(世界歷史譚 : 35編)』, 博文館, 1902 ⑧ 中里介山, 『フランクリン言行錄
(偉人研究 : 4編)』, 內外出版協會, 1907 ⑨ 塩見平之助, 『フランクリンの誕生二百年・フ
ランクリンの女性觀』, 隆文館, 1907 ⑩ 白井二峯, 『フランクリン成功訓』, 東京堂, 1908 ⑪
笹山準一, 『新譯フランクリン』, 精華堂, 1910 ⑫ 竹村脩, 『フランクリン自叙伝』, 內外出
版協會, 1910 ⑬ 百島操, 『フランクリン一代記』, 內外出版協會, 1913.
182 態谷五郎, 『フランクリン』, 博文館, 1902. 단행본의 표지를 제외하고는 프랭클린의 이름
이 '弗蘭克林'으로 표기되어 있다.

멧 週日 틈이 잇기로 宿望대로 내 이야기를 쓰랴고 한다. 그럿타고, 내가 너희
들이 깁버하여 달나는 것도 아니고, 멧 週日時間을 虛費하라는 것도 아니라.

『프랭크린』,한성도서주식회사, 1921

第一 此樣譯で書く

　私は私の祖先の逸話だどドン奈に瑣細なものでも蒐集するのを道樂にしてる
た,お前は私と一所に英國に居つた時分に其の道樂の爲めに私が親戚廻りをして
漁り歩るいたのを知つてるだろう,私 にはまだお前の知らない身の上話が澤山
ある,それを話したならお前は喜んで傾聽するだろうと思つてたが幸私は近日
數週間位の暇が出來ると思つてるて (…중략…)

笹山準一 譯,『新譯フランクリン 立志成功』, 大阪:精華堂, 1910

일본어판 전기의 경우, 영어와 함께 단락 별로 번역한 자서전 직역주
해, 자서전 번역본, 언행록, 특정 주제를 중심으로 새롭게 쓰인 전기 등
다양한 내용과 구성의 판본들이 있었다. 그중 한성도서본은 자서전 번
역본에 해당하는 이 세이카도[精華堂] 본과 내용이 거의 일치할 뿐 아니
라 '蒐集', '傾聽', '近日' 등 사용하는 한자 어휘도 유사하므로 이를 번역
원본으로 했을 가능성이 높다. 프랭클린 자서전은 다른 조선어 번역본
도 존재했는데 이에 관해서는 IV장에서 살펴보기로 한다.

⑤『가리발디』의 번역 원본

『가리발디』의 번역 원본 역시 하쿠분칸본[183]이다. 두 판본은 분량과
내용, 어휘 등이 거의 일치하는데, 본문 시작부분은 각기 다음과 같다.

---

183 岸崎昌 著,『ガリバルヂー(世界歷史譚 : 第11編)』, 博文館, 1900.

一.

伊太利의 全土二十四郡이 極度로 暗澹한 가온대에 빠젓슬 때에 伊太利를 爲하야 바라기는 無益한 일이오 伊太利를 爲하야 일하기는 人力의 밋지 못할 바이오 伊太利를 사랑함은 이곳 狂亂으로 더브러 다름이 업고 伊太利를 無益하야 生活함은 痴愚하기 甚한 일이며 또한 伊太利를 爲하야 死함은 公然히 醉夢中에 生을 바림과 갓하도다.

『가리발디』, 한성도서주식회사, 1923.

嗚呼伊太利爾の名は誰だ名のみなりし時爾の爲に望むは無益の事なりし時爾の爲に爲すは人力の及ぶ所にあらざりしごき爾を愛するは狂亂に等しかりしごき爾の爲に生活するは痴愚の極なりしごき爾の爲に死するは醉夢の裡に生を棄つるに似たりしごき、(…중략…)

岸崎昌 著, 『ガリバルヂー(世界歷史譚：第11編)』, 博文館, 1900.

한성도서본 『가리발디』는 하쿠분칸본을 변형 없이 그대로 직역에 가깝게 번역했다. 하쿠분칸본의 '無益', '生活', '人力', '狂亂', '痴愚', '醉夢' 등의 한자어휘는 그대로 가져왔고 '望', '爲', '愛', '棄' 등의 동사에 속하는 한자어휘는 '바라기', '일하기', '사랑하기', '바림'이라는 한글로 번역했다.

⑥『데모쓰테네쓰』의 번역 원본

『데모쓰테네쓰』의 번역본 종결어미는 대부분 '습니다'로『크롬웰』과 문체가 유사하며 따라서 같은 역자일 가능성이 있다. 『데모쓰테네쓰』와『크롬웰』의 번역 문체는 그 일관된 종결어미만 보아도 김억이나 강매, 노자영의 그것과 다르므로 제3의 인물일 수 있다.[184] 『루소』 번역

---

184 강매는 주로 '사외다', '나이다', '합니다' 종결어미를 사용했다.

자 강매의 예와 같이 외부 번역자를 섭외할 때에는 역자의 존재를 부각시키므로, 역자에 관한 단서를 찾을 길이 없는 이 두 단행본의 역자는 출판사 내부 인력일 가능성도 있다.

『데모쓰테네쓰』 번역 원본은 역시 일본어 하쿠분칸본 '세계 역사담' 시리즈에 들어가 있는 『デモスセネス』이다.[185] 도입부 세 줄을 추가한 것[186]을 제외하고는 11장으로 구성된 전체 장도 일치하고 수사적 표현도 그대로 번역하는 등 원문에 충실한 번역본이다. 133면인 원본이 119면의 번역본으로 되었으니 원본을 크게 축역하지 않은 편에 속한다.

⑦ 『세계명부전』의 번역 원본

앞서 밝힌 것처럼 한성도서 위인전기 총서들은 대체로 일본어본의 번역본이었으며, 그중 하쿠분칸본을 원본으로 한 경우가 많았다. 따라서 『세계명부전』 역시 일본어 원본이 존재함을 전제로 여성 열전들을 대상으로 비교해보았으나 목차 전체가 일치하는 저본은 찾을 수 없었다. 물론 『賢母と偉人』[187]·『內外名婦傳』[188]·『偉人の母』[189] 등 현재 원본 확인을 하지 못한 단행본들도 있으므로 전체 목차가 일치하는 원본의 존재 가능성은 배제할 수 없다. 허나 열전이라는 특성상, 또한 저자 표기도 '共編'으로 되어 있었던 것으로 미루어 여러 권을 참조하여 인물 목록을 구성·편집했을 가능성이 있다. 총 25명의 세계 명부 목록 중 『近世名婦伝』(1909)[190]과 8개 항목이 일치하고 『泰西名婦伝』(1901)[191]과 6

---

185 十時祢著, 『デモッセネス(世界歷史譚 20編)』, 博文館, 1901.

186 추가된 문장은 다음과 같다. "뭇노라, 청산은 누구를 위하야 길이 프르며, 장강은 누구를 위하야 길이 흐르는고. 고적과 장강과 청산, 아아 이엇더한 가이업는 비교냐. 가능람람이 청량한 야반의 달빗은 영구히 고왕금래의 유위남아의 무덤을 조상하며 혼자 높이 하계를 내려다볼뿐이 아닌가."

187 『賢母と偉人(家庭百科全書 46)』, 博文館, 1913.

188 『內外名婦傳(科外敎育叢書 17)』, 科外敎育叢書刊行社, 1906.

189 モリス·ブロック, 『偉人の母』, 博文館, 1908.

개 항목이 일치한다. 『세계명부전』의 "현모양처-빅토리아 여왕" 목록은 『近世名婦伝』의 "良妻賢母の好典型—女皇ヴィクトリア"와 제목부터가 거의 동일하다. 또한 『東西名婦の面影』(博文館, 1911)[192]과는 8개 항목이, 『偉人の妻』(博文館, 1912)와는 4개 항목이 일치한다. 이들 네 편들끼리도 서로 겹치는 항목들이 있다. 목차상으로 보면 『세계명부전』은 다양한 여성 전기류들, 예컨대, '~妻', '~母', '~婦'를 제목으로 하는 일본 여성 열전들을 참조하여 발췌한 것으로 보인다. 『세계명부전』과 이들 일본어본들과 일치하는 인물 목록은 〈표 14〉와 같다.

물론 인물 목록이 일치한다고 그 전기 본문 내용까지 일치하는 것은 아니다. 일례를 들면 『세계명부전』은 『近世名婦伝』과 '나폴레온의 어머니' 편은 내용이 같지만 '메리 라이온' 편은 다르다. 『세계명부전』의 '메리라이온'은 『東西名婦の面影』과 같다. 25편의 열전은 각 개별 전기별로 판본 대조 분석을 통해 원본 확인이 가능했다. 『세계명부전』은 여러 권의 일본 여성 열전들을 참조로 인물 목록을 작성했으며 개별 전기들을 취사선택한 편집본이었다. IV장에서 일본과 조선의 여성 열전의 발생 정황 및 그 서사적 특성에 관하여 보다 심화시켜 논의해보기로 한다.

한성도서는 '프랭클린 자서전'을 번역하고자 했던 자신의 출판 기획과 차이가 났던 하쿠분칸본 『프랭크린』을 제외하고는 『크롬웰』, 『성길사한』, 『한니발』, 『가리발디』, 『데모쓰테네쓰』의 경우 1900~1901년 발행된 하쿠분칸 총서들을 원본으로 택했다. 따라서 한성도서 전기 목록

---

190 松浦政泰, 『近世名婦伝(大日本文明協會刊行叢書 : 13編)』, 大日本文明協會, 1909.

191 永山盛良, 『泰西名婦伝』, 勢陽堂, 1901.

192 『東西名婦の面影』은 하쿠분칸본 이전에도 동 제목 저서가 발행되었고, 그 인물 목록 역시 서로 일치하는 부분이 많다. 개척사본은 서양 인물뿐 아니라 일본·중국인도 다루어서 '맹자의 어머니' 편도 있다. 그러나 『세계명부전』의 '맹자의 모'와는 내용의 차이가 있어 번역 원본으로 삼았다고는 보이지 않는다. ① 開拓社編, 『東西名婦の面影』, 開拓社, 1900 ② 高須芳次郎(梅溪), 『東西名婦の面影(家庭百科全書 : 32編)』, 博文館, 1911.

표 14. 『세계명부전』과 일본 여성 열전 목차 비교

『세계명부전』(1922)	『泰西名婦伝』(1901)	『近世名婦伝』(1909)	『東西名婦の面影』(1911)	『偉人の妻』(1912)
賢母 / 웨슬레의 어머니	−	貧家経営の龜鑑−良母ウェスレー		−
賢母 / 나폴레온의 어머니	−	義勇の化身−賢母ナポレオン		−
孟子의 어머니	−	−	−	−
佛蘭西革命의 꽃 / 로란夫人	−	−	−	仏國愛國者ローランの妻(ローラン夫人)
賢母 / 유고의 어머니	−	−	−	−
賢母良妻 / 빅토리아女皇	−	良妻賢母の好典型−女皇ヴィクトリア	國君として家庭の良妻として万民に模範を示し給ふ(賢德の君主ヴヰクトリア女皇)	−
톨스토이家庭教育	−	−	−	−
教育家 / 메리라이온女史	メーリー、ライオンの伝・米國の女流教育家	眞率の教育家−賢婦メーリー・ライオン	多數の結婚申込を謝絶して一生を女子高等教育に捧ぐ(達識の教育家マリー、リオン)	−
宗教家 / 뿌−스夫人	−	宗教家の片腕−賢妻ブース	−	−
博愛慈善家 / 나이팅게−ㄹ女史	ナイチンゲール女史の伝・クリミヤ戰爭の女傑	−	彼の女が慈愛の天使となるには斯くの如き準備を爲せり(赤十字社の元祖ナイチンゲール)	−
仁愛의 小設家 / 스토우夫人	−	−	一枝の筆、能く全米國を動かして奴隷廢止の先驅者となる(アンクル、トムス、カビンの著者ストー)	−
政治家의 妻 / 비스마크夫人	−	−	−	獨逸宰相ビスマルクの妻(ブットカムマー夫人)
政治家의 妻 / 끌랫뜨스튼夫人	−	−	−	英國政治家グラッドストンの妻(カザリン)
英雄의 妻 / 가리발디夫人	−	−	砲烟彈雨の間に出入して良人と死生を共にせし女傑(伊太利建國の英雄ガリバルジーの妻アニタ)	伊國愛國者ガリバルヂーの妻(有名なる女丈夫アニタ)
露西亞政界의 女傑 / 노뷔고푸夫人	−	−	−	−
英國女權論의 勇將 / 포셋트夫人	−	−	自ら進んで盲目の良人に嫁す(経済學者フォセット夫人)	−
佛國新聞界의 女雄 / 아담夫人	−	−	−	−

『세계명부전』(1922)	『泰西名婦伝』(1901)	『近世名婦伝』(1909)	『東西名婦の面影』(1911)	『偉人の妻』(1912)
佛蘭西政界의 女傑 / 마담 드 스타ㄹ 女史	ステール夫人の伝・仏蘭西の小說兼政論家	敏捷の辣腕家—女傑 マダム・ダ・スタエル	—	—
社會改良運動家 / 윌라드女史	—	活動の禁酒運動家— 賢女フランシス・ウイラード	—	—
女流社會主義者 / 미세-ㄹ 女史	ミッチェルの伝・米國の女流科學家	閨秀の科學家—才女 ミッチェル	—	—
求國의 勇女 / 쟌, 닥크女史	—	—	—	—
天文學者 / 마리아, 미첼女史	マリア、ミツチエルの伝・米國女流科學家	—	浮世の榮花を離れて廿年間苦學したる末、新彗星を發見す(天文學者マリヤ、ミツチエル)	—
印度女詩人 / 가미니, 로이	—	—	—	—
畫家 / 로자女史	ローザ、ボンヒユールの伝・仏蘭西の畫家	—	男裝して荒くれ男の間に立ちまじりし動物畫家、研究の功を積て名譽勳章を授る(天才ローザ)	—
畫家 / 불톤夫人	—	—	—	—

중 지금으로서는 실물을 확인할 수 없는 『잔다르크』의 경우도 하쿠분칸본을 원본으로 하여 번역했을 가능성을 배제할 수 없다. 그리고 『세계명부전』은 여러 일본어본을 편집하여 그 목차가 구성되었는데 그중 하쿠분칸에서 '家庭百科全書'의 일환으로 발간한 『東西名婦の面影』(博文館, 1911), 『偉人の妻』(博文館, 1912), 『賢母と偉人』(博文館, 1913) 등도 참조한 것으로 보인다.

하쿠분칸에서는 1901년 당시 '세계 역사담' 총서로 전기물을 25권까지 출판했고 26~35권의 속간을 예고하고 있었다.[193] 이들 인물군은 '釋迦(석가), 孔子(공자), 耶蘇(예수), 比斯麥(비스마르크), 漢尼拔(한니발), マホメト(마호메트), 漢高祖(한고조), ネルソン(넬슨)' 등 동서고금 국적과 분야

---

[193] 하쿠분칸본 『성길사한』 뒷면에 광고가 수록되어 있다. 大田蒼溟(三郎) 외, 『成吉思汗(世界歷史譚：24)』, 博文館, 明34.5.

를 불문하고 구성되어 있다. 하쿠분칸 전기 총서의 1, 2, 3권을 차지하고 있는 인물인 '예수, 석가, 공자'는 조선에서도 소크라테스와 함께 '세계 4 성인'으로 소개되었고[194] 이후 이광수 역시 위인의 대명사로 이들을 언급하나[195] 식민지 조선에서 위인전기물로는 발간되지 않았다. 물론 하쿠분칸본 이전에도 '예수, 석가, 공자'를 묶어 이들의 일대기를 논한 책은 있었으니[196] 하쿠분칸 전기물은 그 자체로 최초라기보다는 총서의 규모와 구성상으로 볼 때 본격적이면서도 대중적인 독서물로 영향력이 있었다고 볼 수 있다. 하쿠분칸의 이 야심작은 식민지 시기 조선 식자층에게도 읽혔고 출판사에서 전기물 번역 시 참조하는 저본이 되었으며 한성도서를 통해 번역되어 조선어 독자에게도 읽히게 되었다. 이러한 번역을 통한 수용은 제국의 출판시장이 식민지에 유입된 또 다른 경로였다.

4. 1920년대 번역전기의 특징

앞서 언급한 것처럼 식민지 시대 전기물은 개별 텍스트에 따라 사회적 역할이 달랐다고 볼 수 있고 따라서 '역사서', '수양서', '이야기 독물', '사상 안내서'의 성격을 지니고 있던 이들은 다층적으로 접근할 필요가 있다. 이 중 '수양서'로서의 성격은 한일병합 이후 두드러지게 나타난 특성이다. 근대의 이상적 남녀 주체상을 형상화하는 이들 전기물에 관해서는 IV장에서 살피기로 하고 이 절에서는 1900년대 유행한 '역사전기

---

194 「소크라테스論語」, 『권업신문』, 1912. 6. 23; 「성공하려면 한 가지로만」, 『권업신문』, 1914. 5. 9.
195 이광수, 「동정」, 『청춘』 3, 1914. 12.
196 山本千賀, 『日本神代釋迦耶蘇孔子一代記』, 武田誠三, 1886.

물'이 개인 인물 전기로 남게 된 모습과 사상안내서로서 기능했던 전기물의 존재를 살펴보고자 한다.

1) 역사전기에서 인물전기로

(1) 한성도서의 영웅전기들

『가리발디』, 『한니발』, 『크롬웰』, 『데모쓰테네쓰』는 고대 열사를 포함한 군사·정치영웅 전기로, 근현대 정치·사상·실업·예술가를 다룬 『윌손』이나 『프랭크린』·『타골』·『루소』 등과는 성격이 다르다. 이들 인물을 다룬 서사물은 조선에서 이미 1900년대에 수용되었으며 따라서 1920년대에 이르러서야 발행될 수 있었던 '새로운 인물' 전기는 아니다. 이들은 1910년대 이전부터 식자층의 논설에서 빈번히 볼 수 있던 세 권의 서양 저서 속에 등장한 인물이라는 공통점이 있다. '가리발디'는 『이태리 건국 삼걸전』에서, '크롬웰'은 『영웅숭배론』[197]에서, 그리고 '한니발'과 '데모쓰테네쓰'는 『플루타크 영웅전』에서 다루어졌던 인물이므로, 이전 시대를 풍미한 세 저술의 영향력 속에서 이들 인물의 단독 전기물이 간행될 수 있었던 것이다. 『가리발디』의 발간 사례는 신채호에서 장도빈으로 이어지는 번역전기사의 변모를 보여준다. 1908년경 청년 장도빈은 신채호와 『대한매일신보』 논설위원직을 겸하며 신채호의 역사관·영웅관의 영향을 받았다. 당시 신채호는 『이태리 건국 삼걸전』을 역술했을 뿐 아니라 『성 피득대제전』을 교열하는 등 번역전기 발간의 주역이기도 했다. 그런데 한일병합 후 『이태리 건국 삼걸전』은 발

---

197 Thomas Carlyle(1795~1881), *On Heroes, Hero-Worship, and the Heroic in History*, New York : Charles Soribner's sons, 1841.

간 금지 처분을 받게 되고, 이로부터 10년 후 장도빈은 '삼 걸' 중 한 명인 가리발디의 개인 인물 전기 발간을 주도했다. 즉, 1920년대 간행된 역사전기물인 구국의 영웅 전기들은 1900년대의 역사전기물이 식민지 검열 속에 통과 가능한 형태인 세계 위인전기 총서 속에 편입된 것이다.

또한 애국계몽기에는 각종 '역사전기물'이 번역 유입되었을 뿐 아니라 서양 '영웅전'이나 '영웅숭배론' 등이 일본어본, 중국어본, 영어본으로 직접 수용되었다. 『이태리 건국 삼걸전』이 대표적인데 이는 신채호, 주시경에 의해 번역되거나 연재되기도 했다. 반면 『영웅숭배론』이나 『플루타크 영웅전』은 식민지 시기 번역되지 않았으므로[198] 조선 독자는 일본어·영어본을 직접 읽었거나 이에 관한 지식을 신문·잡지 기사를 통해 습득한 것으로 보인다. 신채호는 『영웅숭배론』을 영어본으로 직접 읽었다.[199] 이광수 역시 즐겨 인용한 칼라일의 『영웅숭배론』은 "세계의 역사는 위인들의 전기에 지나지 않는다"는 문구로 유명했으며, 『플루타크 영웅전』은 영웅전의 대명사였다. 식자층의 언설에서 이들 세 저서들은 빈번히 인용되고 오르내렸다. 이들은 조선의 상황에 대한 비유로서 언급되고 일종의 교양서로서 자리를 잡았는데 막상 번역된 것은 『이태리 건국 삼걸전』뿐이며 그나마도 이는 한일병합 이후 총독부에 의해 발행이 금지된다. 따라서 이들 세 저서는 전문을 온전히 읽은 독자보다는 그 개요를 상식적인 선에서 알고 있는 독자를 더 많이 가지고 있었다. 게다가 『영웅숭배론』(1841)의 경우 그 제목이 풍기는 뉘앙스 때문에 핵심이 왜곡되었거나 칼라일의 유명한 문구 몇 가지가 인용되는 정도였다. 조선에서는 사무엘 스마일즈의 『자조론』(1859)이 1900~1930년에 걸쳐 서너 차

---

198 『플루타크 영웅전』 역시 칼라일의 『영웅숭배론』과 함께 해방 이후 1950년대에 이르러서야 학원사에서 출판되었으며 2010년에 이르기까지 꾸준히 완역 번역이 시도되는 고전이다.

199 변영로의 증언에 따르면 "어느 겨울에 연구하섰는지 영어를 精通하야 칼라일의 영웅숭배론, 끼본의 羅馬衰亡史 등 書籍을 책장에 담배ㅅ진은 만히 뭇치실망정 원어로 읽으신다"는 것. 변영로, 「국수주의의 항성인 단재 신채호 선생」, 『개벽』 62, 1925.8.

레 이상 번역되며 자조론 붐을 조성했고 '영웅숭배'란 구절은 비판받기 시작한 반면에 '자조정신', '자조사상'의 부르짖음이 만연하게 된 것을 보면 칼라일의 『영웅숭배론』은 『자조론』에게 자리를 내어주게 된 셈이다. 이제 무대 위의 주인공은 『영웅숭배론』의 '신, 예언자, 성직자, 왕, 문인'에서 『자조론』의 주인공들인 산업혁명기 각 직업의 주역들로 바뀌었다.

　이들 각 저서가 다루는 인물을 요약하면 다음과 같다. 『이태리 건국 삼걸전』은 사상가, 정치가, 군인으로서 이태리 건국 영웅 세 명 '마찌니, 카부르, 가리발디'를 다룬다. 일·중·조선 각 국가별 번역본들은 이들 인물 중 누구에게 무게 중심을 두고 서술하는가에 따라 그 차이가 드러나기도 했다. 칼라일의 『영웅숭배론』은 '신, 예언자, 시인, 성직자, 문인, 제왕' 항목으로 나누어 각기, '오딘', '마호메트', '단테, 셰익스피어', '루터, 녹스', '존슨, 루소, 번스', '크롬웰, 나폴레옹'에 관하여 서술하는데 그는 여기서 '루터'와 '크롬웰'에 관해 특히 고평했다.

　그런데 이러한 『영웅숭배론』이나 『이태리 건국 삼걸전』은 서구 문명에 2,000여 년 동안 영향을 미친 고대 저술서인 『플루타크 영웅전』의 영향력 속에서 탄생한 것이다. 따라서 『플루타크 영웅전』에는 이후 서구 전기물의 모범이 되는 어떤 전형성이 담겨 있다고 볼 수 있다. 『플루타크 영웅전』[200]은 23쌍의 그리스 영웅과 로마 영웅의 일생을 비교하며 열전식으로 쓰여져 있다. 저자 플루타르코스는 역사가 인물의 사업이나 전공(戰功)을 다룬 반면, 전기는 인물의 성격이나 인격의 발전에 관해 쓰는 것임을 밝힌다. 『영웅숭배론』의 칼라일은 이러한 플루타르코스의 전기관에서 더 나아가 '역사는 위인들의 전기에 지나지 않는다'고까지 진술했다. 『플루타크 영웅전』은 '한니발'과 '데모쓰테네쓰'뿐 아니라, 페

---

200 『플루타크 영웅전』에 관해서는 천병희 역, 『플루타르코스 영웅전』, 숲, 2010; 김병철 역, 『플루타르크 영웅전』 범우사, 2001; 홍사중 역, 『플루타르크 영웅전』, 동서문화사, 2007; 이원수 외역, 『플루타르크 영웅전』, 을유문화사, 1973 참조.

리클레스, 카이사르, 알렉산드로서, 키케로, 안토니우스, 브루투스 등 기원전 고대 영웅들을 대거 다루고 있다. 셰익스피어의『코리올레이너스』,『줄리어스 시저』,『안토니오와 클레오파트라』도 플루타크의『영웅전』에서 따온 것이며 세르반테스의『동키호테』도 그 영향을 받은 것으로 알려져 있다. 그 책의 영향을 받은 독자만 해도, 독일 프로이센 왕 프리드리히 2세 및 프랑스 국왕 샤를르 9세, 몽테뉴, 에머슨, 베이컨, 나폴레옹, 베토벤, 괴테, 플로베르, 샤토브리앙 등 시대와 장소, 분야를 가리지 않아 서양 사상과 문화에 지대한 영향을 끼친 저서로 인정받고 있다. 1920년대 한성도서 간행본인『프랭크린』과『루소』,『세계명부전』의 본문에도 위인의 성장기에 지대한 영향을 미친 도서로『플루타크 영웅전』이 거론되고 있다.『플루타크 영웅전』은 '정의는 반드시 이긴다'와 '성공한 집정관은 도덕적으로 우월했다'는 두 가지 '진리'를 전제로 서술된다. 이들 전기는 '소년시대'를 강조하며 도덕성에 대한 보상으로 마무리한다. 따라서 활약시기보다는 성격이 완성되어가는 성장 시기의 미덕이나 일화 등에 초점이 맞춰진다.[201] 이것은 독서를 통해 독자가 이들 위인의 덕성과 미덕을 모방하며 성장할 수 있을 것이라는 믿음 속에서 저술된 것이다.

　『플루타크 영웅전』은 세계 역사상 민족중흥·융성 시기에 유행하여, 이것이 이탈리아에 유포된 시점은 레오나르도 다 빈치의 시대인 15세기 르네상스 발아기였다. 최초 영역판이 나온 시기는 16세기 말 엘리자베스 1세 여왕의 집권으로 영국이 팽창하던 시기였고, 프랑스에서는 18세기 말 프랑스 혁명 전후였다.[202] 그것이 '그리스어→라틴어→영어→프랑스어→일본어'를 거쳐 조선에 도착했을 때 조선은 국가 존립에 대한 위

201　그리스와 로마 인물을 대비한 비교 열전 형식에 대해서는 아직 논의가 분분하다고 한다.
202　김병철,「이 책을 읽는 분에게」,『플루타르크 영웅전』, 범우사, 2001.

기감이 그 어느 때보다도 고조되었던 애국계몽기였다.

　1920년 조선에는 『가리발디』, 『한니발』, 『크롬웰』, 『데모쓰테네쓰』라는 개인 인물 전기들이 출간된다. 이 중 언급 횟수를 가장 많이 발견할 수 있는 『가리발디』와 『한니발』을 조명해본다.

① 가리발디 : 『이태리 건국 삼걸전』의 인물

　가리발디는 『이태리 건국 삼걸전』의 세 주인공 중 하나이다. 『이태리 건국삼걸전』은 각기 신채호, 주시경에 의해 번역 되었고 『황성신문』에도 연재되어 애국계몽기 논설에 자주 오르내렸으며 이후에도 식자층의 인구에 회자되었다. 이들 세 주인공 '마찌니, 카부르, 가리발디'는 각기 사상가, 정치가, 군인으로서 이태리 건국 영웅으로 기능했다. 한성도서에서 이들 인물 중 가리발디의 전기만 발간된 까닭은 무엇일까?

　우선 현실적 조건부터 살펴보면, 한성도서 위인전기 총서가 주된 참조 대상으로 삼은 일본의 하쿠분칸본의 위인전기 목차에도 역시 '가리발디'만 개인 전기로 발간되어 있었다. 또한 영국 신문기자 협회가 1928년에 그로부터 50년 전 위인과 당대의 위인을 선정한 목록에 따르면 가리발디가 『이태리건국삼걸전』의 주인공으로는 유일하게 들어가 있다. 그리고 중국서적을 수입한 대동서관의 1906년 도서 광고 목록에는 '화성돈, 나파윤, 비사맥'과 함께 '加里波的'이 있으니 가리발디는 일본뿐 아니라 중국에서도 삼걸 중 유일하게 개인 전기물로서 발행되었던 것이다.[203] 서양과 일본·중국에서 이미 가리발디가 개인전기로서 정착이 되어 있는 이러한 현실적 조건 속에서 한성도서의 『가리발디』가 자연스럽게 번역 발간될 수 있었다.

　그렇다면 조선에서 '가리발디'가 유난히 주목받았다고 할 만한 근거

---

[203] 「大同書觀書目續前」, 『황성신문』, 1906.6.

는 없는가? 『이태리건국삼걸전』의 조선어 번역본으로는 『황성신문』의 「독의대리건국삼걸전」과 신채호·주시경의 단행본, 그리고 『대한매일신보』의 「의티리국 아마치젼」 이렇게 4종으로 보는 견해가 있는데,[204] 이 중 「의티리국 아마치젼」은 '가리발디'만을 다루고 있다.[205] 이후 최남선의 『소년』 역시 '까리발디' 전기형 기사를 연재한다.[206] 「이탈늬를 통일식힌 까리발씌」는 『소년』의 「少年史傳」난에 연재되는데 그 첫 회는 가리발디 전기에 들어가기에 앞서 이탈리아의 지리·역사를 소개하고 가리발디에 주목하는 이유를 설명한다. 가리발디는 "간회(艱會)를 많이 당하고 가장 곤경을 많이 지내되 유패유왕(愈敗愈旺)하난 원기와 유궐유기(愈蹶愈起)하난 용력으로 조숙을 위하야 동포를 위하야 죽을 때까지도 몸을 공사에 써 가장 맛당하게 애국자(愛國者)의 대표적 성격을 보엿스니 그럼으로 그의 전기(傳記)에는 더욱 우리 소년이 모범하고 효측할 일"이 많다는 것이다. 최남선은 이렇게 위기와 용단과 죽음이 더욱 극적으로 그려질 수 있는 전기로서 사상가나 정치가가 아닌 군인 가리발디를 택했다. 극적인 영웅 서사를 통해 더 큰 감화 감동을 줄 만한 서사의 주인공으로서 군인이 선택된 것이다.

이후에도 가리발디는 1920~1930년대를 거쳐 빈번히 기사화되었으며 29년에는 조선극장에서 영화로도 상연되었다. 『동광』(1927)에는 「가리발디 어른」[207]이 실렸고, 『매일신보』(1938)에서도 '어린이 시간 : 세계 위인 이야기'코너에 「가리발디 장군」[208]이 등장한다. 『동아일보』(1929) 「극과 영화 인상」이라는 영화평 독자 투고란에 영화 〈가리발디〉를 본 독자

---

204 우림걸, 『한국 개화기문학과 양계초』, 박이정, 2002, 51~52면.
205 손성준, 「국민국가와 영웅서사 : 『이태리건국삼걸전』의 서발동착과 그 의미」, 『사이』 3, 국제한국문학문화학회, 2007.11, 96면.
206 「까리발디」, 『소년』 2(4·6·8·10), 1908~1911.
207 「가리발디 어른」, 『동광』 15, 1927.7.
208 「어린이 시간 : 세계 위인 이야기 「가리발디장군」」, 『매일신보』, 1938.9.5.

의 투고가 실린다.[209] '일대의 영웅이 fatherland를 위한 비장한 고투'에 감동받았다는 것이 주된 내용이다. 그리고 가리발디의 부인 아니타의 여걸적 행동을 보고 "교문만 나스면 유토피아가 자기를 위하야 잇는 줄만 생각하난 조선의 멋멋 아씨네는 모름즉이 아니타가되어 불행한 조선인만큼 질소한 행동을 취하얏스면" 좋겠다는 생각이 낫다 한다. 투고자는 마지막으로 〈가리발디〉 영화는 "로맨쓰, 스릴, 사스펜쓰, 평온한 로케슌"이 담긴 훌륭한 영화이니 모든 영화팬은 보러 가라고 덧붙인다. 이러한 '영화 인상평'이 실린 같은 지면에는 동아일보 독자를 위한 독자 우대 기사가 실려 있는데, 바로 인사동 조선극장에서 상영 중인 〈칼리바디〉를 본보 독자들에게 사흘 동안 할인해준다는 것이다. 영화 〈칼리발디〉는 "이태리독립사를 찬란하게 꾸미는 칼리바디 장군의 조국을 위하야 분투한 사적을 영화화한 것"을 소개하였고, 이는 당시 "특별히 환영을 밧는 중"이었다고 한다. 그리고 이 영화에는 '례뷰'단의 신무용이 곁들여져 공연되고 있었다.

그런데 이렇게 가리발디 전기가 '국가의 독립에 공헌한 영웅의 사적' 이야기였다면 총독부의 검열에서 자유로울 수 없었을 것이다. 일제경성지방법원 편철자료를(1927.4.15) 보면 '불온소년소녀독물'란에 가리발디 서사가 제재를 받은 기록이 있다. 어린 시절 오스트리아 지배하에서 설움을 받고 조국의 독립을 결심하고 비밀결사를 조직하는 등 이후 독립전쟁을 일으켜 이탈리아 독립을 이루었다는 내용이 『어린이』 3월호 기사에 있었는데 독립의식을 고취할 위험이 있어 경고를 받은 것이다.[210] 그리고 『세계미담보옥집』에 역시 가리발디가 어린 소년 시절 비밀결사대를 만들어 독립전쟁을 일으켰다는 이야기가 담겨있으니 이는

---

209 「극과 영화 인상 : 「가리발듸」를 보고」, 『동아일보』, 1929.10.30.
210 「불온 소년소녀 독물역문」, 『어린이』 3, 1927.4. 국사편찬위원회의 일제경성지방법원 편철자료.

'항일운동문서'로 분류된다.[211]

가리발디는 이렇게 각종 매체에서 조선의 독립과 저항 정신을 비유적으로 표현하는 서사로 의도되었거나 읽혔고, 단독 전기뿐 아니라 영화로도 상연되어 보다 대중적 인지도를 얻었다. 사상가나 정치가의 전기보다는 군인 전기인 가리발디 전기가 지속적으로 주목받은 것은 앞서 언급한 최남선의 이유처럼 극적인 서사를 통해 감화 감동의 효과를 노렸기 때문일 수도 있다. 보다 직접적인 원인은 이미 서구와 일본, 중국에서 가리발디의 전기가 마치니나 카부르 개인전기보다 보편화되어 있었기 때문이다.

② 『한니발』 : 불운한 약소국의 영웅, 『플루타르크 영웅전』의 인물

앞서 밝힌 것처럼 『한니발』의 번역 원본은 일본어본 『ハンニバル』(博文館, 1899)[212]이며 그 역자는 김억이다. 먼저 『한니발』의 번역 의도를 파악해보자면 역자의 말을 찾아야겠는데 『한니발』에는 따로 그러한 것이 없다. 다만, 일본어 본문과의 대조 결과 본문 제일 앞과 뒤에 한 단락씩 원본에는 없는 "一 첫말"과 "七 마지막 말"을 새로 첨가했음이 보이는데, 이 부분에 역자의 목소리가 반영되어 있다.

역자는 "첫말"을 "한니발이라 하면, 대개 그를 아지 못하는 사람이 업다"는 문장으로 시작한다. 그의 말을 신뢰하자면 1920년 당시 한니발의 인지도는 상당히 높았음을 알 수 있다. 사실상 그 이름은 일찍이 애국계몽기 신문 기사들에서도 빈번히 보였으니 이 시기부터 그 인지도는 확보된 것으로 보인다. 최남선도 1907년 『태극학보』[213]에서 한니발을 언

---

211 「민족주의적 물 : 『세계미담보옥집』」, 「언문 소년소녀 독물의 내용과 분류」, 1928.4.7. 국사편찬위원회 국내외항일운동 문서.

212 大町桂月著, 渡部審也畵, 『ハンニバル』, 博文館, 1899.

213 대몽생(최남선), 『태극학보』 1907.

급했으며 1906년 중국서적 수입 서포인 대동서관 도서 광고 목록[214]에도
『한니발』이 있는 것으로 보아 1910년 이전에는 중국어본도 읽혔음을 알
수 있다. 1909년『황성신문』사설 중 "인물이 여하히 위대하더라도 시대
를 불우하면 화역을 행치 못하나니 칼다고 국의 절세 영웅 한니발의 역
사와 합중국건국시조 와싱톤의 역사를 견하면 昭然치 아니한가"[215]는
구절을 보면 한니발은 시대를 불우하게 타고난 인물의 대표적 예로 언
급이 되고 있었다. 실제로 한니발은 결국 로마 대제국군에 패배한 인접
소국 카르타고의 장군이다.

이어 역자는 "그의 일생을 볼 때 뉘가 그를 숭배치 아니하며 뉘가 그
의 雄跡을 밟고저 아니하랴!!"면서 "아! 한니발이여!! 그는 영웅이다. 그
는 용장이다. 그는 쾌걸이다"고 외친다. 한니발의 생애 즉, 그의 전기를
읽는 독자는 "그의 출생에 축복하고, 활동에 박수하고, 승리에 찬송하고
그의 패배에 落淚하며 그의 終焉에 哀哭할 것"이니 영웅의 굴곡 많은 일
생에 감정 이입하게 되는 영웅담의 전형적인 독물로서 한니발 전기는
소개된 것이다.

그리고 역자는 한니발의 죽음으로 끝맺은 전기의 여운이 못내 아쉬
웠는지 "오인도, 이제 마즈막 붓을 들고, 그의 일생을 회고하며 조상하
노라"면서 본문 뒤에 한 장을 더 붙여 "마지막 말"을 남긴다. 허나 김억
은『월손』의 뒤에 역자의 말을 덧붙일 때에는 '역자'라는 표기를 남겼고
『프랭크린』의 본문 뒤에 12면의 분량으로 「프랭크린전에 대하야」란을
단독으로 마련하여 덧붙였으니, 『한니발』에서의 "마지막 말"은 그 지면
형식과 분량이 상대적으로 약소했다. 여기서 그는 한니발의 삶과 그의
현 존재 의미를 다음과 같이 한 문장으로 요약한다. "9세의 어린 뇌에

---

214 「大同書觀書目續前」,『황성신문』, 1906.6.16. 그 밖에도 '가리파적, 해군제일위인, 이등박
　　　문, 정성공, 과윤포, 중서위인전, 세계십이여걸, 지구일백명인전'이 광고되고 있다.
215 「대호영웅숭배주의」,『황성신문』, 1909.7.29.

『로마』라는 대적을 印치고, 철두철미 일편단심으로 나라를 위하여 노력하고 분투한 것은 천만고영원토록 우리 인류의 儀範이 되리로다." 그는 '兵畧家, 정치가, 이상가'였으나 그의 수단과 이상, 本志를 펼치지 못함은 '운명, 신'의 농간이니 원통하기 짝이 없다는 것이다. 김억은 이러한 그의 생애는 많은 민족에게 "한 흥분제오, 한 경종이 되리로다"고 한다.

이는 김억이 『프랭크린』을 소개할 때와는 다른 태도였다. 앞서 언급했다시피 김억은 「프랭클닌전에 대하야」라는 본문 앞 소개글을 통해 "어린 학생 여러분"에게 다음과 같이 『프랭크린』전의 특징을 설명했다. 그는 "다른 영웅의 전기를 읽을 때와 같이 가슴이 뛰며, 혈관을 돌아다니는 피가 더 뜨거워지며, 변전무쌍한 운명에 웃고 울고 하는 활극적 느낌을 프랭클린의 일생을 읽을 때에는 아무리 하여도 우리는 느낄 수가 없었다"면서 "우리는 수양에 있는 몸인 때문에 소낙비의 본을 받으려 하는 것보다, 적으나마 끊지 아니하고 나리는 비의 본을 받을 필요가 있다고 생각한다"고 했던 것이다. 김억은 이로써 혁명적 영웅이 아닌 일상적 위인으로서의 프랭클린의 성격을 확고히 한 셈이다. 그 끊지 않고 내리는 비와 같던 프랭클린의 삶이란 "근면과 노력과 진실의 역사"였으며 이때 이러한 프랭클린 전기와 대비되는 존재로 언급한 '가슴이 뛰며, 피가 뜨거워지며 웃고 울고 하는 활극적 느낌'을 준다는 "다른 영웅의 전기"가 바로 『한니발』과 같은 영웅전이었다. 김억은 이 점을 분명히 인지하고 있었으니 『프랭크린』은 "적으나마 끊지 않고 나리는 비의 본을 받을 필요가 있"는 "수양에 있는 몸"에게 유용한 것이고, '소낙비'와 같다는 『한니발』의 존재는 독자로 하여금 영웅 분투의 희로애락에 감정이입하여 읽고 나서 그의 영혼이 "억천영겁무궁토록, 幽陰 속에서 평안히 쉬라!!"고 넋을 위로하는 데 소용되고 있었던 것이다. 이는 앞서 '위인 개념의 변화' 부분에서 정리한 내용과 일치한다. 1910년 『황성신문』의 「정신수양에 관혼 보조방법으로써 정년제군에게 고홈」[216]에서 '위인은 그

象을 본받는 존재'이며, '영웅은 그 분묘에 가서 그의 혼을 기리는 존재'로서 서술되며 그 존재 양태가 엄연히 달랐음을 확인할 수 있었다. 이에 따르면 프랭클린은 위인이고 한니발은 영웅이다. 『한니발』은 전형적 영웅 서사로 존재했다.

『한니발』 본문을 보면, "눈물잇는 자로 뉘가 능히 한줌의 동정루를 앗가워하랴?"는 표현처럼 『잔다크』 광고 문구와 같은 감정적 문구를 종종 볼 수 있다. "다수한 영웅의 역사를 보면, 그중에 과연 一掬의 눈물을 뿌려 동정의 울음을 금키 난한 자가 비일비재"[217]한 것이니 '동정'과 '눈물'을 금할 수 없는 최루성은 비극적 영웅 서사의 특징이다. 이는 한니발, 잔다르크 등의 구국의 영웅서사가 선동적, 감정적 호소로 다가감을 보여주는 대목이다. 그런데 위의 '동정루' 인용구를 비롯하여 이러한 '~도다!', '오호!'와 같은 감탄사 표현은 애초에 일본어 본에 그대로 있었다. 그리고 김억 역시 '첫말'과 '마지막말'에서 이러한 본문의 어투를 그대로 이어받은 글을 쓴다. 1901년 일본어본 전기물에서 볼 수 있던 감정적 파토스의 감탄 어구들은 조선어 번역을 거치면서 보다 표현이 강렬해지고, 추가되면서 길어지거나 다양화되었다. 예를 들면, 일본어 원본에서는 보통 "嗚呼"가 자주 쓰였는데 그것이 조선어본에서는 맥락에 따라 "嗚呼痛哉라!"나 "아! 가련타"로 표현이 다양화된다.[218] "아!! 한니발이어!!"[219]와 같이 원문에 없는 감탄구가 추가되는 경우도 있다. 원문에 없는 내용을 추가하지는 않아 이전 시기 번안 전기보다 상대적으로 충실한 번역전기에 속하는 한성도서본 전기도 영웅전기의 경우 이러한 감정적 선동 어휘들은 가감했던 것이다.

---

216 「정신수양에 관훈 보조방법으롭서 정년제군에게 고훔」, 『황성신문』, 1910.7.
217 한성도서주식회사, 『한니발』, 한성도서주식회사, 1921, 49면.
218 각기 일본어 원본의 91면, 한성도서본의 55면; 일본어 원본의 47면, 한성도서본의 37면.
219 한성도서주식회사, 『한니발』, 한성도서주식회사, 1921, 54면.

2000여 년 전 머나먼 아프리카라는 배경을 소개하는 것으로 시작하는 『한니발』 전기는 서두에서부터 그가 고대 영웅 서사의 주인공임을 알린다. 한니발은 앞서 언급한 프랭클린의 예와 같은 '노력형 위인'이 아니라 '타고난 영웅'으로 묘사된다. 그는 문무를 겸비한 재능을 이미 갖추고 있으며 그의 패배는 "그의 실책이 아니고" "운명이오"[220] "시세가 영웅을 도라보지 아니하야"[221] 발생한 것이라 한다. "병사들은 그를 神이라고까지 말하였"[222]으니 한니발은 '인간'이라기보다는 '신'에 가까운 존재이다. 한니발이 로마와의 조약을 파기하는 대목마저도 그가 신 앞의 맹세를 따르기 위함이었다는 식으로 합리화된다.[223] "쥬피터 신에게 제사를 정성껏 올림"[224]으로써 신탁에 의한 운명을 걸어가는 영웅 서사시의 주인공으로서 한니발은 서술되는 것이다. 그의 포악한 행패 역시 전략의 일종이었다고 설명되고 한니발은 자신의 패배 역시 이미 예상하고 있었다는 것이다.

그렇다면 이런 고전적 영웅상인 한니발은 다른 명장인 나폴레옹이나 씨저의 전기와 어떤 차별성을 보이고 있는가. 한니발은 로마 제국이 득세하던 시절 인근 연합군들을 활용하여 로마 제국을 견제하고 유럽과 아프리카를 아우르는 동양대제국 건설의 꿈을 꾼 인물로 그려진다. 그러나 결국 로마에 패배하고 꿈은 실패한다. 그런데도 한니발은 영웅이다. "이로 인하야 그의 위대는 조곰도 깍이지 아니"할 수 있는 것은 "영웅의 가치를 성패로써 논함은" 우매한이나 하는 것이기 때문이다. 본문은 영웅은 실패해도 노력하지 않아도 그 자체로 영웅이라는 논지를 편다. 그리고

---

220 위의 책, 21면.
221 위의 책, 12면.
222 위의 책, 13면.
223 위의 책, 15면.
224 위의 책, 30면.

이러한 카데지[225]라는 소국의 명장 한니발을 설명하기 위해 로마뿐 아니라 불란서의 영웅을 동원한다. 그는 과연 로마의 시저나 불란서의 나폴레옹과 견주어도 손색없는 대영웅이라는 것이다. 그리고 나폴레옹이 알프스 산맥도 넘을 수 있을 정도의 인물이라고는 하나 실지로는 한니발만이 알프스를 넘었다는 점을 강조함으로서 한니발을 고평한다.

이렇게 제국을 견제하고 소국의 민족의식을 고취하는 한니발 서사는 식민지 조선 독자로부터 동질감을 끌어냈을 수 있을 터였다. 반대로 일본에서는 한니발 관련 단행본이 드물다. 1945년 이전에 발간된 'ハンニバル(한니발)'을 제목으로 한 전기는 하쿠분칸본 단 한 권뿐이다. 일본에서는 동일 인물의 전기가 여러 출판사들의 전집류를 통해 중복 발행되는 경우가 흔했고, 프랭클린의 경우는 20여 종까지 발간되기까지 했으므로 한니발 전기가 한 종뿐이라는 것은 일본이 이 인물에 심취되어 있지 않았다는 것을 뜻한다. 그 후로도 일본에서는 한니발에 초점을 맞춘 책이 드물었다.[226] 시오노 나나미의 『로마인이야기』도 로마사를 중심으로 한 세계사 서술을 따라서 로마인의 애국심·단결심 형상화에 치중했지 인근 소국 카르타고의 한니발은 주목하지 않았다.

한니발은 로마를 상대로 한 약소국 영웅이지만 결국 패배자였으며 그의 영웅전은 비극으로 끝난 실패담이기도 하다. 따라서 조선이 약소국의 패배한 영웅을 언급했던 것은 어떤 감정적 동질감에 따른 것으로 보인다. 그리고 이러한 식민지민의 저항 의식 투사는 총독부의 검열에도 감지되어 한니발을 소재로 한 기사를 삭제시킨 예가 있다. 『소년조선』(1927) 창간호에는 "사회의 중추로 농촌소년은 소년회에 입회하고 문맹을 타파하는데 앞장서야 한다는 내용과 월계관에 얽힌 카르타고의 장

---

225 당시 카르타고의 표기는 '카데지', '칼데지', '칼세이지' 등 다양했다.
226 長谷川 博隆, 『ハンニバル 地中海世界の覇權をかけて』 講談社學術文庫, 講談社, 2005 (하세가와 히로타카, 『한니발 : 지중해 세계의 패권을 걸고』, 코단샤, 2005).

군 한니발과 로마 소녀의 일화"[227]가 실렸으나 사회적인 불온한 영향력이 의심되어 삭제된 것이다.[228] 식민지 조선인은 고대 영웅 서사를 빌려 국가적 민족적 단결과 의식 고취를 표현하고자 했으나 그것은 총독부의 검열 속에서 전면화할 수 없는 한계를 지녔다.

(2) 사상가 전기의 등장

① 사상가 전기의 효용

번역전기 중에는 사상가나 예술가의 사상과 작품 세계를 이해하는 데 도움이 되는 보조서로서 기능한 것들이 있다. 예를 들어 이헌구는 「로맹 롤랑의 예술과 생애」를 게재하는데,[229] 그의 생애 소개는 그의 작품집을 전기적으로 이해시키고자 하는 목적으로 이루어졌다. 이때 전기는 사상과 예술에 관한 글보다 한 단계 아래인 그저 "조잡하게 그의 생애를 소개하는 정도에" 그치는 것으로 치부되기도 했다.

한성도서의 『루소』 전기 역시 루소의 저술과 사상의 이해를 도모하는 글이다. '루소' 관련 단행본으로서 최초일 뿐 아니라 식민지 시기 유일하다. 최남선은 『소년』에 연재한 「나폴레옹 대제전」에서 루소를 간략히 언급한 적이 있다. 「나폴레옹 대제전」은 전기의 이름을 하고 있으나 나폴레옹의 삶뿐 아니라 프랑스 역사 및 정치·문화 전반을 소개하는 글이다. 여기서 루소는 '몽테스키외, 볼테르'와 함께 3대 자유 사상가

---

227 「불허가 출판물 및 삭제기사 개요 역문」, 『소년조선』 창간호, 1927.11. 한니발 일화 삭제 기록.
228 허나 한니발 전기 및 일화는 그 이후로도 잡지에 간혹 등장한다. 1930년 『별건곤』에는 칼세이지의 영웅 한니발소전이 실리는데(「백릉생(白菱生), 칼세이지의 영웅 한니발」, 『별건곤』 27, 1930.3) 그 목차는 한성도서와 다르니 참조했거나 번역한 원본이 달랐던 것으로 보인다.
229 「삼천리문예강좌」, 『삼천리』 7(11), 1935.12.

로 소개된다. 이 글은 루소 생애를 한 단락 정도로 요약하고 그의 저서 『민약론』의 내용을 소개한다. 루소의 전기는 삶의 전범으로서라기보다 는 그의 사상을 이해하는 데 도움이 되는 보조 자료로서 기능했다.

한성도서의 『루소』 전기 역시 그러했으며 그 초점은 교육관에 있었 다. 이는 루소의 교육관을 가장 집중적으로 조명하여 23페이지 정도를 할애한 반면에 여성관과 문학관은 3~4페이지, 사회관은 8페이지 정도 로 간략히 제시한다. 이는 번역자 강매가 교육계 종사자였으며 조선에 서 루소가 교육관을 중심으로 수용되기도 했기 때문인 것으로 보인다.

루소는 식민지 지식인들에게 『에밀』 『참회록』 『민약론』 및 『신엘로 이즈』 등의 저서나 '자연주의, 자유주의' 및 '교육관'을 통해 널리 알려진 인물이다. 그는 1900년대 각종 월보에서 婁素[230]로 표기되고 있었으며 교육에 관한 논설에서 '자연주의'의 대표자로 거론된 이래로 1920년대 대표적 잡지인 『개벽』, 『동광』, 『별건곤』, 『삼천리』 등의 지면에서 지속 적으로 소개·언급되었다. 루소는 사상·문학뿐 아니라 교육론도 주목 받아 『연희』 등의 학교 잡지에도 교육관련 기사로 언급되곤 했다.[231] 이 돈화, 김기전이 그를 자주 언급했으며 그의 영향을 받은 대표적 인물로 는 이광수가 있다.

그런데 당시 루소 저서는 조선어로 번역된 것이 없었다. 『루소』 전기 가 번역되어 나온 1921년 당시 『개벽』의 한 독자는 루소 관련 서적 발행 을 요청하는 글을 「讀者 交情欄」에 보냈는데 이에 대해 기자는 다음과 같이 답한다.

義州一問生! 아즉 우리 조선에서는 루소의 民約說을 번역한 것이 업습니다.

---

230 鄭永澤, 「敎育의 目的」, 『기호흥학회월보』 1, 1908.8.25.
231 「루소의 교육관」, 『연희』 1, 1922.5.

일본에서도 어떠한 서점에서 단행본으로 출판하엿는지 그것도 잘 기억되지 아니합니다. 日本文 잡지 태양의 增刊號로 明治 名著集이라 한 책자 중에서 루소 民約說을 한 번 읽은 적이 잇는 듯 합니다. 其外에도 루소를 연구할 만한 다른 책은 일본에 만히 잇소.[232]

1920년 당시 일본에서는 1877년『민약론』의 발간 이래로『고독한 산책자의 몽상』을 포함한『에밀』,『명상록』등의 번역본이 이미 수차례 발간된 상황인데 반하여 조선어본은 보이지 않는다. 따라서 당시 식자층들은 일본어본을 읽었거나 일본 매체를 통해 그 상식을 접한 것으로 보인다.

妙香山人(이돈화)은 1920년「近代主義의 第一人 루소先生」[233]을 통해 루소 사상을 소개하는데 '그의 一生과 性格', '그의 標語-自然에 歸하라', '人生不平等原因論과 民約論', '그의 교육관-「에밀」', '여자는 一從物-그의 여성관' 편으로 나누어 긴 지면을 할애한다. 그러면서도 "「루소」를 완전히 소개하자면 도저히 이 지면으로는 不能"이라고 아쉬워한다. 그의 당대적 의의는 다음과 같은 마지막 문장으로 요약된다. "그가 今日이나 昨日의 인물이 아니며 又는 여간 반듸불 가튼 족으마한 인물도 아니오. 300여 년 전에 生하야 그 사상과 그 문학의 如何는 세간의 논평이 旣定하얏스며 또 우리가 벌서 잘 짐작하는 것이니 더 말할 필요는 무엇이리요." 그 밖에도 루소는 '천부인권'과 '자유와 평등'의 주창자로 소개되곤 했다. 「짠 짜크 루소 어른, 혁신 문학의 선수로 자유 평등론의

---

232 「讀者 交情欄」,『개벽』9, 1921.3.
233 평전, 묘향산인(이돈화), 「근대주의의 제일인 루소선생」,『개벽』28, 1920.10, 62면. 묘향산인은『개벽』6(1920.12)의「근세철학계의 혁명아 쩨임쓰 선생」이라는 기사를 통해 실용주의의 발생경로, 요의(要意), 인생관, 인식론 등을 자세히 소개했다. 대표적인 실용주의 철학자인 윌리엄 제임스는 "모든 믿음은 현금가치(cash value)가 있어야 참"이라는 극단적인 발언까지 서슴지 않은 것으로 유명하다. 이돈화는 서양 사상 소개의 일환으로 루소와 제임스 등을 소개한 것이다.

대표」[234]는 그의 생애와 『에밀』 저술에 관하여 간략히 요약한다.

1939년에 최재서는 루소의 저서를 영어 원서에서 일본어로 옮겼다.[235] 일본에서 최재서의 번역으로 『ルーソーと浪漫主義』 상·하권이 개조사의 개조문고로 나온 것이다.[236] 이는 Irving Babbit의 *Rousseau and Romanticism*을 일본어로 옮긴 것이다. 최재서는 『루소와 낭만주의』를 조선어로는 번역하지 않았다. 따라서 끝내 루소 저서의 조선어 번역본은 나오지 않는다. 그렇다면 한성도서의 『루소』는 식민지 시기 루소 관련 유일한 단행본으로 존재 의미가 있는 셈이다.

한성도서의 『루소』는 표지에 '자유의 신 루소'라는 제목과 '자연주의자 루소를 소개합니다'라는 역자 강매의 글을 서두에 달고 있다. 이 목차는 '루소의 인생과 사상'에서 시작하여 '루소의 주의, 교육관, 인생관, 사회관, 여성관, 문학관'으로 이어진다. 따라서 한성도서의 다른 전기물이 본문 전체를 할애하여 그의 성장과 활약상을 시간 순서로 진행시키는데 반하여 『루소』는 그의 저서인 『참회록』, 『에밀』, 『신엘로이즈』 등을 인용하며 그의 사상을 설명 요약하는 식으로 진행된다. 『루소』 전기는 그의 생애 소개를 통해 궁극적으로는 그의 저서 및 사상 이해를 도모해주려고 한다는 점에서 다른 군사, 실업가, 정치가 등의 전기와는 다르다. 물론 이러한 다른 인물 전기들도 그들 인생담을 통해 궁극적으로 전달하고자 하는 교훈적 의미나 세계사 상식 등이 있으나 사상가의 전기와는 차원이 다르다. 특히 식민지 시기에는 세계의 사상가들에 관한 간

---

234 『동광』 14, 1927.6.

235 『ルーソーと浪漫主義』의 역자의 말에 담긴 영문학자 최재서의 사상적 이해나 의도 등에 관해서는 미하라 요시아키가 「崔載瑞のOrder」(『사이』 4, 2008.5, 308~309면)에 밝혔다.

236 최재서의 전기물에 관해서는 기존 연구가 없다. 최재서는 해방 이후 『매카—더 旋風』, 서울 : 向學社, 1951; 후랑크 케리—·코—니리아스 라이안, 최재서 역, 『英雄 매카—더 將軍傳』, 서울 : 一成堂書店, 1952 등 전기물을 낸다. 최재서의 해방 후 두 차례 이루어진 맥아더 장군 전기 발간 행적은 그의 전체 행로에서 고려될 필요가 있다.

략한 기사나 소개글이 신문 잡지에 빈번히 등장한 반면 단행본으로 본격 발간되는 예는 드물었다.

② 전기의 효용에 관하여

『루소』 본문은 전기를 읽는 의미·효과에 관하여 언급하고 있어 당대 전기관에 대한 이해를 도모해준다. 한성도서 전기 본문을 보면 중세 이후 서구권 인물 중에서는 『플루타크 영웅전』을 읽고 감화 감동 받았다는 인물들이 제법 보인다. 『프랭크린』, 『루소』, 그리고 『세계명부전』의 로란부인 등이 그들이다. 이들은 성장 시절 『플루타크 영웅전』에 가장 큰 감화 감동을 받아 몇 번이고 읽었다고 한다. 『플루타크 영웅전』은 시대와 국적이 각기 다른 인물들에게 주요하게 읽힌 저서였으니 이는 『플루타크 영웅전』이 서양 지성사에 영향을 미친 주요한 서적임을 증거한다. 위인전기를 읽고 그를 연모하여 위인으로 성장하는 위인의 성장 서사는 위대한 인간의 탄생에 영향을 미치는 '영웅 전기'라는 '전기'의 효용 및 존재 의의를 독자에게 강조해주는 사례가 된다. 『루소』 전기 내에서 언급된 것처럼, 역사가 표면적으로 분석과 비판의 이성적 대상으로 존재한다면 전기는 독자에게 감응을 기도한다. 『플루타크 영웅전』은 『프랭크린』에서도 『세계명부전』에서도 그들의 삶에 영향을 미친 주요 도서로 꼽혔다. 『세계명부전』 '불란서 혁명의 꽃 로란부인' 편을 보면 그녀가 성장기에 플루타크 영웅전을 특별히 애독하여 글을 읽을 때마다 "자기가 그 권중의 사람으로 되어" "그 글 가운데 女傑로 자임하는 마음으로 글을 읽었다"는 일화가 있다. 즉, 이들 위인전에는 영웅전의 영향력이 서술되고 있었고, 따라서 이를 읽는 독자 역시 위인이 되는 데 위인전기 독서가 필수적임을 확신하게 되는 것이다.

『루소』의 '교육관' 편은 '전기'를 '동정'과 연관지어 설명한다. 루소는 "제일 애독하던 것은 부르다크의 영웅전이엇다 하나니, 그는 차등 전기로 인하야 공상적 경향을 강고케한 것은 물론이오, 편히 평민적 사상과 자유를 애호하는 심정을 양성하엿다함니다.(6면)” 그는 자연적이고 낭만적이라는 점에서 근대적 인물이며 ‘성실’을 통해 천재가 되었다고 평가된다. 그의 ‘사람스러운 교육’론은 감정적, 주관적, 자연적 교육을 중시하는데 학교와 같은 이른바 과학적 · 객관적 정신을 기반으로 한 제도권 교육에서는 이것이 불가능하다는 것이다. 따라서 전원에서 교육자 자신이 모범을 보이는 식으로 교육이 이루어질 것을 제시한다. 그리고 “청년심리에 최초 발휘되는 감정은 이성에 대한 愛가 아니오, 동포에 대한 愛” “즉, 연애가 아니라, 同情일 것이라”면서 이 “동정심을 선량하게 개도함에는 人과 사회와의 관계를 연구치 아니하면 불가할 것”(37면)이다. 따라서 사회를 연구하려면 人情을 학습해야 하고, 이를 위해서는 역사를 연구해야 하는데, 역사의 재료는 혁명 · 국난이 많고 “人의 행위를 노출”했을 뿐 여기에는 인간 그 자체를 드러낸 것은 아니라 한다.

이렇게 ‘역사’에는 ‘인간’이 결여되었음을 강조한 루소는 그에 대한 대안으로 ‘전기’를 제시한다. “傳記 중에 출현한 인물은 자기를 隱諱하거나 虛飾하지 아니한 연고”이며 “傳記中에는 『플닥의 英雄傳』이 最好하다”는 것이다. 그리고 이렇게 ‘인간’을 느낄 수 있는 ‘전기’는 ‘동정’이라는 감정을 통해 독자를 고양시킨다. 그는 “역사 혹은 전기에 의해 인생생활의 일반을 覺悟하고 나아가 그 생활을 경험하도록 교수받으니” 이에 사람의 평화를 희망하고 고통을 힘들어하는 동정을 느끼고 그것이 단순한 동정으로 그치지 않고 실제 경험에서 살아 있는 동정이 되도록 힘써야 한다고 한다.(38~39면) 루소는 청년의 독서로 “영웅전”을 추천하는데, 이는 그를 애독하던 자신의 유년 시대 경험에서 나온 것이라 한다.(44면)

이처럼 교육자 강매에 의해 번역된 한성도서의 『루소』 전기는 교육관을 중심으로 수용된 『루소』 수용사의 한 결실이었을 뿐 아니라 ‘전기’

의 교육적 효용이 '역사'와의 대비나 '동정'이라는 감정을 통한 고양이라
는 설명을 통해 제시되어 당대 수용된 서구 '전기'에 대한 인식을 파악할
수 있다. 전기는 낭만주의적 자연주의적 인간 교육의 주요한 교재로 소
개되고 있었다.

2) 1920년대 위인 열전

한성도서본 이외에 1920년대 발간된 번역 위인전기 중 현존본을 확
인할 수 있는 전기물의 발간 의의 및 성향을 잠시 살펴보면 다음과 같다.
1930년대 『동아일보』에서도 그 광고를 찾아볼 수 있는 『세계지위인』[237]
은 1920년대 후반 당시 위인전기가 규정한 영웅과 위인의 개념을 잘 보
여준다. 편자 김영진은 책 제목에서는 "위인"이라 했지만 '머리말'에서
는 "영웅"이라는 용어를 쓴다. 편자는 '머리말'에서 "현대는 영웅시대가
아니다"며 영웅이 존재하기 불가능해진 시대상을 진단한다. 더 이상 영
웅을 기대하지 않는 "민중은 이미 그 스서로의 움적일 바를 알며 그 스
서로의 살길을 차질 수 잇"기 때문이다. 허나 그것은 "민중의 영웅에 대
한 관념과 태도"가 "시대의 의식에 딸아" 변한 것이지 "영웅을 기대하는
심리"는 조금도 다르지 않다고 한다. "고대의 민중은" "반신적 초인격자"
영웅을 희구했으나 "현대의 민중은" 자신이 "총명"해져서 그저 "그 자신
의 기관으로써 쏘는 그 자신의 대변자로써만 가장 위대한 인격의 영웅
을 구하게 되엿나니 이것은 영웅에 대한 관념 전환이며 가치변화이다."
"현대의 우리가 기대하는 영웅 그 영웅의 전형은 맛당히 엇더하여야 할
것"인가에 대한 대답으로서 『세계지위인』은 꾸려졌다. 이들은 인류 역

---

237 김영진 편, 『世界之偉人』, 반도, 1929.

사상 '인격'과 '위훈'으로 백대 후손 및 인류에게 끼친 공로로써 선별되어 '대인물(大人物)'로 불린다. 이렇게 1929년 이미 영웅 관념이 변화했음을 강조하며 대인물들을 선별한 책은 제목에서 '영웅' 대신 '위인'이라는 어휘를 사용했으니 사실상 변화된 영웅의 의미는 위인과 더 가까웠던 것이다.

　이런 식의 1920년대 위인전기사의 변화는 식민지 조선에서만 진행된 일은 아니었다. 미국 전기사(傳記史)에서 역시 1919년 세계 전쟁 이후 전기물의 성격이 변모하게 되었다.[238] 기계 문명의 발달로 세계는 커졌지만 일반인들은 시간과 자본의 한계로 세계의 다양한 이들을 직접 만나거나 세계사적 사건의 현장과 함께할 수 없었다. 때마침 정착된 교육제도나 인쇄 매체, 영화가 사람들에게 과거 및 현재의 위인들을 향한 열망을 증폭시켰다. 오늘날 나폴레옹의 전기는 수십 종 발간되어 있으며 따라서 나폴레옹 시대의 사람들보다 우리가 그를 훨씬 잘 알 수 있듯이 인물이 공유되는 범위도 급속도로 확산되었다. 1차 대전 이후 사람들은 군인, 정치가, 시인, 개혁가, 과학자와 같은 인물들을 '직분'으로서가 아닌 '인간'으로서 알고 싶어하게 되었고 따라서 민중 영웅이 아닌 이들 개인에 관한 전기들이 발간되게 된다.(*A History of American Biography*, 179면) 이에 따라 일생 전반을 연대기적으로 나열하는 데 그치지 않고 이제 삶의 특정한 주요 부분을 선별적으로 조명하며 보여주는 전기도 나오게 되었다. 미국의 전기물 역시 세계대전이라는 역사적 사건을 통해 인물 선정과 서술 방법, 초점 등이 변모되었으며 이는 시대의 인식론적 제도적 변화를 반영한 것이다.

　하지만 식민지 시기 특히 1920년대 초반 조선에 번역되어 들어온 서

---

[238] 제1차 세계대전 이후 미국 전기 문학의 변모는 Edward H. O'Neil, *A History of American Biography*, New York Russell & Russell, 1968, 177면 참조.

양인물 전기는 거의 대부분 1900~1910년대 발간된 일본어본의 번역본, 혹은 일본어본을 통한 중역이었다. 따라서 식민지 조선은 "업적보다는 인간이 강조되고 민중 영웅보다는 다양한 직업 분야의 인물이 부각되며 삶의 특정 시점을 집중적으로 서술하게"되었다는 1920년대 이후 서양 전기물의 영향력을 어느 정도 받았는지에 관해서는 개별 텍스트별로 고증이 필요하다.

『세계지위인』 편자 김영진은 "사가(史家)"나 "전기가(傳記家)"가 아닌 자신이 이를 편찬함이 "망령된 일"이나 누구나 존경하는 영웅을 가진 것처럼 자신도 가졌고 근래 잡지에 이들 인물 전기에 관해 집필했던 차에 반도 출판사 주인 정도영의 청이 들어와 발간케 되었다고 말했다. 조선인 인물전의 경우 아직 역사가나 전기가의 전문 영역으로 인식되는 반면 번역전기는 그 외 필자들이 담당했다. 그는 이 원고가 기존 글을 "채집"한 편집본임을 밝혔다. 예수, 석가, 공자, 톨스토이 등의 초상화가 화보로 들어가 있는 이 책에는 21명의 인물 목록이 있는데, 석가, 공자, 제갈공명, 성길사한을 제외하고는 서양 인물들이다. 그 목록은 명치 시대 이래로 발간된 일본의 세계 위인전기 목록에서 흔히 등장했던 인물들로 구성되어 있다.[239] 220여 면 분량에 21명의 전기가 들어간 이들 인물 전기는 1명당 10면 미만으로 간략히 실렸기 때문에 대체로 '인정기술-행적'이 시기별로 나열되어 있으며 사건 중심으로 서술되고 있다.

1921년 발간된 『歐米新人物』[240]은 표지에는 '광문사 편집부 편집'본으로 표기되어 있으나 판권지 편집자란에는 '현공렴'과 '이기성'이라는 인물명이 기재되어 있다. 현공렴은 1906년부터 현공렴(玄公濂) 또는 계

---

239 목록은 다음과 같다. '석가, 공자, 쏘크라테쓰, 앨랙산더, 한니팔, 쥬리어쓰 씨-자-, 예수, 제갈공명, 성길사한, 쉑쓰피어, 루ㅅ소, 젠너, 나포레온, 카리손, 카리팔틔, 린컨-ㄴ, 카쁘-ㄹ, 쎄쓰마-크, 맑쓰, 톨쓰토이, 애틔슌.'

240 광문사 편집부 현공렴 외 편집, 『歐米新人物』, 광문사, 1921.

동신서매소(桂洞新書賣所)라는 이름으로 서적을 간행하다가 1909년부터 대창서원이라는 상호를 사용한 것으로 추정된다.[241] 현공렴은 『동각한 매』(문명사, 1911)와 같이 일본어본을 원본으로 하는 번역·번안본을 역술하곤 하였으니 『구미신인물』 역시 일본어본을 원본으로 한 편집·번역 본일 가능성이 있다. 그는 오영근의 『미국독립사』(현공렴 간, 1907), 이상익의 『월남망국사』의 간행자이자, 『경국미담』(현공렴 간, 1908)과 『석가여래전』(대창서원, 1912)의 저술자 겸 간행자이기도 하다.[242] 『구미신인물』은 '韋逸遜(윌슨)'을 비롯하여 '레닌', '트로츠키' 등 서구 정치계 인물 14명으로 구성되어 있다. 이 중 윌슨은 "시세를 遇호야 자연히 위인이" 된 소위 "평범한 위인"으로 불린다. 허나 그는 "강화회의의 중추인물이 되어 세계의 권위자로 세인이 모다 그 일언일동에 주목"하게 된다. 윌슨을 비롯한 목록의 인물들은 1921년 당시 활약하거나 살아 있던 인물들로 『구미신인물』은 세계 정치에 대한 관심 속에서 발간된 것이다. 이제 '세계'는 '역사'로 학습되는 것이 아니라 '정치'이자 '사건'으로 공유되기 시작했으니, 이는 세계에 대한 인식 변화를 보여준다.

『세계백걸전』[243]은 고금인물 12인을 채집 논하는데, "삼한을 통일"한 인물로 "김유신", "영해권을 확장한" 인물로 "克林威爾(크롬웰)", 그리고 "미주를 발견한" "컬넘버쓰"를 세계 3위인으로 칭한다. 이는 같은 광문사 단행본 『구미신인물』의 광고면에 기재된 사항이며 현존본이 없어 저자를 확인할 수 없다. 본 연구는 한성도서의 개인 인물 전기인 번역전기 총서를 집중적으로 검토했으나 그 밖의 출판사에서 발간된 열전형식의 세계 위인전류에 관해서도 추가적인 연구가 필요하다.

---

241 남석순, 『근대소설의 형성과 출판의 수용미학』, 박이정, 2008, 331~338면.
242 그의 『석가여래전』은 일반출판사에서 불교서적을 출판한 대표적 사례이다.
243 『世界百傑傳』, 광문사, 1921.

이상적 근대 주체 형상과 위인전기

1. 근대 전기와 근대적 위인상

1) 도덕적 성공자

위인전기는 특정 개인을 위인으로 선정하여 세계 속의 개인의 역할과 가치를 기술함으로써 당대의 지배적 규범과 인간관을 보여준다. 이는 고대에서 중세를 거쳐 근대에까지 이르는 장구한 전통을 가진 전기의 공통점이며[1] 근대의 전기는 근대의 이상적 주체상을 보여준다. 전기는 개인이 도달하게 된 정체성을 중심으로 그의 삶의 전기적 국면을 단일한 목적과 질서하에 배치한다. 이에 따라 그 정체성이 상징하는 지배 기표를 만족시키는 일화들이 동원되며 개인의 삶은 단일한 플롯으로 수

---

[1] 빅토르 츠메가치 외, 류종영 외역, 『현대문학의 근본개념사전』, 솔, 1996, 418면.

렴된다. 당시 번역 발간된 근대 인물 전기에서 링컨은 '자유 해방', 윌슨은 '세계 평화', 프랭클린은 '성공 입지'라는 수식어와 함께 광고되고 있었다. 각각의 인물에 짝을 이루어 관습처럼 사용되던 수식어들은 해당 인물을 통해 강조되었던 시대의 가치이다.

서구 문학에서 자서전 및 전기는 18세기 시민들의 자기 정체성 형성에 기여했다. 시민들은 자서전이나 자전적 소설, 에세이, 전기를 통해 자기 확신과 새로운 모델을 찾고자 했다. 자아실현과 성취에 대한 가능성을 의심하게 되어버린 서구 근대에 이르러 장편소설은 새로운 길을 모색하거나 정체하게 된 반면, 전기는 '위대한 개인들의 박물관'[2] 역할을 하면서 시민 생활에 가상적인 안정감을 주는 장르가 되었다. 파편화된 삶을 강력하게 구속할 수 있는 가치 구조를 창출하기 힘들게 되어버린 시대에 독자들은 납득할만한 의미 있는 삶의 서사에 자극을 받았고 이는 독자의 독서 욕구를 자극했다.[3]

앞서 '위인 개념의 변화'항에서 언급했듯이 조선 근대 초기 지식인들은 끊임없이 이상적 주체상에 대한 모색을 해왔다. 계층, 세대, 젠더, 민족에 따라 그 상에 대한 논의가 지식인상, 청년상, 여성상, 민족상 등으로 구체화되기는 하였으나 이들은 공히 이상적 인간상에 대한 모색과 요청이었고 이는 애국계몽기 이래로 신문 논설을 달군 주요 주제였다.

이러한 관념적 구상을 일상적 차원에서 구체화하며 적극 제안하는 서사로는 전기와 소설이 있었다. 전기의 역사는 유구하니, 사마천의 『사기』 열전 이래로 한자문화권의 전 양식의 전통은 이어졌다. 전의 서술자는 공적(公的) 서술자로서 인물의 일대기 형식을 통해 윤리적 규범과 집

---

2   위의 책, 419면.
3   그러나 근대소설은 공적 영역에서 빠져 나오는 개인의 독립성과 자유를 그리며 공과 사의 갈등을 직시하고 그 타협 가능성을 모색한다. 이러한 소설 주인공은 공과 사 양편에서 활동할 수 있는 남성이 주인공이기 쉽다. 위의 책, 418~422면.

단적 가치를 전달했다.[4] 그런데 일대기 형식이 지배력을 상실한 20세기 초에 이르러 경험 위주의 일대기적 서술은 전기로, 허구 위주의 특정 시간에 집중한 서술은 소설로 분화된다. 자아와 세계를 일관되게 제시할 수 있는 이야기가 불가능해진 시대가 도래했고 따라서 근대적 주체 구성을 모색하고자 했던 근대소설이[5] 경계나 관망, 혹은 회의의 순간까지 제시하였다면, 근대 위인전기는 연대기적으로 완성된 형상을 제시함으로써 이상적 주체의 실존 가능성에 대한 믿음을 심어주고자 했다. 논설이 이상적 주체의 정체성에 대한 모색과 요청을 담당하고, 근대소설이 가지 말아야 할 길을 경계하고 가야할 길을 전망하는 순간 멈추어야 했다면, 근대적 위인전기는 시작과 끝이 있는 완성된, 따라서 완결된 형상을 제시했다. 근대 장편소설의 기념비적 작품으로 인식되어온 『무정』(1917)은, 인물들이 서구 유학 이후 각 직분을 통해 민족에 공헌하는 모습을 전망하는 지점에서 멈췄다. 이광수가 『무정』에 뒤이어 발표한 『개척자』(1917)에서는 유학에서 돌아와 박사가 된 남자 주인공의 실패담이 연애 이야기와 함께 전개되었다. 이렇게 이광수 소설의 예를 들자면 소설이 인물의 미래를 전망하거나 실패 혹은 정체된 과정을 그린 반면, 근대 위인전기는 성공한 삶만을 다루었거나 삶이 성공적이었던 것으로 그린다.

조선은 식민의 상황이었을지언정 근대 국가 체제와 자본주의 체제 속에 편입해 들어가고 있었고 이와 함께 언론·교육계에서는 바람직한 국민상인 '도덕적 성공 주체'의 상이 권고되고 있었다. 개인의 에너지가 공공선을 위해 소비됨으로서 사리와 공리가 연결될 때 그는 "위대한 인물"로 명명될 수 있었으며 이들을 통해 인류의 진보가 가능해진다고 믿

---

4 최시한, 「현대소설의 형성과 시점」, 근대문학100년 연구총서 편찬위원회, 『논문으로 읽는 문학사』, 소명출판, 2008, 62~63면.

5 황종연은 이광수가 근대소설에서 도덕적 자율성과 인문학적 교양에 바탕한 근대적 주체를 구성하고자 했음을 규명했다. 황종연, 「문학이라는 역어」, 『한국문학과 계몽담론』, 새미, 1999, 35~37면.

어졌다.[6] 개인이 공공 영역에서 이상적으로 성장할 때 개인의 전기와 집단의 역사는 결합되는 듯 보인다. 개인의 이해와 공공복지가 일치할 수 있고 그래야 한다는 생각은 능력 있는 개인의 성공에 의해 집단의 이익을 얻어낼 수 있으리라는 믿음을 전제로 한다. 그리고 이러한 개인의 직업적 성취는 필연적으로 국가나 공공 행정으로 현실화되는 '공공성' 영역 속에서 가능하다.[7]

이렇게 위인전기는 주체를 도덕화함으로써 독자의 신념과 행동에 영향을 미칠 수 있는 권위를 확보한다. 시대적 가치가 압축된 지배 기표를 구체적인 인물의 삶을 통해 육화시킴으로서 독자에게 도덕적 주체에 대한 감응을 권유하고 독자는 그에게 경이와 함께 허구적 동일성을 느끼게 된다.[8] 위대한 인물의 서사는 독자의 감정을 자극하고 이야기가 심미화, 도덕화하는 인물의 역할을 수행하도록 종용함으로써 개인과 집단의 신념과 행동에까지 영향을 미치게 된다. 이제 독자는 상상을 통해 주인공의 서사에 감정 이입하고 신체적 감정적 감흥을 겪으며 그를 모방하게 된다.[9] 독자는 주인공이 표방하는 도덕적 가치를 받아들이고 어떻게 살아야 할 것인지를 체득하게 된다. 이는 특히 성장기의 학생 독자에게

---

6 개인과 사회, 공적인 것과 사적인 것을 다루게 된 근대소설에 관해서는 다음의 글 참고. 프랑코 모레티, 성은애 역, 『세상의 이치』, 문학동네, 2008, 150~154면.

7 위의 책, 157~158면.

8 신형기는 「이야기의 역능과 김일성」에서 김일성이라는 도덕적 영웅 서사를 통해 도덕적 민족이라는 정체성이 형성되고 독자는 이에 대한 도덕적 감응과 동일시를 거쳐 나르시시즘에 도달하게 되는 독서의 메커니즘을 밝혔다. 이는 비단 김일성 서사에 사례에만 적용되지 않고 위대한 인물을 형상화하는 위인전기에서 역시 유사한 서사와 독서의 기제가 보이므로 '감응', '지배기표', '도덕화, 심미화'를 비롯한 용어와 분석 틀을 참조했다. 『현대문학의 연구』 41, 한국문학연구학회, 2010.6, 289~323면.

9 서사가 독자에게 도달하게 되는 경로를 'moral issue', 'imagining', 'embodiment' 등의 개념과 용어로 명료화한 논의는 다음을 참조. Theodore R. Sarbin, *The Role of Imagination in Narrative Construction*, Coltte Daiute, Cynthia Lightfoot eds, *Narrative Analysis, Studying the Development of Individuals in Society*, Sage publications, 2004.

주는 영향력이 크다. 앞서 살펴보았듯이 1910년대에 이르면 위인전기
는 '도덕적 우월함의 대가로 사회적 성공을 획득하게 된다'는 요지로 그
핵심이 정리되었으며, 그것은 인물의 '도덕성', '성공'과 실존사례라는
전제를 통해 권위를 얻었고 그 목표는 독자를 감응시키는 것이었다.

고난 극복 성공 서사인 위인전기는 식민지 조선 청년 독자에게 실존 사
례로 제시되며 독려되었으나 그것은 독자 개인에 따라 다른 결과를 낳을
수 있었다. "자신의 능력에 비해 더 큰 욕망을 갖게 됨에 따라 자신의 삶
에서 점점 더 소외되는 양상"[10]도 가져올 수 있었던 것이다. 조선에도 서
양 위인과 같은 인물이 출현해야 한다는 갈구나 그와 같이 되어야겠다는
다짐, 혹은 왜 이리 서양 위인과 같은 인물이 조선에는 없느냐는 한탄 등
당대의 신문 잡지 지면에서 종종 볼 수 있는 이러한 반응들은 위인서사를
통해 독자가 끊임없이 느낄 수밖에 없는 추종과 열등 · 절망의 메커니즘
을 보여준다. 위인전기는 위안의 서사이자 좌절의 서사였던 것이다.

식민지 시기 문학사에서는 전기를 둘러싼 유의미한 비평 및 논쟁을
찾기는 힘들다. 임화 정도가 서구에서 들어온 근대 전기물의 허상을 비
판하는 글을 남겼다. 그는 1937년 「르네상스와 신휴머니즘론」[11]에서 콜
럼버스나 바스코 다가마와 같은 탐험가란 궁극적으로 "신식민의 개척
이라는 협애한 상인적 근성을 가지었음에 불구하고 그 자신이나 또 전
기 작가들이나 다 같이 그들을 전 인류의 행복을 위하여 고난과 싸운 영
웅과 같이 표상하고 있다"며 비판적 시각을 보여준다. "콜럼버스의 북미
대륙 발견은 아메리카 인도인의 멸망의 개시였으며 바스코 다 가마의
희망봉 항로 개척은 흑인의 대량적 노예화 과정의 개척"에 불과하다고
지적하며 이들의 업적 "어디에 전 인류적 행위, 즉 진정한 자기희생과

---

10 하르투니언, 앞의 책, 251면.
11 임화, 「르네상스와 신휴머니즘론」, 『조선문학』 17, 1937.4, 임화문학예술전집 편찬위원회
　　편, 『문학의 논리 : 임화문화예술전집』 3, 소명출판, 2009, 136~137면에서 인용.

영웅주의가 있는가?"반문했다. 임화는 이전 계급을 대신해 등장한 이들 신계급은 자기 목적을 위해 자신의 개인적 이해를 사회 전체의 공동 이해로 서술하고자 한다며 그들의 자기 정당화 논리를 지적했다. 이들은 자신의 사상을 유일하고 합리적인 보편타당한 사상인 것처럼 서술하지 않을 수 없었을 터인데, 그 '환상적 공동성'을 위해 동원되는 수사가 바로 근대의 '자유', '평등', '인간 해방', '인간성 옹호'와 같은 표상이라는 것이었다. 그리고 그들의 삶의 궤적과 가치를 이야기 하는 전기는 이러한 관념적 가치들을 일화와 명언 등을 통해 구체화한다. 임화는 근대 시민에게 진정한 고대 영웅 서사란 현실적으로 타당치 않음에도 불구하고 시민적 영웅의 사회적 의의를 대변키 위해 희랍으로부터 고대 영웅 서사를 차용했다고 지적했다. 임화는 시대착오적으로 반복 혹은 변주되는 근대 위인전기 서사의 허와 실을 뚫어보는 혜안을 보여주었으나 이는 공론화되지 못했고 따라서 위인전기는 대중독물로 무비판적으로 소비되는 풍토가 지속되었다.

2) 1920년대 번역전기물의 인물 군상

1920년대 발행된 '위인전기 총서'에는 시대, 국가, 직업이 다양한 인물군이 집합되어 있다. 이들은 개별 서술 내용이 다양함에도 불구하고 공히 '자기 계발서 수양서'의 일종으로 제시되고 인식되고 있었다. 이는 1910년 이후 검열로 임해 역사 전기물이 금서 처분된 제도적 조건과 독서대중의 열망이라는 시대적 요구가 반영된 결과이다. 이들은 식민지 교육계와 실업계에 놓인 청년들에게 매진할 것을 장려한다. 이러한 근대 번역 위인전기의 존재는 제국이 허용하는 범위에서 진행된 문화운동이 인격주의와 세계 문명주의로 귀결되며 탄생한 결과물이다. 앞서 살펴본바, 장도빈의 '수양총서' 위인전기는 사회 문제를 개인의 도덕과 노력의 문제로 귀결시켰으며 그가 권고한 신도덕의 실체는 서양의 도덕이었다. 계몽주의 문화운동 역시 실력양성을 표방한 구체적 운동의 내용을 서구적 근대 문명의 힘인 자본주의적 시민윤리로 채워나가게 되었다.

이러한 시기 새롭게 부각된 서구 인물은 근대적 사회 선도자로서의 풍모로 재현된다.[12] 1920년대 한성도서가 주목한 근대적 남성 주체는 프랭클린과 윌슨이다. 프랭클린과 윌슨은 미국 남성 경제인, 정치인이다. 이들 전기 및 자서전은 근대 국가에서 권력과 자본의 핵심 세력인 정치인, 경제인으로서의 주체를 형상화한다. 근대 자본주의와 국민 국가 체제 자체가 서양의 산물이므로 이를 성공적으로 일군 모델은 서양인일 수밖에 없었다. 정치가·경제가·과학자 등의 정체성을 형상화하고 기록·전수하는 서사는 전기이다. 문사들이 논설을 통해 청년들에게 다양한 실용 분야의 주체가 되라고 권고했던 관념적 주문이 현실적으로 어떻게 가능한가에 대한 사례로서 전기문은 기능했던 것이다. 신문이 이들의 사건 사고를 보도하고 잡지가 이들의 뒷이야기를 소비할 때, 전기는 최소한 명목상으로는 이들의 실제 삶을 총체적으로 조명하는 양식으로 자리 잡은 것이다. 또한 소설이 실패자, 낙오자, 번민가, 탐욕가라는 다양한 인물 군상을 아울러 기록하고 있었다면 번역 위인전기는 성공가만을 기록했다. 최후에 패배한 장군의 전기조차도 그의 도덕적 우월함은 의심받지 않으며 최후의 패배 이전에는 화려한 행적을 보였기에 기록된다. 이들 전기는 진보의 곡선을 따라 성장하는 인물을 그리지만

---

12   다른 한편에서는 문사들이 "사회와 사회적 공공성을 확립할 능력과 책임을 가진 집단으로서 종교가와 교육가 그리고 특히 문필가를 추천"하고 있었다. 이들은 사회비평 세력이었으나 권력과 자본을 주무하는 자가 아닌 언어를 주조하는 자였다. 즉 문사들의 담론 공간은 사회의 견제 세력으로 존재하고 '문사'라는 지식인 주체들은 그 담론·주체로서 민족을 계도할 사명감을 가지고 자신의 정체성을 확립하고자 했다. 김현주, 「식민지에서 '사회'와 '사회적'공공성의 궤적」, 『한국문학 연구』 38집, 동국대 한국문학연구소, 2010.6, 254면.

대체로 태생적으로 우월한 인격적 자질을 갖추고 있다고 서술되므로 '성장소설'과 같이 내면의 성장을 담고 있기는 힘들다.[13] 그들의 성장은 시간의 흐름에 따라 사회적 역할이나 업적이 향상된다는 것을 의미하므로 인류의 진보와 동의어나 다름없다.[14] 근대의 전기는 근대적 진보의 시간을 삶의 서사에 대입시켜 근대성을 개인화, 일상화시킨다.

1910~1920년대 번역 발간된 링컨, 프랭클린, 윌슨과 같은 인물들의 전기는 근대적 의미의 이상적 주체가 갖추어야 할 덕목들을 정의하고 있었다. 이 중 프랭클린과 윌슨은 각기 근대 국민 국가의 경제적, 정치적 주체로 조명 받았으며 이들을 지칭하는 명칭은 "공인"으로 번역되었다. 번역자 김억은 이들 전기를 "공공심"이라는 도덕심에 바탕을 두고 "공공사업"과 "공중의 이익"을 도모한 삶의 서사로 서술하였다. 그리고 윌슨을 공중의 "공인"이자 "인류의 은인"으로 명명했다. 세계가 공유하게 된 근대적 위인은 일국가에 한정되지 않는 인류에 공헌한 인물로서 서술되며 따라서 위인서사의 지배기표는 인류 보편적 가치가 된다.

1920년대 위인전기 총서 속에는 역사적 인물이나 신화적 인물과 함께 근대 국가 체제에 기여한 공적 인물이 소개되기 시작하는데 이들의 사회적 업적 자체가 국가 제도나 공중의 이해관계에 연관된 공적인 것이었을 뿐 아니라 그 소개되는 방식 자체도 공적이었다. 신문·잡지 등 인쇄 매체의 발달과 확산으로 최고 권력자나 최근의 발명품에 대해 이야기할 수 있게 된 공중에 해당하는 인구가 이전 시기보다 상대적으로 확산된 것이다.[15] 세계라는 무대는 일반인들도 공유하게 되는 공간으로

---

13 교양 소설에 담긴 내면의 성장과 교양의 추구에 관해서는 허병식, 『한국 근대소설과 교양의 이념』, 동국대 박사논문, 2007을 참조할 것.

14 개인적 성공이 인류의 진보와 일치하게 되는 서사를 그린 미국의 전기에서 성공은 '창조성, 끈기, 결단, 통찰력, 자유의 실행'으로 서술된다. 프랑코, 앞의 책, 162면.

15 18세기 영국의 커피하우스, 음식점 등에서 이질적인 신분들의 사람들이 모여 여론이 전개되기 시작했으며 『스펙테이터』와 같은 잡지가 배포되었다. 이 시대를 두고 '일자무식이면

재현되어 그 사건과 행위의 주인공 역시 독자들을 통해 공유되게 되었다. 동시대 미국 대통령인 윌슨의 전기는 열전뿐 아니라 단행본으로도 발간되었으며 프랭클린 자서전은 여러 차례 잡지, 신문, 단행본을 통해 등장했다. 이렇게 인물의 사적 삶까지도 포함한 전기가 공적으로 재현·공유되게 된 것이다. '미국→일본→조선'을 거치면서 위인전기·자서전이 보이는 초점의 변화는 공인과 공공성이 식민지 조선에서 어떻게 구체적으로 재현되었는지를 보여준다. 다음에서는 절에서는 그 대표적 예로『프랭크린』자서전과『윌슨』전기, 그리고 여성전기『세계명부전』의 식민지 시기 수용 양태를 살펴보고자 한다.

2. 경제적 '공인' :『프랭크린』

1) 프로테스탄티즘 윤리의식과 일상화된 공공성

벤자민 프랭클린(Benjamin Franklin)은 미국 최고가 유통 화폐 100달러에 새겨진 인물이다. 그는 실업가 발명가, 과학자, 정치가, 사상가, 문필가 등 다양한 직업을 성공적으로 완수한 인물로 인식되어왔는데 그 긍정적

서도 영국 국왕의 행동거지를 비판하고 최근의 중요한 발명품에 대해 설명하는 기계공이 드나들지 않는 커피 하우스나, 당대의 명성 있는 문사의 글과 국왕의 연설을 흠잡는 땜장이, 구두 수선공, 문지기 들이 들락거리지 않는 음식점은 거의 찾아보지 못할 것이오'라고 한 디포우의 설명은 여론이나 공론장의 개념이 이와는 다를 수밖에 없는 식민지 조선에 그대로 적용할 수는 없으나, 유학생들이 대거 귀국하고 신문 잡지 출판이 본격화된 1920년부터 계층이 공유하는 공적 사안이나 인물들이 보다 본격화된다는 사실은 부인할 수 없다. T.이글턴·F.제임슨, 유희석 역,『비평의 기능』, 제3문학사, 1991, 20면.

평가의 몇 가지 유형은 지금도 끊임없이 발간되는 그에 관한 저서의 제목을 통해서도 알 수 있다. 그는 '도덕적 완성을 통해'[16] '부를 얻는 법'[17]을 몸소 보여준 '성공적 삶'[18]의 주인공이자 '자유의 황제',[19] '건국의 아버지',[20] '최초의 과학적 미국인'[21]으로 조명된다. 그 앞에 붙은 수식어인 '도덕', '부', '성공', '자유', '건국', '과학적'은 미국이라는 국가가 100달러라는 가장 높은 화폐 단위에 올려놓을 만큼 높이 사는 가치를 함축적으로 보여준다. 그리고 이러한 근대적 가치와 화폐와의 조우는 정신적 미덕과 물질적 성공을 한 쌍으로 간주하며 서술되어 온 그의 삶을 상징적으로 보여준다.

프랭클린의 흔적은 화폐뿐 아니라 일상을 관리하는 플래너에도 남아 있다. '프랭클린 플래너'는 여전히 많은 소위 성공 인사와 갑남을녀에게 '자기 관리'와 '자기 계발'을 위한 필수품으로 선전되고 사용되어 오고 있다. '개인'의 '일상'이 일관된 가치와 구성 · 분류에 따라 체계적으로 조직 · 관리되는 프랭클린 플래너는 기본적으로 제한된 시간과 자본을 최대한 활용하는 '효율성', '경제성'과 '진보'의 세계관을 가정하고 미래의 목표를 향해 현재의 자신을 단련하고 투자하는 '계몽성'라는 근대적 가치관에 기반이 된다.

플래너와 화폐, 이 둘은 각기 사용자에게 '일상적 노력'과 '부의 생산

---

16   J. A. Walwik, *Rewarding Virtue: The Presidency and Benjamin Franklin's Plan for Moral Perfection*, Hamilton Books, 2008.

17   Benjamin Franklin, *The Way to Wealth*, CreateSpace, 2010.

18   Benjamin Franklin, *Benjamin Franklin's the Art of Virtue: His Formula for Successful Living*, George L. Rogers (ed), Acorn Publishing, 1996.

19   Richard H. Immerman, *Empire for Liberty:A History of American Imperialism from Benjamin Franklin to Paul Wolfowitz*, Princeton University Press, 2010.

20   I. Bernard Cohen, *Science and the Founding Fathers: Science in the Political Thought of Thomas Jefferson, Benjamin Franklin, John Adams, and James Madison*, W. W. Norton & Company, 1997.

21   Joyce Chaplin, *The First Scientific American: Benjamin Franklin and the Pursuit of Genius*, Basic Books, 2007.

과 소비, 축적'을 호소한다. '효율적 자기 관리와 계발'을 일상적 차원에서 요구하는 '플래너'는 근대적 삶을 영위해야 할 개인이 낙오하지 않으려면 올라타야 할 쪽배이다. 하루하루 쉼 없이 축적되어야 하는 플래너처럼 쪽배는 매순간 쉬지 않고 부지런히 저어야 한다. 저 너머에는 화폐가 기다리고 있다. 프랭클린은 자신의 자서전에서 화폐가 목표 지점이라고는 하지 않았지만 덕을 쌓고 근면·검약하는 충실한 일상의 반복은 화폐를 약속한다고 한다. 따라서 프랭클린 자서전 및 그를 중심으로 한 서사는 미국적 프로테스탄티즘 윤리·자본주의 중산층의 세속적 바이블이라고 비판받기도 한다.

그런데 이러한 프랭클린 플래너는 일찍이 1910년 조선에 소개, 권장된 바 있다. 그리고 그것은 프랭클린 자서전의 유입과 함께 이루어졌다. 본 절은 이러한 프랭클린 자서전 및 그에 관한 서사가 일제시대 조선에서 출판된 구체적 양상을 보이고자 한다. 근대적 가치가 주창되면서 동시에 의심되던 격동의 시기, 식민지 조선에는 앞다투어 이를 내면화해야 했던 '수양 청년', '실업 청년'이라는 존재가 있었다. 1910년대 후반 발간된 청년들의 잡지 『청춘』(1914.10~1918.9)에는 '입신출세주의'에 대한 관심과 담론이 지배적으로 드러나는데, 이 시기에 이르러 모든 청년이 수양의 대상이 되면서 '위인'의 함의도 '영웅'이 아닌 '범인'적 속성을 가지게 된다.[22] 『소년』(1908.8~1911.5)에서는 나폴레옹, 피터대제, 가리발디 등 국가의 영웅들이 주류를 이루었다면 『청춘』(1914.10~1918.9)에 이르러서는 로스 차일드, 제임스 왓트, 카네기, 피바디 등과 같은 각 방면에서 근대 문명의 발전에 기여한 인물들도 주요하게 등장하게 된 것이다. 그리하여 『소년』에서 '영웅 전기 서사'가 '역사적 서사'이자 '논설'로 해체되어

---

[22] 소영현, 「근대 인쇄 매체와 수양론, 교양론, 입신출세주의」, 『상허학보』 18, 상허학회, 2006, 209면.

버렸다면 『청춘』에서는 위인전기 형식의 서사가 본격 구현되기에 이른다.[23] '독립과 건국의 영웅을 숭배'하는 데에서 '입신출세 위인을 향한 수양'으로 방향 전환을 한 이러한 주체들에게 '프랭클린전'은 교과서가 보장해주지 못하는 '사회적 성공'의 '지침서'였고 가진 것 없어도 쉬운 일상적 지침을 따라하면 누구나 도달할 수 있다는 희망을 주는 자수성가의 모범 사례였다.

본 절은 프랭클린 자서전의 수용이 두드러지는 시기를 1910년대 전후와 1920년대 초 두 지점으로 잡는다. 먼저 1909년 최남선의 계몽잡지 『소년』에서 그의 삶과 '13덕 실천표', '일기표' 등이 소개된 이후, 1911년 보급서관에서 그의 자서전이 번역·출간된다. 그리고 1921년 본격 기업체 주식회사 출판사의 기획물로 그의 자서전이 간행됨과 동시에 『매일신보』에서는 25회 이상 연재된다. 프랭클린이 각기 '계몽성', '상업성', '관주도성'으로 특징지을 수 있는 이들 출판 매체를 통해 유입되었다는 것은 그 자체로 '프랭클린' 서사의 특성을 보여준다. 그리고 이러한 성격의 프랭클린 자서전은 산업혁명 이후 서구에서 붐을 이루게 된 '자기계발서'들과 함께 조명될 필요가 있다. 개인의 성취를 재산의 축적 정도에 따라 평가하게 되어버린 산업혁명 이후의 세태 속에서 구명정으로 탄생된 '자기 계발서'류는 'Self-help'라는 항목으로 분류되었고, 그것은 일본에서 '自助'로 번역, 조선에 유입된다. 그 중심에는 사무엘 스마일스의 『자조론』이 있다. 이러한 배경과 함께 살펴볼 프랭클린의 자수성가 서사는 독자에게 '자서전' 형식을 띠고 다가갔으며 궁극적으로는 '자기계발서'로 기능했던 것이다.

무엇보다 프랭클린 자서전은 식민지 조선에서 '공공성'이 논의 가능

---

23 윤영실, 「최남선의 수신 담론과 근대 위인전기의 탄생 : '소년'과 '청춘'을 중심으로」, 『한국문화』 42, 서울대 규장각 한국학연구소, 2008, 123면.

한 지점을 보여준다. 프랭클린은 '공공'의 가치를 복리적 혜택으로 구현
한 인물로 서술되었으며, 이렇게 정치적 공공성은 축소되고 경제적 공
공성이 부각되어 수용된 프랭클린 서사에는 프로테스탄티즘 윤리에 입
각한 직분론, 금전관, 도덕관 등이 압축적으로 담겨 있다.

2) 1910년대 프랭클린 : 실업의 시대, 일상의 규율자

(1) 최남선의 『소년』과 프랭클린

1909년 『서북학회』[24]에서도 「정신교육 : 부란극림」[25]과 같은 프랭클
린 관련 기사를 볼 수 있으나, 1910년대 전후 프랭클린 소개의 대표 주자
는 단연 최남선이라고 할 수 있다. 최남선의 『소년』은 '위인이란 무엇'[26]
인지를 질문하고 답하며 독자 대중, 당시로서는 청년 지식인이 도달해야
할 모범적 인물상을 끊임없이 제시하고자 한다. 이러한 노력의 일환으로
세계 위인의 초상화를 게재하기도 하는데 여기에 바로 프랭클린이 등장
한다. 1910년 2월호 '권두 사진판'에 '프랭클린'의 초상화가 실린 것이다.
　그는 『소년』 1909년 4월호에 「아메리카 명인 프랭클닌 좌우명」[27]을
게재한다. 「신시대 청년의 신호흡」 3탄으로 준비된 이 기사는 프랭클린
의 생애를 간략히 언급하고 그의 '13덕'의 내용과 그 일일 실천용 도표,
그리고 그의 하루 일기를 자세히 소개한다. 프랭클린은 가난한 집에서
태어났으나 '극기절욕의 덕을 수양하고 독서를 통해 '고인의 언행을 기

24　「정신교육 : 부란극림」, 『서북학회』 14, 1909.7.
25　당시 프랭클린은 한·중·일 한자 문화권에서 '富蘭克林' 혹은 '弗蘭克林'으로 표기되기도 했다.
26　「위인이란 무엇」, 『소년』 3(2), 신문관, 1910.2, 22면.
27　『소년』 2(4), 신문관, 1909.4, 5~9면.

초삼아' 성공한 인물이며 '아메리카 독립전쟁에 크게 공적이 있고', '공중전기와 피뢰침을 발명하여' 세상에 혜택을 끼친 인물로 요약된다. 그는 '수양가·정치가·발명가'로서 두루 조명된 것인데, 그중 수양가로서의 면모가 집중 탐구된다. 그의 '13덕'이란 '절제, 침묵, 규율, 과감, 검약, 근면, 성실, 정의, 중용, 정결, 평정, 정도, 겸손'인데 최남선은 이것을 어기지는 않았는지 체크하도록 만든 일주간의 표를 통해 독자들도 과실을 줄여갈 것을 권장한다. 그리고 그는 하루 일과가 시간별로 기록되어 있고 어떤 선행을 했는지 자문하는 질문항이 포함된 프랭클린의 하루 일과표를 소개한다. 그런데 『소년』에 실린 프랭클린의 일과표에 대한 자세한 소개나 13덕 실천표, 13덕의 구체적 내용 등은 『프랭클린 자서전』의 2부에 수록된 내용으로, 이는 『소년』의 다른 기사의 경우가 그러했듯이 일본의 신문·잡지 기사를 번역한 것일 수 있다. 1900~1910년 사이 간간이 일본을 오가며 유학했던 최남선이 당시 일본에서 영어 교재이자 수신서로 각광을 받던 일본어역본 『프랭클린 자서전』을 직접 보았을 가능성도 배제할 수 없다.

최남선은 『소년』 1909년 11월에는 「프랭클닌 語錄」을 싣는다. 이는 프랭클린의 저서인 *Poor Richard's Almanack*(1732)의 일부를 번역한 것으로 '租稅以外의 租稅(푸어 리차드 역서언)', '참 國富', '고은 종아리와 보기 실흔 종아리'[28]라는 소제목으로 구성되어 있다. 이는 각기 게으름을 경계하고, 국부의 근간 중 하나인 농업에서의 근면을 강조하고, 긍정적 사고 방식을 권장하는 이야기를 담고 있다. '하날은 스스로 돕난 사람을 돕난다'라는 푸어 리차드 역에 기록한 격언을 인용하는 이 글의 요지는 각 직업에서의 근면, 성실, 긍정적 사고를 강조하는 데 있다.

이후 최남선은 『소년』 1910년 1월호부터 잡지 첫 페이지에 달력을 수

---

28 「프랭클린 어록」, 『소년』 12, 신문관, 1909.11, 118면.

록하고 부록으로는 한 달 분량의 일기표를 전면 개재한다. 일기표는 실제로 기입하고 사용할 수 있는 정도의 크기로 인쇄되었으며 따라서 그것은 일기표 사용 실천을 권고하는 것이었다. 각 일기에는 '날씨', '서신(書信)', '교제(交際)', '사사(私事)', '세사(世事)', '신지식(新知識)', '공(功)', '과(過)', '적요(摘要)' 항목이 있다. 이 일기표는 이후 9월까지(5월분 제외) 지속적으로 실리는데 50~90여 면 내외로 발간되던 『소년』이 추가적으로 16면 정도를 할애할 정도였으니 이는 최남선의 적극적 의지가 반영된 것이다.

그런데 1909년까지는 매달 1일에 발간되던 『소년』이 1910년 1월부터는 15일 발간으로 바뀌었기 때문에[29] 1월달 일기표가 전부 수록되어 있었음에도 전반부 반절은 쓸모없게 되었다. 이는 최남선이 11월 중순부터 2월 1일 사이 일본에 체류 중이던 당시 발행인인 최창선이 발행일을 15일로 옮기면서 발생한 일로 최남선은 이를 "무색하기 한량업사외다"[30]고 안타까워하며 "아못조록 실용건이 되도록" 다음 3월호에 3·4월분 일기표를 게재하겠다는 의지를 보인다. 이렇게 『소년』에 실린 프랭클린식 일기표는 이후 학생이 되어 하루하루의 일과를 효과적으로 관리해야 하는 상황에 봉착하게 되는 『청춘』의 독자 시대를 예고한다. 국권이 넘어간 1910년 이후 실용주의·실리주의가 널리 번지면서 이제 청년 학생들의 목표는 사사화(私事化)될 수밖에 없었고 따라서 그들의 꿈도 실용적 직업군으로 정착되게 된다.[31]

최남선은 『청춘』(1917)의 「노력론」[32]에서도 프랭클린을 언급하는데 이때는 그를 발명가로서 소개한다. 최남선은 워싱턴과 링컨을 정치적

---

29 "품고(稟告)—금년 일월부터는 본잡지 발행일자를 매월 십오일로 개정하고 차에 품고하오니", 『소년』 1910.1, 17면.

30 최남선, 「편집실통기」, 『소년』 14, 1910.2, 92면.

31 권보드래, 「'소년', '청춘'의 힘과 일상의 재편」, 『『소년』과 『청춘』의 창』, 2007, 이화여대 출판부, 175면.

32 「노력론」, 『청춘』 9, 1917.

노력가로, 카네기와 록펠러를 경제상 노력가로 규정하며 대발명가 계보의 첫 머리로 프랭클린을 내세웠다. 프랭클린이 "전기 전광의 이상동체임을 발견한 이래로" "모르스로 하여금 전보기를 발명케 하였으며 벨로 하여금 전음기를 창작케 하였으며 호이트니로 하여금 방직기를 발명케 하였으며 풀턴으로 하여금 기선을 조성하였으며" 등등 이후 지속적으로 과학 발명가와 발명품의 탄생이 이어졌다는 것이다.

이러한 최남선의 프랭클린 소개 의도는 그의 『자조론』 번역 발간 취지와 무관하지 않다. 사무엘 스마일즈의 *Self-Help*(1859)는 일본에서 『서국입지편 : 원명 자조론 (西國立志編 : 原名 自助論)』(나카무라 마사나오, 1871) 등 여러 판본으로 번역되는데 이는 1877년 의무 교육의 교과서로 채택되어 1872년에 채택된 후쿠자와 유키치의 『학문의 권장』과 함께 메이지 시대에 영향을 미친 3대 저서 중 하나로 손꼽힌다.[33] 당시 서양 열강을 중심으로 편성되던 세계 질서에 대한 이해가 '진화론'으로 요약되고 있었다면 다른 한편으로는 진화론과 상보적 관계에 있는 논리체계로 '자조론'이 널리 퍼지고 있었다.[34]

조선에서의 '자조론'은 1910년 이전 『대한매일신보』, 『서우』, 『조양보』 등의 신문 · 잡지를 통해서 간간이 소개되다가 1918년 최남선에 의해 본격 번역, 출간되었으며 발간 한 달 만에 대부분 팔려 출판계의 신기록이 되었다고 한다. 최남선은 『자조론』을 번역하며 '소년 독자에게 십조'[35]를 남기는데, "신문명의 물질적 결과는 전래한지 구(久)하고 그 영향이 자목 심대한 자(者)-존(存)하건마는 그 정신적 원유(原油)로 관하야는 아즉도" 알려진 바 적다고 하며 이 책이 "실로 서인덕행(西人德行)의 근

---

33 스즈키 토미, 한일문학연구회 역, 『이야기된 자기』, 생각의나무, 2005, 64면.

34 최희정, 「한국 근대 지식인과 '자조론'」, 서강대 박사논문, 2004, 1면.

35 최남선 역, 「소년 독자에게 십조」, 『자조론』, 광학서포, 1918, 15~17면. 같은 단락의 인용은 「소년 독자에게 십조」 참조.

기(根基)와 서국사상(西國思想)의 정화(精華)를 전하는 자"라 소개한다. "근
세적 영웅의 실행적 교훈을" 전수하는 이 책은 "무수한 전기의 집합이오
절요한 격언의 유취(類聚)오 인생의 대문제에 대한 가장 절실한 대안이
오 문명발달과 인사성패(人事成敗)의 파노라마오 수제치평(修齊治平)에 관
한 일대논문"이며 따라서 이는 소설과 같이 홍미를 구하는 책은 아니니
"인생의 활훈과 처세의 보감으로 심심 완독"하라고 권장한다. 즉, 성공
한 인물들의 전기와 일화, 격언이 이야기의 주된 제재가 되는 『자조
론』은 서양 물질문명의 바탕이 되는 정신문명의 집합체로서 이해되었
고 그것을 알고 습득하자는 취지로 소개된 것이다.

　『자조론』은 산업혁명기 이후 각종 산업·과학·예술 분야에서의 성
공적 인물의 일화, 명언 등을 주제별로 총정리했으니 대중 독자에게 비
범하고 특출한 신격화된 영웅이 아닌 "평상(平常)한 중에 위대를 성(成)한
만인가학(萬人可學)의 영웅"[36]상, 따라서 근대적 의미에서의 다양한 입신
출세 방도를 제시한 셈이다. 최남선은 본문 중 '전기(傳記)의 가치(價値)'
장에서 '위인의 전기'가 위인의 이상과 실행을 독자에게 가르치면서 미
치는 효용은 성경에 비할 정도라고 했는데, 실제로 그는 『소년』에서부
터 『청춘』에 이르기까지 '정치·군사·영웅'에서 '과학·실업·예술' 위
인으로 그 성격은 다소 달라졌을지언정 소전, 전기를 끊임없이 실었던
것이다. 이처럼 『소년』에서는 역사적 업적을 중심으로 인물전이 서술
되고 있었던 반면, 프랭클린은 성격이 다소 다르게 등장한다. 『소년』에
실린 프랭클린의 일기표 내용이나 13덕표의 소개, 그리고 이를 응용한
일기표 인쇄 부록은 앞서 언급했듯이 '구국의 영웅 숭배'에서 '일상의 위
인 되기 수양' 즉 '직업적 성공'으로 초점이 바뀌게 되는 『소년』에서 『청
춘』으로의 변화를 예고하는 것이라 볼 수 있다. 프랭클린이라는 인물이

36　최남선 역, 『자조론』 상, 광학서포, 1918, 15면.

거느리고 있던 서사의 내용과 구성은 사실상 독자 대중이 모범적 위인의 언행을 일상에서 손쉽게 모방할 수 있도록 가장 잘 정리된 형태의 것이었다.

최남선은 실업가 카네기를 언급할 때에도 '노력을 통해 재물을 쌓고 공적 이익으로 환원한 인물'임을 강조했다. 그는 「위인이란 무엇?」,[37] 「노력론」,[38] 「예술과 근면」[39] 등에서 각 직분에서 근면 성실의 노력을 통해 인류와 공중에게 혜택을 주는 위업을 달성하여 위인이 될 것을 권장했다. 그는 「재물론」[40]에서 공중에게 이득이 되는 "공익사업"의 실천자로서 "카네기"를 언급한다. 카네기는 자신의 재물을 "공중의 사업"에 기증한 "공공적 부호"로 명명된다. "이리하여 카네기는 세계의 카네기요 영원의 카네기며 금전의 부수(俘囚: 포로)가 아니라 주인이요, 추(醜)가 아니라 성(聖)이" 된다. 부호는 "사회재산의 일시 기탁인"이며 "빈자를 위하여 존하는 사회적 치산자"라고 하는 카네기의 금전관을 문명국의 재물관으로서 소개한 것이다. 카네기의 예를 들며 거론한 대표적 공익사업의 예는 학교, 도서관, 병원, 양육원, 발명사업, 탐험사업 등으로 이는 프랭클린의 공공사업과 일치한다. 이들은 공공사업의 상징적 존재들이었다. 최남선은 "무재인(無財人)은 생산에 선(善)하고 유재인(有財人)은 사용에 선(善)한 여부는" 문명국이 되는 데 심대한 관계가 있다며 글을 마무리한다. 최남선은 이들 삶의 서사를 통해 노력하여 성공하고 자본을 축적하여 사회에 기부하는 개인의 삶을 근대적 문명국의 이상적 주체로서 형상화하고 있는 것이다.

그런데 카네기는 이미 1912년 보급서관에서 그 전기가 번역되었다.

---

37 최남선, 「소년시언: 위인이란 무엇?」, 『소년』 3(6), 1908~1910.
38 최남선, 「노력론」, 『청춘』 9, 1917.7.
39 최남선, 「예술과 근면」, 『청춘』 11, 1917.11.
40 최남선, 「재물론」, 『청춘』 8, 1917.6.

카네기가 주인공인 『강철대왕전』[41]의 번역 원본은 『最近美國成功十傑』(1903)에 실린 「鐵鋼大王カーネーギー」이다.[42] 카네기는 강철 사업으로 성공을 이룬 미국 사업가인데, 보급서관은 또 다른 미국 사업가 전기를 유사한 시기 발간했다. 바로 프랭클린의 자서전 『實業小說 : 富蘭克林傳』이다. 이에 관해 다음 항에서 상술한다.

(2) 이시후의 『실업소설 : 부란극림전』

앞서 최남선이 '발명가'이자 일상적 '노력가'로서의 프랭클린에 초점을 맞추었다면 1911년 『부란극림전』은 '실업가'로서 그를 부각시킨다. 1911년 보급서관에서는 국한문체로 된 『實業小說 : 富蘭克林傳』[43]이 나온다. 앞서 언급했다시피 이듬해에는 보급서관에서 카네기 전기가 발간되었으며 이렇게 1910년 한일병합 직후 국가, 정치, 군사, 영웅이 아닌 실업가의 전기가 발간되게 된 것이다. 표지와 본문 도입부에는 '원제 이시후 편(元齊 李始厚 編)', '원석 이철주 교(圓石 李喆柱 校)'로 표기되어 있다. 이시후는 이효석의 아버지로, 이효석 연보에 따르면 초기 교편을 잡다가 면장을 10년 동안 지냈으며 1911년 6월 20일 보급서관에서 프랭클린의 전기를 편찬한 것으로 기록되어 있다.[44] 그가 저술한 책으로 언급된 것은 이것이 유일하다. 이철주는 1908~1909년 『기호흥학회월보』와 『대한협회회보』의 필진으로 활동한 인물이다. 이들 둘은 '學事 官立 漢

---

41 김용준 역술, 현순 감수, 『鋼鐵大王傳』, 보급서관, 1912.3.

42 강현조, 「근대 초기 서양 위인전기물의 번역 및 출판 양상의 일고찰」, 『사이』9, 국제한국문학문화학회, 2010.11, 286면.

43 李始厚, 『富蘭克林傳』, 普及書館, 1911. 연세대 소장.

44 「이효석 연보」, 『이효석 전집』 8권, 창미사, 1990, 281면.

城師範學校 第七回 卒業榜[45](1905)' 명단 22인 중에 나란히 올라 있으니 동기 동창이다. 졸업 이듬해 이시후는 강원도 회양군 소학교 교사로 발령이 났는데[46] 15일 후에 자진 사직하고 그 자리를 동기 이철주가 맡는다. 이후 1912년부터 면장을 지낸 것으로 되어 있으며,[47] 1919년부터 1923년까지는 강원도 평창 봉평의 면장을, 1924년부터 1925년까지는 봉평 인근인 진부 면장을 맡고 있었다는 기록을 확인할 수 있었다.[48] 요약하자면 『부란극림전』은 소학교 교사를 지낸 이시후가 이철주에게 교사 자리를 넘기고 나서 저술했으며 이를 교사 이철주가 교열한 것이다. 이렇게 두 교사가 저술과 교열을 했으니 『부란극림전』은 학생들을 대상으로 한 독서물이었을 가능성, 따라서 학교에서 독서가 권장되었을 가능성도 고려해볼 수 있다.

또한 이시후는 이해조와도 관계를 맺었다.[49] 이시후가 교사로 재직했던 신야의숙은 이해조의 부친 이철용이 설립한 학교였으며, 당시 이시후는 교사로서 주도적인 위치에 있었을 뿐 아니라 사무원이던 이해조와의 친분도 최소한 1906~1911년까지는 유지하고 있었다. 이해조 역시

---

45 「官報」, 第三千二百九十號(光武九年十一月七日火曜) 彙報. 국사편찬위원회(www.koreanhistory.or.kr). 정부는 갑오개혁의 하나로서 1895년 4월 '한성사범학교관제'를 공포하고 7월 '한성사범학교규칙'을 공포, 수업연한 2년의 본과와 6개월의 속성과를 둔 한성사범학교를 서울 교동에 설치하였다. 또한, 수업연한 3년에 보통과와 고등과로 된 부속소학교도 설치하였다. 입학자격은 본과가 20~25세, 속성과가 22~35세, 정원은 본과 100명, 속성과 60명으로 하고, 시험과 학교장 인정에 의한 무시험으로 학생을 선발하였다. 1911년 '조선교육령'이 공포되면서 관립경성고등보통학교의 사범과 또는 교원 속성과로 개편되었다. 두산백과사전(EnCyber & EnCyber.com) 참고.

46 "淮陽郡公立小學校致員 李始厚"로 미루어 보아 敍任及辭令, 관보명 : 官報 第三千三百五十四號 / 光武十年一月十九日 金曜(www.koreanhistory.or.kr).

47 이상옥, 『이효석의 삶과 문학』 증보판, 집문당, 2004, 21~27면 참조.

48 국사편찬위원회, 직원록 자료(http://db.history.go.kr). 이효석은 1907년 평창 봉평에서 태어나 1914년부터 소학교를 다니기 시작했으니 잠시 교사의 아들이었다가 면장의 아들로서 학생시절을 보낸 셈이다.

49 이시후와 이해조의 관계에 관해서는 강현조, 「근대 초기 서양 위인전기물의 번역 및 출판 양상의 일고찰」, 『사이』 9, 국제한국문학문화학회, 2010.11, 280~281면. 참조.

1911~1913년에 번역 소설 및 신소설 4편을 보급서관에서 발행했다.[50] 이시후는 이해조와의 관계 속에서 보급서관에서 『부란극림전』을 발행했으며 이것이 "소설"로서 표제어를 달고 간행된 데에는 이러한 신소설 작가와의 관계가 영향을 미쳤을 것으로 보인다.

『부란극림전』은 1979년 한국학문헌연구소에서 편찬한 『역사 전기 소설』 전집에 수록되어 있고 그래서인지 '실업소설'에서 '실업'의 의미는 조명받지 못했다. 1895년부터 1910년 사이 번역, 창작된 역사물·전기물들은 '역사·전기류 문학'으로 일컬어져왔고, '역사 전기 소설'이라는 명칭이 대중적·학술적으로 정착된 것은 1970년대 후반 한국개화기문학총서에서부터로 이 『역사 전기 소설』집이 발간된 이후였다.[51] 이러한 '역사, 전기류 문학' 안에는 실로 다양한 번역, 번안, 창작 전기, 소설이 담겨 있으니 각 전기물의 올바른 좌표는 개별 텍스트의 서사, 수용 맥락을 통해 파악할 수 있을 것이다. 『부란극림전』의 경우 '실업소설'의 '실업'의 의미는 간과될 수 없는 것으로, 청년들에게 실업가가 되기를 권장하던 당대의 풍토를 반영한 것으로 보인다.

이 『부란극림전』의 원본은 일본의 『ベンジャミン・フランクリン自叙伝』(1889)[52]으로 추정된다. 일본에서 프랭클린 전기는 번역·창작·재구성 등 여러 글쓰기 방식과 다양한 주제를 통해 19세기 후반부터 출판 붐을 이루는데, 그중 위의 대본과 『부란극림전』의 목차와 본문 내용이 가장 유사하다. 언뜻 보면 양적으로는 두 판본의 목차와 분량이 다르다. 일본어본은 총 12장(章)으로 구성되어 있는 반면에 조선어본은 10장으로 끝나기 때문이다. 허나 이는 일본어본의 6장과 7장이 조선어본 6장

---

50 『누구의 죄』(1913), 『쌍옥적』(1911.12), 『월하가인』(1911.12), 『화의 혈』(1912.6)

51 김영민, 『한국 근대소설사』, 솔, 2003, 83·89면 참조.

52 望月興三郎(玉碎軒主人) 역, 『ベンジャミン・フランクリン自叙伝』, 上田濟生堂, 1889 (明22).12, 176면.

으로, 일본어본 8장과 9장이 조선어본 7장으로 한데 묶인 것에 불과하
며 모든 목차의 소제목들은 그대로 조선어로 옮겨져 있다. 또한 176면
에 달하는 일본어본의 내용 중 세세한 설명이나 수식어, 서술어 등은 일
부 생략되면서 번역되어 조선어본으로는 105면에 그치게 된다.

Ⓐ 일본어와 Ⓑ 조선어 두 판본의 목차를 일부분만 대조하면 각기 다
음과 같다.

Ⓐ

第壹章 幼時、印刷業に就く、新聞を編輯す、バストン府を去る、

第貳章 フヒラデルフヒヤ府に於て印刷所の職工となる、英國に向て出發す、

Ⓑ

第一章 幼時 ＝ 印刷業從事 ＝ 新聞編輯 ＝ 빠스도府를離ㅎ는事,

第二章 후야델후하府에서印刷職工에從事 ＝ 英國으로向하야出發ㅎ는事,

일본어 목차 제목들이 '인쇄업에 종사하다', '신문을 편집하다'는 식으
로 서술형으로 되어 있는 반면, 조선어로는 '인쇄업종사', '신문편집'과
같이 한자어로 이루어진 명사형으로 변형되고 다른 서술어들도 '事'라
는 한자어를 이용해 명사화된다.

Ⓐ 일본어와 Ⓑ 조선어 두 판본의 본문 2장 도입부는 다음과 같다.

Ⓐ

第二章

今は航海者とならんとする望みも失せて全く一個職工となり果てたと自信し
てベンシルヴニア州よりニューヨークえ轉居したるウィリアムブラットフォ
ルドと云ふ人の印刷所へ傭はれんことを賴みける,昨今わ事業願なるを閑暇す

るを以て新たに職工を雇ひ入る,の要なし,然れとも余　が子息のフヒヤデルフ
ヒヤに在るもの, (…중략…)

Ⓑ

第二章

是歲에는航海者되는願도無ᄒ고다만一個職工됨을自信ᄒ야벤실위나州에셔늬
유요크에轉居ᄒ는人의印刷所에雇傭되기를請ᄒᆫ듸伊時事業이零星홈으로職工
雇傭비ᄒᆯ必要가無ᄒ고其子가후야델후하에재ᄒ야.

두 판본이 사용하고 있는 한자어들은 대체로 일치하지만, 일본어본
의 일부 세부 내용, 즉 부수적 인물명이나 부연 설명 등은 조선어본으로
번역되면서 생략·축약됨을 알 수 있다. 무엇보다도 프랭클린 자서전
에서 가장 자주 거론되는 '13덕 일일 점검표'나 '프랭클린의 일과 소개
지면' 등, 표나 도형과 같이 조판 인쇄에 추가 작업이 필요한 경우는 전
체가 생략되었다.

물론 기본적으로 두 판본 사이에 일치하는 부분은 많다. 위에 인용한
본문에서도 보이듯 외국어 표기법도 일치한다. 일례로 조선어본에는
'조슈아라 잉글린드'의 경우처럼 인명 밑에는 홑 밑줄이, 지명에는 겹 밑
줄이 그어져 있는데 이는 일본어본의 표기법을 그대로 따라한 것이다.
외국 인명과 지명의 경우, 일본어본이 '英國'이라 한자 표기한 것은 조선
어본에도 그대로 '英國'으로 되어 있으나, 'イングラン'는 '잉글린드'로 옮
긴다. 즉, 한자어는 한자어로, 가타카나에 의한 외래어 표기는 한글로
그대로 대응시켜 번역한 것이다.

무엇보다도 '13덕'을 일컫는 한자어도 일치한다. 앞서 최남선의 『소
년』에서는 '절제, 침묵, 규율, 과감, 검약, 근면, 성실, 정의, 중용, 정결,
평정, 정도, 겸손'으로 번역된 13덕이 『부란극림전』에서는 '존절, 침묵,

순서, 결의, 절험, 근로, 성실, 정의, 온화, 청정, 영정, 겸퇴'로 대부분 달라진다. 『부란극림전』의 이들 13덕 한자어휘는 『ベンジャミン・フランクリン自叙伝』(1889)이 사용한 번역 한자어와 대부분 정확히 일치하므로 이를 원본으로 했을 가능성을 더욱 높여준다. 요컨대 조선 최초의 프랭클린 자서전인 『부란극림전』은 일본어본 『ベンジャミン・フランクリン自叙伝』(1889)의 축역에 가까운 번역을 통해 탄생한 것이었다.

그렇다면 『부란극림전』의 원본인 일본어본 프랭클린 자서전은 영어본을 어떻게 수용하고 있었는가? 일본어본에는 서문 담당자가 쓴 "序"와, 일본어본이 번역 원본으로 삼은 영어본에 있던 "原序", 그리고 역자가 쓴 "小引", 이렇게 3개의 서문이 실려 있다. 우선 영어본의 서문을 보면, 프랭클린을 정치적 주체로 서술하고 있다. 서문은 필라델피아주 의회 의원이자 매사추세츠주 메릴랜드 및 조지아 주 의원으로 그 사명을 다하고 미국 독립 승인 조약과 헌법 수정안에 혁혁한 공을 세운 프랭클린의 업적과 자서전이 쓰인 시점을 소개한다. 흥미로운 점은 이렇듯 영어 원서가 독립과 헌법의 기초를 마련한 미국 국가 정치의 주역으로서 프랭클린에 주목한 반면에 일본어역본은 국민으로서의 천직과 '직분'을 강조하고 있다는 점이다.

일본어본 서문 작성자는[53] 자서전 번역에 붙여 논설조의 글을 남기는데 참 영웅의 의미, 영웅 숭배에 관하여 중점적으로 서술한다. 이 글에는 전기의 효용 및 위인의 개념이 명시되어 있다. "대인호걸의 전기"는 "철학자의 의논보다도 고원하고 도덕류의 담설보다도 그 일 국민의 기풍 호상을 도야'하는 효용이 있으며 전기는 "위대한 국민"이 되기 위해서 읽는 것이었다. 위대한 국민으로 만들기 위해서는 청년의 기풍을 수양하

---

⁵³ "序"를 쓴 이는 번역자를 君이라 칭하며 "서"를 "撰"한 것으로 보아 번역자보다 위의 인물이었다. 서문 작성자가 번역자보다 상위의 인물로 위계가 분명히 드러나는 것은 한성도서본에도 적용된다.

여 위대하게 해야 한다. 일본 삼천년 역사의 영웅은 오늘날의 향도자가 될 수 없으니 "스스로 그 천직을 알고" "그 직분에 전력을 다하여" 사업을 이룩하는 "칼라일풍의 영웅"이 되어야 한다. 서발자는 이와 같은 영웅관을 가지고 프랭클린을 소개한다. 프랭클린 역시 평민 출신으로 "public man"이 되어 직분을 다하고 공화국을 건설하는 역할을 했다는 것이다. "public man"은 일본어로 '公人'이다.[54] 일본어본은 위인전기가 "국민 수양"으로서 다른 어떤 논설보다도 유용하다고 보았으며 천직에 최선을 다한 참 영웅으로 프랭클린을 제시하고 그를 '공인'으로 소개한다. 역자가 직접 쓴 "小引"은 프랭클린 생애의 의의 및 번역의 과정을 간략히 서술한다. 역자는 프랭클린이 뜻을 세워 "수신제가"하여 세상에 이익이 되게 한 인물이며 그의 전기가 스스로 쓴 자서전이라는 점에서 다른 전기와 달리 특수한 것이라고 본다. 그리고 원문에 충실하게 번역했음을 강조한다.

이렇게 영어 원서 서문이 프랭클린을 미국 독립과 헌법 제정에 이바지한 정치가로서 소개한 반면 일본어 번역본 서문은 그를 천직에서 직분을 다한 대표 국민인 공인으로서 국민에게 제시했다. 조선어 번역본 『부란극림전』에는 서문이나 부언이 없을 뿐 아니라 번안이 아닌 번역이어서 그 편찬 의도가 명확히 드러나지는 않는다. 허나 "실업소설"이라는 양식명을 통해 프랭클린의 실업가로서의 정체성을 확실히 했으므로 그 기본적 수용은 직분의 윤리를 강조한 일본에 비해 그 초점이 더 좁혀졌음을 알 수 있다.

조선어본이 일본어본이나 영어 원본과 다른 점은 다음과 같다.[55] 『부란극림전』은 프랭클린의 자서전을 번역했음에도 불구하고 1인칭 주어를 쓰지 않고 3인칭 호칭을 고수한다. 초기 일어 번역본 중에는 영어의

---

54 Weblio英和對譯辭書 온라인 사전 자료. http://ejje.weblio.jp
55 그리고 일본어본에는 '부록'으로 '부에 이르는 비결[致富の秘訣]'이 실려 있으나 『부란극림전』에는 빠진다.

1인칭 대명사를 생략하거나 가급적 쓰지 않은 판본도 있으나 이렇게 완전히 3인칭으로 바꾸지는 않았다. 따라서 일본어의 일인칭 대명사인 "我"나 "予"를 "부란극림"이나 "氏"로 번역해서 "我父"를 "氏의 父"로 표기한다. 『부란극림전』은 표지에서부터 자서전이 아닌 "실업소설"로 장르를 규정하며 발행되었기에 이에 따라 3인칭 주인공으로 서술하는 전략을 택한 것으로 보인다. '자서전'이 '소설'로 소개되면서 '1인칭'이 '3인칭'으로, '사실'이 '허구'로 바뀐 것이다. 이는 자서전이라는 장르에 대한 사회적 인식이 아직 보편적이지 않았음을 보여준다. 18세기 말 유럽에서 코드화된 서양의 자서전 개념은 작가와 독자가 '개인적 정체성'을 구성하는 '허구적 서사'와 '지시적 서사'의 구별에 관한 일정한 이해를 공유하는 바탕에서 존재할 수 있었다.[56] 프랭클린 자서전이 실업소설로 탈바꿈되었던 1911년의 『부란극림전』은 아직 독자에게 근대적 위인전기로서 존재하지 않았다. '실존인물'이 자신의 '실제 삶'을 있는 '사실대로 서술'할 것임을 표방하는 '자서전'은 그것이 전문적 비평의 대상이 되지 않는 이상, 독자들에게 진실로서의 권위를 발휘하게 된다. 그 권위는 1920년, '자서전'이 '자서전'이라고 번역되는 시기에 이르러서 본격 발휘된다.

3) 1920년대 프랭클린 : 공공심의 자본주의적 실천가

1922년 서양 위인 명언집인 『위인의 성』에서 벤자민 프랭클린의 명언은 '돈'과 '부' 항목에 실렸다.[57] 이는 프랭클린에 관한 언급이 실상 돈

---

56 필립 르죈, 윤진 역, 『자서전의 규약』, 문학과지성사, 1998.
57 "돈은 사람을 아직껏 행복스럽게 맨들 일이란 결코 없다. 장래도 그러하겠다. 그 성질중에 행복을 낫게할 것이 없다. 사람은 돈이 잇을사록 더욱 더욱 이를 갓고저 원한다. (벤쟈민 뿌랭클린)" "부는 이를 가진 사람의 소유가 아니라 이를 락하는 자의 소유이다. (벤쟈민 폴

이나 부와 관련된 것이었음을 상징적으로 보여준다. 1930년대 신문에
는 프랭클린의 일상적 도덕 실천 항목 13가지인 '13계'와 그의 검소한 습
관의 시발점이 된 일화가 소개되었다.[58] 프랭클린은 1910년대 '실업' '도
덕' '수양'이라는 키워드로 소개되었던 것과 크게 다르지 않게, 오히려
더욱 현실화된 버전인 '돈' '부' '실천표'로 언급되고 있는 것이다. 이 시점
이 되면 프랭클린은 굳이 긴 소개의 글을 덧붙이지 않아도 받아들여질
만큼의 인지도를 얻게 되는데 그렇다면 그에 관한 본격 소개서라고 할
수 있는 전기 · 자서전은 어떻게 발간되어 가고 있었는가. 이 항에서는
1920년대 사정을 살펴본다.

(1) 한성도서주식회사의 『프랭크린』

한성도서의 『프랭크린』은 프랭클린 자서전을 번역한 것인데 이는 조
선어 최초의 번역본은 아니다. 이전에 번역되었던 전기물이 다른 출판
사에서 재출간되고 또한 동시에 신문에서도 번역본에 연재되고 있었다
는 것은 1920년대라는 시대가 이를 요구하고 있었음을 보여준다. 식민
지 조선의 지식인 청년 독자가 『프랭크린』 자서전을 읽는 독서 장면은
개인이 상상적 단계에서나마 근대 자본주의 국가 체제의 주역으로 자발
적으로 편입 · 적응하게 되는 한 사례를 보여준다. 그는 '현대적 의미에
서의 성공적 삶을 산 최초의 인물'[59]로서 "立志成功"의 대명사로 광고 ·
소개되었으며 따라서 그의 자서전은 노력을 통한 성공 서사를 보여주는

링클린)" 윤치호 교열, 백대진 · 최연택 편, 『영선대역 : 위인의 성』, 문창사, 1922.

58 이홍로, 「『프랭클린』의 십삼계 「린드버억」의 품성표」, 『동아일보』, 1936.1.11; 백담, 「위
인의 소년시대, 「프랑크린」(속)」, 『동아일보』, 1936.1.26.

59 정해윤, 『성공학의 역사』, 살림, 2004.

전기의 대표적 사례였다. 특정 국가의 영웅이거나 특정 사상의 주창자, 인류 보편의 가치를 내세워 소개되던 다른 인물들과 달리 프랭클린 자서전은 '成功立志'와 '貧寒 出身의 大成功者'라는 시대의 세속적 키워드를 유일하게 달고 광고되고 있었던 것이다.

『프랭클린』의 서문은 장도빈이 맡았다. 그는 서문에서 프랭클린을 한마디로 "입지성공한 인물"이자 "청년수양의 모범적 인물"로 소개한다. 그가 모범적인 까닭은 "곤경을 타파하고 수양의 향상을 힘"썼기 때문이다. 프랭클린은 가난한 환경에서 직공으로 시작하였으나 "書를 讀하고 文을 習하며" "智를 長하고 德을 養하며" "經驗을 積한바", "사업을 경영하는 자로 이를 모범하면 가히써 성공의 영광을 득하리라"고 한다. 『프랭크린』은 성공 요법으로 "근면, 질소(質素), 정직, 점진"을 제시하는 "청년 제군을 위"한 "수양자료"였다. 이처럼『프랭크린』은 다른 번역전기물보다도 성공 처세술, 자기 계발서, 수양물의 성격이 강했으며 장도빈 역시 이를 성공을 향한 수양의 서사로 제시한 것이다.

이 단행본 본문 뒤에 「프랭클닌전에 대하야」가 발문식으로 덧붙어 있는데 이는 역자인 김억이 쓴 것으로 보인다. 발문자는 이 글의 독자로 "어린 학생 여러분"을 호명하는데, 그는 여기서 "다른 영웅의 전기를 읽을 때와 같이 가슴이 뛰며, 혈관을 돌아다니는 피가 더 뜨거워지며, 변전무쌍한 운명에 웃고 울고 하는 활극적 느낌을 프랭클린의 일생을 읽을 때에는 아무리 하여도 우리는 느낄 수가 없었다"면서 "우리는 수양에 있는 몸인 때문에 소낙비의 본을 받으려 하는 것보다, 적으나마 끊지 아니하고 나리는 비의 본을 받을 필요가 있다고 생각한다"고 한다. 발문자는 이로써 혁명적 영웅이 아닌 일상적 위인으로서의 프랭클린의 성격을 확고히 한 셈이다. 그리고 그 끊지 않고 내리는 비와 같다는 프랭클린의 삶이란 "근면과 노력과 진실의 역사"였다. 일상에서 지켜야 할 도덕적 규율 열세 가지를 '13덕'으로 정리하여 매일 점검하고 적은 시간에라도 독서하고 어학 공부에 게을리 하지 않았다는 프랭클린의 삶은 결국 "입지성공"으로 귀결된다.

한성도서주식회사의 『프랭크린』은 김억이 일본어본 『新譯フランクリン 立志成功』(1910)[60]을 원본으로 하여 번역한 것이다. 이에 관하여 '번역 원본 확인' 항에서 이미 규명했다. 우선 이 일본어본은 제목의 "입지성공"이라는 수식어는 한성도서본의 광고 문구나 서문 등에서 강조한 "입지성공", "성공입지"라는 어휘와 일치한다. 일본 국회도서관에 현존하는 프랭클린 전기물 중 1921년 이전까지의 19종과[61] 대조해본 결과, 그 목차와 내용·문장 또한 이와 가장 흡사했다. 이것 역시 앞서 『부란극림전』의 경우처럼 전체 장(章) 번호만을 보면 일본어본과 다르다. 일본어본의 본문이 73장으로 끝이 나고 그 뒤에 다시 1~14까지 번호를 단 짧은 글들이 이어지는 식으로 구성되어 있는 반면에 조선어본은 이들에 연달아 장 번호를 매기면서 일부 짧은 글은 통합하기도 하여 총 82장까지로 만든다.[62] 그런데 한성도서주식회사의 다른 전기들은 일본 하쿠분

---

60 笹山準一 역, 『新譯フランクリン 立志成功』, 大阪 : 精華堂, 1910(明43).7.

61 아래 19종 중, 원문 확인이 불가능한 1, 2, 9, 19번을 제외하고 대조함. ① 大日本中學會編纂部員, 『英語講義(大日本中學會講義錄)』, 大日本中學會, 18?? ② 『米國學校法』, 文部省, 1878(明11).10 ③ チャンバー, 『仏蘭克林金言玉行錄』, 1884(明17).8 ④ 望月興三郎(玉碎軒主人), 『ベンジャミン・フランクリン自叙伝』, 上田濟生堂, 1889(明22).12 ⑤ 井上歌郎, 『弗蘭克林自叙伝註釋』, 後凋閣, 1897(明30) ⑥ 深澤由次郎, 『フランクリン自伝講譯, 上卷』, 靜壽館, 1897(明30).11 ⑦ 川上武若, 『ベンジャミン・フランクリン自叙伝, 上卷』, 淺岡書籍店, 1897(明30).11 ⑧ 大島國千代, 『フランクリン自著伝直譯註釋』, 金刺芳流堂, 1897(明30) ⑨ 『少年伝記叢書』, 民友社, 1897(明30) ⑩ 菅野德助, 『フランクリン自叙伝詳解』, 大學館, 1900(明33).9 ⑪ 松尾豊文, 『ふらんくりん自叙伝直譯註解, 下卷』, 金刺芳流堂, 1900(明33).11 ⑫ 獲麟野史, 『世界三大名士(世界三傑叢書)』, 金櫻堂, 1902(明35).2 ⑬ 熊谷五郎, 『フランクリン-弗蘭克林(世界歷史譚; 第35編)』, 博文館, 1902(明35).3 ⑭ 中里介山, 『フランクリン言行錄(偉人硏究; 第4編)』, 內外出版協會, 1907(明40).6 ⑮ 塩見平之助, 『フランクリンの誕生二百年・フランクリンの女性觀』, 隆文館, 1907(明40).1 ⑯ 白井二峯, 『フランクリン成功訓』, 東京堂, 1908(明41)5 ⑰ 笹山準一, 『新譯フランクリン』, 精華堂, 1910(明43).7 ⑱ 竹村脩, 『フランクリン自叙伝』, 內外出版協會, 1910(明43).9 ⑲ 百島操, 『フランクリン一代記』, 內外出版協會, 1913(大正2).

칸(博文館)본을 원본으로 번역한 경우가 많았으므로 프랭클린전의 경우도 이러한 가능성을 배제할 수 없어 이를 먼저 대조해보았으나 하쿠분칸『フランクリン』(1902)[63]은 분량만 비슷할 뿐, 전혀 다른 내용과 구성을 하고 있었다. 하쿠분칸 본은 프랭클린 자서전과 전기 등 네 종의 영미서적을 참고로 하여 재구성된 것으로『프랭크린 자서전』내용 자체를 그대로 번역한 한성도서본과는 차이가 있었다.

또한 한성도서본의 13덕 번역 한자어인 '절제, 침묵, 규율, 과단, 검약, 근면, 성실, 정의, 중용, 청결, 정안(靜安), 결백, 겸양은 원본으로 추정한 세이카도[精華堂] 본과 일치한다. 앞에서 살펴본 것처럼 13덕의 번역 한자어들은 일본어본들 간에도 제각기 다르기 때문에 그 유사성은 무엇을 번역 원본을 했는가를 찾을 때 유용한 지표가 될 수 있다. 한성도서본의 13덕 한자어의 경우 이전 시기에 발간된 단행본『부란극림전』(1911)보다 최남선의 『소년』(1909)과 유사성이 높다. 하지만 각기 번역의 원본으로 삼은 일본어본의 번역 한자어를 그대로 가져온 것이므로 이는 조선어 번역본 간의 어떤 상관관계에 따른 것은 아니다.

『소년』(1909),『부란극림전』(1911),『프랭크린』(1921)의 13덕 번역 한자어를 정리하면 〈표 15〉와 같다.

62　일본어본의 설명에 따르면 73장까지는 프랭클린 자서전 영어 원서의 5장까지를 번역한 것으로, 그 이후에 덧붙인 1~14장은 영어 원서의 6~12장을 번역한 것이라 한다. 笹山準一 역,『新譯フランクリン 立志成功』, 精華堂, 1910(明43).7, 95면.

63　熊谷五郎,『フランクリン』, 博文館, 1902.

The Autobiography of Benjamin Franklin	『소년』(1909)	『부란극림전』(1911)	『프랭크린』(1921)
Temperance	절제(節制)	준절(遵節)	절제(節制)
Silence	침묵(沈默)	침묵(沈默)	침묵(沈默)
Order	규율(規律)	순서(順序)	규율(規律)
Resolution	과감(果敢)	결의(決意)	과단(果斷)
Frugality	검약(儉約)	절검(節儉)	검약(儉約)
Industry	근면(勤勉)	근로(勤勞)	근면(勤勉)
Sincerity	성실(誠實)	성실(誠實)	성실(誠實)
Justice	정의(正義)	정의(正義)	정의(正義)
Moderation	중용(中庸)	온화(溫和)	중용(中庸)
Cleanliness	정결(精潔)	청정(淸淨)	청결(淸潔)
Tranquility	평정(平靜)	영정(寧靜)	정안(靜安)
Chastity	정조(貞操)	정조(貞操)	결백(潔白)
Humility	겸손(謙遜)	겸퇴(謙退)	겸양(謙讓)

번역 한자어 중 '침묵, 성실, 정의'만이 일치하고 나머지는 각기 다른 어휘인 경우가 많다. 참고로 일본어판 중 하쿠분칸본의 경우 13덕은 '절제, 침묵, 순서, 확지, 절검, 근면, 성실, 정의, 온화, 청결, 심침, 정절, 겸손'이었으며 일본어판 내에서도 번역 한자어는 통일되지 않았다. 이로써 서양어에 해당하는 번역 한자어가 선택될 때에는 시대와 언어뿐 아니라 역자, 독자 등의 변수가 작용하여 같은 한자 문화권으로 묶이는 동양, 심지어 같은 국가에서도 같은 한자어휘를 택할 확률은 높지 않음을 알 수 있다. 따라서 위의 『부란극림전』과 『프랭크린』은 앞서 추정한 일본어 원본과 '13덕'에 해당하는 번역 한자어휘가 모두 일치하므로 번역 원본일 가능성은 매우 높다.

그런데 한성도서본의 서문에서 장도빈은 『프랭크린』의 발간이 마치 조선 최초의 것인 양 자부심을 내비치는데[64] 흥미로운 점은 이런 한성도서측

---

[64] "이제 오인은 '프랭크린전'을 출하오니 이 서의 성은 실로 안서 김억씨의 수를 경한지라 무론 프랭크린의 자서전이라 하면 매우 세계에 유명한 책으로 구미각국의 소년, 청년들이 만히 독하는 바니 오인이 이제 이 서를 譯撰함이 오히려 태만하얏다고 할지니라 오인은 우리 사회, 더욱 소년 청년 제군을 위하야 일호 각수양자료를 공하는 줄로 자신하노라." 한

의 태도가 무색하게도 출판일 직전에 다른 역자 이름으로 프랭클린 자서전이 신문에 연재되고 있었다는 사실이다. 다음 장에서는 이를 살핀다.

(2)『매일신보』의「프랭크린 자서전」

『매일신보』는 1면 4~6단에 '최연택'과 '김철호'를 '공역'으로 하여 무려 25회 분량의「프랭크린의 自敍傳」(1921.11.8~1922.1.24)을 연재한다.[65] 20회 이후 근 한 달간 연재가 이어지지 않아 중단되는가 싶더니 1월 19일에 그간 "문필자의 병기(病氣)로 인하야 중단되얏다가 금(今)에 경(更)히 차(此)를 연속하노라"면서 연재를 재개하지만 5회만 잇고 다시 중단된다.[66] 표면적으로는 2인 공역이라 공언했으나 한 명의 병환으로 연재가 한 달이나 중단될 정도였다면 결국 이 두 명의 공역 작업은 대등하게 이루어져왔다기보다는 한 명에 대한 의존도가 높았던 것이었다고 볼 수 있다. 또한 연재 회수 번호는 25회까지 가지만 중간에 14회가 두 번 번호 매겨졌기 때문에[67] 실재로는 26회 연재된 셈이다. 그리고 14(1)회, 14(2)회, 15회에서는 단락별로 나누어진 번호가 누락되거나 겹치는 등착오를 빚는 모습을 보인다. 연재 중단 사태나 원고의 각종 오류 등을 보건대 이 번역 작업은 연재와 동시에 진행되고 있었던 것으로 보인다. 『매일신보』 연재는 한성도서본이 출판된 11월 25일보다 2주 전인 시점

성도서주식회사,『프랭크린』, 1921. 한성도서주식회사, 서문 3면.

65 필자가 확인한 연재 일자는 다음과 같다. 1921.11.8 , 11.10, 11.11, 11.13, 11.16, 11.18, 11.19, 11.22, 11.23, 12.5, 12.7, 12.11, 12.12, 12.14, 12.16, 12.17, 12.18, 12.20, 12.21, 12.23, 12.24, 1922.1.19, 1.20, 1.21, 1.23, 1.24.

66 프랭클린 자서전이 연재되던 단에는 이후 최영택의「수양록」이 연재된다. 최영택은『세계위인임종록』의 저자이며 그의「수양록」에는 갈릴레오, 뉴튼 등의 인물이 언급되어 있다.

67 두 번 연재된 14회를 편의상 14(1), 14(2)로 구분하기로 한다.

에서 진행되었으니 한성도서 출간이 막바지에 이르렀을 때 번역 작업을 시작하며 연재하는 식이었던 셈이다. 허나 미리 번역 원고가 준비되어 있지 않은 상태에서 연재를 강행한 『매일신보』의 경우에는 결국 한성도서본의 3/5만 연재하고 중단하게 된다.

시기가 겹치는 현상을 설명할 객관적인 증거가 부족한 지금으로서는 당시 매체 상황이나 다른 사례를 근거로 프랭클린 자서전의 동시 번역 사태를 파악해 볼 수 있다. 우선 1920년 『동아일보』와 민간 출판사들의 설립으로 『매일신보』의 문예물 인력이 대거 빠져 나가고 독점적 경쟁력도 잃은 상황에서 『매일신보』 연재소설란은 1면에서 4면으로 그 중심이 물러나게 되고 각종 번역 번안 연재소설도 미완에 그치는 등 불안정하게 유지되고 있었다.[68] 『매일신보』는 서양 소설 번역에서 중국 소설 번역까지 시도하고, 1910년대에 인기를 구가하던 번안 작가들도 기용했으나 뾰족한 성과를 얻지 못하고 있었다. 이러한 정황 속에서 『매일신보』에는 「프랭크린 자서전」의 경우처럼 타 출판사의 단행본 발간과 유사한 시기에 같은 번역물 연재를 하는 또 다른 사례가 있었으니, 입센의 「인형의 집」이 그 예가 될 수 있다. 『매일신보』의 양건식은 「인형의 가」(1921.1.25~4.3)를 연재하고 이듬해 영창서관에서 『노라』(1922.6)라는 제목의 단행본으로 출간하는데, 같은 시기 한성도서에서 이상수가 『인형의 가』(1922.11)를 출간했던 것이다. 이 경우 『매일신보』가 한성도서보다 1년 이상 앞서서 연재했으나 한성도서의 번역물 서문이나 발문 일자를 보면 번역 기획은 1년 정도 이전부터 시작되는 경우도 있었으니 이는 엇비슷한 시기 기획된 것일 수 있다.

이렇게 총독부 기관지 『매일신보』와 민간 자본 출판사의 번역물 연

---

68 1920년에 이르러 변모한 『매일신보』 번역 번안 소설 연재 지면에 관해서는 박진영, 『한국의 근대 번역 및 번안 소설사 연구』, 연세대 박사논문, 2010, 314~321면. 참조.

재·출간 시기가 일치한 것은 일회적인 일이 아니었으므로 그 상관관계에 관한 실증적이고 객관적인 고찰이 필요하다. 한성도서의 단행본이 『매일신보』 연재물보다 먼저 발간된 「프랭크린 자서전」의 경우에는 현재로서는 다음과 같은 추정이 가능하다. 우선, 당대 출판 언론 종사자들의 규모가 크지 않아서 한성도서에서 이미 5월부터 출판 예고 광고를 냈던, 그리고 1년 전 서문을 준비해 두었던 『프랭크린』 자서전의 기획과 출간을 『매일신보』 관계자들이 알고 있었을 확률이 높다. 게다가 장도빈뿐 아니라 한성도서 다른 관계자들도 『대한매일신보』 기자 출신이 많으므로 『매일신보』 측근들과 인맥이 연결되어 있을 수도 있다. 또한 장도빈은 『대한매일신보』가 조선총독부의 기관지격인 『매일신보』가 된 이후 『매일신보』의 청탁은 거절했다고 알려져 있으니[69] 그들과 적어도 우호적이지는 않는 관계일 수가 있다. 한성도서와 『매일신보』는 민간 자본 출판사와 총독부 기관 매체라는 엄연한 성격 차이가 있기 때문에 이들의 관계를 경쟁적이었다고 단정 짓기는 쉽지 않을 것이다. 그러나 1921년 한성도서가 명백히 먼저 기획한 「프랭클린 자서전」의 경우와 1922년 『매일신보』가 먼저 연재한 「인형의 집」의 경우를 보면 이들의 문예 번역물 연재와 발행 사이에 어떤 관계가 있었을 것으로 추정된다.

『매일신보』 번역본의 공동 역자 중 최연택[70]은 호가 녹동(錄東)으로, 1922년에는 백대진과 함께 영선대역 『위인의 聲』(문창사)을 발간했으며, 『매일신보』에는 「성공의 비결」, 「자신론」, 「공리와 사리를 논함」, 「영국 사회극 완환 번역」 등을 비롯한 글을 지속적으로 올린다. 그리고 그간 신문 잡지 등에 기고했던 '성공론', '극기주의론', '자조론', '청년론', '행복주의론' 등을 모아 『세계일류사상가논문집』(문창사, 1924)을 발간하

69 　김중희 편, 『산운 장도빈』, 재단법인 산운 문화재단, 1985, 189면.
70 　그는 딱지본 소설인 『죄악의 씨』, 『단소』(문창사, 1922) 등의 저자이기도 하다.

는 등 활발한 집필활동을 했다. 그의 글은 『동아일보』에서도 볼 수 있는데, 창간 축사를 실었을 뿐 아니라 1920년에는 「성공」 1~3, 「에피큐리안(쾌락주의자)」[71]을 연재한다. 그는 이들 글에서는 '성공', '행복'을 향한 인간의 본능을 어떻게 달성해야 할 것인가 그 방법을 논한다. 그는 누구나 행복하고자 하나 행복은 '정의' '선'에 근거한다면서 고덕(高德)을 추구하여 행복을 얻을 것을 촉구한다. 이렇게 신문 지면에서 '극기'와 '공과 사의 조화', 그리고 '덕'을 통한 '성공'과 '행복'에 도달해야 한다고 주창했던 그, "삶을 어떻게 살아가야 하는가"라는 질문에 대한 답을 제시하고자 했던 그가 일상적 노력을 통해 가난에서 성공과 부로 나아갔던 프랭클린 자서전을 모범적 사례로서 번역하고자 했던 것은 그럴 법한 일이다. 나머지 공동 역자인 김철호에 관해서는 기록된 바가 없으며 연재본 번역자인 '최연택, 김철호'와 한성도서본 책임자이자 번역자인 '장도빈, 김억'과의 관계는 이들에 관한 전기적 자료를 통해서도 파악할 수가 없으니, 이들 번역본들의 관계는 원문 대조를 통해서만이 밝힐 수 있을 것이다.

본문 내용을 보면 이들은 문장이나 어휘뿐 아니라 내용과 형식도 유의미하게 다르다. 한성도서본은 한글이 많은 반면에 『매일신보』 연재본은 한문 어휘가 많으며, 각 장이나 단락을 구분하는 번호 표기법도 다르다. 이 차이들을 근거로 할 때 이들은 동일한 원본을 번역 대본으로 했을 확률이 적다. 또한 순서상 한성도서본이 먼저 번역 되어 있었으니 『매일신보』가 한성도서의 원고를 참조했을 가능성도 배제할 수는 없는데, 일본어 한자 어휘들을 한글로 번역한 한성도서본을 『매일신보』측에서 굳이 다시 한자 어휘로 바꾸었을 가능성은 적다. 그렇다면 이들은 각기 다른 번역 원본을 두고 번역한 결과물로 보아야 할 것이다.

---

71 최연택, 「성공 1~3」, 『동아일보』, 1920.5.23~25; 「에피큐리안(쾌락주의자)」, 『동아일보』, 1920.5.4.

다음은 Ⓐ『매일신보』 연재본과 유사한 Ⓑ 일본어본이다.

Ⓐ

第1章

나는 恒常 우리 祖先의 逸話를 一片이라도 得聞하기를 甚히 歡喜한다. 내가 汝(其子에게)와 共히 英國에 滯留하엿슬 時에 故舊親戚의 遺族들을 探訪하든 것과 逸話等을 探求하려는 目的으로 四方에 旅行하든 것도 汝는 다 記憶하리로다. 나의 一生經驗을 아즉 드러보지 못한 汝가 비로소 드러 알기를 조와할 줄노 나는 상상한다. 나는 이제 數週의 閑暇을 利用하여 汝가 아즉 알지 못하던 나의 經驗을 쓰고저 한다. 또 이것을 激勵하는 事情도 있다. 나의 一身은 微賤과 暗昧(가난이란 뜻)中에 出生하야 나의 幼年時代는 이 가운데서 經過되고 마럿다. 그러나 余는 余의 自力으로 맛참내 高貴한 地位, 高絶한 處地에 昇進하얏다.

최연택 · 김철호 역, 「『프랭크린』의 자서전」, 『매일신보』, 1921.11.8

Ⓑ

私ハ常ニ私ノ祖先ノ或此少ナル逸話ヲ得ルコニ於テ快樂ヲ特チタリシニ汝ハ英國ニ於テ私ト共ニ在リシ時私ガ親戚客殘レルモソ、間ニ爲セシ訪問及目的ノ爲タニ企圖セン旅行ヲ記憶スベシ私ノ一生ノ事情其ノ多クハ汝ガ知ラズニアル所ノ事情ヲ知ルコノ其レハ汝ニ迄同ジク欣バシクアリ得ルコヲ數週間ノ連續スル閑暇ノ快樂ヲ期望スル所デ私ハ彼等チ書クベク坐ス、其他其所ニ此計劃ニ迄私ヲ獎勵スル所シ或他ノ理由ガアル貧賤及微賤其中ニ私ハ生レシ而シテ其中ニ私ノ幼年ヲ經過セン所ノ貧賤及微賤ヨリ私ハ富有ノ位地而シテ世界ノ中ニ名聲ノ或度ニ迄私自身ヲ高シタ。

川上武若,『ベンジャミン・フランクリン自叙伝(上卷)』, 淺岡書籍店, 1897

Ⓐ와 Ⓑ는 '나는, 항상, 우리, 조선의'로 시작하는 서두에서부터 일치

한다. 이 구절의 번역문만 보아도 판본마다 다르다. 예를 들어 여기서 '나'에 해당하는 일인칭 대명사 한자어 역시 다르거나 생략된 경우도 있으며, '항상'이나 '우리' 어휘의 경우 역시 마찬가지이다. 따라서 이 유사성은 무시할 수 없다.

프랭클린 자서전의 일본어 번역본이 나오기 시작하던 1880~1920 당시 많은 번역어들은 통일되어 있지 않았다. 따라서 조선어본과 유사한 어휘를 사용한 일본어본이 이전에 존재한다면 조선어본이 이를 번역 원본으로 삼거나 참조했을 가능성이 있다. 'God'에 해당하는 일본어 번역어 역시 각기 달라, 같은 한자어를 선택한 것은 번역 원본을 가리는 한 지표가 될 수 있다. 『매일신보』본과 유사성이 높은 또 다른 일본어 직역 주해본[72]은 'God'를 '神'으로, 한성도서의 번역 원본인 일본어본은 '神樣'으로 번역한 반면, 『매일신보』본은 그 번역 원본으로 추정되는 일본어본과 같이 '上帝'를 선택하고 있는 것이다.[73] 또한 일본어본이 출간된 당시 아직 인칭대명사의 통일이 이루어지지 않았기에 판본마다 그 사용 어휘가 다르다. 『매일신보』본은 1인칭 대명사로 '나'와 '余', 2인칭 대명사로 '汝'를 사용하고 있으며 이것 역시 원본으로 추정되는 일본어본이 선택한 어휘와 일치한다. 『매일신보』은 '共に'는 '공히'로, '中に'는 '中에'로 번역함으로써 한자를 그대로 살리고 조사만 번역하는 방식을 채택했고 '余, 祖先, 汝, 共, 英國, 親戚, 旅行, 記憶, 數週, 閑暇, 微賤, 幼年, 經過' 등의 한자어휘들은 그대로 가져와 사용했다.

여기서 한성도서본과 『매일신보』본을 비교해보면 한성도서본이 보다 적극적으로 한자를 조선어로 바꾸는 번역을 시도했음이 드러난다. 한

---

72 大島國千代, 『フランクリン自著伝直譯註釋』, 金刺芳流堂, 1897(明30).
73 조선에서도 God의 번역어는 다양했는데, 이광수는 1910년 『소년』에서 'God'의 번역어로 '造物主, 하나님, 神, 上帝'를 모두 열거한 바 있다. 고주, 「소년 논단 : 여의 자각한 인생」, 『소년』, 1910.8, 19면.

성도서본이 '私'와 '余'를 모두 '나'로 번역한 것과 달리, 『매일신보』본은 '私'는 '나'로 바꾸지만 '余'는 그대로 '余'로 표기하며, 한성도서본이 'お前'를 '너희들'로 번역한 반면에 『매일신보』본은 '汝'를 그대로 '汝'라 표기한다. 또한 한성도서본은 앞서 '共に'를 '공히'로 받은 『매일신보』본과 달리 '함께'라고 번역한다. '祖先'도 한성도서본은 '先祖'로 배열 순서를 바꾸어 일상 조선어에서 친숙한 어휘로 바꾸었던 것과 달리 매일신보본은 '祖先'를 그대로 사용한다. 'God'의 번역어 역시 『매일신보』본이 앞서 언급한 바와 같이 '上帝'를 그대로 가져와 사용한 반면 한성도서본은 이를 '하느님'으로 바꿨다.[74] 이처럼 한성도서본의 역자 김억은 일본어본의 한자 어휘들을 조선어로 바꾸는 시도를 했던 반면에 『매일신보』 역자 최연택, 김철호는 일본 어휘를 충실히 가져온 것이다. 여기에는 매체와 역자의 성격이 모두 작용한 것으로 보인다. 앞서 언급했듯이 1921년 당시 입센의 「인형의 집」은 『매일신보』 연재본 「인형의 가」(1921.1.25~4.3)를 원본으로 한 영창서관 단행본(양건식 역, 『노라』, 1922.6)과 한성도서 단행본(이상수, 『인형의 가』, 1922.11) 두 종류가 있었는데, 이 경우도 『매일신보』 연재본은 한자 혼용 방식을, 한성도서본은 한글 전용 방식을 채택했다.[75] 따라서 한성도서는 『매일신보』와 비교해볼 때 번역전기물과 번역 문예물에서 공히 조선어 번역을 의도적으로 꾀했다고 볼 수 있으며 김억 역시 의식적으로 한자어를 한글로 바꾸는 노력을 했다. 이는 외국문학의 수입과 번역이 자국 언어에 대한 의식을 더욱 자극하게 된 사례가 된다.[76]

물론 『매일신보』본에는 일본어 원본을 생략 가감한 부분도 있기는

---

74 김억은 기독교적 신을 뜻할 때 '하느님'이라는 어휘를 사용했다. 한경희, 「김억의 근대문예 인식 연구」, 『어문학』 101, 한국어문학회, 2008.9, 437면 참조.
75 박진영, 『한국의 근대 번역 및 번안 소설사 연구』, 연세대 박사논문, 2010, 317면.
76 이경훈은 근대 초기 번역 문학과 조윤제와 박은식의 예를 들며 언어뿐 아니라 상상력 자체로 쌍형상화의 관계로 형성됨을 언급했다. 이경훈, 『대합실의 추억』, 문학동네, 2007, 69면.

하나, 장 구분의 위치도 정확히 일치하는 등 이들 두 판본의 유사성은 번역 대본으로 삼았다고 볼 수 있을 정도로 유의미하다. 『매일신보』 연재본은 한두 단락마다 숫자로 장 구분이 되어 있는데, 이는 번역 원본으로 삼은 일본어본이 애초에 짧은 단락 단위로 나뉘며 '직역'과 '의역'을 순서대로 배치하는 식으로 출간되었기에 그 단위에 그대로 번호를 붙인 것으로 보인다.

프랭클린에 관한 서사는 『매일신보』에 이르러서야 보다 많은 독서 대중에게 보급되었다고 할 수 있다. 『소년』의 경우 창간호 10여 부 미만에서 시작하여 1년 후에야 200여 부를 상회하게 되는[77] 소규모 독자를 거느린 잡지로서 그 영향력이 미미하였을 것이니, 1920년대 말이면 2만 4천 부 정도 발행되던[78] 『매일신보』에 연재될 때의 영향력과는 비교가 되지 않았을 것이다. 이런 「프랭크린전」에 대한 관심은 개인의 성공적 삶을 향해 나아가기 위한 수양 노력을 일상에서부터 실천해야만 한다고 믿는 열망 그리고 자본주의적 사회에서 갖추어야 할 프로테스탄티즘 윤리, 직분의 윤리에 대한 요구와 맞물려 있는 것이다. 따라서 「프랭크린전」이 본격 연재되고 단행본이 출간되는 1921년의 장면은 수양 청년 전성시대였던 1920년대 전후의 지형도를 상징적으로 보여준다고 볼 수 있다.

(3) 소결

근대 번역 위인전기는 태생적으로 역사와 소설, 예술가, 지식인과 대중, 무엇보다도 관(官)과 민(民)의 교집합에 존재했다. 이는 번역이나 출

---

77 권두연, 「신문관 출판 활동의 구조적 특성에 관한 연구(1) : 인쇄부와 판매부를 중심으로」, 『현대문학의 연구』 40호, 한국문학연구학회, 2010, 253면.
78 국사편찬위원회 편, 『한국현대사』, 탐구당, 1982, 203면.

판 주체의 성격에서 고스란히 나타난다. 프랭클린 자서전의 번역 주체
를 시기 순으로 나열하자면 ① 계몽주의 지식인 최남선, ② 교육가·공
직자 이시후, ③ 시인·번역가 김억, 그리고 ④ 실용·대중서 작가 최연
택이다.[79] 이 중 ②와 ③은 각각 신소설 작가 이해조, 역사학자이자 언론
출판가인 장도빈과의 관련 속에서 탄생하였다. 앞서 언급한 ①~④의 출
판 주체는 각기 ① 계몽잡지, ② 실업가 인물전기와 신소설을 발간하던
출판사, ③ 세계 문학 번역을 내세운 민간 자본 주식회사 출판사 그리고
④ 총독부 기관지 신문이었다. 이들 손을 거치며 프랭클린 자서전은 양
식표기와 번역어, 발간 의도 등이 다소 변주되어갔다.

1910년대에서 1920년대로 들어서면서 보인 가장 큰 변화는 번역가가
'계몽주의 지식인, 교육가, 공직자'에서 '시인, 번역가, 대중서 작가'로 교
체되었다는 것, 그리고 인쇄와 출판의 주체가 보다 강력한 자본과 권력
을 가진 주체로 이동했다는 것이다. 프랭클린 자서전은 시대의 흐름에
따라 소비되며 사라진 것이 아니라 출판 자본과 식민지 국가 권력에 의
해 적극 재생산되었으며 번역 주체의 성격이 바뀌면서 보다 유연한 형
태의 문예물, 대중 독물로 거듭났다.

프랭클린 자서전의 번역본은 자본주의, 계몽주의라는 근대적 지배기
표가 개인의 일상을 소재로 재현되면서 독자 개인에게 소비되던 한 사
례이다. 프랭클린 자서전 중 조선이 핵심적으로 받아들인 부분은 일일
자가 점검표이자 프랭클린 플래너인 '13덕표', '일기표'인데 이는 최남선
의 『소년』(1909)을 통해서 본격 소개되었다. 「프랭클린 자서전」은 이후
『부란극림전』(1911)과 『프랭크린』(1921)을 통해 단행본으로 번역 발간된
다. 특히 1921년 한성도서주식회사의 『프랭크린』 발간과 때를 같이 하
여 『매일신보』에서도 「프랭크린 자서전」을 번역 연재하였으니, 이러한

---

79 각기 최남선, 이시후, 김억, 최연택.

동시적 번역 작업은 수양청년들에게 자수성가의 사례를 제시하여 입지 성공의 희망을 심어주고자 장려했던 시대상이 반영된 것이라 하겠다.

1921년 한성도서 『프랭크린』은 '감정의 격동을 불러일으키는 이전의 영웅 전기와 대조적으로 보슬비처럼 옷깃을 적시는 평온한 전기'로 프랭클린 자서전을 소개한다. 이전 1911년 『부란극림전』이 '실업'은 앞에 달았을지언정 '소설'이라는 장르명을 떼지 못한 채 이야기 독물로 소개되었던 반면, 1920년대에 이르러서는 소설과 구분되는 전기라는 장르에 대한 인식과 함께 '근대적 성공 위인'을 이전 시대까지의 정치·군사 영웅과 구분할 수 있는 거리감까지 확보하게 된 것이다. 당대 역자가 보아도 1920년 번역전기 총서 속에는 다양한 성격의 전기들이 혼재되어 있었던 것이다. 2000여 년간 발간된 서양 영웅전, 위인전기물이 식민지 조선에 한꺼번에 들어오며 이들 전기물이 혼재되어 있던 것이다.

1910~1920년대 수용된 프랭클린 서사는 기본적으로 그의 정치적 업적보다는 성실과 검소·독서를 통해 가난과 역경을 극복하고 출판업계에서 부와 명성을 획득하게 된 '입지성공'적 인물로서의 그의 성장 과정에 주목한다는 점에서는 일치한다. 무엇보다도 프랭클린은 교육, 위생, 공공시설 등의 공익사업에 힘쓰면서 개인의 사업적 이득도 얻게 되는 인물로 주목되는데, 이는 당대인들의 주요 논쟁거리였던 '공과 사', '물질과 정신'이라는 갈등항을 조화롭게 하는 성공적 사례인 셈이었다. '덕'에 '부'가 따라오는 프랭클린의 세계관을 믿고 일상적 일과의 관리가 부와 명성, 발전적 자아를 가져온다는 희망을 전제로, 프랭클린의 13덕표와 일기표를 실행한다면 누구나 성공할 수 있다는 식으로 서술된 프랭클린 자서전의 조선적 수용은 이전 시대까지의 정치·군사 영웅 전기와는 다른 것으로 자본주의와 계몽주의라는 시대의 특징을 상징적으로 보여준다. 다음 두 항에서는 앞서 살펴본 번역 수용 경로에 관한 실증적 파악을 토대로 식민지 조선이라는 현실 속에서 프랭클린 자서전이 제시

한 '공공성'과 '공인'의 의미를 조망해보고자 한다.

4) 건국의 아버지에서 이상적 실업가로

프랭클린 자서전은 미국에서 일본을 거쳐 조선으로 번역되어 들어오는 과정에서 초점이 변모된다. 수용자는 각자의 문화, 사상 및 제도, 현실적 토대 위에서 이국의 서사를 받아들였는데 그것은 철저히 현실적 효용에 입각한 것이었다. 미국에서 "건국의 아버지"로 초점화된 프랭클린이 일본에서 "천직에 충실한 직분의 윤리 실천자"로, 조선에서는 시대의 흐름에 따라 차례로 '노력자 → 실업가 → 공공사업가'로 조명되었다. 정치, 실업, 저술, 발명, 사회운동 등 전방위에 걸친 프랭클린의 풍부한 활동 영역과 업적 중 특정 측면이 수용자의 필요에 따라 부각되었던 것이다. 문화권에 따라 인물이 초점화되는 방식의 차이뿐 아니라 텍스트가 독서계에서 소용되었던 방식도 각기 달랐다. 영미권에서는 '문학'으로 또는 '자국 역사'로 인식되던 프랭클린 자서전은 일본에서는 '영어 학습서'이자 '입지성공 사례'로, 혹은 '처세훈'으로 배포되었다. 그것이 조선에 오면 1910년에는 '수양 처세서', '실업소설'로 1921년에는 '공공사업'을 담당한 '공인'의 자서전적 '전기'물로 안착된다. 먼저 조선어본의 발간에 직접 영향을 준 일본어본 발행의 특성을 살펴보고, 더 거슬러 올라가 영어원본의 발간 정황도 검토하기로 한다. 이러한 비교를 통해 각 문화권에서의 수용과 변모 지점을 좀 더 명확히 파악할 수 있을 것이며 이에 따라 서사 자체의 보편적 특징으로부터 조선적 수용의 특수성을 규명할 수 있을 것이다.

앞선 항에서 『매일신보』 본의 번역 원본인 일본어본이 영어의 주역·주해본이었음을 밝혔다. 그렇다면 조선어 번역본이 이런 저서를 참조하게 된 배경은 무엇인가? 일본에서 『프랭크린 자서전』은 신문·잡지 등에 소개되는 것에 그치지 않고 1897년 '영어교과서'로 채택되었다.[80] 그 후 각종 출판사는 그 주역(註譯) 책을 앞다투어 출간했다.[81] 이들 주역서들의 붐은 경쟁적 사태를 몰고 와 서로 다른 번역본을 폄하하며 자신이 원본에 충실한 번역본이라고 강조하고 있었다. 예를 들어 1897년 정수관(靜壽館)본의 일본 『영학신지(英學新誌)』 주필기자(主筆記者)는 서문에서 프랭클린 자서전은 일본 다수 학교에서 근래 영어교과서로 사용되고 있으며 그 주해서가 빈번히 출판되지만 조악하고 요령 부득이한 경우가 많다고 경계한다. 그는 『영학신지』에 그 초역이 게재되었던 프랭클린 자서전을 자신이 교정하여 내놓는데 이는 원서에 충실한 것으로 다른 번역본과 차원이 다르다고 강조한다. 즉 프랭클린 자서전 번역본은 원서에 충실한 번역이 필요하다는 강박 속에서 진행되었고 그것은 '영어학습'과 문명화된 업적을 이룩한 서구 인물의 '성공 처세술을 습득'하는 두 가지 목적으로 수용 전파된 것이다. 영어 문식력이 있는 독자라면 고등 교육을 받은 자이고 그렇다면 프랭클린 자서전은 지식인 청년 계급을 위한 독서물이었다. 이렇게 1870년 이래로 일본 학생들에 의해 단어의 의미까지 곱씹어지며 꼼꼼히 읽히던 프랭클린의 삶의 서사는 곧 고학력 학생뿐 아니라 일반 대중들도 읽을 수 있도록 '영어독본', '자서전', '전기', '역사담', '처세술', '성공훈', '명언집', '언행록' 등 다양한 컨셉의 단행본으로 변주되며 발간된다. 이것은 스마일스의 '자조론, 품성론, 직분

---

80 深澤由次郎, 『フランクリン自伝講譯』 上卷, 靜壽館, 1897(明30).11. 이 책의 서문에는 '근년 우리나라의 학교에서는 프랭클린 자서전을 영어교과서로 사용하고(…중략…) 여기저기서 주역들이 나왔다(번역 및 중략 — 인용자)'는 요지의 내용이 실려 있다.

81 당시 강독과 번역용으로 나와, 영문 표기와 병기되거나 '직역, 번역'이 나란히 기재되는 형태로 출간되었던 단행본들은 다음과 같다. 井上歌郎, 『弗蘭克林自叙伝註釋』, 後凋閣, 明30; 深澤由次郎, 『フランクリン自伝講譯』 上卷, 靜壽館, 明30.11; 大島國千代, 『フランクリン自著伝直譯註釋』, 金刺芳流堂, 明29·30; 菅野德助, 『フランクリン自叙伝詳解』, 大學館, 明33.9; 松尾豊文, 『ふらんくりん自叙伝直譯註解』 下卷, 金刺芳流堂, 明33.11

론, 근면론'과 마덴의 '입지론, 성공론, 극기론'이 붐을 이루던[82] 일본의 출판 풍조 속에서 벌어진 일이었다. 일제하 조선에는 이 중에서 앞의 두 가지 '영어독본'과 '자서전'을 원본으로 한 번역본이 들어옴으로써 역시 지식인 청년 계층을 대상으로 한 입지성공 전기로서 보급되었다.

영미권에서 프랭클린 자서전 및 전기는 미국 식민지 시기의 주요한 문학으로 간주되었다. 1836~1840년 사이 발간된 10권짜리 프랭클린 전집은 그 첫 번째 권에 자서전을 담고 있었다.[83] 1860~1900년 사이만 해도 12권이 넘는 프랭클린 전기류가 나옴으로서 전기 문학사에서 가장 중요한 인물로 인식되어왔으며[84] 1917년에 발간된 William Cabell Bruce의 프랭클린 전기는 1918년에 퓰리처상을 탔다.[85] 미국의 종속과 독립, 건국이라는 격변의 시기에 한 개인인 프랭클린이 이룩한 공적이면서도 사적인 사업과 언행의 기록은 한 개인의 사적 경험으로 축소되지 않고 미국이라는 일 국가의 공적 역사로 확대 이해되어왔다. 프랭클린의 *Autobiography*(1793)에서 '세속적 성공'과 '공동체 윤리'를 매개하는 것은 사적 자아를 공적 자아로 완성시키는 '계몽주의 서사'이자, 개인의 전기를 공동체의 역사로 풀어내는 '청교도 간증의 서사'였다.[86] 일제하 조선에서는 이 중 '계몽주의 서사'가 표면적으로 강조된다. '하늘은 스스로 돕는 자를 돕는다'는 시대의 명언구가 설파하듯, 자수성가형의 개인이 영웅이 된 것이다.

본디 프랭클린의 *Autobiography*(1793)는 1771년부터 1789년 사이 총 4번

---

82 다음 책의 광고면에서 이들 책의 광고를 볼 수 있다. 竹村脩 역, 『フランクリン自叙伝』, 內外出版協會, 1910.

83 Edward H. O'Neil, *A History of American Biography 1800-1935*, New York : Rusell & Rusell, 1968, p.39

84 *libid.*, p.60.

85 *libid.*, pp.104~105.

86 강우성, 「성장없는 성장소설: 프랭클린의 『자서전』과 청교도적 개인」, 『근대영미소설』, 15(1), 근대영미소설학회, 2008, 8면.

에 걸쳐 나누어 쓰여졌고 따라서 4부로 이루어져 있다. 1부는 아들에게 가족사와 개인의 경험담을 이야기해주는 식이었지만 2부부터는 대중을 대상으로 한다.[87] 특히 아들에게 "내 가족들에 관한 조그만 일화들"을 보여주는 식이었던 1부와는 달리 2·3·4부에서는 대중들을 향해 독립전쟁기의 신생국 정치가로서의 이력까지도 언급한다. 이러한 성격은 3·4부에서 더욱 강해져서, 3부에서는 공공사업과 개인 사업을 중심으로 정치적 활동이 함께 언급되고 있고, 4부는 식민지 미국을 대표한 정치인으로서의 활약이 담겨 있다.

다양한 경력을 지닌 프랭클린의 생애가 식민지 조선에 전부 소개되고 전체적으로 조명된 것은 아니었다. 우선 양적으로도 완역이 이루어지지는 않았다. 조선에서 『부란극림전』(1911)은 3부 끝까지, 한성도서본 『프랭크린』(1921)은 3부 중간까지, 『매일신보』(1921)본은 1부의 반절만 번역하고 있다. 『부란극림전』과 『프랭크린』이 3부까지만 번역된 것은 기본적으로는 영어 원서의 출판 사정과 이를 번역한 일본어본의 사정에 기인한 것으로 보인다. 프랭클린의 자서전은 1791년 1부만 프랑스어로 출간되었고, 1818년 프랭클린의 자손에 의해 3부까지 영어로 출간된다. 그러다가 1868년에 이르러서야 4부까지 출간되는데 따라서 일본에 프랭클린 자서전 번역이 시작된 1878년에는 여전히 3부까지를 중심으로 한 영어 원서들도 많았던 것이다.

그런데 이렇게 3부까지를 중심으로 한 번역본이 일본과 조선에 유입되었다는 사실은 단지 완역인가 아닌가라는 번역의 문제에만 그치지 않고 수용 주체가 형상화하는 이상적 주체상의 문제와 긴밀히 연관되어 있다. 식민지 조선에서는 "영국 왕이 임명한 뉴저지 주 총독인 아들에게 식민지 정부의 출판관련 사업과 우편업무를 독점하고 있던 영향력 있는

---

87 영어권에서 발간된 프랭클린의 자서전에 관해서는 위의 글 참조.

출판업자가 들려주는 회고담 형식"[88]인 1부와, 13덕표가 들어 있는 2부가 분량의 대부분을 차지하며 번역 소개되었다. 3·4부에 주로 나타나는 정치적 활약은 짧은 분량에 요약되어 있고 경제적으로 자립하고 성공하는 1·2부의 활동이 보다 자세하게 소개되고 있었던 것이다. 따라서 조선에 도착한 프랭클린 자서전은 그가 독립 전쟁을 겪고 신생국 정치가로 역사적 사건의 중심에 서서 펼치게 되는 영웅담이라기보다는 노력을 통해 경제적 자립 주체로 성공하는 자수성가의 성장 서사였으며 이렇게 쌓은 부를 사회적으로 환원하여 공공 이익에 기여하는 공인의 형상으로 마무리된다. 즉, 조선에서 프랭클린 자서전은 정치적 주체라기보다는 경제적 주체로서의 정체성을 가지고 있었던 것이다. 프랭클린은 세속적인 일상 속에서 성공을 이룬 인물이라는 점에서 '워싱턴'이나 '제퍼슨' 같은 '계몽적 정치가'와 차별화된다. 실제로 프랭클린은 그의 자서전을 통해 미국인들이 일상적 영역에서 모방 가능한 대중적 지도자 상이자 역할모범으로서 제시되어 대중의 욕망을 정치에서 일상으로 바꾸었다고 평가받는다.[89] 프랭클린 서사의 영어원본에도 공중의 이해관계나 국가의 사업에 관여하는 '정치'를 '일상'적 측면으로 전환하는 경향이 있었던 것이다.

그리고 이렇게 대중의 욕망을 '정치'에서 '일상'으로 바꾸는 프랭클린 자서전의 서사적 특성은 식민지 조선의 '공공담론'과 부합한다. 한성도서 『프랭크린』의 역자 김억은 「프랭클린전에 대하야」에서 프랭클린이 시간과 금전을 관리하는 매일의 노력과 도덕적 수양이라는 일상적 영역을 통해 경제적 주체로 입지성공하게 되었고, "모든 사리와 사욕을 버리고" "공공(公共)을 위하야" 애썼다고 강조했다. 개인이 '공공(公共)'에 기여

88　위의 글, 21면.
89　위의 글, 24~25면.

할 수 있는 방식에 대한 프랭클린적인 제안은 정치적 전망이 불가능했던 식민지 조선에서 '공공성'을 둘러싼 논의가 개인적 차원에서 현실적으로 가능한 지점을 보여준다. 정치적 식민지였던 조선에서의 공공성 논의는 정치가 아닌 일상적, 경제적 측면의 논의로 구체화될 수밖에 없었으며 '공공'의 가치는 개인의 자본과 도덕성을 결합시킬 정도로 강력한 권위로 군림하게 된다. 조선에 수용된 프랭클린 서사는 어려서부터 남다른 '공공심'을 가지고 있던 주체가 근면·근검을 통해 자수성가하여 막대한 '부'를 축적한 이후 도서관, 보육원 등 각종 의료·교육·편의 시설에 관련된 '공공사업'을 통해 사재를 공공의 이익으로 돌리는 부의 사회적 환원자로 표상된다.

이렇게 식민지 조선은 프랭클린이라는 청년 주체가 도덕적 수양과 일상적 노력을 통해 실업가로 성공하여 부와 명성을 획득하게 되는 성장 과정에 주력하고 그 부의 사회적 환원 지점까지 번역 수용했으니, 1911년 『부란극림전』으로 번역될 때 '실업소설'이라는 장르명칭을 달았으며 1921년 장도빈 역시 '사업경영자의 모범'으로 그를 조명한 것은 일견 자연스럽다. 이렇게 프랭클린 자서전은 미국에서 일본으로, 다시 일본에서 조선으로 건너오면서 식민지 미국의 독립과 건국 사업이라는 역사적·정치적 의미는 점차 탈락되고 '본분에 충실한 성공 입지적 인물'로서의 경제인이자 사회환원가인 프랭클린에 초점이 맞추어진 것이다. 한성도서 『프랭클린』의 서문 작성자 장도빈과 역자 김억은 모두 프랭클린을 '입지성공적 인물'이자 '모범적 인물'의 대명사로 꼽았다. 특히 김억은 12면을 할애하여 미천한 태생의 프랭클린이 갖은 고초 속에서도 '규율적 생활'과 '지속적 수양'을 '매일'의 '습관'으로 정착시켜 성공했음을 강조한다. 그의 삶은 문자 그대로 "근면과 노력과 진실의 역사"였으며 산 증인이었다. 게다가 인쇄공에서 출발하여 지식인, 경제인, 정치가로 성장한 프랭클린의 자수성가 서사는 지식 청년뿐 아니라 근로 청년들이 본받아야 할 모범으로도 적절했다. 무엇보다도 그는 공공사업에 힘쓴 실업가, 경제인으로 조명되었다. 장도빈은 '서문'에서 프랭클린을 '정치가, 덕행가, 학자, 문사, 발명사, 교제가, 경제가, 신자, 사회교육자'로 소개하지만 결국 "사업경영자의 모범적 인물"임을 반복 강조하는데, 1911년 '실업가'로 소개된 것과 초점이 다르지 않다. 그의 수많은 업적 중 구체적인 성과로 언급하는 것은 '신문사, 도서관, 학교 설립'이다. 프랭클린은 이들 설립에서 "차차 진보하야 주(州)의 정치를 진흥하고 일국의 혁명을 조장하고 혹은 필(筆)을 거하야 사회를 변혁"하는 데까지 나아갔다고 하지만 막상 번역본 본문은 그의 정치적 활동에 관해서는 2페이지 정도만 할애하고 있으니, 조선에서 프랭클린은 '성공 사업가'이자 '공공사업의 헌신자'로서 초점이 맞추어졌던 것이다.

개인의 영달과 민족의 중흥은 별개의 것이 아니라 함께 갈 수 있는 것이라는 가능성을 보여주는 프랭클린의 생애는 일제시대 지식인 청년들에게 이상적 대안 서사일 수 있었다. 프랭클린의 자서전은 '공익과 사익', '정신과 물질'이라는 두 가지 가치 사이에서 방황하던 청년들에게 '성공적 조화의 실례가 여기 있노라'라고 제시해준다. '공익과 사익'의 조화 방안은 주요한 논설, 토론, 논쟁거리가 되고 있었고,[90] '정신과 물질'의 갈등은 '이수일과 심순애'로 대표되는 당대의 인기극 속에서는 '순정과 금강석반지' 사이의 갈등 서사로 향유되고 있었으니, 이러한 시대적 배경 속에 놓여 있던 프랭클린 서사는 각종 대립항들을 갈등 없이 융화시키는 서사였다.

---

[90] '사익과 공익'에 관한 논설은 1900년대부터 1940년대까지 신문 지상에 빈번히 등장한다. 「公益과 私益의 利害」, 『皇城新聞』, 1907.8.9; 「公益과 私益」, 『每日申報』, 1914.2.10; 「公益과 私益 勿齋生」, 『每日申報』, 1924.9.15; 「私益에서 公益에로 漏水時엔 起業者側負責」, 『每日申報』, 1941.3.10.

5) 탈정치화된 식민지 공공담론과 '공인(公人)'

앞서 프랭클린 자서전이 식민지 조선에서 1910년대부터 다양한 필자와 매체를 통해 지속적으로 번역 소개되었음을 살펴보았다. 그리고 그 자서전은 시기별로 ① 1910년 계몽잡지를 통해 일상을 규율한 '노력가'이자 '발명가'의 수양방법 소개로, ② 1911년 성공한 '실업가'가 주인공인 소설로서, 그리고 ③ 1921년 총독부 기관지와 주식회사 출판사를 통해 '공공적' 업적을 이룩한 '공인'의 전기로 최종 안착되었음을 확인하였다. 그리고 미국에서 일본을 거쳐 조선으로 번역 수용되면서 노력과 성공의 세속적 서사로서의 성격을 확고히 하고, 정치적 주체라기보다는 경제적 주체로서 조명되었으며 따라서 '공공성'에 대한 정의가 물질의 사회적 환원이라는 경제적 측면 즉 공공사업에 초점이 맞추어지게 되었다는 점을 살펴보았다.

이러한 '공적 주체'로서의 프랭클린 자서전의 식민지 조선에서의 의미는 '공공성'을 둘러싼 시대의 담론 속에서 파악될 수 있을 것이다. 서구적 시민 공공성 개념과 실체를 식민지의 공공성에 대입시키는 데에는 무리가 따를 수 있겠으나, 정치적 가능성이 차단된 식민지 공공성을 적극적으로 파악하기 위해서는 이를 '사회-매스미디어-일상이라는 중층적인 영역에서 형성되는'[91] 것으로 볼 수 있을 것이다. 그렇다면 독자가 단행본이나 신문과 같은 인쇄매체를 통해 전기나 자서전 장르를 접하며 공적 삶의 모범이 되는 '공인'의 언행을 익히는 것은 일상적 차원에서의 '공공성'이 간접 체험되는 구체적 사례가 될 것이다. 서양 공인의 삶의 궤적을 읽고 숭배, 모방 혹은 비판하는 번역전기 독서의 메커니즘을 통해 이른바 '서구적 공공성'이 식민지 시기 어떻게 경험적·개인적으로

91　윤해동, 「식민지 근대와 공공성」, 『식민지 공공성』, 책과함께, 2010, 31면.

내면화되고 있었는지 파악할 수 있다. 따라서 프랭클린 자서전이라는 텍스트가 보여주는 공인의 형상은 식민지 조선의 '공공담론'이라는 전체 흐름 속에서 살펴볼 필요가 있다.

(1) 식민지 조선의 공공담론과 프로테스탄티즘 윤리

조선에서 '공(公)'에 관한 담론은 공공심이라는 도덕심과 공공사업이라는 실천으로 구체화되어 논의되었으며 그것은 근대적인 가치로서 강조되고 있었다. 그리고 이러한 논의는 총독부 관보인『매일신보』에서부터 민간 잡지『개벽』에 이르기까지 발견할 수 있었다.『매일신보』는「공공심」[92]이라는 사설을 통해 유교적 덕목들을 '家'에 제한된 도덕 원칙으로 해석하고 "衆人에 대한 공공심"을 배양하여 "공공의 사"에까지 이르러야 한다고 주장한다.[93] 비판의 핵심에는 조선의 구지식으로 인식되어가던 유학이 놓여 있었다.『매일신보』의 사설은 "유학이 사적(私的) 세계에 적용되는 도덕만을 제공해왔다"고 비판하면서 다른 한편에서는 공동세계의 질서를 유지할 담론적 자원을 다시 유학에서 찾아 "그 사적 도덕심의 적용범위를 확대하는 방식으로 공공의 도덕심을 수립"[94]할 것을 촉구한다. 이러한 논의들은 기본적으로 '공적인 것'을 근대적인 가치로 전제하고 있다. 또한 '사'는 가족이나 친족의 범위로 규정하고 '공'은 이를 넘어선 '사회집단'으로 보는 '공과 사'에 대한 규정하에 진행되었다. 근대 초 조선의 신문 지상을 달군 주요 주제는 바로 교육, 의료, 위생 등

---

92 「공공심」,『매일신보』, 1912.3.9.
93 『매일신보』에 드러난 공공성 담론에 관해서는 김현주의「1910년대 초 매일신보의 사회담론과 공공성」,『현대문학의 연구』39, 한국문학연구학회, 2009.10 참조.
94 위의 글, 256~257면.

공중의 이익을 도모하는 공공사업에 대한 요청이었으니 이러한 공공시설들은 '公'의 현실적 거처였다.

'공사(公私)'를 대립적으로 사유하는 구조는 근대 전환기에 필수적으로 나타났다.[95] 이광수가 개벽에 발표한 「민족개조론」(1922.5) 역시 "개인보다는 단체를, 즉 '私'보다 '公'을 중히 여겨 사회에 대한 봉사를 생명"으로 할 것을 촉구했다. '개인과 민족', '공과 사'의 공존에 관한 모색이나 '개인'과 '사'가 '민족'과 '공'으로 나아갈 것을 장려하는 논의는 비단 이광수에게뿐 아니라 『개벽』 전반에 걸쳐 발견된다.[96] 이것은 개인이 민족이라는 대의 아래 묻히는 식으로만이 아니라 동시에 "자율적 도덕에 기반하여 자기의 완성으로 나아가는 인격적 개인이라는 근대적 개인의 상을 창출하"[97]면서 진행되고 있었다. 이는 '공'이 제도, 개념, 실천적 측면에서 요구되면서 벌어진 일로, 식민지 조선에서 '공'은 '公'이 들어가는 수많은 새로운 용어를 양산해낼 만큼 사회 전방위에 걸쳐 등장하고 군림했다.[98] 식민지 조선에서 진행된 '공과 사'에 관한 담론들은 '先公後私'와 '滅私奉公'의 슬로건으로 압축될 수 있는 성리학적 전통 위에 근대적, 즉 서구적 정치 · 국가 · 사회관의 영향을 받고 탄생한 것이다.[99] 유교에서 공과 사는 천리와 인욕, 도덕적 정당성과 물질적 이익이라는 대립적 이념의 틀을 가지고 있었다.[100] 개화기에는 이러한 바탕 위에 서구의 정치학, 국가론 텍스트들이 번역 · 소개되었다.

이러한 식민지 조선의 상황 속에서 프랭클린 자서전은 '공공심'과 '공

---

95   식민지 조선의 '공과 사'에 관해서는 윤해동 외, 『식민지 공공성』, 책과함께, 2010, 34면.
96   최주한, 「개조론과 근대적 개인」, 『사회와 역사』 74, 한국사회사학회, 2007.6, 308면.
97   위의 글, 307면.
98   황병주, 「식민지 시기 '공' 개념의 확산과 재구성」, 『식민지 공공성』, 책과함께, 2010, 61면.
99   윤해동 외, 『식민지 공공성』, 책과함께, 2010, 28~29면.
100 조남호, 「조선 주자학에서의 공과 사의 문제」, 『법사학 연구』 23, 2001, 30~31면, 황병주, 「식민지 시기 '공'개념의 확산과 재구성」, 『식민지 공공성』, 책과함께, 2010, 59면에서 재인용.

공사업', '공공성'을 전면에 내세우며 세 차례 번역된 것이다. 식민지 시기 외국 인물 전기가 수차례 적극 번역된 예는 드물다. 따라서 프랭클린 자서전의 번역에는 명백히 시대적 요구가 개입되어 있었다고 볼 수 있다. 프랭클린 자서전은 신문 논설에서 주창되던 관념적 어휘들이 개인의 삶에서 어떻게 체현될 수 있는지 보여주는 살아 있는 예였다. 아직 근대 국가의 정치적 경제적 토대가 마련되어 있지 않았고 게다가 식민지민으로서는 그 중심에서 기능하거나 이를 현실적 토대 위에서 구체적으로 논하기도 힘든 입장이었으니, 신문 지상의 논설들은 실상 '공'을 위한 일상적 실천의 전망을 투명하게 보여주지 못하고 있었다. 따라서 소위 문명국의 실존인물의 사례를 든 프랭클린 자서전은 '공공'을 둘러싼 관념적 담론이 '사적'으로 체현될 수 있는 구체적 사례로 기능할 수 있었다.

문제는 식민지 시기 조선인들은 사실상 공공적 사안에 대해 "'공론'이라고 할 만한 의견을 제출할 권한이 없"[101]었다는 데 있다. 따라서 이 시기 '공공담론'은 '정치적'이라기보다는 '문화적', '경제적' 성격을 띠고 진행된다. 프랭클린의 생애는 공적 이익과 사적 이익의 조화로운 서사였으며 이때 공과 사에 대한 규정과 해석은 경제성의 논리에 입각해 있었다. '공과 사'는 자본의 혜택이 미치게 되는 범위에 따라 구분되며 이에 따라 '사'는 개인의 사리사욕, 즉 사업적 이득이고 '공'은 국민의 이익을 뜻했다. 프랭클린은 신문 발행을 포함한 출판·화폐 인쇄업 및 그 밖의 개인 사업을 통해 영리를 꾀했고 근검·절약으로 자본을 축적했으며 이것을 공공의 이익으로 환원한다. 이로써 개인 사업의 영리추구는 윤리적 타당성을 얻게 되며 경제적 주체인 실업가는 공공의 이익에 기여하는 공인으로서 기능하게 된다. 이렇게 형상화된 주체는 미국적 프로테스탄트 윤리에 입각한 이상적 주체의 전형, 즉 근대 자본주의의 이상적 주체이다.

---

101 김현주, 앞의 글, 265면.

프랭클린 자서전은 개인의 직업관과 생활태도에도 윤리와 규범의 옷을 입히는 미국식 프로테스탄티즘 윤리의 서사이다. 노동자나 실업가 모두에게 양심적 태도와 공리적 정신을 요구하는 이것은 바로 근대 자본주의 정신의 일상화된 형태이다. 프랭클린에게는 '시간도 신용도 돈'이다. 신용이라는 인간관계는 '돈의 논리'에 따라 매겨지며 '시간' 역시 돈으로 환산된다. 따라서 신용과 시간을 관리하여야 할 개인은 자신의 자본을 증대할 목적과 의무가 있다. 이러한 사고 위에서 시간을 효율적으로 관리하는 프랭클린 다이어리가 권장되는 것이고 신용을 위해 근면함, 검소함, 성실함을 '보여주는 것'이 중요해지는 것이다. 이러한 그의 자본주의적 정신은 윤리적 색채를 띤 생활 원칙으로 정당성을 얻는다. 시간, 돈, 신용 즉 각종 '자본'을 효율적으로 관리하기 위한 도덕적 훈계는 공리적 성격을 띠게 되었다. 개인의 일상적 차원에서 진행시킨 공공성의 실천 방안들은 '공적인 것'을 정치적인 것이 아니라 경제적인 것, 개인적인 것, 나아가 내면적인 차원으로 진행시켜 개인의 도덕성과 감성인 자선심, 동정심, 공공심에 호소한다.

일찍이 막스 베버가 『프로테스탄티즘 윤리와 자본주의 정신』의 제1장 '자본주의 정신' 편에서 가장 먼저 예로 든 인물과 텍스트는 벤자민 프랭클린과 프랭클린 자서전이었다.[102] 그는 천직을 통한 정당한 이윤 추구를 합리성, 도덕성 그리고 신의 섭리로 규정하는 프랭클린의 정신과 자서전을 "근대 자본주의 정신"으로 명명하며, '자본주의-직분'을 "윤리적 색채를 띤 생활 원칙" 그리고 "신에게 부여받은 사명"과 연관시킨 프랭클린의 사상을 근대 서구 유럽 및 미국식 자본주의의 대표적 예로 들었다.[103] 이것은 자본주의적 기업의 윤리적 존립 근거이자 이윤 추구

---

102 막스 베버, 김현욱 역, 『프로테스탄티즘 윤리와 자본주의 정신』, 동서문화사, 2010. 프랭클린의 예에 관해서는 28~65면.
103 위의 책, 33면.

의 가장 강력한 정신적 추진력이다. 베버는 '직업적 노력 = 영리 축적 = 성공 = 신의 뜻 = 최고선'이라는 사고를 바탕으로 하여 영리를 인생의 목적으로 간주하는 서사로서 프랭클린 자서전을 해석한다. 베버에 따르면 이런 사고방식은 다른 문명권의 자본주의 관념과 큰 차이가 있었다. 인류 역사상 그친 적이 없던 자본주의적 영리 추구는 추한 것, 수치스러운 것으로 인식된 적이 더 많았으며, 직업을 통해 영리를 추구하는 것을 인생의 목적으로 보는 견해 역시 정착되어 있지 않았다는 것이다. "벤자민 프랭클린처럼 그것을 '도덕적'으로 보는 것은 당시로선 상상조차 못할 일이었다."[104] 자본주의적 인간 이해에 근거한 프랭클린 자서전이 식민지 시기 최초 민간 자본 주식회사 출판사인 한성도서에서 발간된 것이다.

이렇게 근대 자본주의 정신의 기본 골자인 프로테스탄티즘 윤리를 바탕으로 한 프랭클린의 서사는 그의 공공성을 경제적 측면에서 강조하게 된다. 프랭클린 자서전은 영리가 목적인 개인의 사업이 공공의 이익과 배치되는 것이 아니라 함께 나아갈 수 있는 것이라는 절묘한 조화의 가능성을 제시한다. 도덕적 자본 축적을 기반으로 하여 자본의 사회 환원을 통해 공공심을 실천했다는 프랭클린의 삶은 사익과 공익의 이상적인 조화를 보여준다. 한성도서본을 보면, 프랭클린은 "어린때부터 공공적 정신을"[105] 가졌으며 "공사의 구분없시 무슨일이든지 큰일이면 건전한 이해력을 가지고 재단"하는 인물로 그려진다. 프랭클린은 스스로 자신의 사업이 공공을 위한 사업과 함께 진행되었다는 점을 강조한다. 그의 사업은 공공의 이익을 염두에 두고 시작되었다고 하나 독점 및 특허권 확보 등을 통해 결국 사업적 이익으로 연결된다. 프랭클린은 화폐 증

---

104 위의 책, 48면.
105 『프랭크린』, 한성도서주식회사, 1921, 15 · 17면.

발(增發), 도로 포장, 가로등 설치, 전기 개설, 난로 개발 등 근대국가의 기간산업을 구축했으며 따라서 프랭클린으로 대표되는 공인의 형상은 근대 국민 국가 형성에 충실한 기여자의 모습을 하고 있었다.

(2) 문화적·경제적·정치적 주체로서의 프랭클린과 식민지 지식인의 좌표

'공인'으로서의 프랭클린 삶은 크게 ① 언론 · 출판 · 문화적 주체, ② 경제적 주체, ③ 정치적 주체로 나누어볼 수 있다. ①의 측면을 살펴보면, 그는 출판사를 경영하며 자신의 정치적 견해나 사회적 제안 등을 담은 소책자를 저술 출판하고 신문을 발간한다. 독서 대중들에게 언론가로서 자신의 인지도를 높이고 그들로 하여금 일정한 여론을 형성하게 하여 정치적 영향력을 행사했다. 일례를 들면 그는 자신의 인쇄 출판물을 통해 화폐증발 가결안을 통과하도록 여론을 형성하는데 이로 인해 화폐발행사업 독점권을 따내며 막대한 부를 축적하기도 했다. 이렇게 프랭클린은 애초에 출판업자 저술가에서 출발하여 경제적 이득과 정치적 권력을 획득하게 되었다.

그는 자수성가형 위인이었다. 프랭클린 본인뿐 아니라 일본어본과 조선어본의 번역가, 서문 작성자들은 프랭클린이 출판사의 일개 직공에서 출발한 평민 출신임을 강조했다. 그런 그가 독서회 활동을 지속적으로 펼치며 교양인, 지식인 집단과의 교분을 유지했고 언론과 단행본 저술 활동 등을 통해 공중에게 인지도를 높이고 명망을 쌓았다는 사실을 볼 때, 그의 문화적 주체로서의 정체성을 부인할 수 없다. 이러한 프랭클린의 성공 서사는 '책'을 둘러싼 모든 이들인 교육받은 계층, 그러니까 출판업자, 작가, 독자 모두의 구미에 맞는 것이었다. 그는 문화적 주체에서 출발했으나 사회 제도의 핵심인 정치 · 경제 활동에서도 소외되지 않고 이를 주도적으로 이끈 전방위 선도자였다. 한성도서본 프랭클린 자서전에서 프랭클린은 끊임없이 독서의 가치를 강조하고 음주를 경계한다. 프랭클린이 주위 사람들을 분류 재단하는 기준에 따르면 '독서하는 자'는 '근면, 검약, 성실, 신용 있는 자'이고, '음주하는 자'는 '나태·낭비·불신할만한 자'이다. 그의 세계, 즉 미국에서 후자는 자연 파멸하고 전자는 성공 가도를 달린다. 그래서인지 그는 끊임없이 주위 사람들과 독서회를 조직하며 "공공적 성질을 가진 최초의 사업으로 갹금(醵金)도서관을 창립"[106]한다.

이렇게 인쇄·출판업자로 시작해서 신문을 발행하고, 필요에 따라 주장을 담은 소책자도 발행하여 독자를 설득하고 법안에까지 영향력을 행사했다는 프랭클린의 생애는 근대적 인쇄출판물을 통해 세상에 영향력을 행사하고자 했던 식민지 지식인들에게 매력적이었을 것이다. 최남선이 많은 서구 인물들 중 프랭클린을 선택한 것은 우연은 아니었던 것이다. 프랭클린 자서전의 수용사는 식민지 조선 지식인들의 욕망과 현실을 상징적으로 보여준다. 출판 주체인 그들은 문화적 주체로서 자부심과 사회 변혁의 욕망이 있었으나 정치적으로 차단되어 있었으며, 현실을 살아야 할 독자 대중의 요구나 총독부의 검열 수위와 맞닿을 수 있는 지점은 경제적 주체 정도였다.

'공과 사'에 관한 논의가 무성했던 시기, 성공처세술이자 이를 향한 도덕적 수양서로 거듭난 위인전기가 지식인 청년에게 모범 사례로서 선택 제시한 인물은 공공성을 이상적으로 체현한 '공인'이었다. 새로운 근대적 국가 체제와 자본주의 시스템하에서 추구되는 인물은 더 이상 '士農工商'의 위계에 의거한 '士'일 수 없었으니 새로운 이상적 인물상에의 요구가 생긴 것이다. '私'를 멀리해야 할 '士'적 존재들이 아닌 '私'를 근간

---

106 위의 책, 130면.

으로 하는 '商'적 존재들이 출현했고 실업이 권유되고 있었다. 새로운 도
시 상공업자 층이 형성되었고 이들은 식민지 조선 사회의 공공 영역을
장악하는 유지 집단으로 자리 잡게 된 토대 위에서[107] 프랭클린은 빈번
히 주목되었다.

(3) 식민지 조선의 탈정치화된 '공공성'과 '공인'

앞서 살펴본 바대로, 프랭클린은 문화·경제·정치적 주체로 공공성
을 발현하며 성장했다. '공공성'을 ① 국가에 관계된 공적인 것, ② 공익
에 관련된 것, ③ 열려 있는 것이라는 세 가지 의미로 구분해 볼 수 있다
면[108] 프랭클린의 삶의 서사는 각 층위별로 대응될 수 있는 요소가 있다.
조선의 프랭클린 자서전은 결말부에서 재산의 사회 환원을 통해 공
중의 편리와 이익을 도모하는 공공사업에 관해 집중 서술했을 뿐 아니
라 '서문'과 '부언' 역시 이 부분을 강조했다. 그리고 자서전 전반에 걸쳐
그의 사업적, 인격적 성장을 다루면서 그의 공공심을 강조했다. 즉 프랭
클린 자서전 번역본은 ② '공익에 관련된 것'을 주로 이야기한 셈이다.
그런데 실제 프랭클린은 미국 독립이나 헌법 제정 및 국가 입법, 행정에
공헌한 바 있으니 첫 번째로 언급한 공공성인 ① '국가에 관계된 공적인
것'으로서의 공공성의 실행가이기도 했다. 허나 앞서 살펴본 것처럼 자
서전 본문은 정치적 업적 부분은 간략히 언급되거나 미쳐 다 번역되지
못했고, 대부분이 경제적 자수성가를 향한 노력 성공 서사로 채워졌고
사회 기부가로서 형상화하며 마무리되고 있다. 사실상 식민지 시기 공

107　황병주, 「식민지 시기 '공'개념의 확산과 재구성」, 『식민지 공공성』, 책과함께, 2010, 66면.
108　사이토 준이치, 윤대석 외역, 『민주적 공공성』, 이음, 2009, 18~19면.

공성 논의 및 참여가 정치적으로 차단된 상태에서 그것은 경제적 측면으로 구체화되어 논의될 수 있었으며 이로써 문화·경제·정치적 주체인 프랭클린은 경제적 주체로 그 정체성을 확고히 하게 된 것이다. 경제적 주체에게 공과 사의 사회적 문제는 자본의 배분을 통한 공공적 혜택 배양으로 해결 가능하다.

또한 프랭클린의 삶은 '자서전'을 통해 개인의 사적 삶이 공적으로 공개되어 독자 대중들에게 공유되는 존재라는 점에서 '③ 열려있는 것'이다. 개인의 삶을 공개적으로 언급할 때 그는 자신의 삶을 도덕화하기 쉽다. 이는 기본적으로 '자서전'이라는 장르의 특성에 기인한다. 자서전은 태생적으로 불완전할 수밖에 없는 몇 가지 요소가 있다.[109] 첫째, 여기에는 기억의 문제가 작용하며 이때 개인은 의식적 무의식적으로 기억을 재구성한다. 자기 검열에 따라 자신이 원하는 방식으로 기억은 선택되고 수치스러운 기억은 삭제된다. 푸코는 말년에 '지배 권력의 테크놀로지'에서 '자기의 테크놀로지'로 관심을 옮기며 자전적 기술에 금욕과 진리라는 자기의 테크놀로지가 작동하고 있음을 언급했다.[110] 자기 자신을 기술하는 자는 사회적 금기의 제약을 의식하며 어떤 종류의 진리를 형성시키고자 하는 것이다. 둘째, 인간에게는 자신의 삶이 미적이며 합리적으로 보이도록 서술하고 싶어 하는 욕망이 있다. 이는 욕망이기도 하거니와 합리적 인과성을 근간으로 하는 서술 기법이 강요하는 것이기도 하다. 따라서 국가나 공중과 연관된 '공적 사업'으로 사회적 위치를

---

109 Andre Maurois는 인간의 기본적 성향이 자서전의 특성을 결정한다고 보았다. 인간의 망각 ('forgetfulness')과 합리화('rationalization')하려고 하는 경향, 바라는 대로 기억하고자 하거나 수치스러운 것을 외면하고 싶어하는 본능적 자기 검열('natural censorship')의 경향, 그리고 자신의 삶을 예술 작품('a work of art')으로 보이고 싶어 하는 미적 욕망이 작용한다고 본다. 여기에 주위 사람들과의 관계가 의식되면서 사실 진술이 일부 변조되기도 한다. Andre Maurois, *op cit.*, pp.147~177.

110 미셸 푸코 외, 앞의 책, 33~86면.

다진 인물이 자신의 삶을 공개할 때, 그는 '공인'으로 그럴 법한 삶으로 자신의 삶을 서술하게 된다. 참회록이나 고백록조차 자기 합리화나 인간적 호소에 빠지기 쉬우니 성공한 인물의 삶의 공개는 비난이 아닌 찬미를 목적으로 함은 자명하다.

사실 자기에 관하여 쓰는 작업 자체는 근대적인 것이 아니며 가장 오래된 서양 전통 중 하나이다.[111] 아우구스티누스의 『고백록』으로 그 전통은 확고히 정착되었고 이후 루소의 『참회록』을 비롯한 무수한 자서전적 글이 일군의 문학전통을 이루었다. 고백, 참회, 자백의 형태로 이루어진 자서전들은 종교적 죄사함을 전제로 하는데 이는 13세기에서 17세기 참회식이라는 실천적 형태로도 존재했다.[112] 그런데 상대적으로 신으로부터 자유로워진 근대인의 자서전에는 진보 성장의 논리와 합리성, 그리고 과시와 도덕적 미화 등의 변수들이 서사에 개입하게 된 것이다. 이제 근대에 새롭게 적응한 자서전이라는 양식은 시대의 요구에 권위를 입히는 장치로 기능하게 된다. 발화의 대상은 신이 아니라 대중, 공중, 국민이다. 발화의 목적은 신을 찬미하고 인간의 죄사함을 받기 위함이 아니라 근대 국민 국가의 유지와 향상이다.

이러한 근대 자서전·전기에서는 '공인'의 자질 및 요건, 실행 방안이 구체적으로 제시된다. 근대적 공인인 위인전기의 주인공은 그의 도덕성으로 인해 공공적 업적과 사업 성공을 이룩한다. 『프랭클린 자서전』뿐 아니라 앞서 언급한 장도빈의 『위인 링컨』(1917)도 역시 그러했다. 각종 공공적 욕구를 "가족이나 친족을 통해 충족되어야 할 것, 자신의 힘으로 시장에서 구매해야 하는 것이라고 정의함으로서 이러한 욕구를 공공적 공간에서 추방하는 탈-정치화의 전략"[113]을 위해 동원되는 수사

---

111 위의 책, 52면.
112 위의 책, 85면.
113 사이토 준이치, 윤대석 외역, 『민주적 공공성』, 이음, 2009, 80면.

는 바로 '자조 노력, 자기 책임, 가족애' 등이다. 근대 위인전기야말로 위인의 성공적 삶, 공공적 공헌을 모두 '자조 노력'에 근거한 '자기 책임'으로 서술한다는 점에서 사적인 것과 공적인 것의 경계선을 잇는 언설로 볼 수 있다. 즉, 근대 위인전기는 근대적 공공성 담론의 일환으로 기능한다. '공'은 자율적 공공심과 공덕심으로 유지되어야 했다. 모든 전기 및 자서전의 귀결점은 '개인의 도덕화'에 있으며[114] 특히 자서전은 삶의 각 지점들이 사후적으로 긴밀한 인과관계에 따라 합리적으로 서술되는 것으로 성공의 내적 동력으로 '도덕성'을 내세우기 마련이다. 프랭클린 자서전의 조선에서의 서사가 그 삶의 전반부인 경제적 주체로서의 성공 서사 및 부의 사회적 환원에 집중된 것은 식민지 시기 공공 영역에 관한 논의가 결국 사적인 것, 물질적인 것으로 탈정치화되는 지점을 보여준다.

공공성에 관한 논의를 주로 담당했던 지면은 신문이었다. 당시 신문은 독자 개인이 지역 사회나 학교의 경험을 공유하게 함으로써 공동체 내 구성원들 간에 공동체의식을 유지하게 했다. 신문은 '위인', '영웅' 등의 호칭을 동원하여 공익에 기여한 개인의 미담 사례를 보도했고 독자들의 주머니에서 몇 십 몇 백만 원의 대금을 꺼내 공익사업과 이웃을 위해 사용하게 하였다.[115] 각종 모금활동에 중대한 역할을 한 신문은 결국 독자를 경제적 차원에서 공동체 윤리를 실천하며 공익에 참여하는 주체로 호명한 셈이다. 수혜의연금이나 교육계 기탁금 등 신문 지상을 오르내린 수많은 기금 조성 활동 및 보고를 통해 독자는 자신의 공적 기여의 혜택이 민족 구성원에게 돌아가는 결과를 가시적으로 확인할 수 있었다.

민간지와 독자·필자는 탈정치화된 경로를 통해서라도 공공영역에 주도적으로 참여하고자 했으나 그것은 결국 식민지 국가가 통치 정당화

114　"too strong individualistic morality which is the outcome of all biography", Andre Maurois, *op cit.*, 157면.
115　임화는 1920년 「신문화와 신문」(『조광』 60호, 1940.10)에서 조선신문이 사립학교에 관한 관심이나 향학열, 모금에 공헌했음을 논했다.

를 위해 내세운 민생 복리적 혜택과 일치하는 부분이었다. 근대 국가가 개인의 생활을 배려하며 개인의 삶에 대한 의무와 권리를 행사하기 시작하면서 생명 정치, 생활의 정치(biopolitics)[116]를 수행했듯이 제국의 식민 통치 역시 동일한 논리를 내세우며 존재했다. 한일병합 직후 총독부에 의해 이루어진 각종 지배 정책 역시 '공공의 이익이 될 사업'을 위한다는 표면적 명목으로 진행되었다.[117] 1910년대 총독부 정책 중 근대화 정책의 성격이 두르러졌던 것은 철도·도로·통신 정비와 같은 국가 기간 사업이었다.[118] 근대 국가는 표면적으로 공공의 이익을 위한 각종 사회 간접 자본을 도모하는 주체로 자신을 표명하고 개인의 사재, 부역에 적극 개입하기 시작했던 것이다. 그리고 1920년에 회사령이 철폐되어 조선인 일부 지주가 기업경영자가 되었으며 조선인 산업 자본이 일정 부분 육성되었다.[119] 사유재산과 자본기업이 국가적 시스템하에 정착되어 가자 사회문제 역시 두드러지게 되었고 정책적 차원의 논의가 심화될 수 없던 식민지 공론장에서 이에 대한 해결책으로 제시될 수 있었던 것은 지주나 자본가의 사회적 책임감에 대한 강화였다.[120] 이렇게 조선은 식민지라는 정치적 상황 속에서 공동체에 대한 책임감을 자본을 중심으로 생각하는 자본주의적 정체성을 강화하게 되었다.

---

116 미셸 푸코 외, 이희원 역, 「개인에 관한 정치의 테크놀로지」, 『자기의 테크놀로지』, 동문선, 1997, 248면. 복지후생, 공중위생, 의료보조 계획이 제2차 세계대전과 함께 유럽에서 전격 추진되었음은 국가의 개인 생활 보장과 죽음의 명령이 불가분의 관계임을 증거한다.
117 황병주, 「식민지 시기 '공' 개념의 확산과 재구성」, 『식민지 공공성』, 책과함께, 2010, 63면.
118 고마고메 다케시, 오성철 외역, 『식민지제국 일본의 문화통합』, 역사비평사, 2008, 266면.
119 위의 책, 249면.
120 『동아일보』지면에서는 경제적 주체 계층의 노블레스 오블리주에 관한 논의가 1920년 이래로 빈번히 등장했다. 이지원, 『한국 근대 문화사상사 연구』, 혜안, 2007, 184면.

2. 정치적 '공인' : 『윌손』

　　앞서 살펴보았듯이 프랭클린이 경제적 공인으로 초점이 맞추어졌다
면 윌손은 정치적 공인으로 소개되었다. 두 전기의 번역자 김억은 이들
전기물 번역에서 "공공적 정신", "공중의 이익", "공공적 생활의 지도자"
"공공사업", "공사(公私)" 등 근대 국민국가의 '공공성'과 관련된 어휘들을
선택했다. 그리고 "근대적 의미의 정치가"인 윌손을 일 민족 국가에 국
한되지 않는 전 인류의 "공인"이자 "위인", "은인"으로 명명했다. "공공"
은 "근대"와 긴밀히 연관되어 있는 가치였으며 따라서 그것은 전 인류의
보편적 가치로서의 권위를 가지고 있었다.

　　하지만 정작 『윌손』은 조선에서 윌손이 수용된 주요 계기인 '민족자
결주의' 시대에 이르기 전까지의 윌손의 생애만을 다루고 있다. 따라서
앞서 『프랭크린』에서 프랭클린의 정치적 활동이 생략·축소된 것처럼
『윌손』 역시 식민지 조선의 관심사였던 민족자결주의 부분은 거론되지
않는다. 식민지 상황임을 십분 고려하자면 총독부의 검열로 인한 것으
로 해석 가능하지만 일차적으로는 번역 원본 때문으로 보인다. 1921년
이라는 다소 빨랐던 번역 시점으로 인해 그의 전기는 민족자결주의 부
분을 포함하지 않게 되었으나 덕분에 그는 번역전기사를 통해 볼 때 가
장 빨리 소개된 사례가 되었다. 이제 동시대 활동하는 위인의 전기가 탄
생하는 시대가 도래하게 된 것이며 이는 세계가 역사로서 학습되는 대
상이 아니라 사건과 정치로서 참여, 공유되는 대상으로 인식되기 시작
했음을 뜻한다.

1) 동시대 세계 위인의 탄생

『윌손』[121]은 1921년이라는 시점에서 나올 수 있었던 전기이다. 1918년 윌슨이 발표한 14개 조안 중 제5조인 '민족자결주의'는 그것의 본래 의도나 실행 여부와는 별개로 식민지 조선에서는 희망적인 해석을 낳았으며 3·1운동에도 영향을 주었다. 1921년 상해 임시정부에서 발행된 『독립신문』의 안창호 강연에는 미국 정치 판도에 대한 설명이 윌슨을 중심으로 하여 자세히 실려 있었다.[122] 세계정세, 특히 미국 동태 및 민족자결주의에 대한 조선의 관심 속에서 『윌손』 전기는 번역되었던 것이다. 한성도서는 단행본을 내기 이전에도 1919년 12월 자사 잡지 『서울』 1호에 윌슨 전기를 게재했으나 구성과 내용이 일치하지 않는 것으로 보아 두 전기는 다른 원본을 참조한 것으로 보인다. 윌슨은 그 밖의 신문·잡지에서도 소개되었으며, 현대 인물 열전으로 발행된 단행본 속에 포함되어 나오기도 했다. 1921년 광문사 편집부를 통해 발간된 『구미신인물』은 '韋逸遜'(윌슨)을 비롯하여 '레닌', '토로스키(트로츠키)' 등 서구 정치계 인물 14명으로 구성되어 있었다. 여기 실린 윌슨을 비롯한 목록의 인물들은 1921년 당시 활약하거나 살아 있던 인물들로 『구미신인물』은 세계 정치에 대한 관심 속에서 발간된 것이다. 이 중 윌슨은 "시세를 遇ᄒ야 자연히 위인이" 된 소위 "평범한 위인"으로 불린다. 허나 그는 "강화회의의 중추인물이 되어 세계의 권위자로 세인이 모다 그 일언일동에 주목"하게 된다.

　윌슨은 '서양→일본→조선'의 경로로 들어온 이전의 다른 인물들의

121　윌슨의 한자 표기는 '威逸孫'이었다. 참고로, '포드'와 '에디슨'은 윌슨의 지지자이자 후원자였다. 에디슨은 윌슨 정권 때 군사 기술도 협력했다. 따라서 포드와 에디슨의 위인화나 위인 서사의 확산에 이러한 정치적 관계가 작용했을 가능성을 배제할 수 없다.

122　「安昌浩氏의 演說(第二面續)」, 『독립신문』, 1921.5.21.

전기에 비해 가장 빠른 속도로 조선에 상륙했다. 미국 역대 대통령 워싱턴이나 링컨의 전기가 조선에 도착하기까지 걸린 50~100여 년의 세월에 비하면 1911년 미국 대통령 취임, 1916년 재선, 1921년 3월 은퇴한 윌슨의 전기가 곧바로 1921년 번역 출간되었다는 것은 비약적인 속도의 발전인 셈이다. 이는 현실적 토대의 변화로 가능했다. 1910년을 거치면서 근대 교육 제도를 통과한 식자층이 늘어났고 인쇄·출판 허가와 함께 독자층도 확대되었다. 3·1운동 전후로 식민지 조선의 윌슨에 대한 인지도와 관심이 고조되었고 1920년 때마침 민간 신문과 잡지·출판사가 대거 등장하게 되어 좀 더 많은 대중들이 세계정세를 실시간으로 파악할 수 있게 되었다. 이후 신문·잡지 저널리즘이 극에 달하는 1930년대에 이르면 세계적으로 이슈가 되는 사건, 인물들에 대한 공유가 더욱 확실해진다. 예를 들면, 퀴리부인의 경우는 그녀의 노벨상 수상, 서거, 딸에 관한 소식과 퀴리부인 전기의 발간, 그리고 영화제작 보도 등의 사건을 계기로 신문을 통해 그녀에 관한 기사가 실시간 보도되었고, 헬렌 켈러의 경우도 일본·조선 방문이나 세계적 봉사 활동 등이 보도되면서 식민지 조선인들도 그들의 존재를 실시간으로 감지하며 인지도를 넓힐 수 있었다. 그리고 이런 식으로 형성된 인지도는 이들의 전기나 자서전이 수용될 수 있는 토대가 되었던 것이다.

그런데 1930년대 후반이 되면 식자층들은 일본어본을 직접 읽게 되었고 따라서 앞의 표에서 살펴본 것처럼 조선어 번역전기의 출간은 세계화가 진행된 것에 비해 현저히 줄어들게 된다. 이처럼 『윌슨』전기의 번역은 신문·잡지의 보급을 토대로 하고, 자국의 이해관계와 얽힌 세계 정치에 대한 관심이 고조되었으며 일본어본 전기의 수입과 독서가 아직 극대화되지 않았던 1920년대 초반의 시대적 특수성 속에 탄생한 것이다. 이렇게 동시대 인물이 위인의 반열에 오르고 전기로 발간된 『윌슨』의 사례는 서양 정치가, 사업가, 과학자, 예술가뿐 아니라 배우,

스포츠 스타 등이 신문, 잡지, 라디오 매체를 통해 실시간으로 소개되어 독자층들에게 소비, 비판, 숭배될 수 있게 되는 1920~1930년대의 풍토를 여는 신호탄이기도 하다.

이러한 현상이 적극적으로 진행된 것은 1920년 이후의 일이지만 일찍이 근대 계몽기의 신문 역시 독자들로 하여금 특정 개인을 공유하도록 했다. 민영환이라는 개인의 자살이 『황성신문』을 통해 사건으로서 보도되고 '혈죽일화'라는 강렬한 서사와 이미지로 각인됨으로서 공중이 민영환의 존재를 '조선'의 운명과 표상으로 공유하게 된 사례가 그것이다.[123] 잡지 역시 마찬가지였다. 1900년대 『소년』이 보여준 세계적 사상과 인물에 관한 언급이 계몽주의 시대에 관한 것에까지 머물러 있었다면 1910년대 중반 이후에는 당대 활동하는 외국 사상가들까지 본격 소개되기 시작했다.[124] 이렇게 세계 문명적 조류에 참여하고 싶다는 욕망과 관람의 차원에서나마 참여할 수 있게 해주는 매체적 토대 속에서 동시대 세계 인물을 공유하는 것이 가능해진다.

한성도서의 『월손』은 김억이 일본어판 월슨 전기를[125] 번역한 것이다. 1914년부터 일본에서 발간된 월슨 전기는 1918~1919년 사이에 집중적으로 발간되었다. 따라서 1921년에 조선에서 발간된 월슨전의 경우는 '서양→일본→조선'의 경로를 통해 도착했던 번역본 중 시차가 가장

123　앙드레 슈미트, 정여울 역, 『제국 그 사이의 한국』, 휴머니스트, 2007, 334~335면.
124　권보드래, 「진화론의 갱생, 인류의 탄생」, 『대동문화연구』 66, 대동문화연구원, 2009, 231면.
125　蘇峯 德富猪一郎 監修·國民新聞社 編輯部長 石川六郎編輯, 『ウイルソン : 新時代叢書』 2, 民友社, 1919.8. 민우사 다음으로 유사한 다른 판본으로는 『大統領ウィルソン』(田中達, 實業之日本社, 1918(大正7))이 있다. 1920년 이전까지 발간되어 일본 국회 도서관에 현재 소장되어 있는 월슨 전기는 다음과 같다. 橫山時彦, 『世界的新偉人ウヰルソン』, 養賢堂, 1914(大正3); ウイルソン, 『世界民衆のために』, 正午出版社仮營業所, 1918(大正7); 田中達, 『大統領ウィルソン』. 實業之日本社, 1918(大正7); 高橋淸吾, 『ウイルソン』, 早稻田大學出版部, 1919(大正8); 樋口麗陽, 『ウイルソン言行錄』, 日本書院, 1919(大正8); 蘇峯 德富猪一郎 監修·國民新聞社 編輯部長 石川六郎編輯, 『ウイルソン : 新時代叢書 2』, 民友社, 1919(大正8).

짧은 편에 속한다. 『윌손』에는 장도빈의 서문과 역자 김억의 덧붙이는 말이 실려 있다. 그 작성 일자는 각기 1920년 8월 19일과 8월 3일로 되어 있어 발행일자보다 1년 정도 앞선다. 장도빈은 서문에서 정치가이면서 인도주의자인 보기 드문 경우로 윌슨을 소개한다. 그는 윌슨이 인도주의의 정치가로서 링컨과 워싱턴의 계승자라고 한다. 이로써 조선에서 미국 대통령의 전기로는 워싱턴과 링컨에 뒤이어 세 번째로 윌슨의 전기가 발간되게 된 것이다. 게다가 『윌손』 전기는 "와싱톤은 자기 민족의 자유를 위하야 성공하얏고" "린컨은 일국부의 흑인을 위하야 성공하얏지만 이제 윌손 씨는 전 세계 인류를 위하야 공헌하얏나니"라면서 윌슨이 전 세계 인류에 공헌한다는 점에서 워싱톤, 링컨보다도 그 사업이 "더욱 광대"함을 격찬한다. 장도빈은 윌슨에 관한 평가가 호평과 혹평을 오가고 있으나 윌슨이 "세계 평화를 촉진시키고 세계 약자에게 동정한 것은 사실"이라면서 그의 "반생 역사만 가지고도 족히" 그를 "위인의 예에 넣을 만"하다는 입장을 취한다.

윌슨 서사의 지배기표는 '세계 평화'이자 '정의', '민주주의', '민족자결주의'였다. 1924년 『동아일보』 사설은 윌슨의 죽음을 보도하며 그를 "민족자결주의의 父"로 호명했다.[126] 『매일신보』 역시 1937년 소년란에 윌슨 소전을 게재하며 "세계 평화의 은인"으로 그를 명명한다. 『동아일보』와 『매일신보』가 초점을 맞춘 부분은 다소 달랐으나 조선인이 보기에 '민족자결주의'와 '세계 평화'란 당시 크게 다른 개념이 아니었다. 즉, 『윌손』 전기는 '민족자결주의'가 세계 평화를 추구하는 강자의 약자에 대한 동정에 근거한 것이라고 보는 믿음 속에 탄생한 것이다.

'미국→일본→조선'인 조선어본 윌슨 전기의 번역의 경로는 민족자결주의의 유입경로와 일치한다. 민족자결주의는 '재미조선인→재일·재

---

126 사설, 「『윌손』氏를 吊함, 民族自決主義의 父」, 『동아일보』, 1924.2.5.

중·재러 조선인'을 거쳐 조선인에게 유입되었으며 조선에서의 주요 수용 주체는 신문과 미국인 선교사였다.[127] 조선은 이제 미국의 지원을 통해 세계 여론을 조성하여 조선 독립을 이룩하고자 하는 현실적 가능성을 꿈꾸게 되었다. 조선인은 1919년 3·1운동이 좌절된 이후에도 1920년 9월 미국 상하의원단이 조선을 시찰하고 미국으로 돌아갈 때까지 식민의 부당함과 독립의 의지에 대한 세계적 호소를 지속적으로 시도하였다.[128] 이미 종교, 교육, 의료 등의 분야에 있어 미국계 기독교 선교사에 의지해왔던 식민지 조선은 윌슨의 민족자결주의를 계기로 정치적, 심리적으로도 대미 의존성이 본격화된 것이다.

김억은 단행본 뒷부분에 역자의 말로 두 단락을 덧붙였다. 김억은 『윌손』전을 번역하며 역자로서 아쉬운 점을 남기는데 이 부분이 의미심장하다.

윌손전을 번역하는 데 무엇보다도 유감되는 것은 불국에서 모힌 국제연맹회에서 활약하든 윌손을 말하지 못하는 것이다. 이것은 역자의 깊이 유감하는 바이다. 만은 전화줄 같은 역자는 원본에 없는 것을 보충하기도 어렵고 하야 원문 그대로 譯出하였다. 정치가의 수완을 가장 잘 표명한 것은 14개조의 조문인 것은 물론이다. 그 조문으로 인하야 얼마나 세계 소약국에게 활기를 주엇으며, 또는 더욱 그 자결주의가 얼마나 더, 활기 업는 암흑 속에서 부르짓는 국민에게 한줄기의 광명을 엇게 하엿으며, 자치의 길을 발케 주엇는가. 이를 생각하면 생각할사록 윌손은 근대적 의미엣 정치가임을 늣기겟다. 모든 국민은 모든 갓튼 점에서 생활하고 갓튼 점에서 진전하지 아니하여서는 아니되겟다.[129]

---

127 유선영, 「3·1운동 이후의 근대 주체 구성 : 식민적 근대주체의 리미널리티」, 『대동문화연구』66집, 대동문화연구원, 2009, 256면.
128 위의 글, 263면.
129 『윌손』, 한성도서주식회사, 1921, 198~199면.

　　김억은 여기서 『윌손』전이 원본을 충실히 따른 번역본이며 따라서 "전화줄 같은 역자"로서는 원문에 없는 것을 덧붙이기 어려웠다는 점을 밝혔다. 장도빈은 서문에서 김억이 '成'했다고만 했지 번역본임을 명확히 드러내지 않았는데 이 단락은 『윌손』이 원서에 충실한 번역본임을 분명히 했다. 김억은 전기물 번역시에 원본에 가감하지 않고 충실한 번역을 해야 한다는 번역관을 가지고 있었던 것이다. 번역가를 "전화줄"이라고 한 김억의 표현은 그의 번역자로서의 정체성을 잘 대변한다. 그는 비단 『윌손』에서뿐 아니라 다른 지면에서도 번역자를 "진정한 소개자, 전신줄"로 비유했다.[130] 원문에 없음을 아쉬워하는 내용은 바로 윌손의 민족자결주의에 관한 것이다. 본문에서는 국제연맹에서의 활약이 한 문장으로 요약되어 그의 일관된 "民本主義의 信仰"이 언급된다(18면, 이하 『윌손』 면수만 표기). 그는 번역 원본이 되는 윌손 전기에 윌손이 1차 대전 후 국제연맹에서 발표한 민족자결주의가 담긴 14개 조문의 내용이 누락되어 있음을 몹시 아쉬워하며 이것이 약소국에게 광명이자 자치의 길을 열어주었음을 강조한다. 윌손의 조약이 모든 약소국을 위한 것이었음을 믿어 의심치 않았던, 그리고 1919년 3·1운동을 일으켰던 식민지 조선의 분위기를 반영하는 대목이다. 하지만 1918~1919년에 일본에서 발간된 윌손 전기를 원본으로 한 조선어본은 정작 민족자결주의가 주창되던 시대까지는 포함되어 있지 않은 전기를 번역하게 된 것이다.

　　그런데 '민족자결주의'로 식민지 조선인들에게 희망을 가져온 윌손이라는 인물의 전기 발간은 총독부 검열의 제재를 받을 수도 있었을 것이다. 일본의 관(官) 철학자 이노우에 데쓰지로의 예를 들면, 그는 윌손의 민족자결주의가 조선에는 해당되지 않음을 주장했고 그 근거로 일선동조론과 온정주의 논리를 들었다.[131] 하지만 일본 역시 기본적으로 윌손

130　한경희, 「김억의 근대문예 인식 연구」, 『어문학』 101, 한국어문학회, 2008.9, 426면.

의 정책에 호의가 없었던 것은 아니다. 미국에서는 1907년부터 미국 본토 이외를 경유한 일본인 이민을 금지하는 연방이민법이 실행되고 있었으며, 백인 중심의 국제무대에서 활약하게 된 일본은 이를 '인종차별' 문제로 제기하게 된다.[132] 이에 윌슨은 연방 창설을 위해 일본의 요구를 받아들였으나 미국 의회는 반대했다. 또한 캘리포니아 주에서는 미국 귀화권이 없는 외국인의 토지소유 금지 법안을 통과시키고 입국 이민자에게 어학시험을 실시하자는 제안도 있었지만 윌슨은 이러한 규정들을 철폐 혹은 제지시켰다(112~113면). 그리고 여기서 언급하는 외국인이란 대체로 일본인이었기에(112면) 그의 정책은 일본 측에서 환영할 만한 요소를 곳곳에 가지고 있었다.[133] 따라서 민족자결주의를 전면에 내세우지 않는 한 윌슨의 전기 자체는 적극적인 검열의 대상이 되지 않았던 것이다.

2) 국가의 영웅에서 인류의 은인으로

고대 중세 영웅전이 그러했듯이 윌슨 전기 역시 주인공에 관한 부정적 사실들을 합리화한다. 윌슨이 대학시절 성적이 나빴던 것은 장래를 위한 연구를 준비했기 때문이라고 설명된다(5면). 위인의 어린 시절이

---

131 고마고메 다케시, 오성철 외역, 『식민지제국 일본의 문화통합』, 역사비평사, 2008, 254면.
132 이성환, 『전쟁국가 일본』, 살림총서, 2005.
133 『윌슨』 전기 본문에는 다민족으로 구성된 미국의 국가관, 민족관이 나오는 데 당시 제국 일본과 식민지 조선이 이를 어떻게 독해하였을지 흥미롭다. 미국 내에 거주하는 다양한 민족 구성원들은 제1차 세계대전을 겪으며 자신의 모국인 출신국의 동향에 동요했다. 윌슨은 이들 이민자들에게 '출신 국가, 민족'보다도 '새롭게 맺은 국가와의 관계'와 '새로운 국익'에 집중할 것을 당부했다. 즉 현재 살고 있는 국가와의 계약관계가 출신 조국보다 우선할 것, 그리고 민족보다 국가를 선택할 것을 주장했다. 일선동조론 등을 통해 식민지 조선과 일본의 연대의 필연성을 펼친 일본의 제국주의 국가관은 다민족 연합국인 미국이라는 국가 체제를 어떻게 해석했을지, 이는 흥미로운 지점이다.

늘 그렇게 그려지듯이 윌슨 역시 독서를 통해 꿈을 다진다. 그는 『신사잡지』[134]의 「영국 의회의 인물과 그 태도」라는 기사를 읽고 정치가의 꿈을 키웠으며 이러한 동기부여 속에서 면학에 힘쓰게 된다(6면). 그리고 "공공적 생활의 지도자가 되려는 준비(7면)"를 위해 정치가, 정치학 그리고 대정치가의 전(傳)을 연구하기 시작한다. 『윌슨』과 같은 위인전기는 공인의 전기를 학습 모방하는 것을 공인이 되는 방법으로 제시한다.

또한 『윌슨』은 영웅전류와 유사한 흥미를 유발시키는 요소도 갖추고 있다. 윌슨의 적수가 등장하여 그를 해하려 드나 사람들이 그의 인격과 실력을 알아보고 결국 윌슨이 승리하게 된다는 식의 선악 대결 구도가 갈등의 기본 축을 이룬다. 『윌슨』 전기에 따르면 그는 기본적으로 위대한 인격과 탁월한 정치적 식견을 갖추고 감화 감동을 이끌어내는 연설 능력을 겸비한 자이므로 그가 정치적으로 성공하거나 존경받는 것은 지극히 당연한 일로 그려진다.

그는 교육계와 정치계에서 혁신적 결단과 실행을 통해 모든 것을 민주적이고 합리적이며 발전적으로 바꾸었다고 칭송된다. 귀족학교, 타성에 젖은 학교를 민주적 학교, 활성화된 학교로 만들었고 정치계에서도 상업 자본의 권력을 철폐하고 노동계를 배려했으며 3권 분립 기반을 잡고 직접선거법을 추진했다. 그의 전기는 그가 대자본가보다는 소자본가를, 사업가보다는 소비자를, 귀족보다는 노동자를 배려한 점 등을 강조하며 윌슨이 약소자를 배려했다는 점을 지속적으로 언급한다.

이렇게 당시 현존하던 인물인 윌슨의 전기는 구체적인 언행·업적이 각종 기록과 증언 등에 의지하여 기술되고 있다는 점에서 수천 년 전 고대 영웅전기인 『한니발』이나 『데모쓰테네쓰』와는 차이를 보인다. 윌슨의 전기는 그의 일기, 서신뿐 아니라 지인들의 평판과 증언에 따른 미담,

---

[134] 이 『신사잡지』란 영국에서 18세기 후반부터 만 부 이상 발간된 식자층 독물이다.

언론의 기록 등을 주요한 자료로 채택한다(8면). 근대의 인물을 대상으로 한 근대의 전기물은 이제 인물에 관한 객관적 자료들을 근거로 전기를 구성하게 된 것이다. 즉, 실제 인물의 행적을 보다 사실적으로 진실되게 그리는 '과학적' 전기에 대한 요구가 생긴 것이다. 과학적 사고를 기반으로 하는 근대적 교육 제도를 통과한 세대는 이제 전기를 볼 때 쉽게 흥분하거나 감동에 빠지지 않고 과학적 사실을 재단하고 요구하게 되었다.[135] 그의 전기는 근대적 서양 전기의 전형으로 고대 중세의 영웅 전류와 함께 서양으로부터 조선에 들어온 것이다.

근세 위인인 윌슨은 고대 중세 영웅과 달리 '공인'으로 불렸다. 윌슨의 대통령 선거 연설 대목에 '공인'이라는 어휘가 등장한다. 그 문구는 다음과 같다. "대개 公人되야 중대한 책임으로 제일 늣기는 것은 내가 국민 정신의 신경을 충분히 이해하지 못하지 안나 하는 걱정이다." 국민에 대한 책임감을 느끼며 스스로를 '공인'이라 부르는 이 대목은 사실상 '위인 = 공인'이 된 근대적 위인 개념을 상징적으로 보여준다. 하지만 그는 일국의 위인을 넘어선 인류 보편의 가치를 추구한 인류의 위인으로 불렸으며 바로 이 점에서 그는 워싱턴이나 링컨과 대비되어 고평되었다. 근세 위인 서사는 일국에 한정되지 않는 전 세계에 감응을 불러일으키는, 윌슨의 예를 들면 '세계 평화'와 같은 지배기표를 확보하고 있어야만 했다.

프랭클린의 자서전이 식민지 조선인에게 모방의 대상으로서 권유된 반면, 윌슨 전기는 모방이 아닌 학습과 동경의 대상으로 존재했다. 그들의 실제 삶이 어떠했는지 여부와는 별개로 그 서술 방식과 소개의 태도를 보면 프랭클린은 일상적 실천을 통해 누구나 그처럼 도달할 수 있다는 희망을 불러일으키도록 서술된 반면에 윌슨은 그렇지 않았다. 이는 조선에서 프랭클린이 경제적 주체였던 반면 윌슨은 정치적 주체였다는

---

135 Andre Marouis, *Aspects of Biography*, Turtle Point Press, 2010, p.24.

사실과 연관되어 있다. 식민지 조선에서 경제적 영역은 제한적이나마 식민지 자본주의가 허용하는 영역이 있었기 때문에 현실적으로 출현 가능한 정체성이었으며 개인은 일상 속에서 이미 생산과 소비의 주체였다. 한일병합 이전에는 정치적 주체를 다룬 영웅 전기가 발간되었으나 한일병합 직후에 발간될 수 있었던 두 권의 번역전기물은 미국인 실업가 주체인 카네기와 프랭클린에 관한 것이었음은 이를 뒷받침한다. 식민지민의 정치적 참여는 허용되어 있지 않았고 따라서 정치적 전망과 실천의 서사란 사실상 불가능할 수밖에 없었다. 통치 권력인 국가는 정치적 영역에서만큼은 개인과 민족을 철저히 대상화시켰고 따라서 조선인이라는 개인과 민족은 정치적 주체로 거듭날 수 없었다. 따라서 정치적 주체였던 윌슨 또한 모방의 대상이 아니었으며 조선인은 그의 시혜를 기다리는 자세로 대했다. 윌슨 전기 번역물은 식민지 조선이 '민족자결주의'를 통해 독립을 향한 정치적 희망을 미국에 걸게 된 집단적 심리를 반영한 산물이었으며 이러한 강렬한 절박함이야말로 윌슨 전기가 거의 동시적으로 조선에 발간되게 만든 속도의 원동력이었던 것이다. 해방이 되면 국가 재건기에 윌슨의 민족자결주의와 식민지 문화주의가 재부상되는 국면을 맞이하게 되므로, 1920년대 초 윌슨의 민족자결주의가 발표된 직후 식민지 조선의 윌슨 수용 양상은 좀 더 상세히 논구될 필요가 있다.

4. 국민으로서의 여성의 위치 : 『세계명부전』

앞서 살펴본 것처럼 남성 위인이 근대 국민국가라는 공공영역에 기

여하는 '공인'으로 형상화되었다면 여성 위인은 이러한 남성 주체의 성
장과 활약을 보조하는 인물로 자리매김 된다. 전통적 미덕으로 간주되
기 쉬운 현모양처형 서사는 '서구 부인'들을 주인공으로 하여 강화되었
으며 그것은 결국 국민으로서 여성의 역할을 확고히 했다. 1910년대 번
안소설이나 신소설은 욕망에 충실했던 여성들이 결국 타락하고 회개하
고 이후 "남자에게는 순종하고 자식에게는 희생하는 전통시대의 여인
으로 변신"[136]하는 인생행로를 그렸던 것과 달리, 전기물은 애초에 타락
과 방종, 회개라는 고초 없이 이상적인 정신과 실천으로 일생에 임하는
서사를 보여준다.

　한성도서주식회사의 『세계명부전』은 서양 여성이 주인공인 번역전
기물로, 1922년부터 1937년까지 15년 동안 4판이 발행된 스테디셀러물
이다.[137] 베스트셀러 작가 노자영이 공역자로 참여했으며 그의 대표작
『사랑의 불꽃』도 같은 해에 출간되었다. 『세계명부전』은 다른 번역전
기와 달리 역자 노자영의 이름을 표지에 드러내었으며 광고 역시 적극
적으로 시도했다. 또한 중등학교 남자 교사 월급이 50~60원이던 당시[138]
한성도서 전기물 번역료는 200~300원 정도로 그 보수는 높은 편이었다.
이렇게 베스트셀러 작가를 번역자로 전격 기용했고 번역료도 높이 줄

---

136 양문규, 「1910년대 『매일신보』 소설에 나타난 일상성의 문제」, 『개화기에서 일제강점기
　　까지 한국 근대 일상생활과 매체』, 이화여대 출판부, 2006, 24~25면.

137 김종수는 「일제 강점기 경성의 출판문화 동향과 문학서적의 근대적 위상 : 한성도서주식
　　회사의 활동을 중심으로」(『서울학 연구』35, 서울학연구소, 2009, 259면)에서 1923년도 본
　　을 초판으로 보고 1924, 1928, 1937까지 총 4판의 존재를 기록했는데, 이화여대 소장본에는
　　'1922년 8월 17일 초판 발행' '1923년 1월 20일 재판 발행'이라고 기재되어 있는 것을 보면
　　1922년도 본이 초판본이다. 그리고 독립기념관 소장본인 1937년판에 '4판'이라는 표기가
　　있는 것으로 보아 초판을 1922년으로 가정할 때 '1922~1924, 1928, 1937'까지 중 4판본만 존
　　재가 가능할 것이다. 그런데 연구자가 확인할 수 있는 현존 판본은 1923(이화여대), 1928
　　(소화 3년, 국립중앙도서관), 1937(소화 12년, 독립기념관, 한국학중앙연구원)이므로 1924
　　년도 판본을 제외한 '1922~1923, 1928, 1937'이 4판을 구성하는 것으로 보인다.

138 유선영, 「3 · 1운동 이후의 근대 주체 구성」, 『대동문화연구』66, 대동문화연구회, 2009, 276면.

수 있었던 정황을 볼 때, 번역 위인전기는 필자나 출판사 측에서 소위 돈벌이가 되는 출판물이었음을 알 수 있다.

이렇다 할 다른 여성 번역전기물이 없는 시대 상황 속에서 『세계명부전』은 식민지 시대의 여성 위인상을 반영, 선도한 상징적 존재라고 할 수 있다. 25명의 전기로 이루어진 『세계명부전』에는 애국계몽기 여성 영웅전 주인공인 잔다르크와 라란부인이 들어가 있다. 따라서 『세계명부전』은 1900년대 여성 전기인 『애국부인전』과 『라란부인전』의 뒤를 잇는 1920년대의 대표적 여성 번역전기물에 해당된다고 볼 수 있다. 『세계명부전』의 발행 부수를 추정하면 최소 5,000부 정도 발행·유통된 것으로 보인다.[139] 그리고 그 독자는 비단 여성에 한정되어 있지 않았다. 오히려 남성 전기는 남성을 독자로 지목했지만 여성 전기는 남녀 모두를 독자로 호출했기 때문에 그 독자층이 오히려 두터울 수 있었다.[140] 따라서 『세계명부전』은 여성과 남성의 여성상에 공히 영향을 미쳤다고 볼 수 있다.[141]

번역 역사전기물은 을사조약과 한일병합 사이에 집중적으로 발간된 출판물이며 그중 여성 전기는 대표적 서적이었다. 그중 『라란부인전』(1907, 1908)[142]과 『애국부인전』(1907)[143]은 시대를 대표하는 여성 주인공 전기이다.

---

139 한성도서 베스트셀러인 노자영의 연애서간집 『사랑의 불꽃』이 초판 2,000부, 재판마다 1,000부를 찍었다는 기록을 근거로 하면 4판 발행된 『세계명부전』은 총 5,000부 정도 발행되었다고 추정해 볼 수 있다.

140 『서사건국지』나 『이태리건국삼걸전』이 '군자'라는 남성 독자를 대상으로 발간된 반면에 『라란부인전』과 『애국부인전』은 '무론남녀', '유지한 남자와 부인'이라는 남녀 독자를 모두 상정하고 있었으니 이들 여성 번역전기물의 타겟 독자층은 남녀를 포함하고 있었다.

141 『세계명부전』의 '서문'은 이 출판물이 여성운동의 일환으로 기획된 것임을 표방한다. '서문'은 여성이란 고금을 막론하고 핍박을 당한 존재이니 그중에도 "자기의 개성을 적나라히 발휘한 여성"을 보면 감탄과 경복을 금치 못한다면서 여성운동이 일어나 "해방의 소리가 요란한 금일"에 이르러 그 "여명의 눈뜨는 조선사회에 조그마한 기여라도" 하고자 이를 편찬한다고 그 의의를 밝혔다. 따라서 『세계명부전』 텍스트에 관한 분석은 이러한 '여성운동'의 실상, 이상적 여성 주체로 제시된 여성의 구체적 형상을 파악하는 일이 될 것이다.

142 『라란부인전』, 대한매일신보사, 1907(초판), 1908(재판).

143 장지연, 『애국부인전』, 광학서포, 1907.

이는 여성 독자에게는 여성의 사회 참여 모델의 이상적 사례로 제시되었다. 이러한 풍토는 이광수의 소설에도 담겨 있다. 당시 "나란부인전이니 약안부인전이니 하는 서양의 애국녀성의 전긔들이 만히 루행"[144]하여 소녀에게는 "나란부인이나 약안부인이 되어라"는 말은 일종의 "축복"이었던 것이다. 한편 이러한 여성의 고난과 투쟁의 서사는 남성 독자에게 더욱 분발할 것을 촉구하는 자극제로 기능했을 뿐 아니라 비극적 여성의 최후 결말은 민족수난서사로 독해되기도 했다.[145]

그런데 이러한 애국계몽기 구국의 여성영웅 전기물은 한일병합 후 총독부에 의해 발행이 금지되었다. 세계 여성 위인열전, 소전 형식의 연재기사가 신문·잡지에 이따금 출현하기는 하였으나 이들이 소전이나 특집, 연재물, 가십기사 등으로 빈번히 게재된 데 비해 막상 단행본으로 발간된 경우는 드물다. 이러한 정황 속에서 발간된 『세계명부전』은 신문·잡지에 지속적으로 광고되었다. 이들의 서문이 쓰인 날짜는 각 판본의 발행일에 맞추어 수정되어갔지만 서문 및 본문의 내용은 1923년부터 1937년까지 일치한다. 한성도서주식회사의 여성 전기 두 종 중 한 종이 『세계명부전』이며 다른 한 종은 『짠딱크』인데 현존본은 확인할 수 없다.

본 장은 남성 국민을 양육·보조하는 존재로서 여성의 정체성이 서양 부인의 전기를 통해 강화되는 양상과 이러한 서사물이 메이지 시기 발간된 일본 출판물을 경유하여 들어왔음을 규명하고자 한다. 이를 위해

---

144 이광수, 『그 여자의 일생』 1회, 조선일보 1934.2.18, 3면.

145 이후 식민지 시기 여성 서사 역시 민족수난사로 해석되거나 국민국가 담론 안에서 주목되어 왔다. 이는 특히 장르적으로는 장편서사가 절정을 이루고 정치적으로는 총력전체제에 돌입했던 1930년대 후반 소설을 중심으로 언급되었다. "오염되지 않은 처녀성과 탈성화된 모성이 민족의 상징"이 되는 경우나 "여성 수난사가 가족 서사로 수렴되면서 민족 서사가 되"는(이혜령, 『한국소설과 골상학적 타자들』, 소명출판, 2007, 253면) 1930년대 소설, 그리고 여성들이 총후부인이라는 새로운 정체성을 부여받게 되는 총력전 체제시기에 관한 연구(권명아, 「전기 동원 체제하의 젠더 정치」, 『일제 말기 파시즘 지배 정책과 민중생활상』, 혜안, 2004 참조) 등이 있다.

먼저 『세계명부전』의 현실적 토대, 즉 식민지 시기 번역 여성 전기의 발간 정황과 서사적 특성, 그리고 시대적, 장르적 영향관계를 실증적으로 파악하고자 한다. 그리고 1920년대 번역 여성 전기의 성격을 드러내기 위해 ① 남성 전기, ② 애국계몽기 전기, ③ 조선인 여성 창작 전기, 즉 젠더·시대·장르상의 세 가지 대조점을 설정한다. 한성도서의 위인전기 총서로서 간행된 『세계명부전』은 같은 총서로 발간된 남성 전기물과 그 서술 방식에 있어 차이를 보인다. 열전 속의 25명의 인물들은 필연적으로 계급, 인종, 국적, 업적의 차이를 보일 수밖에 없는데, 그럼에도 불구하고 여성 서사로서의 공통된 특성을 보인다. 따라서 여성 전기 분석에 젠더라는 변수를 들고 온 것은 이들 다른 차이를 은폐하기 위해서가 아니라 모든 차이에도 불구하고 벌어지고 있는 하나의 차이를 더 보기 위해서이다.[146] 그리고 『세계명부전』에는 애국계몽기 여성 전기의 흔적이 남아 있으면서 동시에 그와는 차별적인 1920년대 산물로서의 특징이 있다. 또한 『세계명부전』은 이후 발간되는 『조선명부전』(1925)의 탄생에 영향을 주므로 그 연관 관계에 주목하여 번역전기가 창작 전기에 미치는 영향 관계에 관한 본격 연구의 초석을 마련하고자 한다. 이에 덧붙여 현모로서의 여성 인물의 부각과 함께 '소년 위인전'이나 '위인의 소년시대'와 같은 독서물이 신문 잡지의 연재란에 고정되는 현상을 살핀다.

1) 메이지 일본과 식민지 조선의 서양여성전기

앞서 '번역 원본'항에서 확인했듯이 『세계명부전』은 일본어본 서양 여성 열전들을 편집 번역한 것이다. 그렇다면 『세계명부전』이 참조로

---

146 우에노 치즈코, 이선이 역, 『내셔널리즘과 젠더』, 박종철출판사, 1999, 204면.

했던 일본어 서양 여성 열전들은 어느 문헌을 참고하여 작성된 것이고 어떤 의의하에 쓰인 것인가? 일본에서는 1900년 전후를 기점으로 하여 다양한 서양 여성 전기들이 발간되었는데, 그 인물 구성을 보면 서로 교집합과 여집합을 보인다. 이 중 『세계명부전』과 8항목이 일치하는 『近世名婦伝』(1909)의 경우는 저자가 저술시 참조로 한 14권의 영미권 여성 전기물 목록을 '緖言'에서 밝히고 있다.[147] 이들 영미 서적은 1880~1906년대 전후 서양 여성 전기물이다. 저자는 이렇게 다양한 여성 인물 전기를 한 권에 넣는 것이 일본에서 일찍이 없었던 일인 것처럼 자부심을 내비치지만 1909년 이전에도 서양 여성 번역 및 창작 열전은 이미 다수 존재했었다.[148] 이를 통해 구성된 인물 목록 중 최다수는 영국인이 그 다음

----

147 『近世名婦伝』(1909)이 참조로 한 영미 저술 목록은 다음과 같다. *Autobiography*, by John Stuart Mill, London, 1882; *Charotte Bronte*, by C.K. Shorter. New York, 1905; *Famous Leaders among Women*, by S.K. Bolton. New York, 1895; *Famous Sister of Greatmen*, by Marianne Kirlew. London; *Famous Types of Womanhood*, by S.K. Bolton. New York, 1892; *Girls who Become Famous*, by S.K. Bolton. New York, 1886; *Home Life of Great Authors,* by H. T. Griswold. Chicago, 1905; *Life of Charotte Bronte*, by A. Birrell. London, 1887; *Life of Garfield*, by W. M. Thayer. New York, 1883; *The Romance of Woman's Influence*, by A.Corkram. London, 1906; *The Women of the Salons and other French Portrait*, by S.G.Fallentyre. London, 1901; *True and Noble Women*, by H.C. Ewart, London, 1901; *Twelve Notable Good Women*, by R.N. Carey. New York, 1902; *Women of Worth*, by Lee and Shepard Publishers. Boston, 1889.

148 關信三 편, 『古今万國英婦列伝 : 卷之上』, 集賢閣, 1877; 小島玄壽 편, 『日本列女伝 : 卷の1』, 山中八郎, 1878; 岡田霞船 외편, 『近世名婦百人撰 : 初編上』續変態百人一首 : 第86冊, 聚榮堂, 1881; 岡田霞船 외편, 『近世名婦百人撰 : 2編卷之2』續変態百人一首 : 第86冊, 聚榮堂, 1881; 岡田霞船 편, 『近世名婦伝 : 孝貞節烈』上, 聚榮堂, 1882; 隅田古雄 편, 『日本名婦伝』, 錦耕堂, 1883; 柳亭種彦 외편, 『明治烈婦伝 : 續』, 文永堂, 1883; 町田瀧司 편, 『貞操名婦伝』, 文盛堂, 1884; 林正躬, 『大東列女伝』, 浪華文會, 1884; 隅田春曉 畵, 『皇國烈婦伝』, 淸玉堂, 1885; 鈴木金次郎 편, 『新編明治毒婦伝』, 金泉堂, 1886; 嵯峨野增太郎 편, 『古今名婦伝』, 日月堂, 1886; 白水常次郎(風月) 편, 『東洋百花美人伝』, 九春堂, 1887; 佐藤福雄 편, 『最近受賞孝子貞婦伝 : 付·友童義僕』, 佐藤成美堂, 1896; 瀬川さわ子, 『名女伝』, 東陽堂, 1898; 開拓社 편, 『東西名婦の面影』, 開拓社, 1900; 永山盛良 편, 『泰西名婦伝』, 勢陽堂, 1901; 岩崎徂堂·三上寄風, 『世界十二女傑』, 廣文堂, 1902; 皆田篤實(董花), 『聖書之婦人』, 東文館, 1903; 平民社同人 편, 『革命婦人』, 平民社, 1905; モリス·ブロック 외, 『偉人の母』, 博文館, 1908.

은 미국인이 차지했으며 프랑스인과 독일인이 그 뒤를 이었다. 1922년 발간된 조선의 『세계명부전』은 이렇게 1880~1900년대 서양 전기물을 참조로 탄생된 1900~1910년대 일본어본을 다시 조합하여 탄생한 것이다. 따라서 조선어본의 근간이 된 일본어본의 발간 의도 및 인물 구성 기준 등을 파악할 필요가 있다.

초기 일본어본 서양 여성 열전들은 독자들에게 서양 여성의 낯선 기질과 행동을 소개하는 의의와 난점을 밝혔다. 『泰西名婦伝』(1901) '서문'은 서양부인의 기질과 행동이 동양부인과 달라 독자들이 그들의 인정세태에 반대할 수도 있다는 우려를 표한다. 그러나 기이하고 낯설어도 그 유래와 정신을 보려하고 이를 자신의 귀감으로 삼을 필요가 있음을 강조한다. 서양 여성 전기 번역사로서는 초기에 해당하는 1901년본은 서양 전기가 서양인의 인정세태를 다룸으로서 독자에게 줄 낯설음을 주로 의식하고 있는 것이다. 1911년 『東西名婦の面影』의 '머리말'은 여기서 나아가서 여성 인물의 선택 기준뿐 아니라 기존 전기와의 차별성을 스스로 언급하고 있다. 『東西名婦の面影』은 역사 · 전기물이 유행하는 당시 여성만을 대상으로 하는 전기는 많지 않은 상황에서, 여성다운 여성, 여자의 장점을 발휘한 것들만 주로 수록했으며 따라서 분방한 여성은 배제하고자 했다고 밝힌다. 이 책은 또한 동서 현철이 남긴 금언을 삽입하고 교훈의 재료로 삼음으로써 종래의 전기와 차별화된다고 스스로 자부한다. 즉, 『세계명부전』이 참조하여 번역 편집한 일본어 원본들은 서양의 이질적 삶에 보일 독자의 거부반응에 대한 우려 속에서 소개되기 시작했고, 따라서 그 인물 목록은 여성스러움을 잃지 않은 여성을 중심으로 구성되었다. 그리고 당시로서는 전기에 금언, 이른바 위인의 명언구가 수록되어 교훈을 전하는 방식은 이전 전기물과 다른 새로운 점으로 간주되고 있었다.

메이지 시대 이래로 일본에서는 여성의 열전, 그중에서도 '위인의 처'

나 '위인의 어머니'를 제목으로 한 저서들이 다수 출간되었다. 하쿠분칸은 '家庭百科全書' 속에서 『東西名婦の面影』(博文館, 1911), 『偉人の妻』(博文館, 1912), 『賢母と偉人』(博文館, 1913) 등을 발간했으며 이들은 대체로 일본인 작가가 저술한 책이었으나 『偉人の母』(博文館, 1908)는 Maurice Bloch 저서의 번역본이었다. 여성 인물에 관한 일련의 출판물들은 시대적 요청의 산물이었다. 청일전쟁과 러일전쟁을 거치며 가정이 일국의 근본으로 자리매김되었으며 그 가정을 선량하게 하는 국가적 역할이 여성에게 부과되면서 '양처현모'에 대한 요구가 일어났던 것이다.[149] 국민인 남성의 아내이자 어머니로서의 존재감이 사회적으로 부각·중시되었으나 동시에 여성의 사회 활동도 장려되어 독신 여성의 사회적 사업도 인정하자는 목소리가 일었다. 일본의 신문·잡지들은 1차 대전시 유럽 여성들이 전장에 나간 남편을 대신해 사회 활동에 참여하는 사례를 보도했고, 일본 역시 1차 대전 이후 산업화가 진전되어 직업여성이 증가했으며 서구의 여성 운동이 적극 소개되었다.[150] 하지만 기본적으로는 국민국가의 기본 단위인 가정을 담당하는 여성을 육성하기 위해 서구의 '독신여성' 모델을 견제하고 그와 극을 이루는 일본 여성의 모델인 '양처현모'를 강조했다.[151] 그리고 이러한 어머니로서의 여성의 역할은 제1차 세계대전을 거쳐 더욱 강화되었다.

이와 같은 '양처현모'를 근간으로 하는 일본의 여성관과 여성 교육은 한일병합 이후 1911년 제1차 조선교육령을 통해 조선의 여성 교육에도 본격적으로 영향을 미쳤다. 조선 역시 19세기 말부터 여성교육의 필요

149　가토 치카코, 「'제국'일본에서의 규범적 여성상의 형성」, 하야카와 노리요 외, 이은주 역, 『동아시아의 국민국가 형성과 젠더』, 소명출판, 2009, 85~91면.

150　정진성, 「동아시아 공사 개념과 성 : 근대 국가와 민족·성」, 정문길 외역, 『발견으로서의 동아시아』, 문학과지성사, 2000, 198면.

151　가토 치카코, 「'제국'일본에서의 규범적 여성상의 형성」, 『동아시아의 국민국가 형성과 젠더』, 소명출판, 2009, 102면.

가 제기되어 1905~1910년 사이 설립된 여학교 수가 174개에 이르렀으나[152] 이들 여성 교육의 목표는 기실 현부, 현모를 양성하는 데 있었다.[153] 전통적 여성 교육에서는 '규방' 안에 한정되던 여성의 존재가 가정 내의 적극적 아내이자 어머니의 역할을 부여받게 되었으니 이는 사실상 전통적 의미에서의 여성의 역할에서는 한 발 나아간 것이다. 애국계몽기 이래로 적극적으로 전개된 '남편의 협력자·내조자·친구로서의 아내상, 자녀를 교육시킨다는 어머니상은 서양의 그것을 모범으로 한 여성상'[154]이었던 것이다. '여필종부' '부부유별'로 대표되는 이전의 전통적 '내외법'에서는 가정 내에서의 여성의 역할이 이토록 부각되고 강조되지 않았었다. 이렇듯 전통적 현모양처상에 보다 적극적인 권위가 부여되는 식의 변화가 있었다 해도 기본적으로 여성은 '가정'의 테두리에서 벗어날 수는 없었다. 개화기를 거쳐 도시화와 사회 구조의 변동으로 대가족 중심에서 부부 중심으로 점차 가족 형태가 변모하는 와중, 국민으로서의 남성과 아동이 호출되면서 자녀 교육에 있어 '어머니'의 자질과 '아내'의 역할이 더욱 강조되기 시작한 부분도 있었다.[155] 이후 제도·집단·국가적 차원에서 진행된 여성 운동 역시 자율적 개성을 추구하는 여성의 탄생보다는 가정 내 훌륭한 현모양처가 되는 방향으로 진행되는 경우가 많았다.

그리고 1920년대에 영향을 준 역사적 사건 중 하나인 1919년 3·1운동은 '조선인'이라는 식민지 민족 존재뿐 아니라, 선도적 계층으로서의 지식인, 대중들의 집단적 힘, 그리고 행위 주체로서의 여성을 가시적으로

---

152 박용옥, 『한국 근대여성운동사연구』, 정신문화연구원, 1984, 114면.
153 전경옥, 『한국 여성 정치사회사』, 숙명여대 아시아여성연구소, 2004, 210면.
154 이형랑, 「근대 이행기 조선의 여성교육론」, 『동아시아의 국민국가 형성과 젠더』, 소명출판, 2009, 139면.
155 이영아, 「신소설의 개화기 여성상 연구」, 서울대 석사논문, 2000, 10~11면.

보여준 사건이기도 했다. 3·1운동과 민족자결주의는 독립을 차세대에게 맡긴다는 과제 즉 실력 양성의 중요성을 부각시켰고 그 일환으로 자녀를 교육하는 현모의 육성을 강조하며 '현모양처주의'가 정착해갔다.[156] 1919년에는 기독교 지식인 여성이 중심이 되어 전개한 여성 계몽운동이자 민족 독립운동 단체인 대한애국부인회도 창설되었다.[157] 그리고 이러한 운동의 바람은 1922년 『세계명부전』에도 반영된다. 다음 항에서는 위와 같은 성격의 일본어본을 참조로 탄생한 조선어본 『세계명부전』의 특성을 앞서 언급한 젠더, 시대, 장르 간 비교를 통해 살펴보기로 한다.

2) 서양부인의 현모양처 서사

'여성'은 '남성'과 조응하며 이루어진 개념이자 존재이기에 '여성전기'는 '남성전기'와의 비교 속에서 그 성격과 존재 좌표를 드러낼 수 있다. 따라서 한성도서 위인전기 총서 속의 다른 남성 전기들과의 비교를 통해 『세계명부전』의 특성을 밝히고자 한다. 우선 『세계명부전』은 여성전기가 개인 단행본이 아닌 ① '열전'의 형식으로 존재한다는 점과 ② '현모양처 서사'를 기본으로 한다는 점, 따라서 그녀들의 전기에서는 ③ 공적 영역과 사적 생활의 구분이 없이 연애나 결혼, 가족사, 즉 남성과의 관계가 주요하게 언급되고 있다는 점에서 남성 개인 전기와 차별화된다.

『세계명부전』은 그 서문에서 여성이란 고금을 막론하고 핍박을 당한 존재이니 그중에도 "자기의 개성을 적나라하게 발휘한 여성"을 보면 감

---

156 홍금자, 「『기독신보』에서 보는 식민지 조선의 비공식적 여성교육」, 『동아시아의 국민국가 형성과 젠더』, 소명출판, 2009, 161면.

157 정진성, 「동아시아 공사 개념과 성 : 근대 국가와 민족·성」, 정문길 외역, 『발견으로서의 동아시아』, 문학과지성사, 2000, 213면.

탄과 경복을 금치 못한다면서 여성운동이 일어나 "해방의 소리가 요란한 금일"에 이르러 그 "여명의 눈뜨는 조선사회에 조그마한 기여라도" 하고자 이를 편찬한다고 그 의의를 밝혔다. 따라서 『세계명부전』 텍스트에 관한 분석은 이러한 '여성운동'의 실상, 이상적 여성 주체로 제시된 여성의 구체적 형상을 파악하는 일이 될 것이다.

(1) 열전으로서의 『세계명부전』

한성도서의 위인전기 총서 13권 중 11권이 남성 개인 전기이다. 『잔다르크』를 제외한 여성 전기는 『세계명부전』한 권에 열전 형식으로 모아져 있다. 세세한 삶의 경험이나 내면까지 드러내기엔 역부족인 열전이라는 형식은 군집화된 삶의 서사 속에서 일정한 패턴을 드러낸다. 따라서 『세계명부전』 25명의 주인공들은 몇 가지 여성상, 즉 어머니, 아내, 직업여성, 구국의 여성으로 유형화할 수 있다. 이는 1920년대까지 사회적으로 권고·장려된 이상적 여성상이 누적 종합된 것이다. '어머니, 아내로서의 여성상'은 전통적 여성관에 뿌리내리고 있으나 근대 국가 형성기에 국민 교육을 통해 더욱 체계화, 적극화되었고, '구국의 여성상'은 한일병합 직전 애국계몽기에 동원되었으며, '직업여성상'은 국가, 국민, 사회 전체의 생산력과 발전을 도모한다는 측면에서 여성 교육론과 함께 형성되었다. 이렇게 역사적으로 주조된 이상적 여성 주체는 가정, 국가, 사회라는 조직에 기여하는 인물이었다.

이들 전기는 여느 남성 전기와 다를 바 없이 '출생 지역, 시대, 부모, 성장, 결혼, 업적, 죽음'의 순서로 서술되며 기본적으로 근면·성실을 통해 성공했다고 서술된다는 점에서 공통된다. 어릴 적부터 남다른 재능과 총명함을 보이는 일화에 불쌍한 이들을 향한 동정, 타인에 대한 배려

등 훌륭한 인격이 드러나는 일화 또한 덧붙여진다. 다만 사치하지 않고 근검, 검소, 소박했다는 점이 빈번히 언급되는데 이는 남성 전기에서는 여러 덕목 중 하나에 불과할 뿐 이처럼 주요하게 강조되지는 않았다. 어릴 적 여성의 뛰어남을 평하는 상투어로 '남자 못지않다'가 등장한다는 점 역시 남성 전기와 다른 점이다.

단행본 제목만 보아도 여성은 '婦'로 언급되는 존재이다. 목차의 제목 또한 25명 중 10명 정도가 '賢母', '良妻', '賢母良妻'라는 수식어를 달고 있으며 호칭은 '~의 어머니', '~의 처', '~부인', '~여사'이다.[158] 그중 가장 대표적인 여성의 정체성은 '처'와 '어머니'이다. 그들은 조선에서 인지도가 높은 '나폴레옹, 톨스토이, 비스마르크, 가리발디, 글래드스톤' 등 남성 위인의 '어머니'나 '처'이기에 소개될 수 있었다. 즉, 여성은 훌륭한 남성 위인을 양육해냄으로써 존재 가치가 드러나는 존재이다. '가리발디'나 '톨스토이'는 각기 한성도서 위인전기 총서에서 『가리발디』와 『나의 참회』 개인 단행본으로 출간된 데 반해 그들의 아내나 어머니는 열전으로 묶여 소개되는 것이다. 여성은 남성 위인을 양육 · 보조하는 자로서 위인의 반열에 오를 수 있으나 그 역의 관계는 성립되지 않았다. 그 반대의 경우가 존재하지 않는다는 사실은 이것이 젠더적 차이임을 증거한다.

---

158 참고로『세계명부전』의 목차는 다음과 같다.

나머지 15명 정도는 현모양처의 타이틀을 달지 않고 그들의 업적을 내세워 소개하는데 이들은 크게 혁명전쟁에 가담한 구국의 영웅, 민중의 영웅인 '여걸, 용장, 여웅(女雄)'류와 근대적 직업여성으로 나뉠 수 있다. 그 직업은 소설가, 교육가, 화가, 시인, 과학자, 여류사회주의자, 사회개량운동가, 신문 정치계의 여걸, 그리고 박애자선가이다. 이들은 대체로 '현모양처형', '구국의 여걸형', '직업여성형'의 순서대로 나열된다. 즉, '어머니, 처, 여걸, 직업여성'의 순서로 다소 군집을 이루며 모여져서 진행되는데 그 마지막 인물군은 과학자, 시인, 화가이다. 사실상 1920년까지 여성의 직업으로 상상할 수 있는 군이 다양하지 못하였던 터이므로 이러한 직업은 여성으로서 성공할 수 있는 직업군을 제시하는 기능을 할 수 있었다.

(2) 어머니·직업부인·여왕의 현모양처 서사

본문은 '현모 웨슬레의 어머니'[159]부터 시작한다. "지금으로부터 200여 년 전에 영국 어느 시골 촌락에 한 현모가 있었다"로 시작하는 이 글은 처음부터 그를 '현모'로 정의한다. 그의 남편은 교회 일과 저작에 몰두하여 집안일은 돌볼 틈이 없어서 그가 육아, 교육, 생계를 꾸려갔다고 하는데 자녀들이 잘 성장한 것은 전적으로 그가 매일 일정한 시간 수양과 교육에 힘썼기 때문이라고 한다. 자녀 양육 시 발생할 수 있는 난관이나 생활비 부족으로 인한 고통 등은 전혀 언급되어 있지 않다. 아이들은 어머니가 교육시키는 그대로 성장한다. 웨슬레라는 인물을 키운 것은 "모다 그의 어머니의 힘"이었던 것이다. 그녀의 미덕은 "정신이 剛强한

---

159 춘성 · 양주 편, 『세계명부전』, 한성도서주식회사, 1~15면.

우에 인내의 덕을 겸비"한 것이다. 어떠한 현실적 어려움이 닥쳐도 그는 흔들림 없이 슬기롭게 대처했으며 일말의 인간적 갈등도 드러나 있지 않다. 여기에는 어떤 희생자, 불행자, 갈등 관계도 발생하지 않는 듯 보인다. 따라서 이러한 전기는 인생의 희로애락, 타락과 지리멸렬함은 삭제한 채 계몽과 진보의 상승 곡선만을 담은 이상적 서사로 봉합되어 있다.

'나폴레옹의 어머니' 편 역시 남편의 부족한 인격을 숨겨주고 그를 사랑·복종·공경한 아내로서, 또한 양육·교육·생계를 전담하여 잘 완수한 어머니로서의 여성을 그린다. 남편의 한 발 뒤에서 지혜롭게 처신하는 그 덕분에 남편은 사회적으로 인정받게 되는 것으로 서술된다. 그는 집이 불타는 순간에도 더 훌륭한 집을 짓겠다고 말하는 한 치의 흔들림도 보이지 않는 인물이다. 그의 전기에서는 역시 희로애락의 감정을 찾아볼 수 없으니 인간의 기본적 감정이 존재하지 않는 이들은 기능적 인간이자 박제된 존재이다. 여성 전기는 수난을 수난으로 여기지 않고 긍정적으로 해결하는 그들의 '지혜로움'에 집중되어 있다. 이러한 패턴은 비단 웨슬레나 나폴레옹의 어머니 전기에만 해당되지 않고 다른 현모양처형 전기에서도 비슷하게 반복된다. 남편은 가정 일을 돌보지 않고 여성이 교육과 육아·생활비까지 해결하며 그녀들은 불행이나 고투 없이 이를 해낸다. 이들 전기는 근면·검약의 생활과 희생의 정신으로 남편과 자녀 교육의 임무를 완수한 이들을 칭송하는 것이다.

이처럼 현모양처형 여성 전기는 남성 전기와 달리 성장이나 사회적 활동 및 업적보다는 결혼해서 이룬 가정을 중심으로 서술되며 어릴 적부터 지혜로운 현숙한 여성의 면모를 갖추고 있다는 점에서 차별화된다. 이러한 가정사 중심의 서술 비중은 '현모양처형'에서보다는 '구국의 여걸형'과 '직업여성형'에서 상대적으로 줄어든다 하더라도 남성 전기에 비하면 여전히 높다. 다음 항에 이어서 살필 '로란부인'의 경우도 '불란서 혁명의 꽃'으로 소개되지만 남편과의 결혼 이후 행복한 주부로서의 만족스러운 삶이 인상적으로 기술되어 있다. 로란부인은 남편과 정치생활을 함께했으나 남편과 완전히 동등하게 행동하지는 않는 여성으로서의 '조신한' 태도를 보인다. 남성의 전기와 여성의 전기가 서로 호환될 수 없는 삶의 서사를 지니고 있다는 것은 각각의 전기가 성역할의 차이를 전제로 하고 서술되고 있음을 증거한다. 무엇보다도 그들은 남편이나 아들의 이름 덕분에 존재한다. 이러한 여성의 존재감은 남성 전기와 여성 전기에 공히 드러나고 이로 인해 여성의 전기는 남성과의 관계 즉 연애나 배우자, 아들에 무게 중심을 두게 된다.

『세계명부전』 중 직업여성은 새롭게 등장한 여성 인물상임에도 불구하고 기존의 여성 역할 관념에서 크게 벗어나 있지 않다. 직업여성 중에는 미혼녀와 기혼녀가 공존하는데 미혼녀일 경우에는 아버지의 딸로서, 기혼녀의 경우에는 남편의 아내이자 자녀의 어머니로서 조명된다. 빅토리아 여왕의 경우, "현모양처 빅토리아 여왕"을 소제목으로 한 것처럼 전기 본문에서도 그녀가 가정 내에서 아내로서의 지조와 어머니로서의 자녀 교육에 제 역할을 다했을 뿐 아니라 직분에도 소홀하지 않아 여성의 모범이 되었다는 점, 그리고 그녀의 국가적 업적 소개보다는 인덕과 가정사에서의 유능함을 강조하는 일화들이 주를 이룬다.[160]

일국의 여왕의 전기가 이러한데 다른 직업군은 말할 나위가 없다. "인도 여시인 가미니 로이(Kamini, Roy)"편은 여성계의 각성을 위해, 궁극적으로 사회를 위해 교수 직업을 받아들였으면서도 결혼 후에는 자녀라는 "산(生) 시를 기르기에 밧버서 세상에 발표하는 시를 질 사이도 업고 또 그러한 생각도 없시 되얏습니다"면서 시작(詩作)을 중지하고 가정에서

---

[160] 빅토리아 여왕은 19세기 후반부터 영국뿐 아니라 유럽에서 유명 여성 인사로 꼽혔는데 당시부터도 그녀는 소박함과 정숙함, 경건함을 갖춘 모범적 여성의 예로 그려졌다. 빅토리아 여왕은 가정 내에서의 책임을 잘 완수했으며 그곳에서 성취감과 행복을 찾았고, "여성으로서 넘지 말아야 할 선을 넘어선 적은 없었다"고 찬미되어왔다. 조지 모스, 서강여성문학연구회 역, 『내셔널리즘과 섹슈얼리티』, 소명출판, 2004, 169면.

이상적 아내이자 전형적 모친으로 전념하여 인도부인의 숭배자가 되었다고 결말을 맺는다. "화가 쌜톤 부인"편 역시 결혼생활과 "모자(母子)의 사랑인즉 부인의 기예미술의 인스피레슌의 원천이다"고 할 정도로 가정에서 자녀의 양육에 기쁨을 느끼며 집에서 작업을 지속한 인물로 그려진다. 직업부인들인 이들 전기는 이들이 가정 내에서의 여성의 역할에 충실했고 행복해했으며 그것은 직업적 영역에도 도움을 주는 것이었고 사회적 직업보다 가정에서의 역할을 더 중히 여겼다는 식으로 서술되는 것이다. 일본과 조선에서 진행되던 여성 운동 역시 가정의 임무를 소홀히 하지 않는 선에서, 즉 일은 결혼 전까지만 하든지 아니면 집에서 할 수 있는 부업의 형태로 제한하든지 해야 한다는 식으로 전개되었다.[161]

이렇게 여성 전기가 가정을 책임지는 인물을 형상화한 반면 남성 전기는 사회적 인물을 형상화했다. 한성도서의 남성 전기는 공적 영역에서의 업적 위주로 서술되고 있었다. 앞서 살펴보았듯이 『프랭크린』과 『윌손』은 어려서부터 "공공심"을 가지고 있었으며 "공공사업" 및 "공익"에 기여한 "공인"으로 번역·소개되었다. 그런데 이러한 공과 사에 관한 규정과 경계는 무엇을 사적이라고 하는가에 따라 달라질 수 있는 유동적인 것이다.[162] 식민지 조선의 '공과 사'에 관한 담론장에서 '사'에는 또 다른 의미, 바로 '가정'이란 단위가 존재한다. 개인을 가정으로부터 떼어내 국민의 일원으로 기능하게 하는 국민국가 담론은 물론이거니와 유교적 가족 중심주의에서 벗어나 자율적인 개인으로 거듭나자는 주장 역시 '사 = 가정'으로 전제했다.

그런데 '가정'은 '국가' '개인' 양편에서 견제 받았을지언정 지속적으로 존재해왔다. 그 존재가 근본적으로 부정된 것은 아니었으니 '가정'이라

---

161 정진성, 「동아시아의 공사 개념과 성」, 정문길 외역, 『발견으로서의 동아시아』, 문학과지성사, 2000, 198면.

162 사이토 준이치, 윤대석 외역, 『민주적 공공성』, 이음, 2009, 35면.

는 현실적 시공간은 남성이 국민으로 개인으로 거듭나는 동안 여성에게 그리고 '어머니', '아내'에게 맡겨졌다. 공적 존재로서의 남성의 해방은 여성의 가정 종속을 전제로 가능했으며 종속자는 '미덕'을 칭찬받음으로서 자리를 잘 지킬 것이 독려된다. 양육과 교육, 살림, 부양에 국가가 복지의 차원에서 개입하게 된 것은 현대에 이르러서니, 국가도 남성도 맡지 않았던 이 영역을 온전히 책임질 가정의 수호자는 여성일 수밖에 없었다. 이러한 역할 분담이 유지되는 한 남성이 공적 자아로 성장하는 서사를 차질 없이 진행할 수 있는 것이다. 남성의 전기가 '공'적 영역을 담당할 '공인'으로의 성장, 활약 서사였다면 여성의 전기는 '사'를 책임지는 모범 여성의 서사인 셈이다. 사회 전체를 위해 여성이 해야 하는, 할 수 있는 가장 큰 역할과 미덕은 여성 위인전기를 통해 구체적으로 형상화하고 제시된다. 여성은 가정사에서 해방되어 공적 영역의 위업에 매진할 권리를 가지고 있던 남성과 다른 처지에 있었다. 여성이 가사 노동을 책임지고 남성이 사회 활동을 하는 성별 역할분업이 유지되는 한 '공–사'의 분리는 위협받지 않는다.

『세계명부전』은 대체로 '아내'나 '어머니'로서의 여성의 위업에 중점을 두고 있으며 따라서 그녀들의 전기에는 남성 전기와 비교할 때 성장 과정이나 사회적 활약보다는 가정을 이룬 이후의 가정사, 가족 관계가 상세히 서술되어 있다. 사회적 성공가로서 소개될 때에도 연애과 결혼, 가정사는 무시할 수 없는 비중을 두어 서술한다. 반면 남성 전기는 통상 사회 활동과 직업적 성취가 중점적으로 서술되며 그의 연애, 결혼 생활 및 가정사를 주로 다룰 때에는 「뭇소리니의 가정생활 : 세계 위인의 가정 풍경, 히틀러의 사생활 풍경」(『여성』 39호, 1939)의 예와 같이 '사생활'이라는 제목을 달고 있다. 이처럼 '가정사는 사적 영역'이며 따라서 공적 인물로 위상을 정립한 남성 전기에서는 굳이 상세히 언급되지 않은 반면에 여성 전기에서는 그 삶 자체가 가정사와 분리되어 있지 않는 것이다. 즉, 여성의 전기에서는 '공'과 '사'가 분리되어 있지 않았는데, 이러한 경향은 비단 전기에 국한되어 있지 않았다. 1920~1930년대 대중 매체는 진기한 이야기에 관심을 보였으며[163] 여성의 사적 생활이 대중적 읽을거리로서 공론의 장에서 소비되었던 것이다.[164] 대중매체의 기사들은 개인의 '사생활'에 초점을 두고 대중의 호기심을 충족시켰으며 그것은 개인의 정체성을 사적 영역을 통해 발견하려고[165] 하는 풍토를 낳았다. 게다가 국가나 민족·사회에 관한 구체적이고 실천적인 담론과 공론·전망이 힘들어진 식민지 현실 속에서 삶에 관한 논의는 더욱 사사화(私事化)될 수밖에 없었다. 이러한 식민지 현실과 대중의 욕망을 충족시킬 수밖에 없는 대중매체의 본질, 그리고 여성관 등을 토대로 하여 '서술될 필요가 있는' 여성의 삶이 '서술될 가치가 있는' 것으로 선별되었던 것이다.

3) 『세계명부전』의 시대·장르 간 비교

(1) 1907년에서 1922년으로 : 『라란부인전』에서 '로란부인'으로

『애국부인전』(1907)은 프랑스 전쟁 영웅 잔다르크(Jeanne d'Arc, 1412~1431), 『라란부인전』(1907)은 프랑스 혁명가 롤랑부인(Marie Jeanne Rolland, 1754~1793)에 관한 전기이다. 당시 대부분의 신소설이 여성의 정조 문제를 서사 전개의 주요 갈등 요소로 설정한 반면에 이 두 번역전기는 여성의 사회

163　김예림, 「조선, 별천지의 소비에서 소유까지 : 에로그로 취향과 식민지 근대의 타자 상상」, 『1930년대 후반 근대 인식의 틀과 미의식』, 소명출판, 2004, 263~275면.

164　우미영, 「신여성 최영숙론 : 여성의 삶과 재현의 거리」, 『민족문화연구』 45, 민족문화연구소, 2006, 315면.

165　박숙자, 「1920년대 사생활의 공론화와 젠더화」, 『한국 근대문학 연구』 13, 한국근대문학회, 2006, 186면.

적 주체로서의 면모와 그 사회적 참여를 강조하고 있었다.[166] 당시로서
이 두 프랑스 여성의 전기는 신소설이 고수하던 전통적 여성관에 경종
을 울림으로써, 남녀노소가 모두 분발하여 국가를 지키는 일에 앞장서
자는 목소리가 드높았던 불안한 역사적 정황 속에서 선동적 역할을 하
였다. 이렇게 혁명에 가담하는 적극적 여성상이 이 시기 이미 유입되었
건만 이로부터 15년이 지난 시점 발간된 『세계명부전』에 현모양처 중심
서사가 지배적이라는 것은 어떻게 해석해야 할 것인가?

　사실 『세계명부전』의 잔다르크와 롤랑부인은 혁명에 가담한 여성이
었지만 결코 여성다움과 여성의 역할에서 벗어났던 적은 없었다. 그들
은 '여성으로서', 혹은 '여성임에도 불구하고' 사회에 일 역할을 해낸 것
이다. 혁명의 깃발의 선봉대에 서 있던 여성 혁명가의 이미지는 일상에
서는 설 곳을 잃어 혁명 이후에는 인민의 어머니로서 변모, 가정으로 돌
아오게 되어 있으니,[167] 『애국부인전』의 잔다르크 역시 그녀의 남성성
이 전쟁이라는 특수한 상황에서만 국가를 위해 발현될 때 사회적으로
칭송될 뿐이다.[168] 전쟁 이외의 상황에서 잔다르크의 이른바 남성성, 사
회성, 적극성은 경계되곤 한다. 잔다르크와 로란부인은 전쟁과 혁명 이
후 이른바 남성적 요소를 접지 않아 결국 비극적 죽음을 맞게 되는데,
결과적으로 이러한 여성의 죽음 서사는 민족의 수난사와 동일시되어 국
가 통합을 위한 이데올로기로 기능하게 된다. 그런데 민족 수난사로 환
치되는 여성 영웅전의 전체 서사와는 별개로 그 세부 서사를 보면 이들
여성은 자신의 여성적 역할을 자각하며 남성을 보조하는 일을 자처한다

166　송명진, 「역사, 전기소설의 국민 여성, 그 상상된 국민의 실체 : 『애국부인전』과 『라란부인
　　　전』을 중심으로」, 『한국문학이론과 비평』 46집, 한국문학이론과비평학회, 2010.3, 252면.
167　조지 모스, 서강여성문학연구회 역, 『내셔널리즘과 섹슈얼리티』, 소명출판, 2004, 159~182면.
168　송명진, 앞의 글, 255면. 『애국부인전』과 『라란부인전』의 젠더적, 국민국가적 의미망에
　　　대해서는 249~268면 참조.

는 점에서 철저히 남녀가 유별함을 전제로 한다. 애국계몽기의 혁명적 여성 서사의 사정이 이러했으니 가정이 사회의 기본 단위가 되는 일상적 시공간에서 여성의 서사는 남성성이 거세된 채 그 일상적 직무에의 충실을 강조하는 식으로 서술될 수밖에 없는 것이다.

이렇게 여성관은 크게 변모하지 않았다 하더라도 1900년대와 1920년대의 전기 서술 방식에는 차이가 있다. 『세계명부전』 중 '불란서 혁명의 꽃 로란부인' 편은 이전에 발간된 『라란부인전』[169]의 주인공 로란부인을 다루고 있어 1907년과 1920년의 시차를 가늠할 수 있다. 이 둘은 기본적인 내용 구성과 진행이 일치한다. 단행본 전체 글자 수를 비교해보면 이 두 판본은 그다지 차이가 나지 않지만[170] 전기 본문의 분량은 차이가 난다. 『라란부인전』에는 논설조의 글이 1/3 가량 포함되어 있었던 것이다. 이처럼 『라란부인전』에서 『세계명부전』으로 오면서 보인 가장 큰 변화는 서술자의 부언이나 역자의 말이 대폭 삭감된 것이다. 애국계몽기 전기물의 본문 앞뒤에 붙어 있던 논설이 대폭 축소·삭제되는 것은 1920년대 번역전기물의 특징으로 볼 수 있다. 단행본 전체 분량의 1/3까지 차지하며 본문 안팎에 관습적으로 존재하던 '논설' '부언' '서언'이 줄어들거나 자취를 감추게 된 것은 더 이상 전기가 논설을 위한 소재가 아니며 양식적으로 독립했음을 보여준다. 이 시기 독자에게는 위인전기의 존재와 의의·효용 등 전기물 독서에 임해야 할 자세가 이미 상식적으로 정착되어 이를 서술해야 할 필요가 줄어든 것이다.

『세계명부전』의 '로란부인'편에는 아예 서술자의 목소리가 따로 붙어 있지 않다. 반면 『라란부인전』에는 '역자의 말이 본문 앞과 뒤에 무려 2

---

169 1907(광무11)발간, 1908(융희2년)재간. 표지에는 "황성 남문안 박문셔관 발힝"이라 기재되어 있으나 판권에는 "발행소: 대한매일신문사, 발태원: 황성 남문안 박문서관 로익형"으로 표기되어 있다.

170 『라란부인전』은 1줄당 40자, 1면당 16줄, 총 34면 분량이고 '로란부인'편은 1줄당 40자, 1면당 12줄, 총 43면 분량이다.

면가량, 그리고 "신ᄉ씨 갈ᄋ딕"로 시작하는 '부언'이 7면 가량 덧붙여 있다. 이들 논설조의 글은 총 9면에 달하여 단행본 전체의 1/3이라는 적지 않는 비중을 차지하고 있는 것이다. '부언'에는 『라란부인전』 내용의 감격스러움에 대한 감탄과 '시세가 영웅을 만드나, 영웅이 시세를 만드나'라는 당대의 주요한 논쟁 주제, 그리고 로란부인의 이야기에 등장하는 프랑스 사에 대한 요약과 평가 등이 들어가 있다. 그 밖에도 인명, 지명, 배경 등에 관한 세세한 정보는 더욱 정교화되고 서술자의 감탄사는 줄어든다. 이렇게 부언, 역자의 말이 삭감되었을 뿐 아니라 감정적 수식어나 감탄사 등도 대폭 줄어든다.

부인이 우는 장면에 대한 묘사 부분을 보면 『라란부인전』에서는 '눈물을 머금고 목이 메이고 말을 못하고 하여' 서술자는 '슬프도다'까지 덧붙여 표현했던 반면에 『세계명부전』에 이르러서는 '눈물을 흘리다'로 간결히 서술되고 넘어가서 이에 할당하는 언어 소비가 반으로 줄어들게 된다.[171] 서술자의 감정 이입과 감정적 서술이 가급적 배제된 '사실' 위주의 전기 방향으로 나아간 것이다. 이와 같은 또 다른 예로는 "평등을 ᄉ랑ᄒ며 ᄌ유를 ᄉ랑ᄒ며 공정과 의리를 ᄉ랑ᄒ며 간약홈과 위인 것을 ᄉ랑ᄒᄂ 싱각이 점점 타ᄂᄂ듯ᄒ고 쓸ᄂᄂ듯ᄒ야 뎌부인 흉즁에 리왕ᄒ나"(5면)가 있으니, 이 문장은 "평등 자유를 사랑하는 생각은 그의 마음에 가장 기대하든 것이엇다"로 간략히 줄어든다.

반면에 구체적인 정보나 인용·사례들은 더 풍부해진다. 1920년대판 '로란부인'전에는 1907년 『라란부인전』에서는 생략되었던 사실, 라란부인의 결혼 전 연애 이야기가 추가된다. 남편을 만나기 전에 질이 좋지

---

171 『라란부인전』(22면) : "부인이 홀연이 눈물을 먹읍고 거의 목이 메여 능히 말을ᄒ지 못ᄒ니 슲ᄒ도다 그 굉장ᄒ고 맹렬ᄒ 위엄과 일홈이 온 세상에 진동ᄒ 라란부인이 이러틋시 다 경ᄒ고 인이혼줄을 뉘가 알앗스리오 ᄒ엿더라."
『세계명부전』(81면) : "부인은 갑작히 눈물을 쑥〻흘녓섯다. 양인과 자녀를 생각할 째에는 자유의 희생되는 용기도 안해되고 어머니되는 감정에는 사라지는 듯하얏다."

않은 한 남자에게 호감을 가진 사연이 그것인데 이렇게 그녀의 인격이나 업적을 강화하는데 도움이 되지 않는 사례일지라도 호기심을 자아낼 수 있는 개인사로서 언급되게 되는 것이다. 위업의 행적이나 위대성을 극적으로 압축하는 일화뿐 아니라 그와 다소 무관한 개인의 사생활까지 전기에 기록하게 된 1920년대의 전기물은 인물의 신비화가 이전에 비해 약화되었음을 보여줄 뿐 아니라, 대중매체가 부추긴 타인의 사생활에 대한 대중적 관심을 반영한다.

(2) 번역전기와 창작전기 : 『세계명부전』에서 『조선명부전』으로

장도빈은 한성도서에서 『세계명부전』을 비롯한 번역 위인전기 총서를 간행한 이후 자신의 출판사 고려관에서 조선인위인전기를 저술했다. 『조선명부전』은 전통적 여성 교훈 서사를 계승하면서도 공적인 영역에서의 여성의 능력에도 관심을 기울였다는 점에서 전통적 여성전에서 진일보한 존재로 평가받으며 소설이 아닌 열전의 양식을 띠고 있다는 점에서 차별화된다.[172] 『조선명부전』이 전대 여성 전기를 계승하거나 그것과 어떻게 차별화되었는지, 그리고 『세계명부전』은 이것에 어떠한 영향을 미쳤는지를 논구하기 위해서는 그 목차를 먼저 살펴볼 필요가 있다.

여걸(女傑) - 소서노(召西奴)

---

172 김지연, 「『조선명부전』에 반영된 여성인식」, 『여성문학 연구』 9, 한국여성문학학회, 2003.6, 214~221면. 이 글에 따르면 『조선명부전』이 나오던 시대에 발간된 다른 대표적 여성전은 『김씨열행록』(대창서관, 보급서관, 1919), 『만고효녀 박효랑전』(재전당서포, 1934)이 있는데 이들은 기존의 유교 이념인 여성의 효와 열을 칭송하면서 송사소설의 모습을 하고 있는 반면 『조선명부전』은 근대적 의식을 보여주는 지점이 있다.

양처(良妻) — 알영(閼英)

현모(賢母) — 만명(萬明)

여정치가(女政治家) — 선덕대왕(善德大王)

애국부인(愛國婦人) — 지조(智照)

신녀(信女) — 설씨(薛氏)

열녀(烈女) — 도미부인(都彌夫人)

효녀(孝女) — 지은(知恩)

여시인(女詩人) — 허난설헌(許蘭雪軒)

여화백(女畵伯) — 신사임당(申師任堂)

이러한 『조선명부전』의 목차는 전통적 여성관과 근대적 여성관이 공존하는 1920년대의 여성상을 상징적으로 보여준다. 『조선명부전』의 목차 인물명 앞에 붙은 수식어들을 보면 전통적인 여성의 미덕을 부각시킨 '양처, 현모, 신녀, 효녀, 열녀'가 있는 동시에 '여정치가, 여시인, 여화백' 등 특정 분야에서 위업을 이룬 인물, 그리고 '여걸, 애국부인'과 같이 여성의 적극적인 국가적, 사회적 업적을 부각시킨 인물도 공존한다. 이 중 목차의 앞쪽에 배치된 '소서노, 만명, 설씨, 도미부인, 지은'의 이야기는 『삼국사기』 열전에 실려 있던 것으로, 그 내용은 『삼국사기』에 실린 것과 크게 다르지 않다.[173] 이들은 고대사에서 가져온 설화적 인물의 이야기라는 점에서 실존 인물의 기록들을 기반으로 하는 근대적 전기물과는 차이가 있다.

반면, 공적 영역에서 인정을 받은 여성의 존재들이 등장했다는 점은 이전의 여성 전기와 차별화되는 지점이다. 이 중 "여시인", "여화백"으로 소개된 허난설헌과 신사임당은 아내나 어머니로서의 역할보다는 재능

---

173 위의 글, 222~224면.

그 자체에 초점을 두어 서술되고 있다는 점에서 보다 개방적인 여성 인식을 보여준다. 그리고 바로 이 항목에 『세계명부전』의 영향력이 반영되어 있다. 『조선명부전』의 목차는 현모·양처로 시작하고 여정치가·여걸 등을 지나 '시인'과 '화백'으로 마무리하는데 이러한 구성은 『세계명부전』과 일치하는 것이다. 장도빈은 자신이 적극 관여했던 번역 위인전기 총서 중 하나인 『세계명부전』의 구성을 참조로 하여 『조선명부전』의 목록을 꾸린 것으로 보인다.[174] 특히 『조선명부전』에서 유일한 직업여성형으로 언급된 '여시인 허난설헌'과 '여화백 신사임당'은 『세계명부전』의 '인도 여시인 가미니 로이'와 '화가 로사 여사'에 대응하는 존재이다. 『세계명부전』의 직업여성 중에는 '언론, 정치, 과학, 여성운동, 사회운동' 등 근대적 직업인이 있는데 이러한 영역의 인물을 아직 배출해내지 못한 조선의 상황에서 장도빈은 '시인'과 '화백'에 걸맞는 인물을 선택한 것이다.

1925년 시점에서 신사임당이 '여화백'으로서의 정체성을 부여받아 주목되었다는 것은 의미가 있다.[175] 조선시대 율곡의 어머니로 주목되던 신사임당은 근대적 출판물에서는 장지연의 『여자독본』(1908)에서 구국의 어머니로 등장했고 1926년 『조선여속고』(1926)에서는 "사족부녀(士族婦女)"로 지칭되었다.[176] 따라서 1925년 『조선위인전』이 신사임당을 "여화백"으로 소개한 것은 부인, 어머니로서의 정체성보다 사회적 능력으로서 주목했다는 점에서 다소 적극적인 태도였고 이러한 인물 소개 및 초점화에는 『세계명부전』의 영향이 있었던 것이다.

무엇보다도 이전시기까지 발간되던 여성 열전, 전기들은 대체로 중

---

174 물론 『세계명부전』에는 없던 '효녀'와 '신녀'가 등장한다는 점에서는 차이가 있다.

175 신사임당의 역사적 수용 변이에 관해서는 다음의 발표문을 참조할 것. 김수진, 「전통의 창안과 여성의 국민화 : 신사임당을 중심으로」, 『분단체제하 남북한의 사회변동과 민족통일의 전망』, 국학연구원 학술회의 자료집, 2007. 7, 19~20면.

176 위의 글, 197~199면.

국의 역사적 인물인 경우가 많았으므로 '조선인' 여성 전기를 만들었다
는 것은 의미가 있다. 그런데 이것은 서양 여성전기를 번역한 이후 벌어
진 일로, '조선적인 것', '국시(國詩)'를 창조하기 위하여 중국풍의 문학 전
통을 버리고 서양의 것을 체득하는 과정을 거쳐야 한다고 주장했던 장
도빈의 주장이 번역과 창작의 간행 경로를 통해 실천된 사례라고 할 수
있다. 이렇게 새로운 내용과 구성을 갖춘 조선 여성 전기물의 탄생에
『세계명부전』은 영향을 주었다.[177] 조선은 스스로를 세계 질서에 편입
시키고자 하면서 서구의 얼굴에 대응하는 자신의 얼굴을 호출하기 시작
했으며 이로써 '민족의 특성'을 확인하고픈 충동이 생긴 것이다.[178]

4) 현모양처와 소년

여성 위인전기는 여성의 삶이 공적으로 서술되는 방식을 압축적으로
보여준다. 그리고 이러한 여성 전기의 특성은 남성의 전기 속에 여성 인
물이 배치되는 방식 그리고 신문 잡지 매체를 통해 여성과 소년의 삶이
이야기되는 방식과도 긴밀히 연관된다. 위인을 길러낸 어머니의 역할
을 강조하는 여성 전기는 '가정교육'이나 '성장시기'의 중요성을 강조하
는 심리학적·사회학적 인간 이해에 근거한 것이며 이는 다시 필연적으
로 이에 대한 강조를 재생산한다. '위인의 소년시대'나 '소년 독자를 위

---

177 물론 이들 간의 차이도 있다. 『조선명부전』 역시 성장 순서, 즉 '출생 시기, 지역, 부모, 성
장, 결혼, 가정생활, 업적, 죽음'의 시간 순서로 서술되나, 어느 남성의 딸이고 아내이고 어
머니인지를 소개하는 데서부터 시작한다는 데에서 『세계명부전』과의 차이가 있다. 또한
『조선명부전』은 『세계명부전』에 비해 분량이 1/10로 각 인물 전기는 간략한 '약전'인데,
이에 따라 여성의 정체성이 남성과의 관계 속에서 설명되는 방식이 더욱 압축적으로 제시
된다.
178 앙드레 슈미트, 정여울 역, 『제국 그 사이의 한국』, 휴머니스트, 2009, 55면.

한 위인전'과 같은 서사들이 신문·잡지 지면에 정착하게 되는 현상은 이러한 '현모형' 여성전기 서사와 쌍을 이루어 진행된 것이다.

앞서 살펴본 것처럼 여성전기는 남성 자녀를 훌륭한 위인으로 양육시키는 어머니로서의 역할을 강조했다. 일본의 '양처현모'가 조선에서는 '현모양처'로 순서가 바뀌어 정착되었던 것처럼 '현모'로서의 역할은 식민지 조선의 여성 교육에서 가장 중요시한 덕목이었다.[179] 여성은 교육이라는 연결고리로 아동과 연결되었다. 교육학이나 심리학의 유입으로 어릴 적 인격 형성과 교육의 힘이 성인이 되어 이룩하는 업적에 영향을 미친다는 사고와 함께, 가정 내 아동 교육을 책임지는 여성 역할의 중요성이 부각되는 것이다. 식민지 조선에서 루소나 엘렌케이, 페스탈로치에 대한 관심은 교육적 측면을 중시한 조선의 풍토를 반영한다. 『무정』(1917)의 주인공 이형식은 엘렌케이의 전기를 읽었다 하고 배학감 역시 페스탈롯치나 엘렌케이 정도는 이름을 들어보았다고 하니 1910년대 교육계에는 서양 교육가나 그들의 이론의 영향력은 이미 있었던 듯 보인다. 당시 노자영의 엘렌케이론은 결국 "사회 인류의 발달은 개인의 성질 향상에 있으므로 여자는 영혼의 교육자인 어머니 되는 것에 위대한 천직이 있다는 맥락"[180]에서 소개되었다. 교육학, 심리학, 사회과학의 발달로 인간의 성장 시기에 대한 관심이 소년성장기를 집중적으로 서술한 전기를 발생케 했고 동시에 이들 전기를 소년들을 대상으로 읽혀야 한다는 인식도 보편화되고 있었던 것이다.

일찍이 1900년대 인쇄물에서부터 서양 위인의 소년 시절 서사나 소년을 대상으로 한 위인전기 기사를 찾아볼 수 있다. 예를 들면 『서북학

---

179 동아시아는 공통된 유교 문명권에 있었으면서도 여성규범, 현모상, 양모상이 다르다. 기본적으로 그 용어부터 차이를 보이는데, 일본은 '양처현모', 중국은 '현처양모', 조선은 '현모양처'였다. 일본·중국·조선의 여성규범의 비교는 하야카와 노리요 외, 이은주 역, 『동아시아의 국민국가 형성과 젠더』, 소명출판, 2009 참조.

180 최주한, 「개조론과 근대적 개인」, 『사회와 역사』 74, 한국사회사학회, 2007.6, 319면.

회월보』(3호, 1909)에 「에디슨의 소년 역사」와 같은 위인의 소년 시대 기사를 볼 수 있고, 『신문계』(34~39호, 1916)에는 '위인 소년 시대' 시리즈가 연재되었다.[181] 1930년대에 이르면 각 신문은 소년 지면에 '소년 위인전'을 연재한다. 특히 『동아일보』는 1930년대에 이르면 거의 매년 1월 1일을 기점으로 '소년 위인전'과 '위인의 소년시대'를 연재했다. 이른바 매년 정초의 다짐 혹은 결의로서 모범적 인물의 성장 전기를 권고하는 것이다. 1932년 1월 1일에는 「소년 위인전」이[182] 1936년 1월 1일에는 「위인의 소년시대」가[183] 연재되는데 그 인물 구성을 보면 주로 서양 인물이다.

아동 관련 위인 기사 연재물은 총독부 기관지를 포함한 여러 신문에서 발견된다. 『동아일보』의 경우 '위인'이라는 기표를 제목으로 내건 연재물은 대체로 아동물이거나 여성물이었다. 특히 1930년대에 이르면 위인의 어린 시절과 성장기, 그리고 이를 만들어낸 어머니의 위대한 노력에 관한 연재물들을 빈번히 볼 수 있게 된다.[184] 1930년대 『매일신보』

---

181 해동초인(海東樵人), 「偉人 「구리유—게루」의 少年時代」, 『신문계』 34, 1916.1; 벽종거사(壁鍾居士), 「偉人 「넬손」의 少年時代」, 『신문계』 39, 1916.6.

182 「少年偉人傳(一)접시소리 異常해서 音響의 原理를 研究, 범상한 일에도 리치 알라고 애써 十三歲에 알아낸 「파스칼」」, 『동아일보』, 1932.1.1; 「少年偉人傳; 豪壯한 膽力 十歲時 偉功 전륨케 하든 미친개 잡어 佛國名將 「볼반」」, 『동아일보』, 1932.1.3; 「少年偉人傳(四) 열 살에 지은 벽돌예배당, 주일날마다 돌을 긔부 米 「와나메이커」」, 『동아일보』, 1932.1.13; 「少年偉人傳(五) 열한 살부터 혼자서 벌어 부모와 누님들을 살린 畵家 「로—렌스」」, 『동아일보』, 1932.1.15.

183 「偉人의 少年時代, 「토마스 에디슨」(白潭), 『동아일보』, 1936.1.1; 「偉人의 少年時代, 「찰스 · 따윈」(白潭), 『동아일보』, 1936.1.5; 「偉人의 少年時代, 「나이팅겔」[肖](白潭), 『동아일보』, 1936.1.6; 「偉人의 少年時代 「링컨」[肖](白潭), 『동아일보』, 1936.1.12; 「偉人의 少年時代, 「미라보」[肖](白潭)」, 『동아일보』, 1936.1.19; 「偉人의 少年時代, 「칸트」[肖](白潭), 『동아일보』, 1936.1.25; 「偉人의 少年時代 「프랑크린」[肖](白潭), 『동아일보』, 1936.1.26; 「偉人의 少年時代: 프랑스의 천문학자 「갓센지」(白潭), 『동아일보』, 1936.1.29; 「偉人의 少年時代, 「비스맑」[肖](白潭)」, 『동아일보』, 1936.1.30; 「偉人의 少年時代 「스티븐슨」[肖], 『동아일보』, 1936.1.31; 「偉人의 少年時代, 「그란트」[肖], 『동아일보』, 1936.2.1; 「偉人의 少年時代; 불란서 정치가 「필립」(白潭), 『동아일보』, 1936.2.2; 「偉人의 少年時代 「나폴레옹」[肖](白潭), 『동아일보』, 1936.2.6; 「偉人의 少年時代 音樂家 「삐르」[上](白潭), 『동아일보』, 1936.2.9, 「偉人의 少年時代 音樂家 「삐르」[下](白潭)」, 『동아일보』, 1936.2.11, 「偉人의 少年時代, 「그란트」[肖](白潭), 『동아일보』, 1936.2.11.

역시 어린이면에 「위인 일화」(1936.5.10)나 「세계 위인 이야기」(1938.9.5)를 연재한다. 링컨과 윌슨으로 시작하는 「위인전기」 연재물도 있었으며 「이달의 위인 코너」도 정착된다.[185] 『조선중앙』 역시 1930년대에 다양한 위인 서사물을 연재하는데[186] 특히 「불우한 가정에서 태어난 세계의 위인과 영웅들」 기사는 불우한 태생과 지난한 성장 과정, 실패의 고투를 거쳐 성공에 이르는 위인전기의 기본 서사가 잘 드러난다. 『매일신보』에 실렸던 윌슨 소전의 제목인 「세계 평화의 은인 미국의 "윌손" 대통령 그는 어렷슬 때부터 공부를 열심히 한 독학자이다」는 '소년'의 전기가 무엇에 초점을 맞추고 있었는지를 잘 보여준다.[187] 어느 분야의 어떤 인물이든지 간에 이들은 스스로 열심히 공부하는 자조의 정신을 기본으로 하고 있고 따라서 자수성가한다.

아동용 위인전기 총서류가 본격 출간된 것은 해방 이후의 일이다. 해방 이후 국민교육이 본격화되는 시기에 이르면 '위인의 어린 시절'에 초

---

184 『동아일보』의 위인 관련 연재 기사는 다음과 같다. 「위인과 여성-연재」, 1930.4.8~9.17; 「소년 위인전-연재」, 1932.1.1~1.18; 「위인의 동상(사진 동반)-연재」, 1932.2.4~2.20; 「어머님의 힘-위인과 어머니 / 영웅의 어린시절 '나폴레옹'의 어머니-연재」, 1932.4.2~6.10; 「세계사에 나타난 유태계의 위인-연재」, 1934.7.9~7.15; 「위인의 소년 시대(1.1~2 연재)-연재」, 1936.1.1~2.11; 「현대 세계의 10대 위인: 미국 조사 결과 루스벨트, 뭇솔리니, 히틀러 등등」, 1937.12.22; 그 밖에도 동아일보에는 위인의 날을 재정하자는 이광수의 글도 실린다. 이광수, 「위인의 날: 민족적 위인의 날도 지키자-세종 탄신일」, 『동아일보』, 1933.5.2.
185 『매일신보』의 어린이 지면 위인 기사는 다음과 같다. 「위인 일화: 참된 동정(어린이면)」, 1936.5.10; 「위인전기란(연재물, 링컨 윌슨 등으로 시작)」, 1937.1.15; 「6월에 나신 위인 몇 분: 소크라테스, 루소, 음악가 등」, 1938.6; 「어린이 시간: 세계 위인 이야기」, 1938.9.5; 이은상, 「우리의 위인」, 1933.1.1~1.5.
186 『조선중앙』의 어린이 지면 위인 관련 연재물은 다음과 같다. 「위인의 자취 시리즈」, 『조선중앙』, 1936.4.5~5.8. 이는 과학자, 교육자, 탐험가, 박애가 등을 다룬다. 「세계 뉴스에서, 불우한 가정에 태어난 세계의 위인과 영웅들」, 『조선중앙』, 1935.4.13. 이 기사는 '예수, 마호멧, 뿌카 와싱톤, 맥널드, 나폴레옹, 소크라테스, 프랜클린, 가리발디, 마르틴 루테르, 마사리크 대통령, 뭇소리니, 스마일리, 판스, 골끼, 까필드, 린코튼'을 언급한다.
187 「세계 평화의 은인 미국의 '윌손'대통령 그는 어렷슬 때부터 공부를 열심히 한 독학자이다」, 『매일신보』, 1937.1.16.

점을 맞춘 '아동용 위인전기 전집' 발간이 붐을 이루게 되는 것이다. 허나 어린이 독물로서 위인전기는 위에서 살펴본 것처럼 식민지 시기 신문 잡지를 통해 이미 정착되었다. 단행본으로는 최찬식의 『동서위인소년시대』(회동서관, 1927)가 있었으며 이처럼 식민지 시기 신문, 잡지, 단행본을 통해 위인의 소년 시대가 부각되고, 소년을 대상으로 한 위인 독물이 자리 잡게 되었다. 전기에서 여성과 소년이 배치되는 방식은 전기물이 결국 누구를 위해 어떻게 쓰였는가를 보여준다. 전기는 사회 각 분야에서 매진하는 국민 주체의 육성을 위해 기능하게 되는 것이다.

1920~1930년대 식민지 조선 현실 속에서 발간된 번역 여성 전기 『세계명부전』은 1880~1900년대 전후 영미 여성 전기를 기반으로 작성된 1900~1910년대 초 일본어본을 편집·번역한 것이었다. 이 여성 열전은 남성 전기와 비교할 때 보다 적극적으로 가정사를 포함한 사생활을 언급하고 있고 직업여성의 전기일지라도 현모양처로서의 미덕을 기본으로 하고 있으며 남성 위인을 생산하는 데 보조하는 식으로 그 존재 의의가 드러났다는 특징이 있다. 젠더와 장르, 혹은 양식의 관계에 관한 연구가 여전히 요청되는 가운데[188] 여성과 남성의 전기 서사가 다른 전형화된 서사 패턴을 띠고 있었다는 것은 주목할 만한 현상이다.

위대한 여성상의 다양한 사례를 압축적으로 제시하는 세계 명부의 열전은 이상적 여성상에 대한 사회적 인식과 밀접한 관계가 있다. 서양 여성의 전기는 전통적 여성관과 개화된 여성관이 공존하던 기존 여성관에 다양한 직업여성을 소개하여 여성의 사회적 활약상을 제시한 측면도 있으나 기본적으로는 여성으로서의 사회적 역할을 더욱 공고히 하는 측면이 있었다. 즉 서양 여성 전기를 통해 현모양처의 여성상은 더욱 강화된

---

188 이혜령, 『한국소설과 골상학적 타자들』, 소명출판, 2007, 252면.

것이다. 그것은 "세계"라는 제목으로 불렸으나 실상 '서양'이었고, 이른바 근대적 문명국가 여성들의 성공적 삶의 서사는 일종의 권위로서 자리 잡았다. 가정에 근거한 '성공한 여성 / 행복한 여성'을 형상화한 여성 전기물은 일상적·개인적 차원에서 서술된 근대 국가의 진보와 성장 서사였다.

또한 『세계명부전』은 젠더의 문제로만 귀결되지는 않는 세계화, 서구화, 식민화의 문제를 담고 있다. 문명개화와 서구 추종, 근대 국가 건설을 목표로 달리던 메이지 시대 일본 서적으로서 서양 부인 전기는 탄생되었고, 그것을 식민지 조선이 자신의 필요에 따라 편집·번역하였다. 따라서 이것은 서구화라는 동양의 욕망과 식민화라는 조선의 조건이 만난 산물이다. 그리고 이렇게 수용된 『세계명부전』이라는 존재는 『조선명부전』에 영향을 미쳤으니, 조선의 자기 정체성 서사는 서구화·식민화라는 역사적 조건을 통해 형성된 것이었다.

제 V 장

결론

한국 식민지 시기 발간된 번역 위인전기는 서구화와 식민화를 거친 근대화의 산물이다. 식민지의 정치·경제·문화적 조건 속에서 형성된 근대적 위인 개념과 전기 양식이 결합하여 발간된 번역 위인전기에는 식민지 조선인의 근대화 열망, 궁극적으로는 독립된 세계 문명 주체로 편입되고자 하는 열망이 반영되어 있으며, 그 서사는 다시 이를 강화하는 역할을 했다. 번역 위인전기가 표방하는 의의와 목적은 표면적으로 조선 총독부 측이 전개한 식민지 문화 통치의 기본 골자인 인격 함양론, 문명화론 등과 크게 다르지 않았으나, 그 궁극적 목적과 보다 적극적으로 '자조'의 정신을 함양하고 근대 주체로 거듭날 것을 강조했다는 점에서는 차이가 있다.

무엇보다도 번역 위인전기는 식민지 독자의 정체성 형성에 기능했다. 넓은 독자층에게 읽혔으며 특히 학생들에게 적극 권장된 이 독서물은 도덕적 주인공을 통해 감응을 불러 일으켰으며 독자의 사상과 실천에 영향을 미쳤다. 신문 잡지의 논설에서 전개된 '어떻게 살아야 할 것인가'에 관한 모색은 이상적 인간상에 대한 논의로 전개되었고 이에 대한 전면적인 답안의 일환으로 제시된 것이 바로 위인전기라는 형태였다. 서양 위인서사는 전기라는 양식적 한계에 머물지 않고 인쇄물, 영상물, 소비재, 언설 등 문화 제반에 걸쳐 소비되고 있었는데 이러한 현상은 식민지 시기의 역사적 특수성일 뿐 아니라 이후 한국문화에도 잔존하게 된다. 번역 위인전기 연구는 출판과 독서의 현실적 조건을 밝히는 실증적 연구와 함께 그 서사의 사회적 역할에 관한 담론적 분석을 필요로 한다.

번역 위인전기는 역사적 변수에 따라 그 성격이 변모했다. 국권 박탈의 불안감이 고조된 1900년대에 집중적으로 발간되기 시작한 구국의 영웅전들은 1910년 한일병합을 거치면서 총독부에 의해 출판이 금지되었다. 따라서 1910년 이후 그 규모가 축소되어 발간된 전기들은 정치적, 혁명적 국가 영웅이 아닌 경제계나 문화계의 입지성공적 위인을 주로 다루었으며, 정치적 인물을 다룰 경우에는 그의 도덕성과 수양 노력에 초점을 맞췄다. 그리고 이들은 공동체에 헌신한 인물로만 조명되지 않고 그들의 개인적 욕망과 사회적 역할을 잘 결합시켜 쟁취한 인물로 그려졌다. 국권 박탈로 삶이 사사화(私事化)되고 개인의 입신출세 성공이 삶의 주요한 목표로 부상한 시대에 이르러 세속적 성공에 도달하도록 하는 모범 안내서로서의 위인전기가 '도덕성'을 권위로 하여 등장한 것이다. 이렇게 위인상이 '구국의 영웅'에서 '노력형 위인'으로 바뀌면서 단행본의 양식명도 '史'나 '소설'에서 '수양서'나 '위인전기'로 차츰 변경되어갔다. 장도빈은 1917년 『위인 링컨』과 『위인 원효』를 "수양총서"로 기획 발간했으며 이들을 노력형 성공자로 초점화함으로써 이러한 변화를 주도적으로 이끌었다.

1910년대를 거치며 변모한 번역 위인전기는 1920년대 문화통치를 기점으로 인쇄와 출판이 비교적 수월해지면서 본격 발간되기 시작했다. 그 출판물이 양적으로 증가하면서 인물 구성도 다양해졌으나 기본적으로는 서양 남성을 주인공으로 한 전기가 발간되었다. 1920년 초 급증한 세계 위인전기는 제1차 세계대전과 3·1운동을 직간접 경험한 조선의 시야가 '개인-민족-세계'로 확장된 상태에서 신인물에 대한 모색과 갈구가 진행되었음을 반영한다. 1930년대에 이르면 식민지 독서시장에서 일본어 위인전기가 보편화되며 번역전기의 발간은 다시 줄어들었고 총력전 시기에 이르면 다시 전쟁 영웅전이 부상하게 되므로 식민지 시기의 번역 위인전기의 성격이 본격적으로 정착·전개된 것은 1920년대로 볼 수 있다.

한성도서주식회사는 1921년 위인전기 총서를 독보적으로 대량 기획·발간하며 1920년대 번역전기물 출판을 주도했다. 『대한매일신보』, 『학지광』 출신 및 『동아일보』 현직 필진들로 구성된 한성도서주식회사는 세계 문학이나 세계 위인전 번역물을 기획 출판하며 고전소설, 신소설, 영웅전이 주된 상품이던 타출판사와 차별화 정책을 폈다. 이렇게 다소 민족주의, 계몽주의, 문화운동 성격을 띠며 사업을 진행한 한성도서는 베스트셀러 출판물도 다수 기획·출간했고 출판 검열에도 크게 제재받지 않으며 식민지 시기 주요한 출판사로 부상했기 때문에 상업적 측면도 도외시하지 않은 출판사로 볼 수 있다.

한성도서의 경우를 통해 1920년대 위인전기 번역의 주체, 경로, 대상, 목적을 파악해보면 다음과 같다. 1920년대에 이르면 신진 시인, 교육가, 대중작가 등이 번역 작업을 하게 되는데 그 기획과 서문 작성은 1910년대 위인전기 작가였던 사학자 장도빈이 맡게 된다. 장도빈은 1900년대 영웅전기 번역과 교열을 담당했던 사학자인 신채호의 영향을 직접적으로 받은 인물이다. 따라서 1920년대 번역 위인전기물 발간은 다양한 분야의 신구 세대의 협업으로 탄생한 것이다. 그리고 이들 번역 원본을 추적해보면 메이지 시기 서구 문명 추종과 국민 양성을 목적으로 대거 발간된 세계 위인전기를 원본으로 삼았음을 알 수 있다. 이들 전기는 더 이상 1900년대식의 번안도 아니고 1910년대처럼 역자나 서술자의 논설이 단행본의 1/3 가량을 차지하지도 않게 되었다. 원본에 충실한 번역본이면서 전기 자체가 단행본을 대부분 채우는 근대적 전기의 형태를 갖추게 된 것이다. 하지만 이들은 표면적으로 번역자나 번역 원본은 물론, 번역물인지 여부조차 표기하지 않은 경우가 대부분이므로 이들을 규명하는 일은 식민지가 제국의 출판시장으로부터 받은 영향력을 구체적으로 밝히는 작업이기도 하다.

1900~1920년 발간된 각 시대 전기는 1920년대 위인전기 총서에 자리를 잡게 되었다. 검열로 인해 사라졌었던 1900년대 역사전기물들은 개인 영웅전기로 변모하여 총서 속에 재등장했으며, 1910년대에 수양서나 입지성공서로서 발간되었던 미국인 실업가, 정치가, 종교인 전기 역시 그 성격을 유지하며 재발간되거나 유사 인물로 대체 발간되었다. 1920년대 새롭게 등장한 전기는 사상 이해를 도모하는 목적으로 발간된 사상가 전기나 당대 활동하는 현재적 인물에 관한 근대적 형식의 전기였다. 이들은 감정적 파토스를 불러 일으켰던 이전 시대의 영웅전과는 다르게 학습물이거나 일상을 차분히 규율하는 수양물로 인식되면서 등장했다. 즉, 1920년대에는 고대·중세·근대 인물 및 다양한 분야의 인물 전기들이 발간되었으며 따라서 독자에 호소하고 기능하는 방식도 각기 다양했다.

이 중 근대적 인물을 주인공으로 한 전기는 근대 국민 국가의 정착과 번영·유지에 이바지한 인물을 형상화했다. 이들은 근대적 가치를 표방하는 대표적 인물이었으며 따라서 그 서사는 사회적 담론과의 연관 속에서 존재했다. 평화, 성공, 자유, 평등 등 시대의 지배기표하에 각 인물 전기는 서술되었는데 그 대표적 인물이 '입지성공가 프랭클린'과 '세계 평화의 위인 윌슨'이다. 이들은 각기 근대적 가치를 실현하며 공공의 이익에 공헌한 '공인'으로 호명되었다. '공인'이라는 용어가 일반화되어 있지 않던 당시 이들은 '공인'으로 번역 소개된 드문 사례이다.

이 중 프랭클린 자서전의 번역사는 조선의 식민지 공공담론 속에서 공인이라는 인간형을 형상화하는 방식을 보여준다. 우선 프랭클린 자서전은 미국에서 일본을 거쳐 조선에 번역 소개되면서 그 초점이 변화했다. 경제, 정치, 문화, 과학 등 다방면에서 업적을 이룩했다는 프랭클린의 자서전은 미국에서는 건국의 아버지로 조명 받아 정치인으로서의 정체성을 강력하게 부여받은 반면에, 일본으로 번역되면서 직분의 윤리에 충실한 인물로 변모되고, 다시 이것이 조선에 번역되어 들어오면서 공공사업에 공헌한 자수성가형 실업가로서의 면모가 강조된다. 그 텍스트 역시 미국에서는 전기문학으로, 일본에서는 영어학습서이자 수양서로, 조선으로 들어오면서는 수양서, 입지성공의 모범 안내서로서의 성격을 띠게 되었다. 프랭클린 자서전은 1910년 최남선의 소개 이래로 지속적으로 교육가, 행정가, 번역시인, 대중서 작가에 의해 번역되었고 계몽주의 출판 잡지, 애국계몽기에 설립된 출판사, 근대적 기업체형 출판사, 총독부 기관지를 통해 게재되었는데 이는 식민지 시기 관과 민 양측을 달구던 이상적 공인상에 관한 사회적 요구가 자본주의적 주체상으로 구체화되어 서술될 수 있었음을 보여준다.

월슨 전기는 동시대 활동하는 인물 전기가 거의 동시적으로 번역되어 들어옴으로써 동시적 번역 시대를 열었다. 이는 세계가 더 이상 역사로 학습되지 않고 정치로 공유되게 된 1920년대의 현실적, 의식적 변화를 상징적으로 보여준다. 링컨이나 워싱턴 등 이전에 발간된 미국 대통령 전기와 달리 월슨 전기는 미국이라는 일국의 위인이 아닌 인류의 은인으로 칭송되었는데 이는 민족자결주의에 대한 조선의 해석과 희망을 반영한 것이다. 월슨의 민족자결주의는 3·1운동에 영향을 미쳤고 이후 지속적으로 독립의 희망을 미국에게 거는 대미 의존성이 높아지게 되었다. 정치적 주체로서 자신을 정립하기가 불가능한 식민지 상황에서 월슨 전기는 조선인의 모방의 대상으로 제시되지는 않았다. 경제적 주체 프랭클린의 자서전이 관과 민, 계몽적 성격과 상업적 성격을 띤 다

양한 출판 주체들을 통해 적극 발간되며 지식인, 자본가 계층에게 식민
지 공인의 역할 모델로 제시될 수 있었던 반면, 정치적 주체인 윌슨 전
기는 타자로서 존재했다.

　이렇게 서양 남성 전기가 공공 영역의 주인공인 공인으로 형상화되었
다면 서양 여성 전기는 이들을 보조하는 인물로 형상화되었다. 식민지
시기 15년 동안 4판이 발행된 『세계명부전』 역시 일본어 서양 여성 열전
을 편집·번역한 것이다. 메이지 시대 대량 발간된 일본의 서양 여성 열
전은 여성을 근대적 국가 체제에 적합한 국민으로 양성할 것을 목적으
로, 19세기 후반 영미권 여성전기를 참조하여 발간된 것이었다. 즉 이들
여성 전기 역시 서양어본을 원본으로 한 일본어본이 조선에 들어온 것이
다. 열전 속에는 다양한 국적과 직업의 25명의 인물 소전이 들어 있으나
이들은 대체로 남편과 아들을 훌륭한 국민으로 양성하는 가정에서의 본
분에 충실함을 강조하므로 여성의 현모양처의 본분을 강화하고 있다. 현
모양처형 여성 전기가 지속적으로 발간되고 신문 잡지에서 소년이 읽는,
소년이 주인공인 전기가 풍부해진 현상은 전기가 남성을 국민으로 양육
하는 데 가정이 제 기능을 하도록 여성이 배치되었음을 보여준다.

　무엇보다 『세계명부전』은 이후 『조선명부전』의 탄생에 직접적인 영
향을 줌으로써 번역된 타자가 자신의 정체성을 호출하는 '쌍형상화 도
식'을 재현한다. 위인전기 번역을 통해 그들의 정신을 학습하고, 상응하
는 자민족 인물을 선별하며 전기를 발행하는 작업이 서로 연계되어 있
음은 『세계명부전』을 참조하여 『조선명부전』을 작성한 장도빈의 행적
을 통해 알 수 있다. 그는 서양문학의 번역이 조선적인 것의 재창조를
위한 일임을 강조했는데 이는 조선의 근대성과 독자성을 증거하려는 일
환이었다. 장도빈은 1917년 서양 인물전기와 조선 인물전기를 묶어 수
양총서로 발간했으며, 1921년부터는 한성도서의 세계 위인전기 번역총
서를 기획 주도했다. 이후 1925년이면 자신의 출판사 고려관에서 『조선

위인전』과『조선영웅전』을 비롯한 조선 인물전기를 대량 편찬하게 되
는데, 이렇게 번역ㆍ창작 위인전기를 오간 그의 행보는 신도덕과 신인
물로 서양의 것을 받아들인 궁극적 도달점이 조선적인 것의 창달로 귀
결됨을 보여준다.

1.기본자료

(1) 단행본

고려대 아세아문제연구소 편,『육당 최남선 전집』, 현암사, 1973~1974.

광문사 편집부 현공렴 편,『歐米新人物』, 광문사, 1921.

광문사,『世界百傑傳』, 1921.

김　억,『안서김억전집』, 한국문화사, 1987.

김영진 편,『世界之偉人』, 반도, 1929.

김용준 역술, 현순 감수,『강철대왕전』, 보급서관, 1912.

김팔봉,『청년 김옥균』, 한성도서, 1936.

노자영,『유수낙화집』, 청조, 1935.

대한매일신보사,『라란부인전』, 1907 · 1908.

신채호,『단재 신채호 전집』, 형설, 1977.

유길준, 허경진 역,『서유견문』, 서해문집, 2004.

윤치호 교열, 백대진 · 최연택 편,『英鮮對譯 : 偉人의 聲』, 문창사, 1922.

이광수,『이광수 전집』, 우신사, 1979.

李始厚,『富蘭克林傳』, 普及書館, 1911.

이윤재, 정인보 서문,『성웅 이순신』, 한성도서, 1931.

이태준,『제2의 운명』, 깊은샘, 1988.

이효석,『이효석 전집』, 창미사, 1990.

장도빈,『위인 린컨』, 백산서원, 1917.

_____,『위인 원효』, 신문관, 1917, 1921.

_____,『위인 린컨』, 신문관, 1921.

_____,『동명왕 실기』, 한성도서주식회사, 1921.

_____,『개소문』, 고려관, 1925.

_____,『동명왕』, 고려관, 1925.

_____,『원효』, 고려관, 1925.

_____,『을지문덕전』, 고려관, 1925.

_____,『이순신전』, 고려관, 1925.

______, 『조선영웅전』 고려관, 1925.

______, 『조선위인전』 고려관, 1925.

______, 『大韓偉人傳』, 國史院, 1947 · 1961 · 1965.

장지연, 『애국부인전』, 광학서포, 1907.

______, 『조선위인전』, 계림사, 1948.

춘성 · 양주 편, 『세계명부전』, 한성도서주식회사, 1922.

최남선, 『자조론』, 광학서포, 1918.

톨스토이, 김억 역, 『나의 참회』, 한성도서주식회사, 1921.

한국문화원, 『한국잡지개관 및 호별 목차집』, 한국학연구소, 1973.

한국학문헌연구소 편, 『역사 · 전기소설』, 아세아문화사, 1979.

한성도서주식회사, 『1935 도서총목록』, 한성도서주식회사, 1935.

______________, 『데모쓰테네쓰』, 한성도서주식회사, 1921.

______________, 『루소』, 한성도서주식회사, 1921.

______________, 『성길사한』, 한성도서주식회사, 1921.

______________, 『윌손』, 한성도서주식회사, 1921.

______________, 『프랭크린』, 한성도서주식회사, 1921.

______________, 『한니발』, 한성도서주식회사, 1921.

______________, 『세계명부전』, 한성도서주식회사, 1922.

______________, 『크롬웰』, 한성도서주식회사, 1922.

______________, 『가리발디』, 한성도서주식회사, 1922.

(2) 신문

『권업신문』, 『경향신문』, 『동아일보』, 『매일신보』, 『조선일보』, 『조선중앙일보』, 『중외일보』, 『한국일보』, 『황성신문』.

(3) 잡지

『개벽』, 『기호흥학회월보』, 『동광』, 『별건곤』, 『삼천리』, 『서울』, 『소년』, 『소년조선』, 『신문계』, 『어린이』, 『여성』, 『연희』, 『장미촌』, 『조광』, 『조선중앙』, 『조선지광』, 『조선출판경찰월보』, 『중앙』, 『창조』, 『청춘』, 『학등』, 『학생계』, 『학지광』, 『호수』.

(4) 사전

청람 문세영,『우리말사전』, 삼문사, 1938 · 1943 · 1954.

황호덕 · 이상현,『개념과 역사, 근대 한국의 이중어사전 : 외국인들의 사전 편찬 사업으로 본 한국어의 근대』1~11, 박문사, 2012.

Underwood, Horace Grant, Hulbert, Homer Bezaleel, Gale, James Scarth,『한영ᄌ뎐』, Yokohama : Kelly & Walsh, 1890.

Horace Grant Underwood & Horace Horton Underwood,『영선자전(*A English Korean Dictionary*)』(online), 京城 : 朝鮮耶蘇教書會, 1925.

(5) 번역자료

새뮤엘 스마일즈, 공병호 역,『자조론』, 비즈니스북스, 2006.

양치차오, 신채호 역, 유준범 · 장문석 현대역,『이태리 건국 삼걸절』, 지식의 풍경, 2001.

토마스 칼라일, 박상익 역,『영웅숭배론』, 한길사, 2003.

플루타르크, 김병철 역,『플루타르크 영웅전』, 범우사, 2001.

__________, 홍사중 역,『플루타르크 영웅전』, 동서문화사, 2007.

__________, 천병희 역,『플루타르코스 영웅전』, 숲, 2010.

__________, 이원수 외역,『플루타르크 영웅전』, 을유문화사, 1973.

(6)국외자료

〈일본어본 프랭클린 자서전 · 전기〉

1. 大日本中學會編纂部員,『英語講義(大日本中學會講義錄)』, 大日本中學會, [18 —]

2. 文部省,『米國學校法』, 1878(明11).10.

3. チャンバー,『仏蘭克林金言玉行錄』, 1884(明17).8.

4. 望月興三郎(玉碎軒主人),『ベンジャミン · フランクリン自叙伝』, 上田濟生堂, 1889(明22).12.

5. 井上歌郎,『弗蘭克林自叙伝註釋』, 後凋閣, 1897(明30).

6. 深澤由次郎,『フランクリン自伝講譯, 上卷』, 靜壽館, 1897(明30).11.

7. 川上武若,『ベンジャミン · フランクリン自叙伝, 上卷』, 淺岡書籍店, 1897(明30).11.

8. 大島國千代,『フランクリン自著伝直譯註釋』, 金刺芳流堂, 1897(明29 · 30).

9. 民友社,『少年伝記叢書』, 1897(明29,30).

10. 菅野德助,『フランクリン自叙伝詳解』, 大學館, 1900(明33).9.

11. 松尾豊文,『ふらんくりん自叙伝直譯註解, 下卷』, 金刺芳流堂, 1900(明33).11.

12. 獲麟野史,『世界三大名士(世界三傑叢書)』, 金櫻堂, 1902(明35).2.

13. 熊谷五郎,『弗蘭克林(世界歷史譚; 第35編)』, 博文館, 1902(明35).3.

14. 中里介山,『フランクリン言行錄(偉人研究; 第4編)』, 內外出版協會, 1907(明40).6.

15. 塩見平之助,『フランクリンの誕生二百年・フランクリンの女性觀』, 隆文館, 1907(明40).1.

16. 白井二峯,『フランクリン成功訓』, 東京堂, 1908(明41).5.

17. 笹山準一,『新譯フランクリン』, 精華堂, 1910(明43).7.

18. 竹村脩,『フランクリン自叙伝』, 內外出版協會, 1910(明43).9.

19. 百島操,『フランクリン一代記』, 內外出版協會, 1913(大正2).

〈일본어본 크롬웰 전기〉

1. 竹越与三郎著,『格朗=』, 垣田純朗, 1890(明23).11.

2. 竹越与三郎著,『格朗=』, 2版, 民友社, 1890(明23).12.

3. 竹越與三郎著,『クロムウエル』, 3版. 垣田純朗, 1892.

4. 松岡國男著,『クロンウエル(世界歷史譚; 第25編)』, 博文館, 1901(明34).7.

5. 河面仙四郎,『クロンウエル言行錄(偉人研究; 第28編)』, 內外出版協會, 1908(明41).5.

6. ルーズヴェルト著, 遠山熙,山崎梅處譯,『偉人クロムウエル』, 實業之日本社, 1909(明42).1.

7. トマス・カアライル著, 戶川秋骨譯,『オリヴア・クロンウエル(英傑伝叢書; 第4編)』, 實業之日本社, 1918(大正7).

〈일본어본 성길사한 전기〉

1. 大田蒼溟(三郎)[他],『成吉思汗(世界歷史譚; 第24編)』, 博文館, 1901(明34).5.

2. 那珂通世,『成吉思汗實錄』, 大日本図書, 1907(明40).1.

3. 阪井重季,猪狩又藏,『成吉思汗(偉人伝叢書; 第10冊)』, 博文館, 1915(大正4).

〈일본어본 윌슨 전기〉

横山時彦,『世界的新偉人ウヰルソン』. 養賢堂, 1914(大正3).

ウイルソン,『世界民衆のために』, 正午出版社仮營業所, 1918(大正7).

田中達,『大統領ウィルソン』, 實業之日本社, 1918(大正7).

高橋淸吾, 『ウイルソン』, 早稻田大學出版部, 1919(大正8).

樋口麗陽, 『ウイルソン言行錄』, 日本書院, 1919(大正8).

蘇峯 德富猪一郎 監修・石川六郎 編輯, 『ウイルソン(新時代叢書; 第2卷)』, 民友社, 1919(大正8).

〈일본어본 여성 열전〉

『賢母と偉人』(家庭百科全書46), 博文館, 1913.

科外敎育叢書刊行社, 『內外名婦傳』(科外敎育叢書17), 1906.

モリス・ブロック, 『偉人の母』, 博文館, 1908.

松浦政泰. 『近世名婦伝』, 大日本文明協會, 1909(大日本文明協會刊行叢書; 第13編)

永山盛良, 『泰西名婦伝』, 勢陽堂, 1901.

開拓社編, 『東西名婦の面影』, 開拓社, 1900.

高須芳次郎(梅溪)著, 『東西名婦の面影』(家庭百科全書; 第32編), 博文館, 1911.

〈일본어본 기타 전기〉

大町桂月著, 渡部審也畵, 『ハンニバル』, 東京:博文館, 1899.

岸崎昌著他, 『ガリバルヂー(世界歷史譚; 第11編)』, 博文館, 1900.

十時祢著, 『デモッセネス』(世界歷史譚 20編), 博文館, 1901.

山本千賀, 『日本神代釋迦耶蘇孔子一代記』, 武田誠三, 1886.

〈일본어 사전〉

服部宇之吉 總纂, 『大漢和辭典』, 東京：春秋書院, 1925(大正14).

小柳司氣太 著, 『綜合 漢和辭典』, 東京：博文館, 1939(昭和14).

2.국내 논저

(1)단행본

구인모, 『한국 근대시의 이상과 허상 : 1920년대 '국민문학'의 논리』, 소명출판, 2011.

국사편찬위원회 편, 『한국현대사』, 탐구당, 1982.

권명아, 「전기 동원 체제하의 젠더 정치」, 『일제 말기 파시즘 지배 정책과 민중생활상』, 혜안, 2004.

______, 『역사적 파시즘 : 제국의 판타지와 젠더 정치』, 책세상, 2005.

권보드래, 「'소년', '청춘'의 힘과 일상의 재편」, 『『소년』과 『청춘』의 창』, 이화여대 출판부, 2007.

______, 『한국 근대소설의 기원』, 소명출판, 2000.

근대문학100주년 연구총서 편찬위원회, 『논문으로 읽는 문학사』 1, 소명출판, 2008.

김근수, 『무단정치시대의 잡지 개관』, 아세아연구, 1968.

김덕효·원용진 편, 『아메리카나이제이션』, 푸른역사, 2008.

김봉희, 「개화기 번역서 연구」, 홍선표 외, 『근대의 첫 경험』, 이화여대 출판부, 2006.

______, 『한국 개화기 서적문화 연구』, 이화여대 출판부, 1999.

김병철, 『한국 근대번역 문학사 연구』, 을유문화사, 1974.

김삼웅, 「『대한매일신보』를 빛낸 인물들」, 『구국언론 대한매일신보』, 대한매일신보사, 1998.

김 억 역, 문학사상사 자료조사연구실 간, 『한국현대시 원본전집 1921년판 : 오뇌의 무도』, 문학사상사, 1975.

김영민, 『한국 근대소설사』, 솔, 2003.

______, 『한국 근대소설의 형성과정』, 소명출판, 2005.

______, 『한국의 근대신문과 근대소설』, 소명출판, 2006.

김예림, 「조선, 별천지의 소비에서 소유까지 : 에로그로 취향과 식민지 근대의 타자 상상」, 『1930년대 후반 근대 인식의 틀과 미의식』, 소명출판, 2004.

김용덕, 『한국전기문학론』, 민족문학사, 1987.

김욱동, 『근대의 세 번역가』, 소명출판, 2010.

김종식, 『근대 일본 청년상의 구축』, 선인, 2007.

김중희, 『산운 장도빈』, 재단법인 산운학술문화재단, 1985.

김진균·정근식 편, 『근대주체와 식민지 규율권력』, 문학과학사, 2000.

김찬기, 『한국 근대소설의 형성과 전』, 소명출판, 2004.

김 철, 『국민이라는 노예』, 삼인, 2005.

______, 『복화술사들』, 문학과지성사, 2008.

______, 『식민지를 안고서』, 역락, 2009.

김학동 외, 『김안서 연구』, 새문사, 1996.

김현주, 『한국 근대산문의 계보학』, 소명출판, 2004.

______, 『이광수와 문화의 기획』, 태학사, 2005.

남석순, 『근대소설의 형성과 출판의 수용미학』, 박이정, 2008.

동아일보사 편,『동아일보사』1, 동아일보사, 1975.

문성환·권보드래 외,「얼굴과 신체의 정치학:『소년』과『청춘』에 새겨진 문명의
　　　얼굴, 권력의 신체」,『『소년』과『청춘』의 창』, 이화여대 출판부, 2007.

박광현·이호철 외,『이동의 텍스트 횡단하는 제국』, 동국대 출판부, 2011.

박용옥,『한국 근대여성운동사 연구』, 정신문화연구원, 1984.

박종성,『탈식민주의에 대한 성찰』, 살림, 2010.

비교역사문화연구소 기획, 권형진·이종훈 편,『대중독재의 영웅만들기』, 휴머니
　　　스트, 2005.

서은주,「번역과 문학장의 내셔널리티」,『한국 근대문학의 형성과 문학장의 재발
　　　견』, 소명출판, 2004.

수요역사연구회 편,『식민지조선과 매일신보』, 신서원, 2002.

소영현,『문학청년의 탄생』, 푸른역사, 2008.

＿＿＿,『부랑청년 전성시대』, 푸른역사, 2008.

신석호 편,『신생활 100년 : 한국현대사7권』, 신구문화사, 1971.

신형기,『민족이야기를 넘어서』, 삼인, 2003.

＿＿＿,『분열의 기록』, 문학과지성사, 2010.

안춘근,『한국출판문화사대요』, 청림출판, 1987.

양문규,「1910년대『매일신보』소설에 나타난 일상성의 문제」,『개화기에서 일제
　　　강점기까지 한국 근대 일상생활과 매체』, 이화여대 출판부, 2006.

와나타베 나오키·황호덕·김응교 외,『전쟁하는 신민 식민지의 국민문화』, 소명
　　　출판, 2010.

우림걸,『한국 개화기문학과 양계초』, 박이정, 2002.

윤해동,「식민지 근대와 공공성」,『식민지 공공성』, 책과함께, 2010.

윤해동 외,『식민지 공공성』, 책과함께, 2010.

＿＿＿＿,『근대를 다시 읽는다』, 역사비평사, 2006.

이경훈,『속, 책은 만인의 것』, 보성사, 1993.

＿＿＿,『오빠의 탄생 : 한국 근대문학의 풍속사』, 문학과지성사, 2003.

＿＿＿,『한국 근대문학 풍속사전』, 태학사, 2006.

＿＿＿,『대합실의 추억』, 문학동네, 2007.

이상옥,『이효석의 삶과 문학(증보판)』, 집문당, 2004.

이상준,「1910년대 중반 일본 유학생들의 자의식과 문학관」,『개화기에서 일제강

점기까지 한국 근대 일상생활과 매체』, 단국대 출판부, 2009.

이성환, 『전쟁국가 일본』, 살림, 2005.

이승원 · 오선민 · 정여울, 『국민국가의 정치적 상상력』, 소명출판, 2004.

이승윤, 『근대 역사담론의 생산과 역사소설』, 소명출판, 2009.

이양하, 「소월의 진달래와 예이츠의 꿈」, 『이양하 교수 추념문집』, 민중서관, 1964.

이옥순, 『식민지 조선의 희망과 절망, 인도』, 푸른역사, 2006.

이임자, 『한국출판과 베스트셀러』, 경인문화사, 1998.

이중연, 『'책'의 운명 : 조선,일제 강점기 사회 사상사』, 혜안, 2001.

_____, 『책, 사슬에서 풀리다 : 행방기 책의 문화사』, 혜안, 2005.

이지원, 『한국 근대 문화사상사 연구』, 혜안, 2007.

이형랑, 「근대 이행기 조선의 여성교육론」, 『동아시아의 국민국가 형성과 젠더』, 소명출판, 2009.

이혜령, 『한국소설과 골상학적 타자들』, 소명출판, 2007.

임경석 편, 『동아시아 언론매체사전』, 논형, 2010.

재단법인산운학술문화재단, 『산운 장도빈』, 시사문화사, 1985.

_____________________, 『산운 장도빈의 생애와 사상』, 산운문화재단, 1988.

전경옥, 『한국 여성 정치사회사』, 숙명여대 아시아여성연구소, 2004.

전복희, 『사회진화론과 국가사상』, 한울아카데미, 2007.

정용화, 『일제하 서구문화의 수용과 근대성』, 혜안, 2008.

정진석, 『언론조선총독부』, 커뮤니케이션북스, 2005.

정문길 외역, 『발견으로서의 동아시아』, 문학과지성사, 2000.

정해윤, 『성공학의 역사』, 살림, 2004.

조동일, 『한국문학통사』 5, 지식산업사, 2010.

진영복, 『1920년대 초기시의 이념과 미학』, 소명출판, 2004.

진재교 · 한기형 외, 『문예공론장의 형성과 동아시아』, 성균관대 출판부, 2008.

차승기, 『반근대적 상상력의 임계들』, 푸른역사, 2009.

천정환, 『근대의 책 읽기』, 푸른역사, 2003.

_____, 「1920,30년대 소설 독자 형성과 분화의 과정」, 근대문학 100년 연구총서 편찬위원회, 『논문으로 읽는 문학사』, 소명출판, 2008.

최기숙, 『문 밖을 나서니 갈 곳이 없구나』, 서해문집, 2007.

최덕교 편, 『한국잡지백년』, 현암사, 2005.

최종고 편, 『인물과 전기』, 한들출판사, 2002.

최현식, 『신화의 저편』, 소명출판, 2007.

최혜실, 『신여성들은 무엇을 꿈꾸었는가』, 생각의나무, 2000.

하동호, 『한국 근대문학의 서지연구』, 깊은샘, 1981.

하영선 외, 『근대한국의 사회과학 개념 형성사』, 창작과비평사, 2009.

한기형 외, 『근대어 근대매체 근대문학』, 성균관대 대동문화연구원, 2006.

한정주, 『영웅격정사』, 포럼, 2005.

홍금자, 「『기독신보』에서 보는 식민지 조선의 비공식적 여성교육」, 『동아시아의 국민국가 형성과 젠더』, 소명출판, 2009.

황병주, 「식민지 시기 '공' 개념의 확산과 재구성」, 『식민지 공공성』, 책과함께, 2010.

황종연, 『한국문학과 계몽담론』, 새미, 1999.

황호덕, 『근대 네이션과 그 표상들』, 소명출판, 2005.

______, 『벌레와 제국』, 새물결, 2011.

(2) 논문

구장률, 「근대지식의 수용과 소설 인식의 재편」, 연세대 박사논문, 2009.

강우성, 「성장없는 성장소설 : 프랭클린의 『자서전』과 청교도적 개인」, 『근대영미소설』 15, 근대영미소설학회, 2008.

강현조, 「근대 초기 서양 위인전기물의 번역 및 출판 양상의 일고찰」, 『사이』 9, 국제한국문학문화학회, 2010.11.

______, 「한국 근대 초기 번역 · 번안 소설의 중국 · 일본문학 수용 양상 연구 : 1908년 및 1912, 13년의 단행본 출판 작품을 중심으로」, 『현대문학의 연구』 46, 한국문학연구학회, 2012.

구인모, 「베를렌느, 김억, 그리고 가와지 류코」, 『비교문학』 41, 2007.

권두연, 「신문관 출판 활동의 구조적 특성에 관한 연구(1) : 인쇄부와 판매부를 중심으로」, 『현대문학의 연구』 40, 한국문학연구학회, 2010.

권보드래, 「진화론의 갱생, 인류의 탄생 : 1910년대의 인식론적 전환과 3 · 1운동」, 『대동문화연구』 66, 대동문화연구원, 2009.

______, 「1920년대 '연애' 담론과 기획출판」, 『한국 현대문학 연구』 27, 한국현대문학회, 2009.

권정희, 「식민지 조선의 번역 / 번안의 위치 : 1910년대 저작권법을 중심으로」, 『반교어문연구』 28, 반교어문학회, 2010.

김경미, 「1920년대 에스페란토 보급 운동과 민족운동 세력의 인식」, 『역사연구』
　　　16, 역사학연구소, 2006.12.

김동식, 「한국 문학 개념 규정의 역사적 변천에 관하여」, 『한국 현대문학 연구』 30,
　　　한국현대문학회, 2010.

김병길, 「한국 근대 신문연재 역사소설의 기원」, 연세대 박사논문, 2006.

김병광, 「「학등」고」, 『국어국문학』 92, 국어국문학회, 1984.

김성연, 「한국 근대문학과 동정의 계보」, 연세대 석사논문, 2002.

______, 「한성도서주식회사 출간 번역전기물 연구 : 출판 정황을 중심으로」, 『상허
　　　학보』 30, 상허학회, 2010.10.

______, 「근대 초기 청년 지식인의 성공 신화와 자기 계발서로서의 번역전기물 : 프랭
　　　클린 자서전을 중심으로」, 『현대문학의 연구』 42, 한국문학연구학회, 2010.10.

______, 「식민지 시기 번역 여성 전기 『세계명부전』 연구」, 『여성문학 연구』 24, 한
　　　국여성문학학회, 2010.12.

______, 「1920년대 번역가의 세대교체」, 『반교어문연구』 31, 반교어문학회, 2011.10.

______, 「1920년대 초 식민지 조선의 아인슈타인 전기와 상대성이론 수용 양상」,
　　　『역사문제연구』 27, 역사문제연구소, 2012.4.

김수진, 「전통의 창안과 여성의 국민화 : 신사임당을 중심으로」, 『분단체제하 남북
　　　한의 사회변동과 민족통일의 전망』, 국학연구원 학술회의 자료집, 2007.7.

김양선, 「탈근대 · 탈민족 담론과 페미니즘 연구 : 경험과 교섭에 대한 비판적 읽
　　　기」, 『민족문학사 연구』 33, 민족문학사연구소, 2007.

김영민, 「근대 작가의 탄생 : 근대 매체의 필자 표기 관행과 저작의 권리」, 『현대문
　　　학의 연구』 39, 한국문학연구학회, 2009.

김주현, 「신채호의 작품 발굴 및 원전 확정을 위한 연구 : 『권업신문』을 중심으로」,
　　　『우리말글』 39, 우리말글학회, 2007.4.

김종방, 「1920년대 과학소설의 국내 수용과정 연구」, 『현대문학의 연구』 44, 한국
　　　문학연구학회, 2011.6.

김종수, 「일제 강점기 경성의 출판문화 동향과 문학서적의 근대적 위상 : 한성도서
　　　주식회사의 활동을 중심으로」, 『서울학 연구』 35, 서울학연구, 2009.

김지연, 「「조선명부전」에 반영된 여성인식」, 『여성문학 연구』 9, 한국여성문학학
　　　회, 2003.6.

김한식, 「잡지의 서적 광고와 내면화된 근대 : 『청춘』과 『개벽』을 중심으로」, 『상
　　허학보』 16, 상허학회, 2006.2.
김현주, 「이광수의 문화 이념 연구」, 연세대 박사논문, 2002.
______, 「1910년대 초 매일신보의 사회담론과 공공성」, 『현대문학의 연구』 39, 한
　　국문학연구학회, 2009.10.
______, 「식민지에서 '사회'와 '사회적' 공공성의 궤적」, 『한국문학 연구』 38, 동국대
　　한국문학연구소, 2010.6.
문한별, 「국권 상실기를 전후로 한 번역 및 번안 소설의 변모 양상」, 『국제어문』 49
　　집, 국제어문학회, 2010.8.
박상석, 「『애국부인전』의 연설과 고소설적 요소」, 『열상고전연구』 27, 열상고전연
　　구회, 2008.
박숙자, 「1920년대 사생활의 공론화와 젠더화」, 『한국 근대문학 연구』 13, 한국근
　　대문학회, 2006.
박인호, 「산운 장도빈의 고구려 인식」, 『중앙사론』 30, 중앙대 중앙사학연구소, 2009.
박지영, 「잡지 『학생계』 연구 : 1920년대 초반 중등학교 학생들의 '교양주의'와 문학
　　적 욕망의 본질」, 『상허학보』 20, 상허학회, 2007.
박진영, 「한국의 근대 번역 및 번안 소설사 연구」, 연세대 박사논문, 2010.
______, 「한국에 온 톨스토이」, 『한국 근대문학 연구』 23, 한국근대문학회, 2011.4.
______, 「홍난파와 번역가의 재탄생」, 『코기토』 11, 부산대 인문학연구소, 2011.8.
______, 「문학청년으로서 번역가 이상수와 번역의 운명」, 『돈암어문학』 24, 돈암
　　어문학회, 2011.12.
박헌호, 「근대전환기 언어 질서의 변동과 근대적 매체 등장의 상관성 : 식민지 시기 "자
　　기의 서사"의 성격과 위상」, 『대동문화연구』 48, 성균관대 대동문화연구원, 2004.
방효순, 『일제시대 민간서적 발행 활동의 구조적 특성에 관한 연구』, 이화여대 박
　　사논문, 2001.
배정상, 「위인 장지연의 『애국부인전』 연구」, 『현대문학의 연구』 30, 한국문학연
　　구학회, 2006.
서은주, 「번역과 문학 장의 내셔널리티」, 민족문학사연구소 기초학문연구단, 『한
　　국 근대문학의 형성과 문학 장의 재발견』, 소명출판, 2004.
소영현, 「근대 인쇄 매체와 수양론, 교양론, 입신출세주의」, 『상허학보』 18, 상허학회, 2006.
손성준, 「국민국가와 영웅서사 : 『이태리건국삼걸전』의 서발통착과 그 의미」, 『사

이』3, 국제한국문학문화학회, 2007.

______, 「영웅서사의 동아시아 수용과 중역의 원본성 : 서구 텍스트의 한국적 재맥락화를 중심으로」, 성균관대 박사논문, 2012.6.

송명진, 「역사, 전기 소설의 국민 여성, 그 상상된 국민의 실체 : 『애국부인전』과 『라란부인전』을 중심으로」, 『한국문학이론과 비평』46, 한국문학이론과 비평학회, 2010.3.

______, 「구성된 민족 개념과 역사·전기 소설의 전개」, 『현대문학의 연구』46, 한국문학연구학회, 2012.

신지영, 「한국 근대의 연설·좌담회 연구」, 연세대 박사논문, 2009.

신형기, 「이야기의 역능과 김일성」, 『현대문학의 연구』41, 한국문학연구학회, 2010.6.

양문규, 「1910년대 잡지 매체의 언어 선택과 근대독자의 형성과정」, 『현대문학의 연구』40, 한국문학연구학회, 2010.

오문석, 「1920년대 인도 시인의 유입과 탈식민성의 모색」, 『민족문학사 연구』45, 민족문학사연구소, 2011.5.

우미영, 「신여성 최영숙론 : 여성의 삶과 재현의 거리」, 『민족문화연구』45, 민족문화연구소, 2006.

유선영, 「3·1운동 이후의 근대 주체 구성」, 『대동문화연구』66, 대동문화연구원, 2009.

유현주, 「1890,1900년대 '연희'의 번역어 양상과 연극인식 연구」, 『상허학보』28, 상허학회, 2010.

윤대석, 「1940년대 한국문학에서의 번역」, 『민족문학사연구』33, 민족문학사연구소, 2007.

윤영실, 「최남선의 수신 담론과 근대 위인전기의 탄생 : '소년'과 '청춘'을 중심으로」, 『한국문화』42, 서울대 규장각 한국학연구소, 2008.

이경훈, 「노란피부, 노란가면」, 『상허학보』14, 상허학회, 2005.2.

이기훈, 「독서의 근대, 근대의 독서 : 1920년대의 책읽기」, 『역사문제연구』7, 역사문제연구소, 2001.12.

이영아, 「신소설의 개화기 여성상 연구」, 서울대 석사논문, 2000.

이태숙, 「1920년대 '연애'담론과 기획출판」, 『한국 현대문학 연구』27, 한국현대문학회, 2009.4.

이헌미, 「대한제국의 영웅 개념」, 『세계정치』25, 서울대 국제문제연구소, 2004.

장 신, 「『주보조선지광』의 발굴과 몇 가지 문제」, 『근대서지』4, 소명출판, 2011.

장용경, 「풍자와 우화 사이에서」, 『역사문제연구』26, 역사문제연구소, 2011.10.

정승철, 「순국문 『이태리건국삼걸전』(1908)에 대하여」, 『어문연구』 34(4), 한국어
    문교육연구회, 2006.
조남호, 「조선 주자학에서의 공과 사의 문제」, 『법사학 연구』 23, 한국법사학회, 2001.
차승기, 『1930년대 후반 전통론 연구 : 시간 공간의식을 중심으로』, 연세대 박사논
    문, 2002.
천정환, 「일제말기의 독서문화와 근대적 대중독자의 재구성(1)」, 『현대문학의 연
    구』 40, 한국문학연구학회, 2010.
최애순, 「식민지 시기부터 1950년대까지 모리스 르블랑 번역의 역사」, 『국어국문
    학』 156, 국어국문학회, 2010.
최원식, 「『화성돈전』 연구 : 애국계몽기의 조지 워싱턴 수용」, 『민족문학사연구』
    18, 민족문학사연구소, 2001.
최주한, 「개조론과 근대적 개인」, 『사회와 역사』 74, 한국사회사학회, 2007.6.
최   준, 「한국의 출판연구 : 1910년으로부터 1923년까지」, 『언론정보연구』 1, 서울
    대 언론정보연구소, 1964.2.
최태원, 「일재 조중환의 번안소설 연구」, 서울대 박사논문, 2010.
최현식, 「근대 계몽기의 매체와 담론 : "신대한"과 "대조선"의 사이(1) : 『소년』지
    시(가)의 근대성」, 『현대문학의 연구』 30, 한국문학연구학회, 2006.
최희정, 「한국 근대 지식인과 '자조론'」, 서강대 박사논문, 2004.
한경희, 「김억의 근대문예 인식 연구」, 『어문학』 101, 한국어문학회, 2008.9.
한기형, 「중역되는 사상, 직역되는 문학 : 『개벽』의 번역관에 나타난 식민지 검열
    과 이중출판시장의 간극」, 『아세아연구』 146, 아세아연구소, 2011.12.
______, 「최남선의 잡지 발간과 초기 근대문학의 재편」, 『대동문화연구』 45, 대동
    문화연구소, 2004.
황재문, 『장지연·신채호·이광수의 문학사상 비교연구』, 서울대 박사논문, 2004.
황종연, 「노블, 청년, 제국 : 한국 근대소설의 통국가간 시작」, 『상허학보』 14, 상허
    학회, 2005.2.
허병식, 『한국 근대소설과 교양의 이념』, 동국대 박사논문, 2007.
홍경표, 「위임 장지연의 『애국부인전』에 대하여」, 『향토문학 연구』 11, 향토문학
    연구회, 2008.
미하라 요시아키, 「崔載瑞のOrder」, 『사이』 4, 국제한국문학문화학회, 2008.5.

3.번역 논저

가토 치카코, 「'제국'일본에서의 규범적 여성상의 형성」, 하야카와 노리요 외, 이은
　　주 역, 『동아시아의 국민국가 형성과 젠더』, 소명출판, 2009.

고모리 요우이치 · 타카하시 테츠야 편, 『내셔널히스토리를 넘어서』, 삼인, 2000.

나가미네 시게토시, 다지마 데쓰오 · 송태욱 역, 『독서국민의 탄생』, 푸른역사,
　　2009.

노에 게이치, 김영주 역, 『이야기의 철학』, 한국출판마케팅연구소, 2009.

마루야마 마사오 · 가토 슈이치, 임성모 역, 『번역과 일본의 근대』, 이산, 2002.

막스 베버, 김현욱 역, 『프로테스탄티즘 윤리와 자본주의 정신』, 동서문화사, 2010.

미셸 푸코 외, 이희원 역, 『자기의 테크놀로지』, 동문선, 1997.

빅토르 츠메 가치 외편, 유종영 외역, 『현대문학의 근본 개념 사전』, 솔, 1996.

사사키 겡이치, 민주식 역, 『미학사전』, 동문선, 2002.

사이토 준이치, 윤대석 외역, 『민주적 공공성』, 이음, 2009.

사카이 나오키, 후지이 다케시 역, 『번역과 주체』, 이산, 2005.

스즈키 토미, 한일문학연구회 역, 『이야기된 자기』, 생각의나무, 2005.

스티븐 킨, 박성관 역, 『시간과 공간의 문화사』, 휴머니스트, 2004.

알렌 셀스톤, 『전기문학(*Biography*)』, 서울대 출판부, 1979.

앙드레 슈미트, 정여울 역, 『제국 그 사이의 한국』, 휴머니스트, 2009.

야나부 아키라, 서혜영 역, 『번역어 성립사정』, 일빛, 2003.

에릭 홉스봄 외, 박지향 · 장문석 역, 『만들어진 전통』, 휴머니스트, 2005.

와타나베 히로시 · 박충석 편, 『한국 · 일본 · '서양'』, 아연출판부, 2008.

우에노 치즈코, 이선이 역, 『내셔널리즘과 젠더』, 박종철출판사, 1999.

이효적, 박성관 역, 『표상공간의 근대』, 소명출판, 2002.

조지 모스, 서강여성문학연구회 역, 『내셔널리즘과 섹슈얼리티』, 소명출판, 2004.

칼 심슨, 김창환 역, 『해석의 영혼 폴 리쾨르』, 2009.

크리스티앙 아말비, 성백용 역, 『영웅은 어떻게 만들어지는가』, 아카넷, 2004.

T.이글턴 · F.제임슨, 유희석 역, 『비평의 기능』, 제3문학사, 1991.

팀 에덴서, 박성일 역, 『대중문화와 일상, 그리고 민족 정체성』, 이후, 2008.

페터 비트머, 이승미 · 홍준기 역, 『욕망의 전복 : 자끄 라깡 또는 제2의 정신분석학
　　혁명』, 한울 아카데미, 1998.

프란츠 파농, 남경태 역, 『대지의 저주받은 사람들』, 그린비, 2004.

필립 르죈, 윤진 역, 『자서전의 규약』, 문학과지성사, 1998.
하르투니언, 윤영실·서정은 역, 『역사의 요동』, 휴머니스트, 2006.
하버마스, 한승완 역, 『공론장의 구조변동』, 나남, 2001.
하야카와 노리요 외, 이은주 역, 『동아시아의 국민국가 형성과 젠더』, 소명출판, 2009.
호미 바바, 나병철 역, 『문화의 위치』, 소명출판, 2005.

4. 해외논저

Allan Pritchard, *English Biography in the Seventeenth Century*, University of Toronto Press, 2005.

Andre Maurois, *Aspects of Biography*, Turtle Point Press, 2010(초판은 1929).

Benjamin Franklin, *Benjamin Franklin's the Art of Virtue: His Formula for Successful Living*, George L. Rogers (ed), Acorn Publishing, 1996.

_______________, *The Way to Wealth*, CreateSpace, 2010.

Coltte Daiute, Cynthia Lightfoot eds, *Narrative Analysis, Studying the Development of Individuals in Society*, Sage publications, 2004.

Edward H. O'Neill, *A History of American Biography 1800,1935*, New York: Russell & Russell, 1968(초판은 1935).

Elinor A. Accampo, *Private Life, Public Image, Jo Burr Margadant(ed), The New Biography: Performing Femininity in Nineteenth-Century France*, University of California Press, 2000.

I. Bernard Cohen, *Science and the Founding Fathers: Science in the Political Thought of Thomas Jefferson, Benjamin Franklin, John Adams, and James Madison*, W. W. Norton & Company, 1997.

J. A. Walwik, *Rewarding Virtue: The Presidency and Benjamin Franklin's Plan for Moral Perfection*, Hamilton Books, 2008.

Joyce Chaplin, *The First Scientific American: Benjamin Franklin and the Pursuit of Genius*, Basic Books, 2007.

Peter Brown, "The Rise and Function of the Holy Man in Late Antiquity"(1972), in *Society and the Holy in Late Antiquity*, Berkeley : University of California Press, 1982.

Richard H. Immerman, *Empire for Liberty:A History of American Imperialism from Benjamin Franklin to Paul Wolfowitz*, Princeton University Press, 2010.

Thomas Carlyle, *On Heroes, Hero-Worship, and the Heroic in History*, 1841.